अल्फ़ा-बीटा-गामा

[उपन्यास]

अल्फ़ा-बीटा-गामा

नासिरा शर्मा

लोकभारती प्रकाशन

लोकभारती प्रकाशन
पहली मंजिल, दरबारी बिल्डिंग, महात्मा गांधी मार्ग
प्रयागराज-211 001
वेबसाइट : www.lokbhartiprakashan.com
ईमेल : info@lokbhartiprakashan.com
शाखाएँ : 1-बी, नेताजी सुभाष मार्ग, दरियागंज
नई दिल्ली-110 002
अशोक राजपथ, साइंस कॉलेज के सामने
पटना-800 006
36 ए, शेक्सपियर सरणी, कोलकाता-700 017
पहला संस्करण : 2022

बी.के. ऑफसेट
नवीन शाहदरा, दिल्ली-110 032
द्वारा मुद्रित
ALFA-BITA-GAMA
Novel by Nasera Sharma
ISBN : 978-93-92186-91-2
मूल्य : ₹695

दीवानी के नाम
जो गली के इन्हीं कुत्तों के बीच की थी

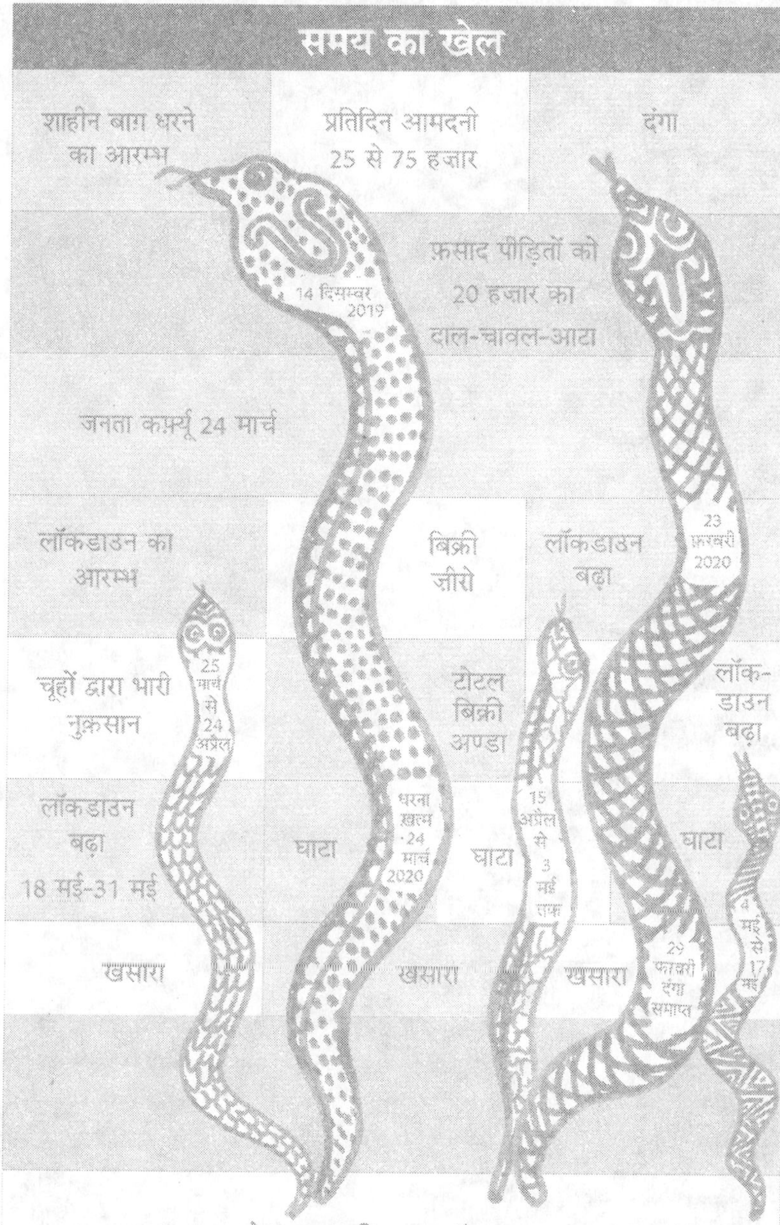
समय का खेल
शाहीन बाग़ धरने का आरम्भ
प्रतिदिन आमदनी 25 से 75 हज़ार
दंगा
14 दिसम्बर 2019
फ़साद पीड़ितों को 20 हज़ार का दाल-चावल-आटा
जनता कर्फ़्यू 24 मार्च
लॉकडाउन का आरम्भ
बिक्री ज़ीरो
लॉकडाउन बढ़ा
23 फ़रवरी 2020
चूहों द्वारा भारी नुक़सान
25 मार्च से 24 अप्रैल
टोटल बिक्री अण्डा
लॉक-डाउन बढ़ा
लॉकडाउन बढ़ा 18 मई-31 मई
घाटा
धरना ख़त्म 24 मार्च 2020
घाटा
15 अप्रैल से 3 मई तक
घाटा
4 मई से 17 मई
खसारा
खसारा
खसारा
29 फ़रवरी दंगा समाप्त
दो माह छह दिन रहा लॉकडाउन
डूब गई दुकनिया

मोहल्ले में देसी कुत्तों की संख्या तेज़ी से बढ़ रही थी, जिसकी वजह से वहाँ के रहनेवाले बहुत परेशान थे—ख़ास कर उन कुत्तों से, जो क्रॉसब्रीड थे। उनकी हैसियत तो सड़कछाप थी, मगर रगों में बहनेवाला ख़ून विलायती मिश्रण का था। उनकी चाल-ढाल और शक्ल-सूरत अलग तरह की थी। इसी मोहल्ले में कुछ कुत्ते पालतू बढ़िया ब्रीड अर्थात् पेडिग्री थे जो घरों में रहते थे। सड़क पर जब सुबह-शाम वे अपने मालिक के साथ निकलते तो दौड़ते-भागते कुत्ते अपनी जगह ठिठक जाते और ऊँघते कुत्ते उठ खड़े होते। कुछ नादान कुत्ते बिना मौक़े की नज़ाकत समझे भौंकने लगते थे। कुछ जांबाज़ कुत्ते उस सजे-धजे कुत्ते के पीछे चल पड़ते, जैसे दूल्हे के पीछे बाराती! उनके इस व्यवहार से मालिक झुँझलाता भी और भयभीत भी हो जाता कि गन्दगी में पल रहे कुत्ते उनके कुत्ते को कहीं शारीरिक क्षति न पहुँचा दें! इसलिए हाथ में पकड़ी छड़ी वे बीच-बीच में इस तरह हवा में घुमाते, जैसे कह रहे हों, 'ख़बरदार, जो पास भी फटके!'

कुछ गम्भीर स्वभाव के कुत्ते थे जो दूर से ऐसे कुत्तों को देखकर मन-ही-मन सोचते कि आख़िर किस मजबूरी के चलते इन्होंने अपनी आज़ादी की क़ीमत पर गुलामी का पट्टा गर्दन में पहन रखा है?

"रोटी!" पहला कुत्ता, जिसका नाम 'चिरकुट' था, साथी की आँखों की भाषा पढ़कर बोला।

दूसरा कुत्ता बुदबुदाया, "भूख!"

कुछ देर उनके बीच ख़ामोशी रही। फिर दोनों कुछ सोचकर उठे और सुस्त क़दमों से एक गली की तरफ़ मुड़ गए। चिरकुट का साथी कुत्ता, जिसका नाम 'लेंडी' था, अचानक चलते-चलते रुक गया।

"यह कब आया?" लेंडी ने सामने से आते अजनबी कुत्ते को देखकर कहा।

"क्या पता!" चिरकुट ने कहा और आगे बढ़ गया।

सूरज निकल आया था।

पाँच नम्बर की गलीवाले ब्रिगेडियर लाल अपने कुत्ते 'बुलेट' को लेकर सुबह की सैर से लौट रहे थे। उनकी छड़ी हवा में घूम रही थी। अचानक नये कुत्ते को सड़क पार करते देख वह रुक गए। दोनों मालिकों ने एक-दूसरे को देखकर अभिवादन में हाथ हिलाया। कुत्ते भी एक-दूसरे को सूँघने लगे।

"कुत्ता तो आपका शानदार है। आख़िर जैकरसल जो ठहरा! कब लिया आपने?" ब्रिगेडियर लाल ने गली नम्बर सात के रहनेवाले मोहन जी से पूछा, जिनकी पंचूरिया की बड़ी-सी दुकान टी-पाइंट पर थी। उनसे अक्सर मिलना होता रहता था।

"चाय पीते हैं।" मोहन जी बोले और चाय की दुकान के सामने पड़ी बेंच पर जाकर बैठ गए।

छोटे-से कुत्ते को उन्होंने गोद में बिठा लिया था। यह काम ब्रिगेडियर लाल नहीं कर सकते थे। उनका कुत्ता रॉटविलर था। बूढ़ा और बीमार था। चायख़ाने के आस-पास गन्दगी देखकर वह बेचैन हो गए और कुछ कह नहीं पाए। बुलेट भी अपनी भारी काया के संग बहुत बेचैन हो रहा था। मक्खियाँ उसके बदन पर बैठ चुकी थीं। टहलकर आया था, इसलिए हाँफ रहा था। प्यासा भी था।

"परसों मँगवाया था। महँगा पड़ा ज़रूर, मगर मुझे भा गया। दुकान में नया माल रखने की आदत जो ठहरी!" इतना कह मोहन जी हँसे, फिर कुत्ते का माथा सहलाते कह उठे, "क्या फुर्ती है! कहना तो नहीं चाहिए, मगर सच तो यह है कि विलायती होने के बावजूद यह देसी लगता है। बस, आँखें अलग हैं और बदन का गठन भी। मगर लगता अपना जैसा है।"

"नाम क्या रखा है?" मोहन जी की आख़िरी बात सुनकर लाल साहब चिढ़ गए।

"अभी नहीं रखा," मोहन जी बोले, "पोता इसको 'फ्रेंड' बुलाता है।"

"गुड!" इतना कह बिना चाय पिए ब्रिगेडियर लाल वहाँ से चल दिये। मन-ही-मन ग़ुस्सा हो रहे थे।

'ये सिविलियंस—न अनुशासन है इनमें, न सफ़ाई से रहते हैं। जिधर देखो, ढेरों घूमते कुत्ते, जो अपने शरीर में कीटाणु लेकर फिरते हैं। दे पिस हियर, दे शिट हियर! ऊपर से सारी रात भौंकते हैं। सड़क के बीचोबीच इस तरह तनकर खड़े हो जाते

हैं, जैसे शत्रुओं के सामने तोप हों! फिर इस तरह चलती सड़क पर बेसुध सोए पड़े होते हैं, जैसे दिन भर मेहनत-मज़दूरी करके लौटे हैं! फिर उन्हें न हॉर्न की आवाज़ सुनाई पड़ती है और न तेज़ी से ब्रेक लगने की आवाज़ ही चौंकाती है। कब समझेंगे ये हलवाई और ढाबे वाले कि ये देसी कुत्ते बीमारी व कीटाणु के वाहक हैं? सोच ऐसी कि जैकरसल को देसी कुत्ते से मिला रहे हैं!'

उनका इस तरह सोचना काफ़ी हद तक सही भी था। सारे दिन आवारा कुत्ते मोमो और चाट के ठेले के आस-पास मँडराते रहते थे। कुतियाओं के पिल्ले इधर-उधर कूदते, जिससे आम आदमी का रास्ता चलना दूभर हो जाता था। बेचारा राहगीर सामने देखकर नहीं बल्कि नीचे देखकर चलता था कि कहीं कुत्ते के पिल्ले दब न जाएँ और गुस्से में आकर उसकी माँ उसे काट न ले। कारवालों को तो नाकों चने चबवा देते थे। यदि चालक सावधान न हो तो कार के नीचे सोए या आराम कर रहे कुत्तों का कोई न कोई अंग दब जाता और वे इतनी ज़ोर से किकिया उठते कि सुनने वाले कह उठते—'मर गया! मर गया!' चालक घबरा उठता कि अनजाने में उससे जीव-हत्या हो गई।

'नहीं, नहीं, बच गया! बच गया!' दूसरी आवाज़ें गूँजतीं तो चालक की रुकी साँस चल पड़ती। इस कारण लूले-लँगड़े कुत्तों की भी संख्या इस मोहल्ले में कम न थी।

अपने समाज को दो फाँकों में बँटता देखकर कुछ कुत्ते हरदम ताव में रहते थे। ये सारे मोटे-ताज़े कुत्ते सुबह-शाम कुछ घरों से बासी रोटी मिलने से उनके घर के रखवाले बन गए थे। दरअसल ये चौकीदार कुत्ते उन हाशिए पर पड़े कुत्तों को मुँह नहीं लगाते थे जो कूड़ेदानों और घूरों के चारों तरफ़ मँडराते, पेट की आग बुझाने के चक्कर में रहते थे। इस हेकड़ी जमाने के चक्कर में चौकीदार कुत्तों ने अपना एक अड्डा सर्विस गली के उस घर के नीचे बना रखा था, जिसका न कोई दूसरा दरवाज़ा गली में खुलता था और न कोई सीढ़ी, जिससे आना-जाना हो पाता। यह जगह सुरक्षित भी थी और घरों से फेंका गया बचा-खुचा खाना, दावती पत्तल भी कभी-कभार वहाँ पड़ा मिल जाता था। जो कुत्ता पहले उधर आता, वह खा लेता था। इस चक्कर में सभी गली-कूचों के कुत्तों का आना-जाना इधर था। रात के बारह बजते ही गली के कुत्ते यहाँ आकर जमा हो जाते थे और इतनी ज़ोर-ज़ोर से भौंकते

कि आस-पास वाले ख़याल करते कि शायद चोर पकड़ा गया जो कुत्तों को देख भाग गया है। सब कुत्तों को धन्यवाद देते हुए सो जाते या फिर नींद टूटने के बाद दोबारा सोने की कोशिश में लग जाते। जब यह रोज़ का क़िस्सा हो गया तो वहाँ रहनेवालों को चिन्ता सताई कि आख़िर यह माजरा क्या है, जो रोज़-रोज़ कुत्तों को चोर या चोर जैसा आदमी नज़र आ जाता है?

कुछ बेचैन होकर खिड़की खोलकर नीचे झाँकते तो झुंड के रूप में कुत्ते बैठे होते, जिनमें कुतियाएँ भी होतीं जो अपने आधे दर्ज़न बच्चों को लेकर वहाँ उपस्थित नज़र आतीं। कभी वे बारी-बारी से भौंकते तो कभी एक साथ भौंकते, जैसे किसी समस्या पर भारी वार्तालाप उनके बीच चल रहा हो और एकाएक किसी मुद्दे पर एकमत होकर अपना समर्थन दे रहे हों! यह देखकर एक-दो आदमी ग़ुस्सा होकर उन्हें भगाने की कोशिश भी करते, मगर कुत्ता-सभा में उनके हस्तक्षेप से कोई विघ्न नहीं पड़ता। इस चीख़-पुकार के बीच नींद में डूबे लोग करवटें बदलते, माँएँ रोते बच्चों को चुप करातीं, थके लोग बड़बड़ाते, "न रात चैन, न दिन, साला! जीवन नरक हो गया है।"

अन्य कोई बड़बड़ाता, "ऑफ़िस में अफ़सर, घर में पत्नी, ऊपर से अब ये कुत्ते!"

एक दिन ऐसी विचित्र घटना घटी कि कॉलोनी का बाज़ार सकते में आ गया। ब्रिगेडियर लाल अपने कुत्ते बुलेट को लेकर जा रहे थे। उन्हें देखते ही कुछ लोग इधर-उधर सरक जाते, कुछ इशारा कर मुस्कुराते और कोई वाक्य उछालता, "श्रीमान अनुशासनप्रिय पधार रहे हैं!"

ब्रिगेडियर लाल को यह उपाधि मोहल्ले के जवान दुकानदारों और मनचले बेकार छोकरों ने दे रखी थी। उनके जाने के बाद उनकी चाल-ढाल की नक़ल होती और ख़ूब हँसी-मज़ाक़ होता। उन जैसा टिप-टॉप रहनेवाला कोई दूसरा व्यक्ति इस मोहल्ले में नहीं था। सबके पास मोबाइल था। कुछ ने बुलेट व ब्रिगेडियर की फ़िल्म भी बना रखी थी। विदेशी नस्ल के पालतू कुत्तों ने उन सबके मन में कौतूहल-सा जगा दिया था कि वे कुत्तों के बारे में और अधिक जानें। इस उत्सुकता के चलते हर

देश के कुत्तों को वे सब मोबाइल पर देखते और ठट्ठा मारकर हँसते, जब कुत्ते हैट लगाए कुशन पर बैठे अपने टी.वी. या मोबाइल पर फ़िल्म देखते नज़र आते। उनके खानों के डिब्बाबन्द इश्तहार को देखकर सबकी आँखें फटी रह जातीं कि आधा टुकड़ा रोटी पर वफ़ादारी निभानेवाले हमारे देसी कुत्तों की अपेक्षा विदेशों में इनकी इतनी ख़ातिरदारी? यहाँ भी यही सब। आख़िर किसलिए?

ब्रिगेडियर लाल और बुलेट अभी कार में बैठ ही रहे थे कि चौकीदार कुत्तों ने बुलेट को घेर लिया और भौंक-भौंककर लगे ललकारने। बुलेट कुत्तों से घिरा ख़ामोश खड़ा था। ब्रिगेडियर कुत्तों को भगाने और धमकाने में लगे थे। अचानक पाँचों कुत्ते उसको काटने की स्थिति में आ गए तो ब्रिगेडियर लाल के अन्दर का ज्वालामुखी अचानक फट गया। लगा, शत्रुओं की इस टुकड़ी को वह रौंद ही देंगे। और फिर उनकी छड़ी पहले हवा में लहराई, जैसे ऐलान किया हो, 'फ़ायर!'

फिर क्या था! छड़ी अपनी पूरी गरिमा को निभाते हुए कुत्तों की पीठ, सिर और पैर पर बरस रही थी। कुत्तों का विलाप वातावरण में गूँज उठा। उनकी दर्दनाक दशा देखकर कोई आगे नहीं बढ़ा—न इनसान, न ही जानवर। ट्रैफ़िक मिनट भर के लिए थमा, फिर हॉर्न के शोर से चल पड़ा।

पाँचों कुत्ते बौखलाए-से मोमो वाले की गुमटी, तो कभी चाट वाले के ठेले, तो कभी ढाबे की तरफ़ बढ़े, मगर पनाह देने की जगह सबने उन्हें दुत्कार दिया। जब कुछ न सूझा तो जान पर खेल चलते ट्रैफ़िक के बीच से तीर की तरह सनसनाते उस गली की तरफ़ भागे, जिधर सीमेंट की बोरियों से भरी ट्रकें खड़ी थीं।

इस शोर-शराबे के बावजूद बुलेट चुपचाप कार के पास खड़ा रहा। ब्रिगेडियर ने माथे पर आया पसीना पोंछा और अपनी लाल आँखों से चारों तरफ़ इस तरह देखा, जैसे कह रहे हों, 'अवसर आने पर दुश्मनों का मनोबल इसी तरह तोड़ा जाता है।'

उनकी लाल आँखों और टूटी छड़ी को देखकर कुछ के दिल में भय उतर आया कि कहीं इनकी जेब में नन्ही-सी पिस्टल न मौजूद हो! इसलिए सब सहज होने के चक्कर में अपने को व्यस्त दिखाने लगे। ब्रिगेडियर लाल ने बुलेट को प्यार से थपका और ज़मीन पर पड़ी टूटी छड़ी के दूसरे टुकड़े को उठाया और कार का दरवाज़ा खोल पुचकारते हुए सीट पर बुलेट को बिठाने लगे। उनके चेहरे पर जो

भाव था, वह विजय का नहीं, खीज-भरे अफ़सोस का था—ठीक उस नर्म दिल फ़ौजी अफ़सर की तरह, जो जीत तो गया, मगर ज़मीन पर बिछी असंख्य लाशों को देखकर दहल गया हो!

पता नहीं, किसने एम.सी.डी. को फ़ोन कर दिया था कि घटना के दो दिन बाद हॉर्न बजाती उसकी कुत्ता-पकड़ गाड़ी मोहल्ले में गश्त लगाने लगी! चौकीदार कुत्ते जब से पिटे थे, कुत्ता-सभा रात को होनी बन्द हो गई थी। लोग चैन से दिन में चलते और आराम से रात को सोते थे। कुत्ते भी इधर-उधर की गलियों में छुपते-छुपाते फिर रहे थे यानी कि मोहल्ले में पूरा अमन व चैन था। कुत्ता-पकड़ गाड़ी इधर-उधर घूमकर दो बीमार ख़ारिशज़दा कुत्तों को उठाकर ले गई।

यह सब कुछ चिरकुट और लेंडी अपनी आँखों से देख रहे थे। नये बनते मकान में वे जाकर छुप गए थे, जहाँ से जलबोर्ड के सामने नया-नया जमा बाज़ार और सड़क नज़र आती थी। दो दिन से वे दोनों भूखे थे। आज हिम्मत करके नीचे उतरे और धीरे-धीरे चलते हुए ढाबे के क़रीब जाकर रुक गए।

दोपहर के भोजन का समय बीत गया था। ग्राहकों की भीड़ छँट गई थी। ढाबे वाला खाना खाकर पंखे के नीचे बेंच जोड़कर उस पर पड़ा खर्राटे ले रहा था। रोटी पकाने वाला घर जा चुका था। ख़ाली पतीलियों और जूठे बर्तनों के ढेर के सामने बैठे दोनों नौकर बर्तनों को खँगाल रहे थे। पतीली का गाढ़ा धोवन बहा तो सड़क के किनारे बहने वाले पानी से मिलने के पहले चिरकुट और लेंडी ने गर्दन झुका दी और बहते चटपटे सूप जैसे धोवन को वे तेज़ी से चाटने लगे। पेट तन गया तो वे अपने पुराने ठिकाने पर जा बैठे और पैरों को चाट-चाटकर सफ़ाई करने लगे। कुछ देर बाद दोनों ऊँघते वहीं ईंटों और बालू के ढेर के बीच सो गए।

तीसरे दिन अभी पौ फटी ही थी कि पाँचों कुत्ते ट्रक के नीचे से रोते-किकियाते अपने को घसीटते हुए बाहर निकले। जिस कूड़े के ढेर की तरफ़ जाना वे अपनी शान के ख़िलाफ़ समझते थे, आज मजबूरी उन्हें उधर ही ले जा रही थी। भूख के मारे पेट में मरोड़ उठ रही थी। चलना तो दूर, खड़ा होना भी कठिन हो रहा था। टाँगें काँप रही थीं। बार-बार उठते और गिरते थे। गला सूख रहा था। ज़बान गज़ भर

बाहर लटक रही थी। दो दिन तक वे जागते-सोते अपने मालिकों को याद करते रहे जो उन्हें साफ़ बर्तन में पानी पिलाते थे। खाना देते थे। उनको क्या पता कि उनके चौकीदारों का क्या हाल हुआ है?

ट्रक के नीचे से जब वे सड़क पर आए तो ट्रैफ़िक शुरू हो चुका था। आकाश जंगल की ओर से गुलाबी-नारंगी हो रहा था। वे सरकते-सरकते घूरे तक पहुँचने की हिम्मत एक-दूसरे को बँधवा रहे थे। जब पाँचों घूरे पर पहुँचे तो उन्होंने धुँधली पड़ती आँखों से किसी को खाने व फलों के छिलकों से भरे थैले को फेंकता देखा। घूरे पर जानी-पहचानी नमकीन गन्ध फैली हुई थी, जिससे उन्हें घृणा थी। लेकिन इस समय उसने उनको थोड़ी-सी शक्ति भी दी और भूख भी भड़का दी। परन्तु वे फेंका गया थैला फाड़ न सके और रोने लगे। उनके जबड़ों में अब इतनी ताक़त न थी। सूरज निकल आया था। सब-के-सब मूर्च्छित-से उस थैले के पास गिर पड़े।

जवान कुत्तों का एक झुंड नाश्ता करने जब घूरे पर पहुँचा, जिसको वे सब 'डॉग होटल' कहते थे, तो उन्हें दूर से लगा, जैसे मरे कुत्ते कोई यहाँ फेंक गया हो! वे खाने का सामान ढूँढ़ने की बजाय उनकी तरफ़ लपके। पास पहुँच जब उन्हें सूँघा-देखा तो पाया कि उन कुत्तों की साँस बहुत धीमे चल रही है। वे बेचैन हो उठे और धीरे-धीरे उन्हें चाटने लगे। मोटे-तगड़े चौकीदार कुत्तों को इस दयनीय स्थिति में देखकर उन्हें दु:ख हुआ और ग़ुस्सा भी आया। दो दिन पहले हुई घटना का उन्हें पता ज़रूर था, मगर ये सब इस दशा में मिलेंगे, ऐसा तो वे सोच भी नहीं सकते थे।

बेसुध पड़े कुत्तों ने धीरे-धीरे आँखें खोलीं, फिर शर्म से तुरन्त बन्द कर लीं। किस मुँह से वे इन घूरे के कुत्तों से आँखें मिलाते?

उन्हें होश में आया देख सब जवान कुत्ते दुम हिलाने लगे। एक ने बढ़कर थैला फाड़ा और उनकी तरफ़ खींचा। उन जवान कुत्तों में भाईचारे का भाव जाग गया था। अपनी भूख भूलकर वे चौकीदार कुत्तों की तरफ़ ध्यान देने लगे।

बहुत कोशिशों के बाद भी उन घायलों से कुछ खाया न गया। बस, थोड़ा-बहुत चाटकर रह गए।

"इतना अत्याचार हम नहीं सहेंगे।" जवान कुत्तों का ख़ून चौकीदार कुत्तों की इस दुर्दशा को देखकर खौलने लगा।

कुछ पलों तक वे सहानुभूति में उनके पास खड़े रहे, फिर और कुत्तों को आते देख वे पेट-पूजा में लग गए।

नाश्ता कर वे कीकर की छाँव में बैठकर सोचने लगे कि जब से उनके मोहल्ले में विचित्र तरह के पालतू विदेशी कुत्तों का आगमन हुआ है, उनके मालिकों ने उनका जीना दूभर कर दिया है। तभी कूड़ा उठाने वालों का एक झुंड आया और तुरन्त कूड़े की छँटाई शुरू कर दी। उन्हें देखकर किसी दुर्घटना की आशंका में वे जंगल की छोटी चहारदीवारी पर छलाँग लगाकर चढ़ गए और वहीं से खड़े तमाशा देखने लगे। उनको अपने नेताओं की फ़िक्र थी कि ये सफ़ाई कर्मचारी इन बेचारों को मरा समझकर इनके साथ बुरा सुलूक न करें।

इस बीच घूरे के एक कोने का कूड़ा छँट चुका था और ट्रॉली में भरा जाने लगा था। उधर के चरते-फिरते गन्दगी पर लोटते सूअरों के बच्चे दौड़कर दूसरी तरफ़ चले गए, जहाँ उनकी माँएँ अपनी थूथनी सड़ाँध में धँसाए गन्दगी खाने में जुटी हुई थीं। गायों ने भी अपना स्थान बदल लिया था।

"ये कुत्ते मर गए हैं क्या? हिल-डुल नहीं रहे हैं?" एक कर्मचारी का ध्यान उधर गया।

"देखता हूँ पास जाकर।" इतना कहता हुआ दूसरा सफ़ाई कर्मचारी उधर बढ़ा, "अरे, ये सब तो साँस ले रहे हैं!"

"खाया होगा कुछ ज़हरीला बेचारों ने।" पहला बोला, फिर धीरे से कह उठा, "मरे नहीं तो मर जाएँगे।"

"खींचकर दीवार की तरफ़ कर दूँ?" दूसरा बोला।

"और नहीं तो क्या! अब डॉक्टर तो इन्हें देखने आने से रहा और न ही एम्बुलेंस इन्हें उठाकर अस्पताल ले जाने वाली है।" पहला झुँझलाकर बोला।

"अस्पताल?" चौंक पड़ा दूसरा, फिर ठट्ठा मारकर हँस पड़ा।

जब सफ़ाई कर्मचारी कुत्तों की टाँग पकड़ उन्हें खींचकर दीवार की तरफ़ ले जाने लगे तो पाँचों कुत्ते दर्द से बिलबिला उठे। कराहते कुत्तों का रुदन जवान कुत्तों से सुना न गया तो वे भी विलाप करते हुए बेबसी से दीवार पर टहलने लगे।

चार-पाँच घंटे में आधे किलोमीटर में फैला कूड़ा सिमट गया और 'डॉग होटल' देखते-देखते उजड़ गया।

कुछ और कुत्ते खाने की तलाश में आए तो सफ़ाई अभियान की त्वरित कार्रवाई देख चकित रह गए। उनमें से एक धीमे से भौंका, "अब हमको जाने कब तक उपवास रखना पड़ेगा!"

कुछ पल वे उदास खड़े इधर-उधर देखते रहे, फिर लौट गए।

एक-दो दिन के अन्दर अचानक 'स्वच्छता-अभियान' के चलते गलियों से सारे कूड़े के छोटे-मोटे ढेर ग़ायब हो गए। उनकी जगह कुछ-कुछ दूरी पर लाल-नीले रंग के बड़े-बड़े कूड़ेदान रख दिये गए थे। कुत्तों की भीड़ अब बाज़ारों में लगी खाने की दुकानों के आस-पास भटकती नज़र आने लगी।

गायों का हाल भी अच्छा न था। पहले वे कूड़े के ढेर पर खड़ी मिल जाती थीं और कार में बैठी सवारियाँ बासी रोटी उनके मुँह में पकड़ाकर आगे निकल जातीं, मगर अब वे भी गलियों, सड़कों में भटकती रहती थीं। पानी का कोई स्रोत न था।

यही हाल सूअरों का था। कीचड़ व गन्दगी से भरी गन्दी नालियाँ उनकी भूख मिटा रही थीं। लेकिन सफ़ाई बेसहारा जानवरों के लिए अनजाने में भुखमरी ले आई थी।

जंगल की चहारदीवारी को पार करना हर जानवरों के बस की बात न थी, जहाँ हरी-हरी घास व झाड़ियाँ और पत्तों से भरी झुकी डालियाँ उनकी भूख मिटा सकती थीं। मगर प्रश्न तो सामने यह था कि कुत्ते बकरियाँ नहीं थे।

धीरे-धीरे वे कुत्ते छोटे मन्दिरों के आस-पास मँडराने लगे थे, जहाँ एक तरफ़ भिखमंगों की टोली थी, दूसरी ओर दर्शन की अभिलाषा में खड़ी औरतों, मर्दों, बूढ़ों, बच्चों की पंक्तियाँ। कोई भक्त अगर किसी कुत्ते की तरफ़ ग़लती से कुछ फेंक देता तो उसकी तरफ़ दस कुत्ते झपटते और ग़दर मच जाती। टुकड़े के इतने टुकड़े हो जाते कि उसका कोई नाम व निशान तक न रह पाता। भूख ने पहले वाला भाईचारा ख़त्म कर दिया था। सबके पेट पीठ से जा लगे थे।

पाँचों चौकीदार कुत्ते धीरे-धीरे ठीक हो रहे थे। उधर से गुज़रते कॉलेज के कुछ छात्रों ने विलाप करते हुए इन कुत्तों को देखकर एक एन.जी.ओ. को सूचित कर

दिया जो पशुओं की फ़र्स्ट-एड कर देते थे। ये ज़ख़्मी और भूखे थे। भूख मिटाने के लिए उन्हीं छात्रों में से कोई रोज़ एक-दो रोटी या बिस्कुट का पैकेट लाकर उनकी तरफ़ उछाल देते थे और बोतल के पानी से उनकी प्यास बुझा देते थे। बाक़ी दिन वे पाँचों क्या करते हैं, इसके लिए न छात्रों के पास सोचने का टाइम था, न ही कोई ऐसी सहूलियत थी, मगर जवान कुत्तों ने सर्विस गली के ख़ाली अड्डे पर बैठक जमाना शुरू कर दिया था। पहले की तरह रात के बारह बजे के बाद भौंकना शुरू हो चुका था और आस-पास के रहनेवालों की नींद फिर से उचटने लगी थी।

मौसम बदल रहा था। गर्मी में कमी आ गई थी। रातें ठंडी होने लगी थीं। आज रात कुत्तों की महासभा थी शायद। सब आपे से बाहर हो रहे थे। दरअसल किसी कुतिया का एक बच्चा स्कूटर के नीचे दबकर मर गया था। उसका विलाप सुन-सुनकर सभी कुत्ते परेशान थे।

कुत्ते-बिल्ली का रोना अपशगुन माना जाता है। कई घरों की खिड़कियाँ खुल गईं। ऊपर-नीचे से डाँट-डपट शुरू हो गई। यह देख पुरसा देनेवाले कुत्ते चुप होने की जगह आकाश की तरफ़ मुँह उठा करके भौंकने की ऐसी लम्बी तान निकालने लगे, जैसे गालियाँ और कोसने दे रहे हों!

उनकी ढिठाई देख पिछले कई दिनों से उकताए तिवारी जी को ताव आ गया। जब कुत्तों ने भौंकना बन्द नहीं किया तो उन्होंने आव देखा न ताव, फ्रिज का सारा ठंडा पानी और फ्रीज़र की सारी बर्फ़ एक बाल्टी में भरकर अपनी छत पर चढ़े और इन कुत्तों की टोली पर उड़ेल दी। इतनी ऊँचाई से गिरा पानी, वह भी ठंडी बर्फ़! कुत्तों का शोर अचानक बन्द हो गया। उनकी घिग्घी-सी बँध गई। कुछ भयभीत हो जिधर सींग समाई, उधर भागे। ख़याल भी न किया कि उनके भारी पंजों से दबकर कुतिया का दूसरा बच्चा दम तोड़ बैठा है। कुछ थर-थर काँपने लगे। जवान कुत्तों ने इस भगदड़ में बदन से पानी झरझराया और सरपट जंगल की ओर भागे। उनके पीछे कुछ और कुत्ते लपके और रैन बसेरे की सामने वाली टूटी दीवार फाँद जंगल में दाख़िल हो गए।

ओस गिरना शुरू हो गई थी, जिससे बचने के लिए वे घने पेड़ के नीचे उसकी जड़ से लगकर बैठ अपनी फूली साँस सँभालने लगे। उनके अन्दर का ग़ुस्सा उनकी उत्तेजना को बढ़ा रहा था। वह इस समय काँपते हुए एक-दूसरे से सटकर बैठे हुए थे।

सबने ठान ली थी कि अब इन दो पैर वालों से इस अपमान का बदला चुन-चुनकर लेना है—अपनी भूख का, अपने ऊपर होते अत्याचार का और भौंकने पर अंकुश लगाने का। काँपते-ठिठुरते किसी तरह उन्होंने सुबह की और सूरज की गर्मी से अपने ऐंठे बदन को खींचा-ताना, फिर जंगल की टूटी दीवार को लाँघकर वे 'डॉग होटल' की तरफ़ दौड़ गए, इस आशा में कि वहाँ कहीं कुछ खाने को मिल जाए!

चिरकुट और लेंडी ने जब रात की घटना के बारे में जाना तो उन्हें बुरा लगा। पिछले तीस-पैंतीस वर्षों से इस बस्ती में जानवर और इनसान एक साथ रहते आए हैं, मगर इस तरह की शत्रुता कुत्तों ने कभी मन में नहीं पाली। उनके बाप-दादा तो इस जगह को आबाद होते देख चुके हैं कि कैसे अरावली पहाड़ियों को काटा गया, उड़ाया गया! उनके बीच एक घर बना, फिर दूसरा। चट्टानों को उड़ा-उड़ाकर सड़कें बनीं। पानी की कमी से परेशान यहाँ के रहनेवालों को देखा। जलबोर्ड के बनने के चक्कर में कुत्तों ने बुलडोज़र से मकानों को टूटते देखा। सारी कठिनाइयों को कुत्तों ने बराबर से साझा किया और आज वे कुत्ते प्यार से रहने की जगह आपस में टकराने की सोचने लगे हैं।

शाम को कुछ सुलझे मिज़ाज के कुत्तों ने बैठक बुलाई और उलझी डोर सुलझानी चाही।

"जहाँ चार पाये और दोपाये रहते हैं, वहाँ इस तरह की मुठभेड़ आपस में होती रहती है।" चिरकुट ने कुत्तों की बैठक में अपनी बात रखी।

कुछ कुत्तों ने समर्थन में अपनी गर्दन हिलाई। यह देखकर जवान कुत्तों में से एक कुत्ता भड़क उठा।

"आख़िर कब तक हम उनकी मनमानी सहेंगे?"

उसकी बात सुन कुछ कुत्ते भौंके तो उन्हें समझाते हुए चिरकुट ने कहा, "जवानो! यह मत भूलो कि ये दोपाये हमसे बेहद शक्तिशाली और लगातार आगे बढ़ते जीव हैं। हमको अपनी सीमा-रेखा पहचाननी चाहिए वरना मौत हमारे बहुत नज़दीक होगी।"

कुछ पल ख़ामोशी रही। कुछ कुत्तों के चेहरों पर चिन्ता व भय उभरा। कुछ कुत्ते बैठक से उठकर चले गए।

"डरपोक!" एक आवाज़ गूँजी।

"अकेले हैं, जाने दो।" दूसरा कटाक्ष उछला।

सबको शान्त कर बात आगे बढ़ी।

उनके इस तरह समझाने पर जवान कुत्तों ने कान नहीं धरा, उलटे भीरु और बूढ़ा कहकर उन्हें उलटी-सीधी सुना दी। आग पर तेल डालने का काम कुछ घंटों बाद हो गया जब कुत्तों को एक दुखद समाचार मिला कि चौकीदार कुत्तों में से एक की मृत्यु हो गई। जवान कुत्तों को तैश दिलाने के लिए यह ख़बर काफ़ी थी। उन्होंने अलग से एक गुप्त मीटिंग रात को रखी और मिल-बैठकर एक षड्यंत्र रच लिया और मौक़े की ताक में बैठ गए।

दिसम्बर का महीना था। जाड़ा लगातार बदली होने के कारण बढ़ गया था। ब्रिगेडियर लाल बुलेट को लाल रंग का कोट पहना डॉक्टर को दिखाने निकले। गाड़ी उन्होंने स्टार्ट की तो इंजन चला ही नहीं। टैक्सी बुक की तो वह कैंसिल हो गई। दूसरी बुक की तो वह आई, मगर ड्राइवर ने कुत्ता बिठाने से इनकार कर दिया। उसका भी तर्क सही था कि 'जानवर का क्या भरोसा, सर! गन्दगी कर दी तो कार साफ़ करना पड़ेगा और दूसरी बुकिंग हाथ से निकल जाएगी।' न स्कूटर वाला, न टैक्सी वाला बुलेट को बिठाने पर राज़ी हुआ तो थककर ब्रिगेडियर लाल ने डॉक्टर को फ़ोन कर शाम का वक़्त ले लिया। मैकेनिक को फ़ोन किया ताकि कार दोपहर तक ठीक हो जाए। शाम से पहले ही कार ठीक हो गई।

शाम को ब्रिगेडियर लाल बुलेट को लेकर निकले। जाड़े से थर-थर काँपते कुत्तों ने बुलेट को देखा, जो गर्म कोट और मफ़लर से लिपटा शानदार लग रहा था। यह देख उनके तन-बदन में आग लग गई। उन्हें क्या पता, बुलेट को कैंसर था और वह ऊँचा सुनने लगा था! उसकी आँखों से भी बहुत कम दिखता था। ये सब बातें कुत्तों व मोहल्ले वालों को नहीं पता थीं।

उसका वज़न बढ़ रहा था, जो उसकी सेहत के लिए नुकसानदेह था। डॉक्टर की सख़्त चेतावनी थी कि उसको थोड़ा-बहुत ही सही, सुबह-शाम टहलाना ज़रूरी है। 'जितने दिन जी जाए, बस समझिए, ठीक है।' यह सुनकर उनका मन भारी था। ब्रिगेडियर लाल निराश थे, मगर थके हुए नहीं थे। उन्होंने प्यार से बुलेट को कार

से उतारा और अपनी सर्विस गली की तरफ़ बढ़े, जहाँ मोहन जी भी कभी ख़ुद, तो कभी उनका नौकर कुत्ते को टहलाने ले आता था। बंगाली चित्रकार मुखर्जी भी जर्मन शेपर्ड लेकर निकलते थे और रिज़वान अली इंजीनियर भी अपना लेब्राडॉर लेकर टहलते। चारों कभी-कभी कुत्तों को घुमाते-घुमाते आपस में बातें कर लेते थे।

मौसम की वजह से गली आज बहुत ख़ाली-ख़ाली लग रही थी। पवन की अम्मा भी अपने घर की सीढ़ी पर बैठी नहीं दिखीं और न ही उनके साथ गप मारने वाली पड़ोसिनें ही। सबके घरों के दरवाज़े बन्द थे। फल वाले भी आज जल्दी घर लौट आए थे और अपनी रेहड़ियाँ खड़ी कर वे शायद अन्दर फलों के डिब्बों को जलाकर आग ताप रहे थे।

कोहरा धीरे-धीरे धुएँ से मिलकर गहरा होता जा रहा था। इसलिए ब्रिगेडियर लाल बुलेट को लेकर आगे तक नहीं गए। शाम के चार बजे थे। सूरज का सुबह से पता न था, मगर थोड़ी-बहुत रोशनी बाक़ी थी। अँधेरा बढ़ने से पहले वह फ़्लैट की तरफ़ लौट जाना चाहते थे। तभी अचानक दर्जन भर कुत्तों का झुंड जाने कहाँ से आया और बुलेट पर टूट पड़ा। वह इस अकस्मात् हुए हमले से भौचक रह गए। हाथ से लीश खिंच गई और हाथ की छड़ी छिटककर दूर जा गिरी। मिनटों में उनकी आँखों के सामने सबने मिलकर बुलेट का कोट नोचकर फाड़ दिया। गले में लिपटा मफ़लर घसीट लिया और ब्रिगेडियर लाल की पैंट और कोट खींचकर उन्हें धक्का मार ज़मीन पर गिरा दिया।

बुलेट को बेशक कम दिखता था, मगर संवेदना के तारों ने उसको यह सूचना दे दी कि उसका मालिक शत्रुओं से घिर चुका है। इससे पहले कि वह कुत्तों पर झपटता, पलक झपकते ही सारे कुत्ते पल भर में ग़ायब हो चुके थे।

अँधेरा फैल चुका था। उन सबको ढूँढ़ना बेकार था। सब-के-सब इन्हीं कारों व रेहड़ियों के पीछे दुबक गए होंगे या फिर रमेशचन्द के ख़ाली प्लॉट की पीछे वाली टूटी दीवार से अन्दर फाँद गए होंगे। उन्हें तलाश करना ब्रिगेडियर लाल के लिए नामुमकिन था। हारे हुए निहत्थे सिपाही की तरह वह लज्जित थे। उन्होंने पहले अपना चश्मा ठीक किया और ज़मीन पर पड़ी छड़ी उठानी चाही, मगर वह मिली नहीं। शायद कुत्ते उसे साथ ले उड़े थे। उन्होंने बुलेट को प्यार से सहलाया जो उनसे सटकर खड़ा दुम हिला रहा था।

'काश, आज मैंने पिस्टल जेब में डाल रखी होती!' ब्रिगेडियर लाल ने मन-ही-मन कहा। फिर बुलेट को थपकते हुए बोले, "जानता हूँ माई ब्रेव ब्वॉय! यदि तुम ठीक होते तो यह घटना हमारे साथ कभी न घटती। यदि मेरा बेटा होता तो...।" उनकी आवाज़ भर्रा गई। उन्होंने अपने को सँभाला और जेब से रूमाल निकालकर आँखें और चश्मा साफ़ किया। फिर बुलेट की आँखें और चेहरा पोंछा। ज़मीन में पड़ा मफ़लर उठा उन्होंने झाड़कर बुलेट के कानों में लपेटा।

"एक हवाई फ़ायर में..." कहते हुए उन्होंने बुलेट की लीश पकड़ी और धीमे-धीमे उसे चलते देख वह बोले, "थैंक गॉड! कोई मेजर नुक़सान नहीं पहुँचा। क़दम ठीक से रख रहा है।"

ब्रिगेडियर लाल और बुलेट थके, उदास और फटेहाल गली से बाहर निकले तो वाहनों की दौड़ जारी थी, मगर उस हालत में कार-स्कूटर पर बैठे लोग उन्हें हैरत से देख रहे थे।

जब वह अपनी गली में दाख़िल हुए तो उन दोनों पर सबसे पहली नज़र नॉर्थ-ईस्ट के मोमो बेचने वाले हैरी की पड़ी। उसके मुँह से निकला, "जीसस, ओ जीसस! यह किस डिज़ाइन का कोट है?"

"दर्ज़ी को ढेरों सिलाई दी होगी।" चाट वाला हैरत से बोला।

बुलेट जब तेज़ रोशनी के घेरे में आया तो पता चला कि उसका तार-तार हुआ कोट उसकी पीठ पर से नीचे झूल रहा है और सिर का मफ़लर ज़मीन पर लोट रहा है। फिर उनकी नज़र ब्रिगेडियर लाल पर पड़ी तो सबके होश उड़ गए। अपना काम-धाम छोड़कर सब उनकी तरफ़ लपके। सबसे ज़्यादा परेशान वे छोकरे थे जो उनका मज़ाक़ उड़ाते, उनकी नक़ल उतारते थे। बात बिना कहे सबकी समझ में आ गई थी। ब्रिगेडियर लाल के चेहरे पर कुछ ऐसे भाव थे कि किसी को कुछ बोलते न बना, मगर कुछ अच्छा भी नहीं लगा। उनकी तनी काया कुछ झुकी-सी लगी और काले कोट व पैंट पर जगह-जगह कीचड़ और कुत्तों के मिट्टी से भरे पंजों के छापे थे। हाथ की छड़ी ग़ायब थी।

थके पैरों व आहत मन से ब्रिगेडियर लाल घर में दाख़िल हुए। ओवरकोट उतारकर उन्होंने बुलेट के बदन से चिथड़े कोट को अलग किया। मफ़लर की गिरह खोली और गर्म पानी व डिटॉल में तौलिया भिगोकर उसका बदन पोंछने लगे। उनके दिमाग़ में बेटे की आवाज़ गूँज रही थी :

"डैड, कुत्ता लूँगा तो रॉटविलर लूँगा।"

"आख़िर क्यों?" उनकी हँसी उभरी।

"डैड, यह है तो डोमेस्टिक ब्रीड का कुत्ता, मगर इसकी एक शानदार ख़ानदानी हिस्ट्री है जो रोमन-साम्राज्य के समय से शुरू होती है। आप बस सुनते जाइए। जर्मन मार्टिन हाउंड बुबर्स डॉग है। और तो और, यह जर्मनी के रॉटविलर क़स्बे से है जहाँ उसकी मूर्ति शहर में लगी है। यह देखिए, उन्नीसवीं शताब्दी के मध्य में दूसरी जगहों की तरफ़ भी गए। ये बेहद चुस्त, चतुर, खोजी और सुरक्षा करनेवाले होते हैं। देखने में सुन्दर, मज़बूत और बहुत कम बीमार पड़ने वाले।" इतना कहकर बेटा रुका तो वह हँस पड़े।

"हर्डिंग ब्रीड का यह कुत्ता वास्तव में पशुचारण कुत्ता था जो पशुओं के झुंड को इकट्ठा करने व उनकी सुरक्षा का काम करता था। कुत्ता-गाड़ी भी थी। कस्साब की गोश्त से भरी गाड़ी को खींचता था। उस समय आदमी अपने से ज़्यादा शक्तिशाली इस कुत्ते को समझता था, तभी रुपयों की थैली उसकी गरदन में कसकर लटका देते थे ताकि चोर-लुटेरे इसके डर से पास न फटकें।

"तो फिर आप यह भी जानते होंगे कि खोजी होने के कारण पुलिस का प्रिय कुत्ता है?"

"यह भी जानता हूँ कि इसने फ़र्स्ट व सेकेंड वर्ल्ड-वार में अहम भूमिका निभाई है। कभी सन्देशवाहक बना, तो कभी एम्बुलेंस का रोल अदा किया, तो कभी संरक्षक का।"

"तो फिर डैडी, यह तो हमारी फ़ैमिली का हुआ... फ़ौजी?" बेटा हँस पड़ा।

उसकी मासूम ख़ुशी से भरी हँसी याद कर वह अचानक ज़ोर से हँस पड़े, जो हँसी की आवाज़ अतीत की गूँज थी। वह आज की हँसी से कितनी अलग थी! वह हँस नहीं, रो रहे थे।

अपने लिए उन्होंने गिलास में गर्म पानी के साथ रम मिलाई और धीरे-धीरे घूँट भरने लगे। कमरे में हीटर जल रहा था। गर्म-नर्म कम्बल से ढका बुलेट रो रहा था।

ब्रिगेडियर लाल आज जिस हादसे से गुज़रे थे, वह उनका निजी अनुभव था, मगर उन्हें क्या पता कि वर्षों पहले शेख़ सादी अपनी हिकायत में कह चुके हैं : 'बेहुनर हुनरमन्दों को सहन नहीं कर सकते हैं। जैसे आवारा कुत्ते शिकारी कुत्तों पर भौंकते हैं, मगर सामने नहीं आते हैं।'

कुछ मौलिक प्रश्न कुत्तों से किए जा सकते हैं :

क्या वे इनसान के दुःख और कष्टों की थाह ले सकते हैं?

क्या वे इनसानी ज़िन्दगी की पेचीदगियों को जान सकते हैं?

शायद नहीं, बिलकुल नहीं। शायद हाँ, क्यों नहीं?

मोहल्ले में एक के बाद दूसरे घर बड़ी तेज़ी से बन रहे थे। इजाज़त तीन मंज़िला बनाने की मिली थी, मगर कुछ ने सौ गज़, डेड़ सौ गज़ ज़मीन पर पाँच मंज़िला इमारत खड़ी कर ली थी, जिसमें किरायेदारी भी शुरू हो गई थी। सीमेंट व बालू से भरी हवाएँ चलती रहती थीं। इसी चक्कर में वास्तुविद् सक्सेना ने भी अपने घर को आसमान तक उठा लिया था।

चिरकुट और लेंडी उनका घर बनते देखते रहते, मगर उस दिन उनको वास्तव में गहरा धक्का लगा जब उन्होंने अपने घर की नाली को खुला छोड़ दिया, जिसका पानी दूसरी नालियों के बहते पानी में मिलकर बहने लगा। सबकी नालियाँ इसी तरह खुली थीं। आरोप एक-दूसरे के माथे जाता या फिर मुख्य सड़क की मरम्मत के चलते कि वे पहले से ज़्यादा ऊँची होती चली गईं। बरसात का पानी भी वहाँ से बहकर घरों के सामने जमा होता रहता। हर घर में सीलन आ चुकी थी। यहाँ तक कि उनके धोवन वाले सूप में भी अब साबुन का पानी अचानक आकर मिल जाता और वे भूखे रह अपने पौष्टिक और स्वादिष्ट भोजन को हसरत से देखते रह जाते थे।

ढाबा वाला सब समझता था, मगर करे क्या? वह भी तो इसी तरह धोवन बहाता था। दुकान के मालिक ने निकास की कोई व्यवस्था नहीं बनाई थी, मगर बिक्री देख किराया बढ़ाने का तक़ाज़ा ज़रूर छह महीने बाद करने लगता था।

खाना खिलाने व बेचनेवाला भूखे कुत्तों से आँखें कैसे चुरा सकता था, ख़ास कर चिरकुट व लेंडी से, जो भले कुत्तों में से थे? वे उसकी दुकान की हरदम चौकसी करते थे।

"ग्राहकों के प्लेटों से बचा खाना इधर डाल दिया कर, कुत्ते खा लिया करेंगे।"

ढाबे वाले के बस में जो था, वह नेकी उसने कर दी, मगर दोनों नौकरों ने न सुनी। उसकी वजह भी थी। इधर-उधर से जंगली कुत्ते खाते-खाते खाना बिखेरते भी थे। आपस में छीना-झपटी भी करते थे। गन्दगी यूँ बिखरी देख डाँट उन्हीं दोनों को पड़ती थी :

"अरे, ग्राहक इस गन्दगी को देखकर लौट जाएगा।"

बहरहाल, सबकी अपनी मजबूरी और मुश्किलें थीं। सब कमाने की धुन थी। सरकार आख़िर क्या-क्या देखे? जब पूरी जनता मोबाइल पर पूरी दुनिया देखने में लगी हो तो वह अपने आस-पास की परेशानियों को कितनी गहराई से भाँप पाएगी? जैसे इस समय सभी मोमो वाले को घेरे बैठे थे। वह अंग्रेज़ी जानता था। नये-नये प्रोग्राम देखता व दिखाता था। इस समय उसके मोबाइल पर 'वाइल्ड लाइफ़' प्रोग्राम चल रहा था। जो डॉक्यूमेंट्री देखी जा रही थी, वह साँपों के बारे में थी। सबकी आँखें फटी हुई थीं इतनी तरह के साँप देखकर।

"यार, हम साँप से डरकर भागते हैं और ये लोग उन्हें पकड़ते हैं। उनका इलाज करते हैं और हम देखते ही मारने दौड़ते हैं।" ढाबे वाले छोकरे ने सिहरते हुए कहा।

"हाँ रे, साँप भी ऐसे लम्बे-चौड़े, जैसे द्रौपदी अम्मा की धोती!" घरेलू नौकर ने कहा, जिसको सुनकर सब हँसने लगे।

"तुम लोग गन्दी फ़िल्में कब देखना बन्द करोगे, छोकरो?" एक बुज़ुर्ग राहगीर ने चलते-चलते जैसे अपने से कहा हो। उनकी बड़बड़ाहट किसी के कानों तक नहीं पहुँची।

तभी चाट वाले ने कहा, "यार, सुना है, बुलेट की हालत कल से ख़राब है?"

यह ख़बर किसी के कानों तक नहीं पहुँची। सब साँप एनाकोंडा को देखने में व्यस्त थे।

कुर्सी पर बैठे-बैठे ही ब्रिगेडियर लाल सो गए थे। सुबह जब उनकी आँख खुली तो देखा, बुलेट धीरे-धीरे कराह रहा था। वह तेज़ी से उठे और उसे थपका। प्यार पाकर बुलेट ने कराहना बन्द किया तो वह वॉशरूम की तरफ़ बढ़े। कॉफ़ी बनाकर उन्होंने बुलेट के लिए नाश्ता बनाया और पुचकारते हुए उसे खिलाने लगे। उन्हें लग रहा था

कि बुलेट रात के आक्रमण की दहशत से निकल नहीं पाया है। नाश्ते के बाद वह ब्रिगेडियर का हाथ चाटने लगा।

ब्रिगेडियर लाल के पास ऐसा कोई नहीं था जिससे वह मदद लेते या पूछ लेते कि आस-पास यहाँ कोई जानवरों का डॉक्टर है कि नहीं! कुत्तों के मालिकों तक का नम्बर न था। बुलेट शायद अन्तिम साँसें ले रहा था, उन्हें ऐसा महसूस हो रहा था। मजबूर होकर वह बाहर निकले और कुछ देर चुपचाप खड़े रहे। फिर झिझकते हुए ढाबे वाले से पूछने पहुँचे तो उसने बताया कि मेन मार्केट में एक डॉक्टर है और एक भैया हैं, वह कुत्तों की देखभाल करते हैं। इतना सुनकर उनका दिल चाहा कि कहें, क्या डॉक्टर को यहाँ बुला सकते हो? मगर संकोचवश यह बात मुँह से निकाल नहीं पाए। उन्हें पछतावा हो रहा था कि नाहक इस मोहल्ले में आकर रहे।

उन्हें अपना मरा बेटा याद आया, जिसका यह कुत्ता है। आज वह होता तो दौड़-भाग करता, मगर...कुछ पल वह खड़े सोचते रहे, फिर डॉक्टर को लेने चल पड़े। इमरजेंसी थी। ऊपर से बुलेट इस हालत में नहीं था कि चलकर कार तक आता और अब उनमें इतना भारी और बड़ा कुत्ता उठाने का हौसला भी नहीं रह गया था। उसे अकेला छोड़ते हुए उनका दिल घबरा रहा था, मगर बेबसी का वक़्त था। पैदल चलते, पूछते-पूछते वह उस गली तक पहुँच गए जहाँ वह भैया भी मिल गए, जिनका नाम कार्तिक था। वह कुत्ता देखने पर राज़ी हो गए। क्लीनिक से निकलते हुए उन्होंने डॉ. शशिधर को भी साथ ले लिया।

घर पहुँचकर बुलेट को देखकर डॉ. शशिधर ने कोई उम्मीद तो नहीं जताई, मगर इतना ज़रूर कहा कि "रात की घटना के कारण अभी यह सदमे में है। मैं इसको टिटनेस का इंजेक्शन देता हूँ। ज़ख़्मों की मरहम-पट्टी भी कर देता हूँ। थोड़ी देर में इसकी बेचैनी कम होगी और आराम से यह सो जाएगा।"

घर में कोई था नहीं, इसलिए ब्रिगेडियर लाल ने ख़ुद कॉफ़ी बनाई और बड़े प्यार से उन्हें पिलाई। बातों-बातों में यह जानकर कि कार्तिक पहले नेवी में थे, प्री-रिटायरमेंट लेकर वह अब स्ट्रीट डॉग्स की सेवा में लगे हुए हैं, तो ब्रिगेडियर साहब को धक्का-सा लगा। उन्हें इस ख़याल से उलझन होने लगी कि कोई नेवी अफ़सर

देश की रखवाली करते-करते सड़क-छाप कुत्तों पर समय नष्ट करे, जो न समाज के लिए और न ही देश के किसी काम आने वाले हों। वह यह भी समझ चुके थे कि डॉ. शशिधर तो अच्छे व समझदार डॉक्टर हैं, मगर उनकी क्लीनिक में मेडिकल साइंस की वे उपलब्धियाँ मौजूद नहीं हैं जो नई सोच व तकनीकों के नये उपकरणों से लैस हों। लेकिन इस उभरते मोहल्ले की मामूली ज़रूरतों व फ़र्स्ट-एड देने के लिए ये बेहद महत्त्वपूर्ण हैं। ये दोनों दरअसल ज़मीनी काम कर रहे थे। पैसा नहीं कमा रहे थे बल्कि देसी कुत्तों की, वह भी सड़क के पशुओं की सेवा कर रहे थे।

उनके जाने के बाद ब्रिगेडियर बुलेट के पास पड़ी रॉकिंग चेयर पर आँखें बन्द करके बैठ गए। फिर धीरे-धीरे झूलने लगे—अतीत और वर्तमान में। यादें कभी उनके चेहरे पर मुस्कान लातीं तो कभी वर्तमान उन्हें उदास कर देता, जहाँ ऐसी कोई ख़ुशी न थी, जिसको लेकर उनमें आत्मविश्वास जागता या फिर जीने की उमंग हिलोरें लेती। वह बरेली से दिल्ली सिर्फ़ बुलेट के इलाज के लिए आए थे जहाँ आर्मी का वेटेनरी डॉक्टर दोस्त रिटायरमेंट के बाद इस अस्पताल में विशेष पदवी पर आ गया था। वह दिल्ली इसलिए आए थे ताकि बेटे की आख़िरी निशानी के तौर पर बुलेट की बढ़िया देखभाल हो सके। आर्मी अस्पताल व गेस्ट हाउस में वह रहना चाह रहे थे, मगर वहाँ बन्दोबस्त न हो सका। चूँकि लम्बा रहना था, इसलिए अपने एक रिश्तेदार के ख़ाली पड़े घर में ठहरना उन्हें उचित लगा, जिनका ट्रांसफ़र मुम्बई हो गया था। पूरा घर सजा-सजाया था। उन्हीं की पुरानी दो नौकरानियाँ थीं जो उनकी देखभाल बड़े ध्यान से करती थीं। यही सब सोचते-सोचते ब्रिगेडियर लाल को नींद आ गई। सपने में वह बुलेट का बचपना देख रहे थे। जवान बेटे का उसे नहलाना, खाना खिलाना और उसके साथ खेलना और पोते के साथ दौड़ना। पत्नी का सलोना चेहरा, जो कैंसर की बीमारी के कारण उन्हें अकेला छोड़ गईं।

चुनाव क़रीब थे। एकाएक जाने क्या हुआ, जो घरों से कूड़ा जमा करनेवाला आता था, उसका आना बन्द हो गया। उनके आने के कुछ दिन पहले से सारे नीले-लाल कूड़े के प्लास्टिक के डिब्बे हट चुके थे। शायद सफ़ाई कर्मचारियों ने इस मौक़े से फ़ायदा उठाना चाहा होगा। वैसे भी पिछले कई महीनों से उन्होंने आलस्य त्याग

कर स्वच्छता-अभियान के चलते इतना काम किया था जो पिछले कई वर्षों में न किया होगा।

रहनेवालों की भी मौज-मस्ती लौट आई थी। हाथ में पकड़े कूड़े के थैले को घुमाकर ख़ाली प्लॉटों और आधी रात को दूसरों की छतों पर फेंकने में जो मज़ा आता है, ऐसा मज़ा तो वही जान सकता है जिसने बचपन में बैट-बॉल खेला हो और पड़ोसियों के खिड़की-दरवाज़ों के शीशे तोड़े हों! कुछ शरारती पड़ोसियों ने ऐसे संवेदनशील पलों को, जब इज़्ज़तदार नागरिक दूसरे की छत पर कूड़ा फेंकते हुए दिख रहे हों, तो उनकी वीडियो बनाकर उन्हीं को भेंटस्वरूप भेजना और वायरल करना शुरू कर दिया। जो बचपन का मज़ा लूट रहे थे, उनके चेहरे के रंग हाथ में पकड़े तोते की तरह उड़ गए, मगर पक्की आदत छूटी नहीं। कूड़े की थैलियाँ, फलों से भरी डालियों की तरह, भेंटस्वरूप इधर-उधर पहुँचती रहीं।

इन सारी हरकतों के बीच किसी को यह ख़याल नहीं आया कि कुत्ते भूखे मर रहे हैं और गन्दगी उन्हीं के मोहल्ले में एक से दूसरे के घर में पहुँच रही है और आपसी तू-तू, मैं-मैं का कारण बन रही है। सच पूछा जाए तो अब कुत्ते कम भौंकते थे और पड़ोसी लड़ते ज़्यादा थे।

इस बीच चौकीदार कुत्ते ठीक होकर अपने पुराने घरों के सामने आकर बैठने लगे और जब उनकी मालकिनों ने रोटी देते हुए उलाहना दिया कि 'कहाँ चला गया था रे', तो किसी के पास कोई जवाब न था सिवाय बोलती आँखों में भरे आँसुओं के।

सुबह ब्रिगेडियर लाल जब डॉ. शशिधर की क्लीनिक की तरफ़ जाने लगे तो उन्हें अजीब दृश्य देखने को मिला। कल तक जो कुत्ते जाड़े में काँपते रहते थे और धूप सेंकने के लिए कारों की छतों पर जमे रहते थे, वे ज़्यादातर स्वेटर पहने हुए थे। रंग-बिरंगे स्वेटरों में कई कुत्ते वास्तव में बहुत सुन्दर नज़र आ रहे थे।

'यह किसका शोशा है?' ब्रिगेडियर लाल मुस्कुरा पड़े। फिर मन-ही-मन बोले, 'जो कभी नहाते नहीं हैं और जिनके बदन में टिक्स भरी हुई हों, उन्हें खुजाने में कितनी तकलीफ़ होगी! ख़ैर, फ़िलहाल जाड़ा है, कम ही होगी। शायद बिलकुल न हों।' यही सब सोचते हुए वह आगे बढ़ रहे थे। तभी उनकी नज़र कुत्तों के पिल्लों पर

पड़ी जो अचानक फिसलकर गन्दी नाली में गिरकर किकिया रहे थे। ऊपर निकलने की कोशिश में बार-बार फिसलकर फिर ठंडे पानी में छटपटा रहे थे। वहाँ से गुज़रने वालों का ध्यान उधर नहीं था। वे अपने में मगन रास्ता तय कर रहे थे।

चलते-चलते सोए-लेटे कुत्ते को ठोकरें मारना या चलते हुए कुत्तों को पीछे से लात घुमाकर मारना किशोरों की शरारतों में शामिल था, मगर किसी भी बन्दे का यह कर्तव्य नहीं बनता था कि एक निरीह जीव को बाहर निकाल दे।

पिल्ले शायद चिल्लाते-चिल्लाते थक रहे थे या फिर ठंडे गन्दे पानी में उनकी साँस घुट रही थी। तभी सफ़ेद कुर्ता और ऊँचा पाजामा पहने, जालीदार टोपी, दाढ़ी के साथ अधेड़ व्यक्ति उनकी गुहार सुन वहीं खड़े हो गए थे।

'मेरी तरह यह सफ़ेदपोश भी कुछ नहीं कर पाएगा।' ब्रिगेडियर मन-ही-मन हँसे।

"ये तो मरने वाले हैं, भई!" उस सफ़ेदपोश ने परेशानी से इधर-उधर देखा। फिर हाथ में पकड़ा थैला नाली के किनारे लगी रेलिंग पर टाँगा और उकड़ूँ बैठ गए और आस्तीनें ऊपर उठाकर उन्होंने कूड़े व कीचड़ से भरी नाली की तरफ़ हाथ बढ़ाया, फिर झिझक गए।

यह देखकर ब्रिगेडियर लाल कटाक्ष से मुस्कुराए।

उन साहब ने इधर-उधर देखा। तंग आकर उन्होंने घिनाती हुई नाली में हाथ डाल एक के बाद एक पिल्ले को कान से पकड़ बाहर निकाला। फिर गन्दे हाथ को देखकर बोले, "लाहौल...।" पास से गुज़रती एक औरत से बोले, "बाजी! मेरे थैले से पानी की बोतल निकालकर मेरा हाथ धुलवा दें।"

इतना सुनकर पहले औरत चलते-चलते ठिठकी, फिर भयभीत नज़रों से उन्हें देखा। वह समझ नहीं पा रही थी कि क्या करे। तभी कुछ दूरी पर खड़ा एक लड़का पतंग का माँझा लपेट रहा था। अचानक उसकी नज़र नाली की तरफ़ गई तो वह माँझा छोड़ उनकी तरफ़ लपका और बोतल थैले से निकालकर उनके गन्दे हाथों पर पानी डालने लगा।

उस औरत की अचानक तंद्रा टूटी। "इनकी माँ तो ट्रक के नीचे आ गई है। उधर कुचली पड़ी है।"

"अल्लाह सबका पालनहारा है।" वह सफ़ेदपोश इतना कहकर थैला उठा किशोर को धन्यवाद दे आगे बढ़ गए।

कुत्ते के दोनों बच्चे सर्दी से ठिठुरते नाली के पास कूँ-कूँ करते रहे।

"अरे यार, फिर ये नाली में न गिर जाएँ," लड़का कुछ झुँझलाया हुआ आगे भागा और उन्हें फुटपाथ से खींचकर रेत के ढेर पर डाल दिया।

पता नहीं, उन पिल्लों की आँखें भी खुली थीं या नहीं। वे कीचड़ से सने होने के कारण काले लग रहे थे, अब रेत में लोट-लोटकर सुरमई रंग के लग रहे थे। धूप में पड़े रहने के कारण रेत पिल्लों के लिए गर्म दुलाई साबित हुई और कुछ देर तक कूँ-कूँ करके वे दोनों उसी में घुसे सो गए या मर गए, राम जाने!

"सिविलियंस का जीवन भी कितना दिलचस्प है!" अपनी कार के पास खड़े ब्रिगेडियर दस-पन्द्रह मिनट तक ये सारे नज़ारे देखते रहे, फिर सामने गली की चढ़ाई चढ़ने लगे। सामने कार्तिक का फ़्लैट था जिसके पास एक ख़ाली प्लॉट था, जिसको देखकर वह दंग रह गए। सैकड़ों नहीं बल्कि प्लास्टिक के हज़ारों थैले कूड़े से भरे एक के ऊपर एक पड़े अजीब दृश्य उभार रहे थे। उन्हें हवा के साथ तेज़ गन्ध महसूस हुई जो इतनी तीव्र थी कि उन्हें उबकाई-सी आई। अभी वह मतली करने कोने में झुके ही थे कि अन्दर से कार्तिक का नेपाली नौकर गोपाल एक झक सफ़ेद कुत्ते के साथ बाहर निकला और उन्हें देख चौंक गया :

"सर, आप ठीक तो हैं?"

ब्रिगेडियर लाल ने अपने को सँभाला और गरदन 'हाँ' में हिलाई। फिर पूछा, "कार्तिक या शशिधर हैं?"

पता चला, वे दोनों अभी आए नहीं हैं।

वास्तव में उस हसीन सफ़ेद कुत्ते को देखकर वह चकित ही नहीं बल्कि हर तरह से ताज़ादम हो गए थे। तभी गोपाल ने कुत्ते को पुकारा, "चार्ली...चार्ली।"

"यह कार्तिक का कुत्ता है?" मुँह पोंछते हुए ब्रिगेडियर बोले।

"जी, अब उन्हीं का है।"

"मतलब?"

"चार्ली का मालिक किसी कारण से इसको अपने साथ नहीं ले जा पाया अपने देश, तो भैया को दे गया।"

"ब्रीड कहाँ की है?"

"अलास्का मालाम्यूट।" गोपाल बोला।

उस दिन इस गली में उन्हें कुछ नहीं दिखा था। आज यहाँ ख़ूबसूरत बोर्ड लगा नज़र आया जिस पर लिखा था : 'एनिमल फ़र्स्ट'। उसके नीचे लिखा था : 'वेटनरी क्लीनिक'।

'कार्तिक तो एक पहेली बन गया मेरे लिए।' उन्होंने चार्ली को प्यार करते हुए सोचा। फिर खुले दरवाज़े से उन्होंने अन्दर की तरफ़ नज़र दौड़ाई। सामने काउंटर था। पीछे कमरा नज़र आ रहा था, जहाँ डॉक्टर कुत्तों को देखते होंगे।

"कितने कमरे हैं?" ब्रिगेडियर ने पूछा।

"सर, दो कमरे हैं। यह कुत्तों की बोर्डिंग है। जो लोग बाहर जाते हैं, हम उनके कुत्तों को रख लेते हैं।"

"कितने कुत्ते हैं?" ब्रिगेडियर ने ताज्जुब से पूछा।

"सात-आठ रह सकते हैं। कमरे में पाँच, छह और रेलिंग के पास एक। क्लीनिक में मरीज़ कुत्तों के लिए जगह बन जाती है।" गोपाल हँसा, "खाना, पीना, नहलाना, घुमाना—सब होता है।"

"और यह चार्ली कहाँ रहता है?"

"ऊपर एक कमरा है। वहाँ एक मैडम जी किराये पर रहती हैं। भैया ने उन्हीं के पास चार्ली को रख रखा है। इसके साथ एक और कुत्ता 'एलेक्स' है। वह भी रहता है वहीं।"

"वह कहाँ का है?"

"यूरोप...इंग्लिश कॉकर स्पैनियल।"

"ओह!"

"भैया का एक अपना कुत्ता है, शहंशाह है। वह फ़ार्म हाउस में भैया के साथ रहता है—सेंटबर्ननार्ड।"

तभी दो देसी कुत्ते अन्दर से निकले और सामने चलते चले गए। उन्हें न नेपाली ने रोका, न ही वे ख़ुद कहीं रुके।

"ये यहाँ क्या कर रहे थे?"

"चोट लगी थी। रोज़ मरहम-पट्टी करवाने समय से आ जाते हैं। कम्पाउंडर आज आया नहीं, तो ये इन्तज़ार करने के बाद चले गए।" गोपाल ने कहा। फिर हाथ जोड़कर नमस्ते करता हुआ बोला, "चलता हूँ, सर। इनका खाना तैयार करना है।"

"ठीक है, चलो तुम..." इतना कहकर ब्रिगेडियर लाल गहरी सोच में डूबे ढाल से नीचे उतरने लगे।

बुलेट दो दिन से सिर्फ़ सो रहा था।

इस बीच डॉक्टर शशिधर से ब्रिगेडियर लाल बात करते रहे थे। वह ख़ुद भी बाहर नहीं निकले थे। ठंड ग़ज़ब की थी। फरवरी का महीना कभी इतना सर्द नहीं होता, मगर जो दिख रहा है, उससे पता चल रहा था कि मौसम अपनी चक्र बदल रहा है। दोपहर होते-होते थोड़ी देर के लिए सूरज ने अपना मुँह निकाला, मगर धूप बहुत मरी-मरी-सी थी। ऐसे मौसम में कार्तिक को अपने फ़्लैट के दरवाज़े पर खड़ा देखकर ब्रिगेडियर ख़ुश हो गए। चहककर बोले, "आइए, आइए! फ़ार्मर इनवेस्टीगेशन आफ़िसर, वेलकम माई डियर!" ब्रिगेडियर साहब का चेहरा ख़ुशी में खिले अनार जैसा हो गया था।

"इधर से गुज़र रहा था, सोचा, बुलेट की ख़ैरियत लेता चलूँ।" कार्तिक हँसा।

"सो नाइस ऑफ़ यू।" ब्रिगेडियर ने दस्ताने वाला हाथ मिलाते हुए कहा।

"सर्दी बढ़ गई है।" कार्तिक ने कहा और सैटी पर लेटे बुलेट की तरफ़ बढ़ा।

"आराम से सो रहा है। मैं भी सुकून महसूस कर रहा हूँ।" ब्रिगेडियर बोले।

"जानवर बीमार हो तो आप उससे ज़्यादा परेशान हो जाते हैं।" कार्तिक ने कहा।

"हाँ।" फिर एकाएक कह उठे, "अरे कार्तिक, मैं तुम्हारी तरफ़ गया था। रास्ते में अजीब दृश्य देखा। कुछ कुत्ते पुराने स्वेटर पहनकर और कुछ बाज़ार से ख़रीदे कोट पहनकर घूम रहे थे।"

"हाँ जी। मगर अभी-अभी मैंने देखा, किसी के बदन पर कोई गर्म कपड़ा न था।" कार्तिक ने गम्भीर स्वर में कहा।

"मतलब?"

"हमारे इलाक़े में काम चल रहा है। बाहर से आए मज़दूरों का टेंट श्मशान घाट वाली दीवार के साथ लगे हैं, जहाँ वे बड़ी संख्या में रहत हैं। कुछ स्वेटर तो उनके बच्चों ने पहन रखे हैं।"

"मैं कुछ समझा नहीं?" ब्रिगेडियर लाल चौंके।

"क़ुदरत ने तो हर विपदा से बचने की शक्ति बेज़बान जानवरों की बनावट में दे रखी है, मगर जाड़े के कुछ दिन असहनीय हो जाते हैं। उन दिनों तब मैं कुछ कमज़ोर कुत्तों को गर्म कपड़े पहना देता हूँ। उनके बदन से उतारकर मज़दूर अपने ठिठुरते बच्चों को पहना देते हैं। यह हरकत मैं पिछले कई वर्षों से देख रहा हूँ।"

"भयानक।" ब्रिगेडियर साहब के फ़ौजी तेवर चढ़ गए। "शूट दैम!"

"ओह, नो!" कार्तिक के मुँह से निकला और हँस पड़ा।

"देन लॉज द कम्प्लेन अगेंस्ट देम...एफ.आई.आर. दर्ज करो।"

"क्या कहा जाए?" सुस्त स्वर में कार्तिक बोला, "बच्चे हैं। इस ठंड में उन्हें भी ज़रूरत होती है।" कुछ सुस्त, मगर ठहरे स्वर में कार्तिक बोला और उँगलियों से बालों में कंघी करने लगा।

"ग़लत। वे कमाते हैं, ख़रीद सकते हैं, मगर बेज़बान जानवर? माई गॉड! मैं सोच भी नहीं सकता हूँ।" ब्रिगेडियर लाल परेशान स्वर में बोले।

"ह्यूमन राइट्स की तरह एनिमल राइट्स का भी क़ानून तो है, मगर जागरूकता नहीं है।" कार्तिक ने धीरे से कहा।

"बुलशिट!" इतना कह टहलते हुए उत्तेजित ब्रिगेडियर अचानक बुलेट के कराहने से रुक गए।

कुछ देर ख़ामोशी रही, फिर हल्की-फुल्की बातें गर्म कॉफ़ी की चुस्कियों के साथ चल पड़ीं।

चिरकुट और लेंडी अपनी दुम हिलाते उन दो छोटे पिल्लों के पास खड़े थे। जाड़े से बचने के लिए किसी दयालु ने उन्हें प्लास्टिक शीट के टुकड़े से ढक दिया था, जो अचानक आई हवा के तेज़ झोंके के साथ कहीं उड़ गया। तभी माँझे वाला वही लड़का आया और चाय की दो कटोरियाँ उनके सामने रख दीं। वे दोनों सपड़-सपड़ कर पीने लगे। यह देख चिरकुट ने तेज़ी से दुम हिलाना शुरू कर दिया और लेंडी ने लड़के का पैर चाटा। तभी कर्कश आवाज़ गूँजी :

"देख बब्लू, हो गया न कुत्ते का जमावड़ा यहाँ? मना किया था, इनको न दे कुछ खाने को, मगर तू मेरी मानता कब है?"

"मम्मी, मैंने अपने हिस्से की चाय इन्हें दी है। रात भी तुमने कुछ नहीं देने दिया था।" लड़के ने चीख़कर कहा।

"कटोरी का सत्यानाश कर दिया। उन्हें वहीं छोड़!" माँ ने इशारे से थप्पड़ दिखाते हुए कहा, "चल, अन्दर आ।"

चिरकुट और लेंडी वहाँ से चले आए और कई गलियों में टहलकर किसी ऐसी कुतिया को तलाश करने लगे, जिसने बच्चे दिये हों। शायद वह इन्हें दूध पिलाने पर राज़ी हो जाए!

उन दोनों की कुत्ता-समाज में बड़ी साख थी। कुछ सिरफिरे लोफ़र कुत्तों को छोड़कर बाक़ी कुत्ते व कुतियाएँ दोनों की बातें ध्यान से सुनते थे।

पहले कुत्तों की बसावट इस मोहल्ले में इन दोनों के परिवार द्वारा ही हुई थी। आधे से ज़्यादा कुत्ते तो इन्हीं की जात-बिरादरी के हैं। कहीं कुछ होता है, सब इकट्ठा हो जाते हैं, मगर जब से नई पीढ़ी के कुत्तों में संकीर्णता एवं उग्रता बढ़ी है, तब से माहौल बदल गया है।

"सड़क के कुत्तों की इज़्ज़त तो कोई करता नहीं, मगर हाँ, भूखा किसी ने कभी न रखा, मगर अब तो हालात बदल गए। घूरे से हम भूख मिटाने लगे तो सफ़ाई के चलते वह सहारा भी हमसे छिन जाता है। यह क्या दु:ख की बात नहीं है?" इस तरह की खट्टी-मीठी बातें कुत्तों के बीच में अक्सर होती रहती थीं। उनकी समझ में यह बात आने लगी थी कि अब उन्हें ख़ुद एक-दूसरे का सहारा बनना है। इनसान के दिल में इन देसी कुत्तों की कोई क़दर या इज़्ज़त विदेशी कुत्तों के आगे नहीं रह गई है।

चिरकुट व लेंडी को सारा मोहल्ला छानने के बाद एक ऐसी कुतिया दिखी जिसके पाँच बच्चे पैदा होते ही मर गए थे। उसके थन भारी थे। वह बच्चों को पालने पर राज़ी हो गई और चिरकुट और लेंडी के साथ चल पड़ी। जब तीनों रेत के ढेर के पास पहुँचे तो दोनों पिल्ले वहाँ से ग़ायब थे। यह देखकर चिरकुट और लेंडी सकपका गए। कुछ बोलते न बना। पूछें तो किससे पूछें? यहाँ तो किसी को अपना होश नहीं है तो दूसरों के हाल की क्या ख़बर होगी? वह भी कुत्ते जैसे जीव की? तीनों सोच में डूबे एक मोटरसाइकिल से टिककर बैठ गए और सामने दौड़ते वाहनों को देखने लगे।

जवान कुत्तों ने अपना अड्डा अब सर्विस गली से हटा लिया था। उनका नाम बाक़ी कुत्तों ने 'भगेड़ू' रख दिया था। चौकीदार कुत्तों ने इतना सहा था कि अब उनकी

कोई भूमिका कुत्ता-समाज में नहीं रह गई थी। खाना उन्हें मिल रहा था, सो उसी घर के सामने कोने में पड़े रहते या फिर टूटी दीवार लाँघकर जंगल की तरफ़ जाकर घूम-फिर आते। उनके तेवर इस तरह टूटकर गिरे थे कि उनके अन्दर का क्रान्तिकारी मर चुका था। एक की आँख फूटी थी, दूसरा लँगड़ाने लगा था। बाक़ी कुत्ते अपनी सेहत खो चुके थे। देखने में भी वे सूख कर काँटा हो गए थे। चौकीदार कुत्तों की सत्ता की गद्दी जवान भगोड़े दल ने सँभाल ली। उनका लक्ष्य कुत्तों पर हेकड़ी जमाना नहीं बल्कि इनसानों को मज़ा चखाना था। तय यह हुआ कि तिवारी जी को नहीं छोड़ना है। अगर वह न मिलें तो उनके बीवी-बच्चों को काट खाना है। इस फ़ैसले के बाद अब उन कुत्तों का काम इधर-उधर से किसी तरह पेट भरकर सर्विस गली में छुपते-छुपाते जाना और ऐसी जगह लुक-छिपकर बैठना था जहाँ उन पर किसी की नज़र न पड़े।

तिवारी जी का छोटा बेटा जैसे ही घर से निकला, वैसे ही भगेड़ू दल का कुत्ता उधर लपका ही था कि सामने से चिरकुट व लेंडी छह नम्बर गली की कुतिया के साथ आते नज़र आए। उनके पीछे दो पिल्ले भी थे। वे तीनों उस बच्चे के पास आकर खड़े हो गए। तिवारी का बेटा उन्हें चुमकारने लगा और वे दोनों तेज़ी से अपनी दुम हिलाने लगे। आक्रमणकारी कुत्ता पीछे सरक गया। तभी लेंडी को एक औरत कुत्ते के दो पिल्लों को गर्दन से लटकाए जाती दिखी, जहाँ टूटे-फूटे फ़र्नीचर पड़े थे। उसने पिल्लों को उधर उछालकर फेंकते हुए कहा, "जा, मर।"

लेंडी ने छलाँग लगाई। उसके पीछे चिरकुट और कुतिया भी दौड़ी। दोनों पिल्ले 'कूँ कूँ' करते पास के टेंटनुमा झोंपड़े की तरफ़ बालों से बनी गेंद की तरह लुढ़कने लगे।

"यही वे बच्चे हैं।" चिरकुट ने कुतिया से कहा तो कुतिया ने दुःख से उन बच्चों को देखा। उनके पास पहुँचकर वह उन्हें चाटने लगी। पिल्ले भी प्यार पाकर उससे लिपटने लगे।

पिल्लों को अपनी माँ की ख़ुशबू तो नहीं मिली, मगर भरपेट दूध पीने को मिल गया। कुतिया के चेहरे पर सुख की अनुभूति थी और चिरकुट व लेंडी के चेहरे पर सन्तोष-भरी मुस्कान थी।

गली में अब कोई न था। ताक में छुपा कुत्ता दबे पाँव आगे बढ़ा और तिवारी जी के बेटे पर झपट पड़ा, जो मुरमुरे का पैकेट दुकान से लेकर लौट रहा था। कई कुत्ते

छलाँग मारकर उस कुत्ते की तरफ़ दौड़े। तभी एक चीख़ उभरी। तीनों चौंककर पलटे तो देखा, तिवारी जी का बेटा बुरी तरह चीख़ रहा है। उसके पैरों से ख़ून बह रहा था। यह अपने में आश्चर्य की बात थी कि उसके दोनों पैरों पर एक साथ कई कुत्ते चिपटे हुए थे। चिरकुट, लेंडी, वह कुतिया बीच-बचाव के लिए दौड़े। आस-पास के कुत्ते उधर झपटे। कुत्तों में अब घमासान युद्ध छिड़ गया था। बच्चे की चीख़ सुन तिवारी जी का पूरा परिवार घर से बाहर निकला और उसी के साथ कुछ पड़ोसी भी। सबके चेहरों पर हवाइयाँ उड़ रही थीं।

कुत्तों की पटकम-पटकी देख आस-पास के काम करते मज़दूर पाइप, छड़, कन्नी लेकर उनकी पिटाई के लिए भागे। जमकर पिटाई हुई। गली में बच्चे और कुत्तों के घाव से टपकी ख़ून की बूँदें इधर-उधर छिटकी थीं। कुत्तों की चीख़म-धाड़ में पूरे मोहल्ले की चाँव-चाँव शामिल हो गई।

"इन कुत्तों ने फिर से जीना हराम कर दिया है।" कुंठित-सी आवाज़ उभरी।

"इनके खाने में ज़हर मिलाकर दे दो। सारा झगड़ा ख़त्म।" किसी ने क्रोध में अपनी भड़ास निकाली।

"जब कुत्ता-पकड़ गाड़ी आती है तो हमारे दुश्मन और कुत्तों के दोस्त उसे यह कहकर लौटा देते हैं कि यह क़ानूनन जुर्म है। बात तो उनसे भी करनी पड़ेगी कि आख़िर वे चाहते क्या हैं?" कोई चीख़ा।

तिवारी जी की पत्नी बच्चे को डॉक्टर के पास ले जाने के लिए स्कूटर पर बैठ रही थीं। उनकी आँखों से पानी इस तरह गिर रहा था, जैसे बारिश अपने-आप बरसती है!

कुछ ने इधर-उधर फ़ोन मिलाना शुरू कर दिया। किसी के कुछ समझ में नहीं आ रहा था। तभी पेट्रोलिंग पुलिस की गाड़ी गुज़री तो लोगों ने हाथ दिखाया।

"क्या हुआ?" सारी बात सुनकर उसने इधर-उधर देखा। "यहाँ तो कुछ नज़र नहीं आ रहा है!" कहकर वह हँसा और आगे चल दिया।

उत्तेजित लोग भी अपने-अपने घरों की तरफ़ पुलिस को कोसते हुए झुँझलाकर जाने लगे। अपने घरों से झाँकती औरतें भी किवाड़ व खिड़की के पल्ले बन्द कर घर के काम-धाम में व्यस्त हो गईं।

चाय की दुकान खुल चुकी थी। आस-पास रहनेवाले नौकर-मज़दूर चाय पीने पहुँच चुके थे। जलबोर्ड का काला भारी दरवाज़ा खुल चुका था। थोड़ी देर बाद जल-टैंकरों का आना-जाना शुरू हो जाएगा। आस-पास रहनेवाले ग़रीब मुफ़्त पानी लेने पहुँचने लगेंगे जिनमें छोटी लड़कियाँ और लड़के होंगे जो भरते पानी के टैंक के पास नहाने के लिए जमा होने लगेंगे।

सुबह गर्म थी। लू चलना अभी शुरू नहीं हुई थी।

प्यासे कुत्ते भी जलबोर्ड के पानी पीने आ-जा रहे थे। मेला-सा लगा हुआ था।

दस बजते-बजते घर के ज़्यादातर मर्द-औरत काम पर और बच्चे स्कूल-कॉलेज चले जाते थे। मोहल्ले के इस सन्नाटे को तोड़नेवाले ड्राइवर चाय की दुकान पर जमा होने या फिर अन्दर ज़ोर-ज़ोर से हँसी-मज़ाक़ और गाली-गलौज करते नज़र आते थे। आस-पास के घरों में रहनेवाले कभी शिकायत करते जलबोर्ड के इंचार्ज से या फिर औरतें कोसने लगतीं, जिनकी औलादें स्कूली पाठ के साथ गन्दी-गन्दी गालियाँ सुनते थे। उन्हें डर था कि एक दिन ऐसा आएगा कि ये सारे बच्चे पहाड़े रटने की जगह मोटी-मोटी गालियाँ बकने लगेंगे।

"हे भगवान, जलबोर्ड ने घरों को तोड़कर अपनी ज़मीन बना ली। अरे, जंगल पड़ा था नपाई के लिए, मगर ग़रीबों को उजाड़ दिया। मैं कहती हूँ, सत्यानाश हो उस पटवारी का। लाला जी को हार्ट अटैक इसी दुर्घटना में हुआ था न, जब उनका पक्के काग़ज़ वाला घर गिरवा दिया था?"

"ऊपर से पम्प हाउस का इतना गहरा टैंक ठीक बस्ती के बीचोबीच में खुदवा डाला। कुछ हुआ तो समझो, सारी अम्बेडकर कॉलोनी डूब जाएगी और हम तैरते जाने कहाँ चले जाएँगे।"

"सच, यह विचार रात को मन में आता है तो नींद उड़ जाती है। पता नहीं, किस कर्मजले ने योजना बनाई थी और तब कौन था मुख्यमंत्री?"

"हमसे क्या पूछती हो? वोट डालने तो तुम्हीं दौड़ी जाती हो, भुगतो!"

"ए रौशन की मम्मी, क्या मतलब है तुम्हारा? हम अपना अधिकार छोड़ दें?"

गली में खड़ी औरतें कहीं का ग़ुस्सा कहीं निकालने लगीं और उस गली के कुत्ते उनके आस-पास खड़े दुम हिलाने लगे। किसी की गर्दन उठी थी, किसी की आँखों में बेचैनी थी, जिसमें एक भाव तैर रहा था : 'शान्ति!' कुछ कुत्ते जो शोर

सुन भागते हुए आए थे, दूर खड़े अपनी ज़बान निकाले हाँफते खड़े थे और माजरा समझने की कोशिश कर रहे थे।

गली की चाँव-चाँव सुनकर पानी लेने आए मर्द-औरत-बच्चे हाथों में डिब्बे, पुताई की बाल्टी पकड़े खड़े हो गए।

अचानक कुत्ते भौंकने लगे। गुस्साई औरतों की बोली बन्द हो गई। झुँझलाई-सी वे सब अपने-अपने घरों में घुस गईं और तमाशा देखने वाले जलबोर्ड की तरफ़ बढ़ गए।

तिवारी जी वाली घटना ने कुत्तों के प्रति घृणा को बढ़ा दिया था। एक-दो दिन ग़ुस्से में किसी ने गली के कुत्तों को रोटी नहीं डाली। कुत्ता आता दिखता तो औरतें छोटे बच्चों को या तो गोद में उठा लेतीं या फिर अपने से चिपका हाथ में पकड़े थैले से 'धत् धत्' करके धमकाती थीं। उनके भय को देख किशोर लड़के आस-पास से कोई भी ढेला या पत्थर को उठा सधा निशाना लगाते। इस चक्कर में एक कुत्ते की आँख भी फूट गई थी। सामने वाले घर की खिड़की का शीशा भी चकनाचूर हो गया।

अभी लड़के की माँ और शीशा टूटने वाले घर की औरत में 'तू-तू, मैं-मैं' चल ही रही थी कि अचानक एक मोटा-ताज़ा बन्दर सामने के घर की छत पर से खड़ी कारों की छत पर कूदा। उसे देखते ही शोर उठा, "बन्दर...बन्दर!"

इस भगदड़ में बालकनी पर खड़ा बच्चा ताली पीटकर बोला, "अम्मा, हनुमान जी!" इतना कहकर उसने पुचकारने की आवाज़ निकाली तो बन्दर लपककर पास के पेड़ पर चढ़ा और डाल पर से चलता हुआ बालकनी में कूद गया।

"अरे बचाओ..." माँ की चीख़-पुकार सुनकर लोगों ने पहले खिड़की-दरवाज़े खोले, फिर बन्दर को देखकर झट बन्द कर लिए।

बन्दर बच्चे का दिया बिस्कुट जब खा चुका तो उसने बच्चे को गोद में बिठा उसके सिर में जूँ ढूँढ़नी शुरू कर दी। फिर उसे छाती से लगाने की कोशिश की, मगर बच्चा हर बार फिसल जाता। माँ-बेटे का रोना और शोर से तंग आकर बन्दर ने पेड़ पर छलाँग लगाई और पत्तियों की कोंपल तोड़ मुँह में डालने लगा।

"बन्दर पकड़ने वाले को बुलाओ! यह बड़ा ख़तरनाक बन्दर लग रहा है।" किसी ने चीख़कर कहा।

"मुझे पूरा किडनैपर लग रहा है।" कोई लड़की काँपती-सी बोली।

"ज़रूर किसी ने सधाकर बच्चा उठाने भेजा होगा।" शंका से भरी आवाज़ उभरी।

ऐसी बातें सुनकर किसी बूढ़े ने झुँझलाकर कहा, "हाँ, यह भगवान के बनाए जीव थोड़े हैं जो इस धरती पर रहने का अपना अधिकार समझें? अब तो यह तुम्हारा बनाया संसार है, जहाँ तुम जैसों के अलावा कोई दूसरा नहीं रह सकता...हम जैसे रिटायर बूढ़े भी नहीं।"

किसी ने बौखलाकर 100 नम्बर डायल कर दिया। थोड़ी देर में पेट्रोलिंग पुलिस का वही बन्दा पहुँच गया। सब कुछ सुनकर इस बार हँसा नहीं बल्कि झुँझला पड़ा।

"अगली बार चील-कौवे को लेकर तुम पढ़े-लिखे लोग फ़ोन करोगे कि हमारी छत, आँगन से फला चीज़ उठा ले गया। इतनी समझ नहीं है कि यह पशु-पक्षी भूखे होंगे, कभी कुछ खाने को डाल दो! चारों तरफ़ हत्याएँ हो रही हैं, दुर्घटनाएँ हो रही हैं, तुम चूहे-बिल्ली से डर रहे हो!"

डाँट-फटकार कर वह चलता बना। तभी बन्दर पेड़ से कूदा और उसकी जाती मोटरसाइकिल की पीछे वाली गद्दी पर बैठ गया। पुलिस का जवान झटके से घबराकर पीछे मुड़ा तो अपने पीछे बैठे मोटे-ताज़े बन्दर को बैठा देख सकपका गया। मोटरसाइकिल उसने सड़क की तरफ़ मोड़ी और हलवाई से कुछ मँगवाकर वह बन्दर को थमाने ही जा रहा था कि जाने कहाँ से दर्जन भर कुत्ते बन्दर को देख भौंकते हुए आन खड़े हुए। बन्दर ने थैला पुलिस वाले के हाथ से झपटा और मज़ा ले-लेकर सामने की दुकान के ऊपर बैठ खाने लगा। कुत्ते भौंकते-भौंकते थककर वहीं बैठ गए। मोटरसाइकिल आगे जाकर गुम हो गई। हलवाई चीख़ा, "फिर पैसा दिये बिना चल दिये!"

बन्दर ने पहले इधर-उधर ताका, फिर दबे पैर नीचे उतरा। अचानक उसने सुस्ताते कुत्तों में से एक की दुम खींची तो सब हड़बड़ा गए। बन्दर हँसा या खिखियाया, पता न चला। अभी वे भाग भी नहीं पाए थे कि बन्दर ने एक कुत्ते की दुम के नीचे उँगली डाल दी। रास्ता ज़्यादा भीड़-भाड़ वाला नहीं था। कुछ देर यह बदतमीज़ी चलती रही। तंग आकर कुत्तों ने इधर-उधर बाज़ार की भीड़ में गुम होकर अपनी जान बन्दर से बचाई।

सुबह के दस बजे थे। सब्ज़ी का ठेला गली के नुक्कड़ पर आने लगा था। औरतें खड़ी मोल-भाव कर रही थीं।

"अम्मा, अम्मा, वह देखो, अपना मोती लौट आया है।"

बच्चे के इस तरह ताली बजाकर ख़ुश होकर माँ को झिंझोड़ने पर ग़ुस्से में भरी माँ ने बच्चे का हाथ झटका और तमककर बोली, "तो क्या आरती उतारूँ?"

लड़का रुआँसा होकर मोती की तरफ़ बढ़ा, मगर उससे पहले ही कुत्तों ने उसे छेंक लिया और लगे हालचाल पूछने।

मोती का मन उनसे बात करने में नहीं लग रहा था। वह जल्द से जल्द अपने मित्रों से मिलने अपने पुराने अड्डे की तरफ़ जाना चाहता था।

अड्डे पर पहुँचकर देखा, उसे वहाँ कोई नज़र नहीं आया। वह भूखा और थका हुआ था। भैरव मन्दिर के पिछवाड़े पेड़ों की झुरमुट के नीचे झाड़ियों के बीच जाकर लेट गया। वह कुछ देर सोना चाहता था, मगर ऊपर से गिरती निमकौलियाँ उसके ऊँघने में विघ्न डाल रही थीं। वह तंग आकर उठा और टूटे चबूतरे पर जाकर लेट गया। लेटते ही उसे नींद आ गई।

सपने में वह अपने को लगातार दौड़ता देखता रहा। एकाएक उसने देखा कि माली ने उसे पकड़ लिया है और कैंची खोलकर उसकी दुम काटकर बोला, 'जा, भाग, दुमकटे!' सोते में उसकी चीख़ निकल गई। आँख खुली तो एकाएक समझ नहीं पाया, वह कहाँ है। उसका दिल ज़ोर-ज़ोर से धड़क रहा था। दुम की जड़ में उसे पीड़ा-सी महसूस हुई।

"क्या सचमुच...?" इस विचार के आते ही वह उछलकर खड़ा हो गया। गरदन घुमाकर पीछे ताका। दुम हिलाई। फिर यह चुनचुनाहट कैसी? मोती ने टाँग उठाकर जो देखा, पीछे की तरफ़ चींटे चिपके हुए थे जो उसे काट रहे थे। जल्दी से अपना पिछला बदन घास पर जाकर रगड़ा। फिर उसने गरदन घुमाकर छरछराती जगह को ज़बान से चाटने लगा। जब कुछ सँभला तो समझ नहीं पाया कि सारे कुत्ते यहाँ से गए कहाँ! माँ तो बहुत बीमार थी। पिता की आँख फूट चुकी थी। कुछ और साथी कुत्ते बूढ़े व बीमार यहाँ पड़े रहते थे, जिन्हें कोई न कोई रोटी डाल देता था। जवान होते कुत्ते भी हालात के चलते इधर-उधर से रोटी उठाकर उनके लिए ले आते थे। सब कुछ ठीक-ठाक चल रहा था।

मोती ने घूम-फिरकर देखा। आस-पास की जगह को सूँघा। उसे महसूस हुआ, जैसे यहाँ कुछ अनहोनी घटी है...।

"मेरे दो माह ग़ायब होने के बीच ऐसा क्या हुआ होगा?" उसने चिन्ता से भर इधर-उधर ताका, फिर भैरव मन्दिर के सामने गया। वहाँ भी सन्नाटा था। कुछ पल खड़ा रहा, फिर वहीं बैठ गया। प्यास के मारे उसकी ज़बान बाहर लटक रही थी। कुछ कुत्ते उसे दूर से जाते हुए दिखे, मगर उन्हें रोककर कुछ पूछना उसे उचित नहीं लगा। उसने भौंकना शुरू कर दिया। एक-एक रिश्तेदार मित्र कुत्तों का नाम लेकर उन्हें पुकारा, मगर जवाब कहीं से नहीं आया।

"चलता हूँ।" यह कहकर वह उठा और कुछ खाने की तलाश में आगे बढ़ गया।

चलते-चलते वह एक ढाबे के सामने जाकर रुक गया, जहाँ ग्राहक जा चुके थे। नौकर अब पेट-पूजा में लगे हुए थे। मोती कुछ देर खड़ा उन्हें पहचानने की कोशिश करने लगा, फिर आगे जाने के लिए बढ़ा। उन्हीं काम करने वालों में से किसी ने आदत के मुताबिक़ रोटी का एक टुकड़ा उसकी तरफ़ उछाला तो मोती ठिठका ज़रूर, मगर उस टुकड़े को उठाना तो दूर, उसकी तरफ़ देखा भी नहीं।

"अरे, यह तो मोती है! फेंका टुकड़ा नहीं खाता।" कहता हुआ एक जवान उठा और पूरी नान उठाकर उसने मोती की तरफ़ बढ़ाते हुए उसका सिर थपका, "चल ले, फटाफट खा।" इतना कह उसने साथियों की तरफ़ मुड़कर कहा, "कुत्ते भी स्वाभिमानी होते हैं।"

मोती नान को दोनों पंजों के बीच दबा नोचकर खाने लगा। उसी जवान ने पाइप लगाया और जूठे बर्तनों पर पानी डालने लगा। मोती की तरफ़ धार करके बोला, "पी ले!"

साफ़ मीठे पानी की धार को मुँह से पकड़ने की कोशिश में मोती ने जी भर पानी पिया। 'इतना साफ़ पानी जानवरों को कभी-कभार पीने को मिलता है।' मोती ने सोचा और वहीं दीवार से टेक लगा बैठ गया। उसकी पलकें मुँदने लगीं।

रात के दो बज गए थे।

हैरी अपना मोबाइल खोले कुत्तों की विभिन्न जातियों को देख रहा था। ढाबे के दोनों नौकर सुनील और संजय, सीज़ून जंक्शन नाइटीनाइन का नेपाली कुक जो

चाइनीज़ खाना तैयार करता था और किसी के घर पर काम करनेवाला सूरज भी उसको घेरे बैठे थे। जब से मोहल्ले में विदेशी कुत्तों को पालने के चलन के साथ चमचमाती दुकानें कुत्ते को खाने और पहनने के साथ खिलौने, बिस्तर, दवाओं की खुली हैं, आम इनसान की जिज्ञासा हाथ में मोबाइल रहने की वजह से कुत्तों के बारे में बढ़ी है।

"यह देख, बुलडॉग!"

"बाप रे बाप...बहुत ख़तरनाक है यह तो! मुँह पर झुर्री कितनी हैं?"

"रात को अकेले में दिख जाए तो आदमी डर जाए।"

"यह देख, पूडल है।" उसका चित्र देखकर सब हँस पड़े।

"वह इंग्लिश था, यह जर्मनी का है। कितना प्यारा है न!"

"राम क़सम, यह तो पूरी तरह वर्मा जी की छोटी बिटिया 'रोज़ी' लग रही है...।"

"ठीक कह रहे हो। बस, रिबन दोनों चुटियों में नहीं लगा है।"

"यह देख, दूसरा थुंडल। लाल रंग, यह रहा नीला, यह कत्थई। ऊपर वाला बहुत बड़ा ड्रेस डिज़ाइनर है।" इस बात पर सबकी हँसी छूट गई।

"यह मत समझो कि तुम्हीं सैलून जाते हो बाल कटवाने और रँगवाने। इनके भी विचित्र स्टाइल हैं। यह देख काले को, बाल का गुप्फा निकाले है। इसका पैर देख! बाल ऐसा काटा है, जैसे पैरों में गेंद बँधी हो!" हैरी ने कहा।

"अरे, यह तो लगता है, पैरों में पहिया लगाए है!" सूरज चीख़ा।

"तभी तो ये महँगे कुत्ते हैं।" हैरी कह उठा।

"हमारे देसी कुत्ते का कोई फ़ैशन नहीं।" सीज़ून बोला, फिर हँस पड़ा। "फिर भी कितने सुन्दर लगते हैं!"

"आँखें देखी हैं देसी की? बिलकुल रीना मैडम की बहन की तरह कजरारी लगती हैं।"

इसी बीच पुताई करनेवाला शंकर आ गया। देसी कुत्ते की बात सुनकर बोला, "एक बात बताएँ, हम देसी कुत्ते को कुछ समझते नहीं हैं और महँगे-महँगे अंग्रेज़ी कुत्ते पालते हैं, मगर अंग्रेज़ सर देसी कुत्ते रखते हैं।"

"उड़ा मत, यार! तुझे यह कैसे पता चला?"

"अपने ठेकेदार के चलते। काम के चलते मन्दिर, मस्जिद, गुरुद्वारा, एम्बेसी,

स्कूल, घर—हमारा जाना कहाँ नहीं होता है? वहीं पर मैंने देखा है कि विदेशी कुत्ता घर में रखते हैं और पहरे के लिए हमारे देसी कुत्ते रात के समय राउंड पर रहते हैं चौकन्ने, चुस्त और वफ़ादार।"

"बात कुछ हज़म नहीं हुई!" सब हँस पड़े।

"देसी को सब दुत्कारते हैं, मगर पेडिग्री यानी ख़ालिस जात के कुत्तों से सब अंग्रेज़ी में बतियाते हैं। उनका मुँह प्यार से चूमते हैं। कुत्ता उनका मुँह चाटता है। कुछ ग़लत कर दे कुत्ता, तो बेहद दुलार से कहेंगे, 'नो बेबी, बैड हैबिट!' तब उनके अन्दर का मानव जाग जाता है।"

"धत्!" सुनील चिढ़ गया, "बकवास मत कर। अंग्रेज़ देसी कुत्ते से चौकीदारी करवाएँगे और पालतू कुत्ते को..." उसकी बात अधूरी रह गई।

"अंग्रेज़ों की बात ही अलग है।" सूरज बोला। "छोड़ उनकी बात।"

"काहे? काहे छोड़ें? मैं देखता हूँ, कुत्ता जब कुतिया का...चाटता है, सूँघता है, फिर अपनी जगह चाटता है। उसी मुँह को फिर मेम साहिबा और साहब चूमते हैं। मुझे तो एक बार उबकाई आ गई थी। यह देख अंग्रेज़ बाबू ने ठेकेदार को डाँटा था। उसने मुझे भगा दिया।"

"उन्हें छोड़, प्यार में यह सब नहीं देखा जाता। तू यह देख।"

"यह तो..." किसी के मुँह से निकला।

"अब आया यह हीरो! इसकी ब्रीड 'चीहुआहुआ'...यह मैक्सिको में मिलता है। छोटा-सा होता है।" इस नाम को सुनकर सब हँस पड़े।

"कुछ अच्छे दिखा ताकि रात को नींद तो ठीक से आए।"

"पोमेरियन देख...कितना सुन्दर है! पोलैंड का है।"

"यार, पालना तो अच्छे मुँह वाला कुत्ता चाहिए।"

"अरे, मार डाला यार! यह क्या चीज़ है?"

"बाल देखो, पूरे शरीर पर पर्दे की तरह झूल रहे हैं! इसका मुँह तो जैसा बिलकुल औरत वाला लगता है।"

"अफगान हाउंड है। क़द तो देखो भैया!"

"है भी तो पठानों के देश का।"

"यह देखो, यह है बैसेए यानी शिकारी...कान देखो!"

"हाथी जैसे हैं। सब ऊपर वाले की लीला है।"

"यह है चाइना का चाऊ-चाऊ!"

"कितने बाल हैं! आँख ही नहीं दिख रही है!"

"यह काले-सफ़ेद और दाम पचास हज़ार।"

"सस्ता है।"

"चाइना का माल है न!"

"यह देखो, तिब्बती मैस्टिफ।"

"डरावना है और लगता है, सिर पर बालों वाली टोपी पहने है।"

"पेडिग्री एक लाख से पच्चीस हज़ार में...। अब देखो इस कुत्ते की काठी और सफ़ेदी!...सोचो, कहाँ का होगा?"

"यूरोप के अलावा और कहाँ का होगा ऐसा सफ़ेद सुन्दर ऊँचा क़द का कुत्ता?"

"तमिलनाडु का है राजपालयम। अपना भारतीय कुत्ता।"

"झूठ।" कई आवाज़ें गूँजीं।

"सच कह रहा हूँ, अपने देश का है।"

"चलो, हम सब लोग पैसा जमा करते हैं और ख़रीद लेते हैं।"

"साँझे की हँड़िया..." सब खिलखिलाकर हँस पड़े।

"यह देख...बोल, कहाँ का है?" हैरी ने पूछा। सब चुप रहे तो वह बताने लगा।

तभी अचानक शोर उठा। अंग्रेज़ी में गाली और 'ठहर...ठहर! रुक...रुक'— इतना सुनकर सब आवाज़ की ओर हड़बड़ाकर भागे।

सड़क पर दो मोटरसाइकिल वाले एक काले कुत्ते को बीच सड़क पर से उठा रहे थे। पास जाकर देखा तो कुत्ता हाँफ रहा था और बेहद डरा हुआ था।

"क्या हुआ पलाश भैया?" हैरी ने आगे बढ़कर पूछा।

"जाती कार का अचानक दरवाज़ा खुला और चलती गाड़ी से यह कुत्ता सड़क पर गिर पड़ा। मैंने पीछे से देखा तो उन्हें रोकना चाहा। बार-बार हॉर्न दिया। कार के आगे यह थे। इन्हें कुछ पता न था, फिर मैंने इन्हें रोका।...कार में जो भी था, बेहद क्रुवेल था।" पलाश बोला।

"आपने उनकी कार का नम्बर देखा था?" दूसरे मोटरसाइकिल वाले ने पूछा।

"मेरा ध्यान नहीं गया। कुछ अँधेरा था। मैं तो तब चौंका जब कुत्ता सड़क पर गिरा और मैंने ब्रेक लगाई।" पलाश ने कहा।

पुताई वाला कुछ देर तक कुत्ते को ताकता रहा, फिर बोला, "साहब, यह काम ख़ुद कुत्ते के मालिक ने किया होगा। मैंने देखा है, जब किसी बड़े साहब का ट्रांसफर होता है तो कुत्ते को यूँ ही फेंक देते हैं या फिर कुत्ता बीमार हुआ तो...विदेशी भी यही काम करते हैं।"

"फिर पालते क्यों हैं?" किसी ने कहा।

"अब इसका करना क्या है?" दूसरे बाइक वाले ने कहा। वह परेशान-सा लग रहा था।

"यहीं ढाबे के पास लिटा दो। हम लोग तो हैं यहाँ पर।" हैरी बोला।

"लोकल कुत्ते इसको परेशान करेंगे। अभी मैं इसको अपने घर ले जाता हूँ। आप सबको मेरी मदद करनी होगी। सुबह की सुबह देखी जाएगी।" पलाश ने कहा।

"ठीक है।"

दूसरे मोटरसाइकिल वाले ने कुत्ता उठाने में मदद की तो बाक़ी लोग भी आगे बढ़े। यह देखकर पलाश ने अपनी मोटरसाइकिल को स्टार्ट किया, उस पर कुत्ते को बिठाया, मगर उसको सँभालना मुश्किल हो रहा था। इतना बड़ा कुत्ता कहीं काट न ले, इसकी सावधानी बरतनी थी। इसलिए प्यार से थपकते-सहलाते सब चुमकार रहे थे।

"आप लोग आगे चलें, मैं पीछे-पीछे मोटरसाइकिल लेकर आता हूँ ताकि रास्ते में रोशनी हो सके।" दूसरे मोटरसाइकिल वाले ने कहा।

"पता नहीं, काहे सोने के समय बिजली काटते हैं?" गली में अँधेरा देख चाट वाला बोला।

कुत्ते ने मोटरसाइकिल के चलते ही कूदने की कोशिश की, मगर चारों की जकड़न तगड़ी थी। मुँह उसका बँधा हुआ था। बेबसी के मारे उसने धीमे-धीमे रोना शुरू कर दिया। आधा किलोमीटर इस तरह चलना दुश्वार हो रहा था, तो भी किसी तरह सब घर के दरवाज़े तक पहुँच गए। पलाश ने बटन दबाया।

घंटी बजते ही घर का दरवाज़ा खुला। "क्या पलाश आ गया?" एक ज़नाना स्वर उभरा।

"जी! साथ में कई लोग और हैं जो एक कुत्ता उठाकर आए हैं।" बच्ची जैसी आवाज़ ने कहा।

"कुत्ता?" बूढ़ी आवाज़ आश्चर्य से काँपी फिर झुँझलाई-सी कह उठी, "यह घर कुत्तों का डेरा है?"

"आप लोग इसको यहीं उतार दें। बाक़ी मैं देख लूँगा।" पलाश ने कहा तो सब सिर हिलाते एक अजीब भाव चेहरे पर लिये चले गए।

पलाश ने किचन में जाकर कुछ ढूँढ़ा, फिर झुँझला पड़ा, "काम के समय कोई बर्तन नहीं मिलता। वैसे टूटे बर्तनों की दुकान लगी रहती है।"

"काम आएगा कभी, यह सोचकर सहेजती हूँ, मगर तू तो हर चीज़ फिंकवा देता है।"

माँ की आवाज़ उभरी तो लड़की बोल पड़ी, "माताजी, भैया ने नया कटोरा लिया है।"

"सत्यानाश!" माँ की आवाज़ उभरी।

इन बातों से लापरवाह पलाश ने कुत्ते के सामने पहले पानी का बर्तन लाकर रखा और फिर उसे प्यार से सहलाने लगा, मगर वह कुत्ता बेदम-सा पड़ा रहा। उसे छोड़कर पलाश माँ के बेडरूम की तरफ़ बढ़ा। वह पलंग पर बैठी थीं और दरवाज़े की तरफ़ बड़ी उत्सुकता से देख रही थीं। पलाश को देखते ही बोलीं, "फिर एक और कुत्ता?"

"कुछ नहीं, मम्मी, जर्मन शेफर्ड कुत्ता है। बीच सड़क पर उसे कार से गिराकर कुछ लोग चले गए। मैं करता भी क्या? घर ले आया। सुबह देखता हूँ। आप आराम कीजिए।" पलाश ने थके स्वर में कहा।

"खाना खाया या नहीं?" माँ ने पूछा।

"नहीं। मगर अब खाने का मन नहीं हो रहा है। भूख ही मर गई है।" पलाश ने धीमे से कहा और कमरे से निकल वह कुत्ते के पास दोबारा गया।

कुत्ता सदमे में था। साँप की तरह कुंडली मारे बैठा था—मुँह को पैरों के बीच में छुपाकर। उसने पानी भी नहीं पिया था। कुछ पल पलाश वहाँ खड़ा रहा, फिर बुदबुदाया, "जाने कब तक यह नाइटमेयर इस बेचारे का पीछा करता रहेगा?"

मोती उन कुत्तों में से एक था, जो स्वतंत्रता-प्रेमी होते हैं और बाक़ी कुत्तों से अलग-थलग रहते हैं। उसकी नज़र में पालतू कुत्ते तो होते ही हैं अपने सम्मान को गिरवी रखनेवाले, और हर एक के आगे-पीछे दुम हिलाने वाले। चापलूस कुत्ते उसे नहीं भाते थे, जो आधी रोटी के चलते हर ऐरे-ग़ैरे के लिए अखाड़े में कूद पड़ते थे। लेकिन स्वतंत्रता-प्रेमी कुत्ते क़स्साब की दुकान पर भी नहीं फटकते थे, जहाँ तीन-चार कुत्ते टकटकी लगाए क़स्साब को बोटियाँ काटते और क़ीमा कूटते ललचाई नज़रों से एकटक तकते रहते थे। ये स्वतंत्रता-प्रेमी कुत्ते केवल मछली या सब्ज़ी खाते थे, जहाँ कुत्तों की भीड़ न के बराबर होती है। ये फल या सब्ज़ी की दुकान में पीछे से घुसते और सजे केला, अमरूद या गाजर, बीन्स खींचकर रफ़ूचक्कर हो जाते और मिल-जुलकर लूटा और बटोरा माल खाते थे। मछली के पेट की गन्दगी रखने वाले थैले को दुकानदार की पीठ के पीछे से बड़ी सावधानी से घसीटते और ऐसी तेज़ दौड़ लगाते, जैसे उन्हें विश्व-स्तर की दौड़-प्रतियोगिता में स्वर्ण-पदक जीतकर देश का गौरव बढ़ाना हो! ये कुत्ते इस चोरी और हाथ की सफ़ाई को अपना अधिकार और अपना हिस्सा कहते थे, जो स्वयं मानव-समाज को उन्हें देना चाहिए। इसलिए मोती ने उस दिन अपनी गरिमा व गम्भीरता को नज़र में रखते हुए वहाँ खड़े छुटभैये कुत्तों को मुँह नहीं लगाया।

मोती सीना ताने मोहल्ले की ख़ैर-ख़बर ले रहा था। बिछड़े दोस्तों को ढूँढ़ रहा था। यहाँ किसी को क्या पता कि वह किस क़ैदख़ाने की सलाखों को महीनों बाद तोड़कर भागा है। उसे वहाँ कितनी घुटन लगती थी जबकि घूमने को पूरा फ़ार्म हाउस था! लोट लगाने को गद्दे की तरह नर्म घास के मैदान थे, जहाँ घूम-घूमकर गाने की पूरी आज़ादी थी। सुबह कम्पनी से आए बिस्कुटों का नाश्ता, दोपहर में दही-रोटी और शाम को मुर्ग़े का सूप व चावल। मोती को यह ऐयाशी फूटी आँखों नहीं भाती थी, ऊपर से जानलेवा तन्हाई। दूर-दूर तक न कुत्ता, न गाय; न बकरी, न सूअर, यहाँ तक कि बिल्ली-चूहे भी नहीं दिखते थे सिवाय दो मालियों के। चिड़ियाँ ढेरों थीं फुर्र-फुर्र उड़ती, चहकती जो मोती के दिल को और जलाती थीं। बस, गूलर के पेड़ पर बैठा उल्लू उसके साथ रात भर जागता था। कभी-कभी मोती का दिल भर आता तो वह रो-रोकर गीत गाता और दिल की भड़ास निकाल लेता जबकि उसको यह पता नहीं था कि कवि कीट्स तो पहले ही कह चुके थे कि सबसे मीठे गीत वे हैं

जो ग़मगीन होते हैं। बहरहाल, वह अपना दर्दे-दिल कहता, जिसे पेड़, घास, फूल, फौवारे से उछलती टपकती बूँदें सुनती होंगी ज़रूर...।

इस बीच फ़ार्म हाउस के मालिक सपरिवार आए थे। उनके साथ दो उजले कुत्ते भी थे, जिनको देख मोती का उदास मन ख़ुशी से झूम उठा था, यह सोचकर कि इनके साथ वह खेले-कूदेगा, बातें करेगा। मगर होश में तो वह तब आया जब उसे ज़ंजीर से बाँध दिया गया और उन दोनों को उछलने-कूदने के लिए छोड़ दिया गया। जब कभी वे दोनों उससे मिलने आते तो नौकर दौड़कर उन्हें यह कहते ले जाते, 'नो, नो बेबी।' ये उनके नौकर थे जो उनको नहलाते-धुलाते थे। मालिक के बच्चे उनके साथ गेंद खेलते और मोती बेचैन होकर अपनी ज़ंजीर तोड़ उनके साथ दौड़ना चाहता। बैठे-बैठे उसके घुटने दुखने लगे थे। खाने से मन हट गया था। जब कभी वह मन की बात कहने को मुँह खोलता तो डाँट पड़ती, 'शट-अप!' सप्ताह भर रहकर वे चले गए। उस दिन मोती ने फ़ार्म हाउस में दौड़ लगाई ताकि जमे पैर खुल सकें। घास में लोटकर पीठ खुजलाई, फिर थककर ऊँघ गया। सपने में उसे अपना ठिकाना नज़र आया, जिसमें वह अपने पाँच-छह मित्रों के साथ पड़ा रहता था। जब वह सुबह उठा तो अपने ठिकाने जाने के लिए व्याकुल हो उठा।

उसके दिन बड़े सूने-सूने गुज़र रहे थे। मोती तन्हाई से उकताकर माली के घर के द्वार पर जा बैठता तो उसकी पत्नी उसे दुत्कारती और छोटी बेटी रोने लगती, जबकि वह हमेशा दुम हिलाकर अपने मन के भावों को व्यक्त करता था। उससे दोस्ती कर उसके साथ खेलना चाहता था, मगर उसको समझने वाला यहाँ कोई न था। इस समय ढलती रात के सन्नाटे से घबराकर वह माली के अधखुले किवाड़ से कुछ दूर पर जा बैठा। पता नहीं, कब उसका दिल भर आया और वह गा उठा :

मैं मोती कुत्ता, सुन्दर और चंचल
मेरा अपहरण किया गया
सिर्फ़ इसलिए कि मैं पहरा दे सकूँ
इस पैसे वाले सेठ के फ़ार्म हाउस का
जो डरपोक है और धूर्त कंजूस।
उसे पता नहीं कि मैं ठहरा कंगाल
जिसे कोई नहीं बाँधकर रख सकता है—

न लोहे का गेट, न गर्दन में पड़ी लीश
न चौकीदार का डंडा...।

उसका विलाप-भरा आलाप अचानक बीच में तब टूट गया जब माली अपने क्वार्टर से टहनी काटनेवाली बड़ी-सी कैंची उठाए निकला। उसकी नोक उसके सिर में चुभोते हुए क्रोध से फनफनाया :

"साला रोज़-रोज़ का टंटा। आज तेरी ज़बान काट के ही दम लूँगा...बोल, अब गाएगा शोकगीत? पता नहीं, कौन मर गया है इसका सगा-सौतेला!..." इतना कह माली ने कैंची खोली तो उसकी धार लैम्पपोस्ट की रोशनी में ऐसी चमकी कि मोती भयभीत हो उठा और उसने लपककर माली के गाल पर पहले चाँटा मारा, फिर नाख़ून गड़ाए और हाथ का गोश्त काट खाया और सरपट मेन गेट की तरफ़ भागा।

पलक झपकते ही मोती ने माली के छक्के छुड़ा दिये। मुहब्बत अदावत में बदल गई।

माली की चीख़-पुकार को सुनकर उसके घरवाले दौड़े आए और बाहर खड़ा सुरक्षा गार्ड चीख़ने लगा, "क्या हुआ? दरवाज़ा खोलो!"

सुरक्षा गार्ड की गुहार सुनकर दूसरे माली ने लॉक खोला, तभी झाड़ी में छुपा मोती दोनों को धक्का दे खुलते दरवाज़े के बाहर निकल भागा और ठीक बुलेट ट्रेन की तरह सरपट दौड़ने लगा। जब उसकी अँतड़ियाँ दर्द से खिंचने लगीं तो वह मूर्च्छित-सा पेड़ की जड़ पर गिर पड़ा।

मोती पागलों की तरह अपने प्रियजनों को ढूँढ़ रहा था। पूछ रहा था। किसी के पास कोई विशेष सूचना नहीं थी। सूचना उसे देता कौन? जब कुत्तों को कुछ पता होता तब न! लेकिन यह भेद दोपाये जानते थे, जिनसे मोती पूछ नहीं सकता था। वही उस पूरी घटना के चश्मदीद गवाह थे।

तिवारी जी के परिवार के साथ जो घटना घटी थी, वह कोई मामूली घटना नहीं थी। सारे सदस्य तो अस्पताल आने-जाने में व्यस्त थे, मगर मोहल्ले वालों में से कई लोगों ने तय कर लिया था कि अब इस मोहल्ले से कुत्तों की आबादी कम करनी

है। क़ानून अपनी जगह, हमारी व्यावहारिक कठिनाइयाँ अपनी जगह हैं। उनकी मदद एक ही विभाग कर सकता है और वह है—पुलिस के वे लोग जो कि जान लेना किसी पुण्य काम के लिए उचित समझते हैं। पहले बीट पुलिस से बातचीत हुई और अमावस्या की रात तयशुदा कार्यक्रम के अनुसार दर्जन भर कुत्तों का पटाख़ों की आवाज़ के साथ इनकाउंटर कर दिया गया। लाशों को टेम्पो में भरकर जंगल की तरफ़ किसी गहरी चट्टानों के बीच फिंकवा दिया गया। पूरे मोहल्ले के कुत्ते तो ख़त्म नहीं हुए, मगर गली के आस-पास के कुत्तों को साफ़ कर दिलों में शान्ति छा गई कि अब उनकी 'फ़ैमली सेफ़' हो गई है। यह आइडिया भी उन्हें इंटरनेट से मिला था, जहाँ बहुत तरह की ख़बरें चित्र समेत मौजूद थीं। बतौर मिसाल, दौसा से जयपुर के रास्ते में मोटरसाइकिल पर सवार दो लोग सुनसान सड़क पर जा रहे थे। चालक के पीछे बैठा आदमी कुत्ते के पीछे की टाँगें पकड़े बैठा था। कुत्ते का सिर और आगे के पैर सड़क से घसीटते ख़ून की लकीर खींचते आगे बढ़ रहे थे। यह देख पीछे वाले मोटरसाइकिल सवार ने उन्हें दूर से हॉर्न बजा-बजाकर रोकना चाहा, मगर वे मोटरसाइकिल वाले कुत्ते को लिये सुनसान सड़क पर मोटरसाइकिल दौड़ाते रहे और एक जगह चलती मोटरसाइकिल को धीमा कर चालक के पीछे बैठे आदमी ने हाथ में पकड़े कुत्ते को जैसे फेंका और मुड़ा, तभी पीछे से मोटरसाइकिल वाला पहुँच गया। पूछने लगा, "यह क्या?"

जवाब मिला, "कुत्तों ने इसको काट खाया था। घायल था। हम इसे फेंकने आए थे।"

यह घटना कुत्तों तक सीमित नहीं है। इनसान भी इनसान को सड़क पर टक्कर मारकर मरने के लिए छोड़ जाता है। इसमें नया क्या है?

पड़ोसी देश में 2015 में एक साथ हज़ार कुत्ते मारे गए थे। उसका कारण यह था कि छह हज़ार पाँच सौ लोगों को रेबीज़ होने का डर था। यह आँकड़ा वहाँ के छह ज़िलों का था जो भयावह स्थिति बता रहा था। इनसानों को बचाने के लिए जानवरों के प्रति किया गया यह व्यवहार आसान विकल्प था या फिर अत्याचार? इस पर बहस हो सकती है। उस पर भी आक्रोश उमड़ता है जब ज़बर्दस्ती लादे गए युद्धों में सैकड़ों जवान मारे जाते हैं या एक साथ दफ़ना दिये जाते हैं। बस, सारा मामला जीने के संघर्ष का है।

भय इनसान को ही नहीं, जानवर को भी काटने पर मजबूर कर देता है। यह विडम्बना ही तो है कि बरसों से साथ रहने के बावजूद इनसान जानवरों से डरता है और जानवर इनसानों से।

दोपहर में अचानक बादल घिर आए और मौसम जो ग्रीष्म ऋतु की तरफ़ पेंगे ले रहा था, वह ठहर गया। अचानक सर्दी के बढ़ जाने से स्वेटर और मफ़लर फिर से निकल आए थे। बारिश पूरे तीन दिन तक बरसती रही। चिरकुट और लेंडी कँपकँपाते हुए अधबने मकान के कमरे में सीमेंट की बोरियों के पीछे दुबके पड़े थे। खाने का कोई जुगाड़ न था। जब बारिश थमती तो वे ऊँघ रहे होते थे। दूसरे, यह बात भी उनके दिमाग़ में कहीं थी कि ऐसे मौसम में उन्हें न ढाबे का सूप पीने को मिलेगा, न ही किसी ग्राहक के द्वारा फेंकी हुई रोटी नसीब होगी।

इस समय वे दोनों कोने से निकल दीवार से चिपके आसमान से गिरती बारिश की बूँदों को ताक रहे थे। शायद दोनों ने तय कर रखा था कि इस बार बारिश के रुकते ही वे ढाबे की तरफ़ दौड़ लगाएँगे। अभी ऊपर की तरफ़ ताक ही रहे थे कि एक थैला सामने से आकर धप्प-से गिरा। दोनों भय से उचके। जाने किस घर से आया कूड़े का थैला उनके सामने फटा पड़ा था! पल भर वे उसको ताकते रहे, फिर उस पर झपट पड़े। बासी चावल, दाल, रोटी, सब्ज़ी व फल के छिलके—बहुत कुछ उसमें मौजूद था। जब उनका पेट भर गया तो लेंडी ने चिरकुट से कहा, "क्या ही अच्छा होता कि हम आवाज़ देकर औरों को बुला लेते! इस बारिश में घूरे पर कौन गया होगा? पता नहीं, किसने कब से कुछ खाया ही न हो?"

"हाँ।" इतना कह लेंडी ने ऊपर से नीचे झाँका। कहीं कोई नज़र नहीं आया। तो भी उसने भौंक-भौंककर अपना सन्देसा पहुँचा दिया। पता नहीं, कालिदास के 'मेघदूत' की तरह उनका सन्देसा भूखे कुत्तों तक पहुँचा या फिर मेघों ने बरसने की धुन में कुछ सुना ही नहीं?

लेकिन कुछ पल के लिए ठहरे मेघों ने सबको सन्देसा पहुँचा दिया था। कुछ देर बाद डरे-डरे-से दो कुत्ते सीढ़ियाँ चढ़ उनके पास पहुँच चुके थे। काफ़ी वक़्त के भूखे थे। सीधे खाने की चीज़ें टटोलने में लग गए। खाना खाकर चारों

ने आपस में गप मारना शुरू कर दिया। उसी में मोती का ज़िक्र भी आया। उन उग्रवादी कुत्तों का भी ज़िक्र चला। सभी को शक था कि ये यहाँ के नहीं, बाहर से आए कुत्ते हैं।

"ये उसी ज़माने में आए होंगे जब ढेरों कुत्तों को उठवा लिया गया था।" चिरकुट ने कुछ याद करते हुए कहा।

"ठीक कह रहे हो तुम।" लेंडी बोला, उन दिनों कई नन्हे-मुन्ने पिल्ले कहीं से भागकर आए थे। बताते थे, वहाँ पूरी बस्ती उजाड़ दी गई थी। कुत्ते मार दिये गए थे। वे भटकते भूखे इधर चले आए थे। वही होंगे ये पिल्ले जो अब जवान हो गए हैं।"

"अरे, मोती तुम?" नये कुत्तों में से किसी ने ताज्जुब से पूछा।

मोती आगे बढ़ा, मगर कुछ बोला नहीं। इधर-उधर देख सूँघकर लौटकर जाने लगा।

"अरे, कहाँ चल दिये? बैठो न। परेशान हो? सब भूल जाओ।" उसी कुत्ते ने कहा तो जाते-जाते मोती रुक गया। कुछ सेकेंड वह खड़ा रहा, जैसे कुछ सोच रहा हो, फिर वह बिना कुछ कहे उनके बीच बैठ गया।

"यह तो हमारा भाग्य है। हमारा परिवार उजड़ता है, कभी बसता ही नहीं—इन दो पायों के कारण।" दूसरे कुत्ते ने कहा।

सब चुप रहे। फिर कोई बोला नहीं। बस, वे गिरती बारिश की झड़ी को देखते रहे।

आज शाम ब्रिगेडियर लाल कार्तिक के साथ संजय वन के उस मन्दिर की तरफ़ पैदल ही निकल गए थे, जहाँ एक मन के भले व शौक़ीन आदमी ने कुत्ते, बन्दर, बतख वग़ैरह पाल रखे थे। वह उनको कुछ अपनी जेब से और कुछ कार्तिक जैसे लोगों के अनुदान से खिलाता-पिलाता और उनका ध्यान रखता था। वहाँ पहुँचकर ब्रिगेडियर लाल की आँखें चमक उठीं। छोटे-से तालाब के चारों तरफ़ कुत्ते के ढेरों पिल्ले दौड़ रहे थे। बतखें तैर रही थीं। बड़े कुत्ते एक तरफ़ बैठे थे। कुछ दौड़-भाग कर रहे थे। सफ़ाई भी वहाँ मौजूद थी। पेड़ की जड़ पर बने चबूतरे पर बैठकर ब्रिगेडियर लाल ने कार्तिक से कहा, "इन कुत्तों को टीके लगते हैं?"

"जी। ज़रूरी मेडिकल सहूलियतें हम पहुँचाते हैं। वैसे भी देसी कुत्ते बीमार

कम पड़ते हैं। अपनी छोटी-मोटी बीमारियों का इलाज तो ये ख़ुद कर लेते हैं। यहाँ माहौल ठीक है तो ये सब सेहतमन्द लग रहे हैं। ऑक्सीजन ही ऑक्सीजन है।" कार्तिक हँसा।

गाँव से कुत्ते ही शहर की तरफ़ नहीं आए बल्कि रोज़ी-रोटी की तलाश में बड़ी संख्या में मनुष्यों का पलायन भी हुआ। बड़े शहर इस बढ़ती आबादी को सँभालने की शक्ति व सुविधा नहीं रखते हैं। दूसरी ओर अनेक प्रकार की कठिनाइयों का सामना ख़ुद प्रशासन को झेलना पड़ता है। नागरिकों को न केवल कठिनाइयाँ होती हैं बल्कि सरकार की आलोचना भी होती है। जिस देश के गाँवों में किसान आत्महत्या कर रहे हों और उनकी खड़ी फ़सल को घूमते आवारा पशु रौंद रहे हों, वहाँ पर अनुशासन की कल्पना ही की जा सकती है। ये सारी बातें बार-बार ब्रिगेडियर लाल के दिमाग़ में उबलते पानी के बुलबुले की तरह उठती रहती थीं।

कार्तिक जानबूझकर ब्रिगेडियर लाल को इधर लाया था ताकि वह जीवन का दूसरा पक्ष भी देख लें।

उनके बीच अचानक बहस छिड़ गई।

"सिविलियंस में सफ़ाई का कोई कॉन्सेप्ट नहीं है। आख़िर क्यों?"

"हम पॉश्ड कहलाने वाले लोग, पड़ोसियों से हाय-हलो तक सीमित होकर रह गए हैं। फिर इन सड़कों पर फिरने वाले कुत्तों की तरफ़ हमारा ध्यान क्यों जाएगा? हमारी योजनाओं में इनका कोई स्थान नहीं है। जब हम ख़ुद की सुरक्षा एवं स्वच्छता की तरफ़ ध्यान नहीं देते हैं तो सड़कों और गलियों में, बाज़ारों और घरों के सामने जहाँ चाहते हैं, हम कुत्तों की तरह पैख़ाना-पेशाब करते हैं क्योंकि हमें सहूलियतें नहीं मिली हैं। जहाँ मिली हैं, वहाँ केवल पेशाबख़ाना ईंट-गारे का खड़ा है—न पानी है, न सफ़ाई।" कार्तिक ने कहा।

"ओह!"

"वैसे तो कहनेवाले यह भी कह सकते हैं कि हमारी सोच व आदतों में 'मैदान जाना' बसा हुआ है, जिसे हम छोड़ नहीं पा रहे हैं, तो फिर कुत्ते की इस आवश्यकता के प्रति कैसे जागरूक हो सकते हैं?" कार्तिक हँसा।

"मैं सिविलियंस की परेशानियों को समझने लगा हूँ। आर्मीवाला अनुशासन और साधन यहाँ मौजूद नहीं हैं। अपने बारे में और ख़ुद के परिवेश के बारे में एक

उदासीनता भरी लापरवाही नज़र आती है। सड़क पर घूमते कुत्तों को कितना ज़रूरी है टीके लगवाना! कम-से-कम जिसे कुत्ते काटें, वह अस्पताल तो न भागे। मेडिकल टीम हर महीने न सही, साल में तो इन जानवरों की सेहत का उचित चेकअप कर सकती है।" ब्रिगेडियर बोले।

"आपका कहना सही है। आप जिस सेहतमन्द समाज की तरफ़ बार-बार अपनी चिन्ता व्यक्त करते हैं, उसे मैं समझ रहा हूँ, मगर जहाँ अस्पतालों में इनसानों के इलाज की सुविधा मौजूद न हो, वहाँ पर...। कहने को हमारे यहाँ कुत्ते व इनसान के लिए बेहतरीन क्लीनिक व महँगे अस्पताल मौजूद हैं, मगर किस वर्ग के लिए?—यह सोचने की बात है।" कार्तिक ने कहा।

"आपके अलावा यहाँ कोई दूसरी क्लीनिक है?" ब्रिगेडियर लाल ने लौटते हुए कार्तिक से पूछा।

"इसी रोड पर 'लिटिल पॉज़' नाम से एक क्लीनिक है। अब तो देखते-देखते वसंतकुंज, साकेत के आसपास के मोहल्ले में सैकड़ों क्लीनिक खुलते जा रहे हैं, मगर वे सब प्राइवेट हैं।"

"आई सी!" ब्रिगेडियर लाल बोले।

दोनों उस परिसर से बाहर निकले और ख़ामोशी से कुछ दूर तक फुटपाथ पर पेड़ों की छाँव में चलते रहे।

"कभी-कभी मैं सोचता हूँ, यदि आर्मी को कुछ ज़िम्मेदारियाँ दे दी जाएँ तो काफ़ी हद तक अनुशासन लाया जा सकता है।" ब्रिगेडियर लाल ने कहा।

"हो सकता है, सर, आप अनुभवी हैं। मैं जितना अपने लोगों को समझा हूँ, वह यह कि हमारी घुट्टी में आज़ादी बसी हुई है। उस आज़ादी को हम खोना नहीं चाहते, किसी भी हाल में। भले ही डर से हम कुछ दिन कड़े अनुशासन को मान लें मगर फिर हम आज़ाद तबीयत लोग उससे निकलने का रास्ता ढूँढ़ लेते हैं। आप उसे अनुशासनहीनता कहें, अपराध कहें, जुगाड़ कहें, ग़र्ज़ कि कुछ भी कहें।" इतना कह कार्तिक चुप हो गया।

"ऐसी आज़ादी...?" ब्रिगेडियर कहकहा मारकर हँस पड़े।

"ऐसी आज़ादी के साथ अगर सहूलियतें दी जाएँ, बदलाव लाया जाए तो जनता मानेगी। उसे अपनाएगी। अनुशासन को ख़ुशी से अपनाएगी।"

कार्तिक ने ब्रिगेडियर के चेहरे पर नाचती कुटिल मुस्कान को अनदेखा कर दिया। वह उनको सब कुछ बता व गिना सकता है जो अनुशासन के नाम पर आर्मी में होता है, मगर सम्बन्ध को कड़वाहट में बदलना वह कब का भुला चुका है। बात का रुख़ मोड़ते हुए वह कहने लगा :

"सर, पी.वी.आर. के पास घूमते कुत्तों को देखिए। एक-से-एक तगड़े हैं। पता नहीं, वे मालिक के छोड़े हुए हैं या फिर किसके! लेकिन शायद दुकान वाले व ग्राहक या फिर जवान फ़िल्म देखने वाले उन्हें खिलाते हों...!" अचानक कार्तिक फिर लम्बी साँस ले बोला, "सर, अब मैं चलूँगा। कुछ नये कुत्ते दाख़िल हुए हैं, उनकी दवा का समय हो रहा है।"

"ओके।" दोनों ने बाय-बाय में हाथ हिलाया और दाएँ-बाएँ मुड़ गए।

रास्ते में नया ताज़ा फेंका कूड़ा ब्रिगेडियर लाल का रास्ता रोक बैठा तो अचानक उनके मुँह से निकला, "जानवरों की उपेक्षा करनेवाले कैसे गन्दगी को सहन कर लेते हैं! क्या पता, शायद वह उनकी सबसे प्रिय मित्र हो!"

मौसम बदलते ही कार्तिक के क्लीनिक में कुत्तों की भीड़ जमा थी। टिक्स बुख़ार फैला हुआ था। हवा में वायरस के कारण कई कुत्ते डिस्टेंपर के रोग से पीड़ित, बुख़ार से जलते, बहती नाक व आँख लिये खाँसते हुए इधर-उधर पड़े हुए थे। कुछ डायरिया व पैरालाइसिस से अधमरे कोने-कुतरे में छुपे अन्तिम साँस ले रहे थे। इम्यून सिस्टम के कमज़ोर होने और हवा के दूषित होने के कारण इन्फ़्लुएंजा भी फैला हुआ था। उसी के साथ केनाइन पारवो वायरस भी फैला था जो कुत्तों के गैस्ट्रो रिस्टग पर अटैक करता है। इसका वायरस मिट्टी में रहता है। इस बीमारी से निपटने के लिए इतना महँगा इंजेक्शन बाज़ार में मौजूद तो था, मगर बीमार कुत्तों की ख़ैर-ख़बर लेनेवाला कोई न था। छुपी जगहों पर सड़ती उनकी लाशें हवा में जानलेवा गन्ध भर देती थीं, जिसके आदी झोंपड़-पट्टी और तंग गलियों के लोग हो जाते हैं। कार्तिक सचेत था कि इन रोगों से कुत्तों को बचा सके। उसे पता था कि कई कुत्ते देखरेख न होने के कारण इधर-उधर, जहाँ-तहाँ मर रहे थे जिसका पता लगाना कार्तिक के लिए मुश्किल था। जगह-जगह मलबे का ढेर, कूड़ों के टीले,

गड्ढों में भरा पानी, मच्छरों के झुंड-के-झुंड बीन बजाते और मक्खियों की टोलियाँ मल्हार गाती रहतीं। गाय का गोबर और कुत्तों के पेशाब से जगहें गन्धाती रहती थीं। गर्मी तेज़ होने से पहले कार्तिक ने दस हज़ार रुपये पर दस जमादारों की मदद ले अपने सामने ख़ाली पड़े प्लॉट में से कूड़े के टीलों को हटाने का काम शुरू करवा दिया था। कुछ पड़ोसियों को लगा कि यह आदमी प्लॉट पर क़ब्ज़ा करनेवाला है और कुत्तों को वहाँ रखने वाला है। ऐसी चिकचिक मची कि पुलिस-थाना हो गया। नतीजा यह निकला कि पुलिस की निगरानी में प्लॉट साफ़ तो हो गया लेकिन इस सहायता के लिए पुलिस ने पाँच हज़ार रुपये चाय-पानी के लिए माँगे। आख़िर थाने में दरोगा, सिपाही भी तो होते हैं। सहकारी कामों में सबका हिस्सा जो लगता है, मगर एम.सी.डी. के कानों में जूँ भी न रेंगती।

कुछ दिनों बाद ही कार्तिक के अपने क्लीनिक में भर्ती सड़क का कुत्ता जब इन्फ़्लुएंजा की बीमारी से मर गया तो उसने ख़ाली प्लॉट में गड्ढा खुदवाकर नमक के पैकेट डलवाकर उस कुत्ते का शव गड़वा दिया। पड़ोसी की बालकनी से एक बच्चा यह सब देख रहा था। उसने माँ को जाकर बताया। माँ ने फ़ौरन बच्चे के बाप के ऑफ़िस फ़ोन किया और बात फैल गई।

शाम को दफ़्न हुए कुत्ते की लाश को गड्ढे से निकालने के लिए हंगामा शुरू हो गया।

"देखो, यह सब यहाँ नहीं चलेगा।" पड़ोसी ने ज़बान के साथ गर्दन व आँखें भी मटकाईं।

"तो फिर चलेगा क्या?" कार्तिक ने पूछा। उसकी समझ में नहीं आ रहा था कि आख़िर वह सज्जन कह क्या रहे हैं।

"अभी बताता हूँ..."

अचानक उनकी बदली गुंडे-बदमाश वाली छवि देखकर कार्तिक हँस पड़ा। उसे बचपन में कबड्डी में हारे अपने दोस्त की याद आ गई।

"कुत्ता उठाओ और यहाँ से चलते बनो। ले जाकर कहीं और फेंको। हमारी ज़िम्मेदारी नहीं बनती है तुम्हें राय देने की, समझे?" उनका स्वर उग्र हो उठा और उससे ज़्यादा तेज़ उनकी चुटकी बज उठी।

"ठीक है, अब यह दफ़्न हो चुका है। इसको यहीं रहने दीजिए।"

"बिलकुल नहीं।" एक दूसरे सज्जन अपने फ़्लैट से निकलकर आन खड़े हुए और चीख़े, "अभी तुरन्त निकलवाओ इसको।"

"मैं इसकी लाश को निकलवाकर जलवा देता हूँ।" कार्तिक ने धीमे स्वर में कहा।

"यह श्मशान घाट नहीं है—प्लॉट है, प्लॉट। कुछ समझे?" उन्होंने हाथ नचाया।

"यहाँ हम कुत्तों का मसान नहीं बनने देंगे। तुम कुत्तों से कमा रहे तो तुम जानो। मगर यहाँ यह सब नहीं चलेगा।"

"यह प्लॉट आपका तो नहीं है। मैं ज्ञान जी से पूछ चुका हूँ। प्लॉट तो उन्हीं का है न?" कार्तिक इनके तेवर देखकर झुँझला उठा।

"मगर पड़ोसी हैं हम। ऐसा अनर्थ नहीं होने देंगे कि तुम बहाने-बहाने से ज़मीन हथिया लो।" कुछ और लोग भी जमा हो गए थे।

"देखिए, हमारे और आपके कुत्ते की बात नहीं है। मोहल्ले में हम मानव और जानवर, दोनों रहते हैं। पूरे मोहल्ले में जगह-जगह कुत्तों की लाशें सड़ रही हैं। मैंने जाने कितनी बार एम.सी.डी. को फ़ोन किया, मगर लगा नहीं। शायद उनका फ़ोन ख़राब हो!" कार्तिक ने नर्मी से कहा।

"तो किसी जमादार को बुलाते। आख़िर कुत्तों से कमाई कर रहे हो तो कुछ ख़र्च भी करो।"

उनकी बात सुनकर कार्तिक का चेहरा तमतमा उठा और दिल चाहा कि कहे, 'लावारिस कुत्ते कौन-सी फीस देते हैं?' मगर ख़ून के घूँट पीकर रह गया और नर्मी से बोला, "कहाँ फेंकता? घूरे पर या जंगल में? कीटाणु और बदबू जो फैलती तो सबके लिए हानिकारक होती या नहीं?" कार्तिक का लहज़ा तीखा हो उठा।

"अरे, कैसी बकवास कर रहे हैं आप? जिनका काम मुर्दा खाना हो, वे पशु-पक्षी तो इसको दो मिनट में चट कर जाते। हड्डी की खाद बन जाती।"

कार्तिक को मजबूर होकर कुत्ते की लाश खुदवानी पड़ी। उसका मन भारी हो गया था। इतनी बेबसी और बेचारगी तो उसे कठिन से कठिन समय में भी कभी महसूस नहीं हुई थी। उसको हर बार इनसानों की बेहिसी का एक नया अनुभव होता, जिसकी अनुभूतियों की प्रतिध्वनियाँ बरसों उसके मस्तिष्क में सरसराती रहती थीं।

कार्तिक ने स्वयं फावड़े व खुरपी की मदद से क़ब्र खोदी और कुत्ते की लाश को उठाते हुए जाने कैसे क्रोध व करुणा से भरा वह रो पड़ा। उस तंग गड्ढे से मुर्दा शरीर को खींचना कोई आसान काम न था, न ऐसे समय में देखने वालों का दिल पिघलना सरल था, जहाँ कुत्ते की कोई हैसियत न थी। अच्छा था कि उसके आँसू माथे पर छलक आए पसीने में जा मिले।

उसने कुत्ते के बदन को ऊपर उठाया तो उस पर कई किलो छिड़का नमक पाउडर की तरह झड़ा। यह देख कई चेहरों पर दया उभरी। उनके होंठ खुले परन्तु कोई बोला नहीं। मोहल्ले का मामला था। एक लावारिस कुत्ते को लेकर वे पड़ोसियों से पंगा नहीं ले सकते थे। गोपाल और कार्तिक ने कुत्ते के शव को आटे के बोरे से लपेटकर बाँधा फिर दोनों उसे उठाकर कार की डिक्की में डाल आए। यह देख लोग आपस में बात करते, बड़बड़ाते अपने घरों की ओर लौटने लगे।

दोनों ने अन्दर जाकर हाथ धोए। फिर कार्तिक ने बाहर आकर कार स्टार्ट की। उसके हाथ उत्तेजना से काँप रहे थे। लोग तब तक जा चुके थे।

कार्तिक अभी अपने फ़ार्म हाउस में उस कुत्ते की लाश दफ़नाकर आया ही था कि नौकर ने बताया कि पुलिस आई थी। शायद फिर कुछ पैसा ऐंठना चाह रही हो, मगर शान्ति देखकर चली गई। सब कुछ सुनकर कार्तिक कुछ बोला नहीं।

शायद क्या, यक़ीनन यह उसके इम्तहान की घड़ी थी—धैर्य, शान्ति और चुप रहने की। उसने दीवार पर लगे पोस्टर को देखा : 'हिंसा नहीं, अहिंसा!'

कई दिन मानसिक तनाव में गुज़र गए।

कुछ दिनों बाद जब बीमार कुत्तों की भीड़ कम हुई और कार्तिक के चेहरे पर राहत-सी दिखी तो उसके कम्पाउंडर ने पूछ ही लिया :

"सर, आपने इस मोहल्ले में क्लीनिक क्यों खोला?"

"यह सवाल कुछ दिनों से मैं भी अपने से पूछ रहा हूँ।" कार्तिक ने सोचते हुए कहा। फिर लम्बी साँस खींचकर बोला, "शायद इसलिए कि यह सुन्दर पहाड़ी

इलाक़ा था। नया-नया उभर रहा था। मेरा दो कमरों वाला घर यहीं था। मैंने बचपन में एक कुत्ता पाला था। प्यार क्या होता है, मैंने यह उससे सीखा था। फिर वह बीमार पड़ा और वह एक दिन मर गया। मैं कुछ समझ न पाया कि वह क्यों मरा, कैसे मरा, उसे क्या तकलीफ़ थी? पिताजी नौकरी पर जाते तो शाम तक लौटते। माँ को बचपन में खो दिया था। सारे दिन उदास तन्हा कमरे में रहता था।" इतना कहकर कार्तिक रुका, फिर हँसकर बोला, "नौकरी मिली, तो मोहल्ला छूटा। किराये का मकान भी नहीं रहा, लेकिन यादों में जब-जब अपने कुत्ते मिक्की के मरने का दृश्य मेरी आँखों के सामने उभरता, तब-तब मैं सोचता था कि जानवरों की बीमारी को लेकर हर मोहल्ले में छोटा-मोटा सरकारी अस्पताल होना चाहिए, जहाँ उनका कम-से-कम फ़र्स्ट-एड हो सके। इसी उधेड़बुन में मैंने फ़ैसला लिया कि मैं यह काम ख़ुद क्यों नहीं करता...बस!" इतना कह कार्तिक ऊपर चार्ली के पास चला गया और उसको प्यार करते-करते अपने अतीत में खो गया—जब मिक्की ने उसे साँप से बचाया था। जब उसके घुटने में चोट लगने से वह बेहोश था, तब बहते ख़ून को चाट-चाटकर साफ़ उसने किया था। कैसे वह बॉल खेलता था!—यही सब सोचते हुए कार्तिक कुर्सी पर ऊँघ गया और चार्ली उसके पैरों पर सिर रख लेट गया।

चिरकुट और लेंडी ढाबे के जूठे बर्तन के धोवन वाले पानी को चटपटे सूप की तरह पीकर टीन की छाँव में आकर अभी बैठे ही थे कि जवान कुत्तों का भगोड़ा दल दौड़ता हुआ टूटी कार के नीचे जाकर छुप गया। चिरकुट और लेंडी ने नहीं पूछा कि क्या करके आए हो। इन उग्रवादियों की न दोस्ती अच्छी थी, न दुश्मनी। शाम तक वे वहीं साँस रोके छुपे रहे, फिर अँधेरा होते ही धीरे-धीरे रेंगते हुए बाहर निकले। सारे कुत्तों के बीच तब तक यह समाचार धीरे-धीरे करके फैल चुका था कि कच्छा-बनियाइन वाले तिवारी के पूरे परिवार को कुछ कुत्तों ने मिलकर बुरी तरह काट खाया है। कु लोगों का शक असलम ड्राइवर की तरफ़ गया, जिसका कुत्ता कुछ दिनों पहले एक हाजी जी को काट चुका था। उस कुत्ते से सब तंग भी थे। पहले मालिक मकान से कहा गया, फिर ख़ुद सलीम से कहा गया कि इस तरह कटखने कुत्ते को खुला मत छोड़ो बल्कि बाँधकर रखो। उसकी बीवी नकनकही थी, इसलिए उसे सब 'चुड़ैल'

कहते थे। वह बहुत लड़ाका स्वभाव की औरत थी। असलम तो नर्म स्वर में कहता रहा कि 'जी साहब, ध्यान रखेंगे, आप चिन्ता न करें', मगर उसकी पत्नी फाटक खोलकर बाहर निकली और लगी बातें बनाने :

"शक के नाम पर हमारे कुत्ते पर झूठमूठ इल्ज़ाम मत लगाना। वैसे भी यह हमारा पालतू कुत्ता थोड़े है। जाने क्यों यहाँ आकर पड़ा रहता है! दुत्कारो तब भी नहीं जाता।" इतना कहकर वह घर के अन्दर जा ज़ोर से दरवाज़ा बन्द कर बैठी।

"ठीक है, ठीक है।" आने वालों ने इतना कहकर पीछा छुड़ाया।

"कुत्ता काटेगा नहीं तो मुँह चूमेगा?" उसने बड़बड़ाना शुरू कर दिया। एकाएक दरवाज़े से निकल चीख़ी, "हमने तो कब के कुत्ते के सारे दाँत निकलवा दिये हैं। वह बेचारा कैसे काटेगा?" इतना कह वह गली बटोरने लगी।

जिसने यह तर्क सुना, चकित रह गया। सभी उस औरत के पैंतरों को जानते थे, इसलिए सुनी-अनसुनी करके अपने कामों में लगे रहे, लेकिन उसका बड़बड़ाना कम होने की जगह कोसने में बदल गया।

"यह सब कुत्ते की मौत मरेंगे।"

"चुप रह अल्लाह की बन्दी।"

"चुप तो हम हैं। यह सारा इलाक़ा हमारे दादा का था। आज हम किरायेदार बने हुए हैं, लेकिन अब हम नहीं सुनेंगे किसी कुत्ते की बात," वह बड़बड़ाती हुई ज़ोर-ज़ोर से पीपल के गिरे पत्तों को समेटती रही। जात की धोबन थी। सभी घरों के कपड़े उसके यहाँ धुलते थे। उसके ख़ून में दूसरों को पछाड़ने का हौसला भरा था।

मोती भी ये सारे तमाशे देख रहा था। उसे अपने वर्ग के कुत्तों की ग़लतियाँ ज़्यादा दिखती थीं, मगर उससे ज़्यादा संगदिल इनसान दिखते थे, जो बात-बेबात कुत्तों के विरुद्ध हमेशा मोर्चा खोले रहते हैं, बुरा ही सोचते हैं, पता नहीं क्यों?

"अरे भई, सड़क पर भूखी गायें, साँड़ और सूअर भी तो फिरते रहते हैं। उनकी इतनी बेइज़्ज़ती नहीं होती जितनी हम कुत्तों की होती है।" मोती बड़बड़ा उठा।

तभी उधर से गुज़रते हुए कुत्ते मोती को वहाँ खड़ा देखकर रुक गए। उनमें से एक कुत्ता बोला, "हम कोई पागल थोड़े हैं जो लोगों को काटकर अपनी शामत बुला लें?"

उसकी बात सुनकर दूसरे कुत्ते ने उसकी 'हाँ' में 'हाँ' मिला अपनी सफ़ाई

देते हुए कहा, "मैंने तो आज तक किसी को नहीं काटा है और न ही किसी की मार-दुत्कार सुनी।"

ये बातें सुनकर मोती हँस पड़ा और उन्हें फटकार लगाते हुए कहने लगा, "जब कुत्तों ने अपना आत्मसम्मान एक कौर रोटी के लिए इनसानों के हवाले कर रखा है तो फिर रोना क्यों? ये दोपाये जो अपनों के लिए दिल नर्म न रखते हों, वे हम कुत्तों के दर्द को क्या समझेंगे? ठंडी रातों में हमारा ठिठुरना उन्हें कहाँ दिखता है? भूख के लिए हमारी फ़रियाद इन्हें अपशकुन लगती है। आख़िर कब जागेगा हमारा कुत्ता-समाज?" इतना कह मोती चला गया।

दोनों कुत्ते कुछ पल अकबकाए-से खड़े रहे, फिर उनमें से एक बोल पड़ा, "इसकी बात कभी मेरे भेजे में नहीं घुसती है।"

"मुझे यह पागल लगता है।" दूसरे ने कहा।

फिर वे दोनों खिन्न मन से घूरे की ओर चले गए।

इस बीच क़ानून ज़रूर पास हो गया था कि कुत्तों को उनकी जगह से बेदख़ल करना जुर्म है। जो ऐसा करेगा, वह जुर्माना भुगतेगा या जेल जाएगा, मगर इससे क्या इनसानी सोच बदल जाएगी? ऊपर से यह देखो कि कुत्तों की बढ़ती आबादी देखकर कुतियों का ऑपरेशन किया जाएगा ताकि वह कुत्तों की जनसंख्या बढ़ाने में योगदान न दे सकें। ये बातें मोती के अलावा दूसरे कुत्तों को भी बेचैन किए रहती थीं मगर वे करें तो करें क्या? आपस में एकता भी तो नहीं है!

जब ऑपरेशन के बाद कुतियाओं की मौतें होने लगीं तो कुत्तों में खलबली-सी मच गई। उन्हें लगा कि इसमें विदेशी हाथ है जो विदेशी नस्ल के कुत्तों पर कोई पाबन्दी नहीं है। उनका एक-एक पिल्ला लाखों में बिकता है, जिसका बाज़ार सारे विश्व में फैला है। इस बाज़ार के चलते उन कुत्तों का विशेष ध्यान रखा जाता है, जबकि देसी कुत्तों के लिए केवल नस्ल ख़त्म करने के लिए नीति बन रही है। सड़ा-गला खाना फेंका जाता है। यह घोर अन्याय है। इसी अन्याय के विरुद्ध कुछ कुत्ते उठ खड़े हुए हैं और चुन-चुनकर उन लोगों को काट रहे हैं जो उनके प्रति दयालु नहीं हैं। आख़िर उन्हें भी जीने का हक़ है।

मोती अनमना-सा आगे बढ़ा। वह थक गया था। वह आराम से कहीं बैठकर सुस्ताना चाहता था। एकाएक उसका मूड बिगड़ गया। वह बड़बड़ा उठा, "चारों तरफ़ गन्दगी और कूड़ा फैला रखा है। कुत्ता बैठे तो कहाँ बैठे? कहाँ तक कुत्ता अपनी दुम हिलाकर सफ़ाई करता फिरे?"

मन्दिर के पुजारी शर्मा जी के बेटे की कार के बोनेट पर बैठे मोती ने इधर-उधर देखा, फिर हल्के-से गुर्राया, "अगर मैं इनसान होता तो बेज़बान जानवरों के प्रति बहुत रहमदिल होता। अपनी रसोई से उनका भी हिस्सा निकलवाता।"

चौड़ी गली में अँधेरा फैल गया था। औरतें-बच्चे बाज़ार से लौट रहे थे। कुछ बच्चे फुटबॉल खेल रहे थे। परिन्दे घोंसलों को लौट गए थे। ऐसी शामें मोती को उदास कर देती थीं।

अचानक सुरमई आसमान पर चौदहवीं का चाँद सोने के कलस की तरह झिलमिला उठा।

मोती को अपनी प्रेयसी की याद सताने लगी। जाने कहाँ होगी वह? शायद वह ज़िन्दा ही न हो! किसी ट्रक...नहीं, नहीं! उसकी आँखें भर आईं और दिल टीस उठा। उसने दिल का दर्द अपनी आवाज़ में उँडेल दिया और एक लम्बी तान लगाई :

तुम कहाँ हो
भूरी आँखों वाली मेरी जादूगरनी?
यक़ीन करो मेरी शहज़ादी,
मैं तुम्हें छोड़कर किसी और के साथ
नहीं भागा था।
जहाँ कहीं भी हो तुम
मेरी कत्थई और सफ़ेद धब्बों वाली हसीना!
लौट आओ
लौट भी आओ!
कुँवारा मरना मेरा शौक़ नहीं।
मैं घर बसाना चाहता हूँ।
मेरा यक़ीन करो मेरी दिलबर जानी!

फैली चाँदनी में मोती की आवाज़ सुननेवालों के कान के पर्दों में चुभने लगी, "यह कुत्ता काहे रो रहा है?"

"कैसी कर्कश आवाज़ है!"

आस-पास के लोग बिना भाव और भाषा समझे उसे गालियाँ सुनाने लगे।

"भाग...भाग यहाँ से!" किसी ने अद्धा उठाकर डराया।

मोती की आँखों में भरे आँसू वहीं ठहर गए। गले से टपकता रस जम गया।

"हमें जीने का कोई हक़ नहीं है क्या?" वह भौंक-भौंककर मारने वाले से पूछना चाहता था। लेकिन चोट लगने के डर से वह चुप तो हो गया, मगर बोनेट पर डटा रहा। इधर-उधर नज़रें घुमा वह गली की दम तोड़ती चहल-पहल को देखने लगा। तभी उसे सामने से एक जवान आदमी आता दिखा तो उसके मुँह से निकल पड़ा, "बाप रे बाप!" और वह बोनेट से कूदा और कार के पीछे छुपकर उसे देखने लगा। वह गोरा-चिट्टा जवान काले-से कुत्ते को ज़ंजीर में बाँधे सड़क की तरफ़ ले जा रहा था। दोनों थके-थके-से लग रहे थे। मोती के मुँह से निकला, "आख़िर शिकार इसके हाथ लग ही गया!"

अचानक उसने सत्तू समोसे वाले की दुकान पर जाने का मन बनाया। कई बार वह अपने हिस्से का गर्मागर्म समोसा उसकी अधकच्ची दीवार के मुक्खे से घसीट चुका था, जहाँ तले समोसे और कचौड़ियों की थाल वह रखता था। छोटी-सी जगह में भट्ठी और कड़ाही के गर्म तेल की वजह से बहुत उमस रहती थी। ईंट के खिसकने के साथ कई और सूराख कूलर का काम देते थे, जिनसे ठंडी हवा तो नहीं, मगर ताज़ा हवा का प्रवेश व गर्म हवा का निकास होता रहता। ठीक उसकी पीठ के पीछे वॉलफैन लगा था, जो कभी-कभी चलता था, तो भी सत्तू हलवाई चौबीसों घंटे पसीने में नहाया रहता था। मोती को लगता, ऊँट की तरह ज़रूर उसकी बड़ी-सी तोंद में भरे पानी की थैली होगी या फिर ढेरों बच्चे।

दुकान पर ग्राहकों की भीड़ थी। सड़क-छाप कुत्ते बिना किसी उद्‌देश्य के सड़क की नपाई कर रहे थे। सबसे दुआ-सलाम, हाय-वाय कर वह चुपचाप एक कोने में जाकर बैठ गया और जी भरकर तलते समोसे की सोंधी सुगन्ध से अपनी भूख की ज्वाला को भड़काता रहा। जैसे ही सत्तू ने गर्म समोसों को छलनी से उठाकर तेल निचोड़ा, वह उठकर मुक्खे की ओर चला गया। सत्तू ने ठंडे समोसों

को छलनी से पीछे ठेला और गर्म समोसों से भरी छलनी को थाल में उलटकर कड़ाही की ओर मुड़ा तो मोती ने किसी सेंधमार की तरह माल बाहर खींच लिया। तीन समोसे उसने एक के बाद एक ज़मीन पर गिराए और मज़ा ले-लेकर खाने लगा। उसे क्या पता था कि कहानी-सम्राट प्रेमचन्द ने अपनी कहानी 'कफ़न' में गर्म-गर्म भुने आलुओं को कितनी तेज़ी से बाप-बेटे को निगलवाया था! सच तो यह है कि भूख न मरती पत्नी को याद रख पाती है और न खोई प्रेयसी की याद भूख को मार सकती है।

इन दिनों ब्रिगेडियर लाल की दिलचस्पी कार्तिक में कुछ ज़्यादा ही बढ़ गई थी। सुबह का समय था। भोजन बनाने वाली लड़की काम पर लग चुकी थी। नहाकर जब वह नाश्ता करने बैठे तो उनका दिल 'एनिमल फ़र्स्ट' की तरफ़ जाने का चाहा। उन्होंने सोते बुलेट की तरफ़ प्यार से देखा, फिर कोने से छड़ी उठाकर फ़्लैट से बाहर निकलते हुए कहा, "बुलेट का ध्यान रखना। कोई बात हुई तो मुझे फ़ोन कर देना।"

चाय की दुकान पर दो लड़कियाँ जींस पहने सिगरेट पी रही थीं। जब से मेनरोड पर शोरूम व रेस्त्राँ खुले हैं, वहाँ काम करनेवाले बड़े टिप-टॉप से दिखने लगे हैं। कुछ ऑफ़िसेस भी हैं। कई जगहों पर सांस्कृतिक कार्यक्रम भी होने लगे हैं। लगता है, ये लड़कियाँ वहीं पर काम करती हैं।

जब ब्रिगेडियर लाल क्लीनिक की गली की चढ़ाई चढ़ने लगे तो वह ठिठक गए। मोटरसाइकिलों और कारों से भरी गली में आठ-दस कुत्ते एक पंक्ति में सटे-सटे बैठे थे। उनके आगे ख़ाली बर्तन रखे थे।

'कुत्ते भी भीख माँगने लगे हैं?' मन-ही-मन हँस पड़े ब्रिगेडियर लाल।

"नमस्ते, सर!" गोपाल ने कहा और हाथ में पकड़ी बाल्टी को एक तरफ़ रखकर वह उसमें से पैकेट निकाल कटोरों में डालने लगा।

चन्द मिनट तक 'चप-चप' की आवाज़ गूँजी, फिर अपने होंठों पर ज़बान फेरते हुए कुछ कुत्ते क्लीनिक के अन्दर, तो कुछ बाहर की तरफ़ चले गए।

गोपाल ने उनके कटोरे सँभाले और बाल्टी में डालकर चलने लगा।

"क्या दिया इन्हें, दूध?" ब्रिगेडियर ने हैरत से पूछा क्योंकि अक्सर डॉक्टरों का विचार है कि ज़्यादा दूध कुत्ते के लिए नुक़सानदेह है।

"छाछ है। गर्मी में इनको देना ज़रूरी होता है, सर!"

"ओह!" ब्रिगेडियर आगे बढ़ गए।

"भैया तो आए नहीं। उनकी तबीयत ठीक नहीं है।" गोपाल ने बताया।

"क्या हुआ?" ब्रिगेडियर ने मुड़कर पूछा।

"घायल कुत्ते ने ऐसा उनके हाथ में काटा है कि अँगूठे के पास का गोश्त ग़ायब हो गया है।"

"अरे!" ब्रिगेडियर लाल चौंक पड़े। पल भर चुप रहे, फिर धीरे से बोले, "हुआ कैसे?"

"एक औरत देसी कुत्ता लेकर आई थी। उसको चोट लगी हुई थी। भैया ने हमेशा की तरह कुत्ते के बारे में जानकारी ली और एक दिन के लिए उसे भर्ती कर लिया। औरत ने आश्वासन दिया था कि कुत्ता कटखना बिलकुल नहीं है। बहुत सीधा-सादा है। उसके घर की रखवाली करता है।"

"फिर?"

"जब डॉ. शशिधर उसके घाव को साफ़ करने लगे तो वह गुर्राने लगा। और पास खड़े भैया ने उसे पुचकारा तो उसने उनका हाथ चबा लिया और मेज़ से उठकर बाहर की तरफ़ दौड़ गया। भैया की फ़र्स्ट-एड हुई। इंजेक्शन लग गया मगर ख़ून नहीं रुक रहा था। उस हालत में भैया ने मालकिन को फ़ोन किया कि उसका कुत्ता उन्हें काटकर भाग गया है। वह भैया से झूठ बोली थी कि उसका कुत्ता बहुत सीधा-सादा है। वह तो बेहद शरीर और उजड्ड कुत्ता है। अगर वह सच बताती तो इलाज शुरू करने से पहले सुरक्षा का पूरा बन्दोबस्त कर लिया जाता। वह क्लीनिक पर आकर झगड़ा करने लगी। गली में चीख़-पुकार मच गई कि उसके पालतू कुत्ते का यहाँ ध्यान नहीं दिया। ख़ैर, सर, उसके जाने के बाद कुत्ता तो मिल गया, मगर वह उसे लेने नहीं आई। तब से फ़ोन उसका बन्द आ रहा है। भैया की हथेली व अँगूठे का घाव धीरे-धीरे ही जाकर भरेगा।"

"उस कुत्ते का क्या हुआ?"

"डॉ. शशिधर ने उसे बेहोश कर उसका इलाज तो कर दिया है। अब अन्दर ज़ंजीर में बँधा है।"

"आर्मी में ऐसा होता तो मैं धूप में पूरी फ़ील्ड के पचास चक्कर लगवाता। कहीं कोई नैतिकता ही नहीं। अनुशासन किस चिड़िया का नाम है, उसकी समझ तो सिविलियंस में शून्य है। बस, फ़ैशन करना और मोबाइल पर बातें करने के अलावा यहाँ के रहनेवाले इनसानियत से कोसों दूर हैं...मेरा मतलब मेज़ोरिटी से है...अपवाद तो हर जगह है।" इतना कहकर ब्रिगेडियर खिन्न मन से घर की तरफ़ लौटने लगे।

उनके मन में आक्रोश उमड़-घुमड़ रहा था। मन हुआ कि अभी कार्तिक का हालचाल जाकर ले आएँ, मगर बुलेट का ध्यान आते ही उबले दूध का उफान सतह पर बैठ गया। मगर एक विचार दिमाग़ में कौंधा कि जिन शिकारी कुत्तों को हम जंगल और खेतों से अपने साथ शहरों की तरफ़ लाते हैं, उनके बारे में हम सोचते ही नहीं कि हमारे विकास में उनकी हिस्सेदारी का भी ख़याल रखना चाहिए।

ब्रिगेडियर लाल का दिल अनमना-सा हो रहा था। वह यूँ ही सामने के शोरूम में घुस गए और असली व नक़ली फूलों को देखने लगे। विभिन्न रंगों ने उन पर मनोवैज्ञानिक असर डाला और मूड को बदल डाला। एक अजीब शेप के फूल को देखकर उन्होंने पूछा, "यह कौन-सा फूल है?"

"सर, सिंगापुर से आया है। नाम तो पता नहीं।"

"दाम?"

"एक टहनी पाँच सौ की है।"

"पाँच सौ? कौन ख़रीदता है, भई?"

"हम ज़्यादातर विदेशी फूल ही रखते हैं, सर! सबकी क़ीमत दो सौ से लेकर हज़ार तक है। बिक्री ख़ूब होती है।"

"अच्छा! तो फिर हमारे अपने फूलों का क्या होगा?"

"सर, अपने यहाँ गेंदे के फूलों की खपत तो मन्दिरों में हो जाती है। शादी-ब्याह, अन्य समारोहों में गुलाब, चाँदनी, रजनीगन्धा जैसे देसी फूल ख़ूब बिकते हैं।"

"ठीक है, बाज़ार में नया माल तो आते रहना चाहिए।" इतना कहकर ब्रिगेडियर लाल हँसते हुए बाहर निकले और धीरे से बोले, "इनको किराया, बिजली का बिल,

नौकरों की सैलरी निकालने के बाद मुनाफ़ा भी तो चाहिए। नये पैसे वालों के लिए तो विदेशी माल बेशक महँगा हो लेकिन दूसरों से अलग भी हो।"

बाहर एक इश्तहार वाला रिक्शा ज़ोर से गाना बजाता हुआ गुज़रा :

हमें तो लूट लिया मिलके हुस्न वालों ने
गोरे-गोरे गालों ने काले-काले बालों ने।

उस रिक्शे के पीछे जाने क्या सोचकर सड़क किनारे बैठी चितकबरी कुतिया भौंकती हुई दौड़ने लगी और उसके पीछे चन्द और कुत्ते रोडरेस की इस प्रतियोगिता में शामिल हो गए।

कार्तिक को देखने जब ब्रिगेडियर लाल दूसरे दिन उसके फ़ार्म हाउस में पहुँचे तो वह बहुत सुस्त व ख़ामोश-सा नज़र आया। इधर-उधर की बातों के बाद उस कटखने कुत्ते पर बात आ टिकी।

"उस लेडी की एफ.आई.आर. तुमने लिखवाई?"

"क्या फ़ायदा होता? हमारा काम कुत्तों की मदद करना है। वह हम करते हैं। कोई ताज्जुब नहीं कि उस कुत्ते को उन्होंने ही मारा-पीटा हो और अपने मक़सद के लिए प्रयोग कर लिया हो! कितनों को मैं जानता हूँ जो स्कैम्प और क्राउड फंडिंग करते हैं कुत्तों के नाम पर और उन्हें बुरी हालत में रखते हैं।" कार्तिक ने कहा, फिर हँसकर बोला, "कुछ लोग दया और प्रेम में कुत्तों की देखभाल करते हैं। कभी हमारे समाज का चलन था कि घरों में दो रोटियाँ विशेष रूप से अलग रखी जाती थीं—एक कुत्ते के नाम की; दूसरी, गाय के नाम की। अब दोनों कूड़ा खाते हैं। कुछ लोग बिना सोचे-समझे सड़ा-गला खाना जानवरों के आगे फेंकते हैं जो ग़लत है। वे नहीं जानते कि कुत्ते भी बीमार हो जाते हैं, उन्हें भी फूड प्वायज़निंग होती है।" फिर ठंडी साँस ले बोला, "सब तरह के लोग हमारे आसपास रहते हैं। निभाना पड़ता है।"

"कहीं तो..." ब्रिगेडियर कुछ कहते-कहते रुक गए।

उन्हें याद है, आर्मी परिसर में ठीक दीवार के पास फलों के कई पेड़ थे, जिनमें लगे फल तोड़ने कुछ किशोर दीवार के ऊपर चढ़ जाते, तो कुछ गिरे फल उठाने

नीचे कूद जाते थे। डाँट-डपट से काम न चला तो फ़ैसला लिया गया कि सारे पेड़ नीचे जड़ तक छँटवा दिया जाए। वह अजीब-सा दिन था। चिड़ियों के घोंसले उजड़े। कुत्ते भौंके। पीछे पुरवा में रहनेवाले बच्चों व किशोरों के चेहरे की उदासी उन्हें बरसों याद रही। उनके किशोर मन में उस अफ़सर के प्रति आक्रोश उभरा था, क्योंकि उन फलों का स्वाद उनके मुँह में भी था। मगर यह तो सीधे धाँधली है, न कि अनुशासन व सुरक्षा के लिए उठाया क़दम था।

"क्या हुआ? आप चुप क्यों हो गए?" कार्तिक ने उन्हें देखा। उनके चेहरे पर अलग से भाव थे।

"कोशिश कर रहा हूँ सिविलियंस समाज को समझने की।" ब्रिगेडियर मुस्कुराए।

"जानवरों को लेकर बहुत-से लोग ख़ूब पैसा कमा रहे हैं। सब ऐसे नहीं हैं, मगर जो हैं, वे काफ़ी संख्या में हैं। यह मैम भी उसी तरह की है। घायल कुत्ते को क्लीनिक लाई। अपनी हमदर्दी व सरोकार दिखाए और फ़िल्म बना ली। सोशल मीडिया पर डालकर अपील डाल देंगे, 'हेल्प एनिमल्स।' रहमदिल आगे बढ़ेंगे और उनकी आर्थिक स्थिति सुधर जाएगी।" कार्तिक ने कहा।

"यह कोई मुनासिब बात नहीं है।"

"बेकार व भूखा व्यक्ति बेहतर जीवन के लिए यह सारे दाँव-पेंच अपनाता है। या तो हम उनसे लड़ने व उन्हें एक्सपोज़ करने में समय गँवाएँ या फिर वह काम करें जो भलाई का है और हमारी इच्छा का है।" कार्तिक कह तो यह रहा था, मगर उसकी आँखें व चेहरा कुछ और कह रहा था।

"हो सकता है।" ब्रिगेडियर लाल ने कहा।

"आप हमारे भारतीय समाज का एक छोटा-सा भाग हैं, जो अपने चलाए क़ानून पर चल सकता है, मगर जिसे आप सिविलियंस कहते हैं, उस समाज में कई तरह की मान्यताएँ, टकराहटें व रस्साकशी है। आर्थिक, राजनीतिक व धार्मिक परतें हैं। उसी के साथ अमानवीय व्यवहार भी बढ़ता जा रहा है। आपकी तकलीफ़ मेरी भी तकलीफ़ है। भ्रष्टाचार से लड़ना साँस फुलाने जैसा है।"

कार्तिक की बात सुनकर उन्होंने कन्धे उचकाए, "परन्तु... ख़ैर, छोड़ो, अब चलता हूँ। घर पर बुलेट अकेला होगा।"

कार्तिक उन्हें दरवाज़े तक छोड़ने आया। दोनों लोग अच्छे नोट पर जुदा नहीं हुए थे।

धूप की गर्मी बढ़ गई थी। लू के हल्के-हल्के थपेड़े चलना शुरू हो गए थे। ब्रिगेडियर लाल का चेहरा लाल और बदन पसीने से तर हो गया था। सख़्त ज़िन्दगी जीने की ट्रेनिंग फ़ौज में रहकर हो जाती है, मगर यहाँ फैली अराजकता व गन्दगी उन्हें ज़्यादा तकलीफ़देह लगती थी।

"ऐं! यह बुलेट कूकुर वाले साहब आज पैदल कैसे चल रहे हैं?" बर्तन धोते हुए ढाबे का लड़का जैसे अपने से पूछ बैठा हो!

"सोचता हूँ कि अगर इतनी बड़ी बुलेट होती तो बन्दूक का छेद कितना बड़ा होता?" हैरी मन-ही-मन मुस्कुराया।

"उधर जो मकान टूट रहा है, उसकी नींव से बहुत तगड़े-तगड़े साँप निकलकर भागे हैं। सुना है, एक तो मोहन जी के घर में घुस गया था।" एक ग्राहक ने कहा।

"रहते हैं हम राजधानी में मगर सच पूछो तो गाँव का मज़ा आता है।" फलवाला बोला।

"वह कैसे?"

"साँप, बिच्छू, कनखजूरा, बिचखोपड़ा—यहाँ क्या नहीं मिलता है!" फलवाला अपनी रेहड़ी सजाता बोला।

"हमारे क्वार्टर में बावन बीछी, लिल्ली घोड़ी व बड़ी मकड़ी, लाल चींटी जाने कहाँ से टहलते आ जाते हैं!" हैरी बोला।

"नेवले भी हैं। जंगली चूहे और..."

"अरे, बस करो! यह संसार केवल हमारे रहने के लिए भगवान जी ने नहीं बनाया है।"

"मुरली मोहन की तरह मुरली बजाओ और मस्त रहो।"

"हम तो ठहरे भैया शिव-भक्त। गंगा मैया जिनका वरदान है।"

"हाँ, हाँ, काहे नहीं! सारे दिन पैसा गिनता है, लक्ष्मी का पक्का भक्त। बड़ा आया अपने को शिव-भक्त कहने वाला!"

इसी तरह की आपसी चुहलबाज़ी में वे सब अपना-अपना धन्धा-पानी चला रहे थे और बड़ी कठिनाइयों से अपना परिवार पाल रहे थे।

नवरात्र का मेला चल रहा था। कुत्तों की ख़ुशी का कोई ठिकाना न था। ऐसी ख़ुशियाँ उन्हें बस त्योहारों के दिनों में मिलती हैं जब घूरे पर पकवानों का ढेर जूठन

के रूप में थैलों में बँधे मिलते हैं। इस समय भी पूड़ी-सब्ज़ी और मिठाई के टुकड़े खाकर कुत्ते अधसोए पड़े थे। किशोर कुत्ते और पिल्ले आपस में खेल रहे थे। उनका प्यार भी अजीब था। जो दाँत काट ले किसी को तो ज़हर फैल जाए, लेकिन वे उन्हीं दाँतों से, भरे मुँह से एक-दूसरे को पकड़ रहे थे, चाट रहे थे। एक-दूसरे के खुले मुँह से अपना थूथन पूरा डाल दुलार-प्यार का इज़हार कर रहे थे। कोई छोटा कुत्ता बड़े कुत्ते की पीठ पर, टाँग के ऊपर पैर जमा उसके कान में भौंक-भौंक कर जाने क्या कहता, जिसे बड़े धैर्य से सुन बड़ा कुत्ता उसे लिटा उसके पेट में गुदगुदी करता। फिर दोनों एक-दूसरे को चाटते थे। कुतियाएँ पेट भर रोज़ खाना मिलने से अलसाई-सी पड़ी अपने दूध से भारी स्तनों से जुटे सभी बच्चों को भरपेट दूध पिलाती नज़र आतीं।

मज़दूरों के बच्चे उकडूँ बैठे उनका यह तमाशा देख कभी हँसते तो कभी किसी गदबदे पिल्ले को उठाकर प्यार करते थे। उनका नाम भी रखा गया था, जैसे—पिल्लू, कालू, चित्ती इत्यादि।

यह ख़ुशी का मेला त्योहार के जाते ही समाप्त हो जाता। मज़दूर कहीं और काम मिलने के कारण चले जाते और कुत्ते फिर गलियों में भटकते नज़र आते। घूरे की रौनक और चहल-पहल दम तोड़ देती।

कुत्तों के उपवास के दिन आ गए थे।

इस समय दो कुत्ते लस्सीवाले की दुकान के सामने बैठे लस्सी पीते लोगों को देख रहे थे। जो एक-दो बूँद ज़मीन पर गिरती, उसे मिट्टी सोख लेती या ज़मीन चाट जाती। यह देख कुत्तों का दिल दुःख जाता, मगर करते क्या? अक्सर जवान जोड़े एक-दूसरे की नज़रों में डूब लस्सी पीना भूल जाते और हाथ में पकड़ा प्लास्टिक का गिलास वहाँ छोड़ आगे बढ़ जाते। तब इन कुत्तों का इन्तज़ार टूटता और वे लपककर गिलास में अपनी सूखी ज़बान डाल देते थे।

इस बीच अगर विदेशी पालतू कुत्ता लीश में बँधा उनसे मिलने को तड़पता तो मालिक उसे खींच दूसरी तरफ़ ले जाता। तब कुत्ते आपस में बातें करते :

"इनको भरपेट खाना मिलता होगा?"

"हाँ, उन्हें रखा जाता है, हमें भगाया जाता है।"

"तुम सोचते हो, ये सुखी होंगे?"

"क्यों नहीं?" यह कहकर वह कुत्ता अपने अगले पैर साथी की गर्दन पर रख हँसने लगता।

इस मोहल्ले के देसी कुत्ते दुखी व कुंठित थे। इस सच का उन्हें पता नहीं था कि जिनके घर पालतू कुत्ते रह रहे हैं, उनके परिवार के सदस्य इन कुत्तों से कितना उलझते व झुँझलाते हैं। जैसे—रिज़वान अली के घर को ही ले लो। सच तो यह था कि रिज़वान अली के घर आने वालों में ज़्यादातर लोग उस कुत्ते को, जिसका नाम 'नवाब' था, पसन्द नहीं करते थे।

उस कुत्ते को भी पता नहीं क्यों, हर एक पर प्यार उमड़ता था, जो लपककर उनसे होली और ईद मिलने पहुँच जाता और मुँह पर अपनी ज़बान से 'किस' करना ज़रूरी समझता। लेकिन नौकर तो सारे घर में दौड़ते-फिरते, 'अरे काट खाया...ए भैया, पकड़ो इसे!"

रिज़वान के घर में हर तीन-चार घंटे बाद एक शोर उठता और धमा-चौकड़ी मच जाती। इस शोर-शराबे से बीबीजान को सख़्त नफ़रत थी। उनका कहना था कि "कुत्ता मेहमानों के आने की ख़ुशी की जगह भौंक-भौंककर तनाव पैदा कर देता है। ऊपर से गड्ढा खोदने का शौक़। कोई पूछे तो, आख़िर इसके पुरखों ने कौन-सा ख़ज़ाना ज़मीन में गाड़ रखा था, जो सारा लॉन खोद-खोदकर उसका सत्यानाश करके रख दिया है? अरे, कुत्ते की एक जगह तय करो। यह तो डाँव-डाँव पूरे घर में छुट्टे साँड़ की तरह घूमता है। सफ़ेद रंग और शानदार डील-डौल की वजह से नाम रखा है 'नवाब' लेकिन मुझे तो पूरा लुच्चा लगता है। मेरी तरफ़ बढ़ता है तो मैं चप्पल दिखा देती हूँ। एक दिन खींचकर ऐसी मारी कि सीधे सिर पर लगी। चीख़ने लगा। यह देख पोता बोला, 'बीबीजान! आपकी शान और रुतबे के ख़िलाफ़ है ऐसा करना। जानवर है। बेज़बान है। ज़रा शिफ़कत दें। उसे माँ के प्यार की ज़रूरत है।'

"अब भला बताओ, मैं बैठे-बिठाए उसकी माँ बना दी गई! ऐसा ही दर्द था सीने में, तो बेचारे को उसकी माँ से ज़ुदा ही क्यों किया? मैं ठहरी नमाज़-रोज़ा रखने वाली मोमिना। कुत्ते को गले लगाऊँ, उससे अपना हाथ-मुँह चटवाऊँ...तौबा मेरी!"

बीबीजान पोते को झिड़क देतीं। रिज़वान उनको मनाने के लिए उनके पास आ बैठता। उन्हें प्यार से लिपटाता। उसका लाड़-दुलार देख दादी पिघल जातीं और उलाहना देतीं, "ख़ुद तो ऑफ़िस में रहता है, मेरे ऊपर यह ख़ुफ़िया पुलिस तैनात कर दी है। मुझे जीना अब कितना है? चार दिन बचे हैं, चैन से गुज़रने दो।"

"नहीं, बीबीजान, आप कैसी बातें कर रही हैं? मरें आपके दुश्मन। मेरी उम्र आपको लग जाए।"

"चापलूसी भरी बातों से मेरी जान जलती है। क़ायदे की बात करो। मुझे जानवर भले ज़रूर लगते हैं, मगर मुझे चौकसी और भौंकना पसन्द नहीं। कई बार कह चुकी हूँ तुमसे, इसको बाहर बाँधो। वारंट लिये पुलिस की तरह धड़धड़ाता यह सारे घर की तलाशी लेता रहता है।" ग़ुस्से से बीबीजान कहतीं।

"ठीक है। सब्र करें, अभी छोटा है।" रिज़वान मीठे स्वर से कहता।

"अब तुम्हें क्या-क्या बताऊँ? कल ही की बात ले लो। नुसरतजहाँ अच्छी-भली लॉन में खड़ी फूलों की तारीफ़ें कर रही थीं कि उनका पैर एकाएक गड्ढे में चला गया। औंधी गिर गईं और घुटने फूट गए। शलवार-जम्फर धूल से भर गए। शर्मिन्दगी के मारे मैंने दुपट्टे से मुँह छिपा लिया। ज़िन्दगी में पहली बार किसी के आगे ख़ुशामदी लहज़े में माफ़ी माँगनी पड़ी। तुम्हारे दादा के मरने के बाद मेरी यह गत लगेगी, मुझे नहीं पता था। सच कहा है किसी ने, वही इज़्ज़त देनेवाला है, वही ज़िल्लत देनेवाला है। उसी ऊपर वाले से इस मुए शैतान से नजात की दुआ माँगूँगी।"

बीबीजान को जब ग़ुस्सा चढ़ता है तो उनकी ज़बान नहीं रुकती है।

"अच्छा, यह बताइए आप, इस उम्र में उनको हाई हील पहनने की सलाह कौन देता है?" रिज़वान अली ने आते ग़ुस्से को लहू के घूँट समझकर पीना ही मुनासिब समझा।

"और तो और, उस दिन कर्नल राम की बहू सुनन्दा आई। लगा उनका हाथ-पैर चाटने। फिर उसने पर्स से छोटी बोतल सैनेटाइज़र की निकाल हाथ-पैर में मला और बोली, 'कुत्ता ट्रेनिंग के साथ रखना चाहिए। इसका चाटना और काटना, दोनों ख़तरनाक है।' मेरे सिर पर घड़ों पानी पड़ गया।"

"मुझ पर कुछ तो रहम खाइए, बीबीजान। अकेला हूँ। न शराब की लत, न सिगरेट पीता हूँ, न पान चबाता हूँ, न औरतबाज़ी करता हूँ। बस, यह कुत्ता ही घर की हिफ़ाज़त के लिए लाया हूँ।" तंग आकर रिज़वान ने कह दिया।

"बड़ा समझदार हो गया है मेरा पोता। मेरा इतना ही ख़याल है तो कुत्ते की जगह बहू ले आते!"

"शादी तो मैं करने से रहा।" रिज़वान ने चिढ़कर कहा।

"हाँ, हाँ, तुम क्यों शादी करोगे भला! तुम पर तो हनुमान जी का नशा चढ़ा है। एक बार निगोड़े ने रामलीला में हनुमान की अदाकारी क्या कर ली कि ज़िन्दगी भर उन्हीं के रास्ते पर चलने की ठान ली।"

रिज़वान अली को बीबीजान की इस बात पर हँसी आ गई। उसे किशोर अवस्था में किया गया अपना नाटक याद आ गया।

उसकी हँसी देखकर बीबीजान ख़ुद भी हँस पड़ीं। काम करने वालियाँ भी हँस दीं और घर पर छाया तनाव छँट गया। यह देखकर रिज़वान ने पूछा, "बीबीजान! अब मैं ऑफ़िस जाऊँ?" फिर बीबीजान का हाथ चूमकर कहने लगा, "आप जैसी हसीन गर्लफ्रेंड जिसकी हो, उसे इधर-उधर नज़र डालने की क्या ज़रूरत है?"

वह दरवाज़े से बाहर निकला तो पीछे से दादी की आवाज़ कानों में पड़ी, "शैतान कहीं का...! दादी को गर्लफ्रेंड कहता है।"

मोती आज बहुत उदास था। जब वह उदास होता तो अक्सर भैरव मन्दिर के अहाते में जाकर बरगद की जटाओं के पीछे दुबककर बैठ जाता था। अपनी क़िस्मत को जी भरकर कोसता था। अपने माँ-बाप को जली-कटी सुनाता कि उसे पैदा कर जाने कहाँ गुम हो गए!

उसकी इस मन:स्थिति का कारण मुरादाबादी बिरयानी बेचने वाले ख़ाँ साहब का बिल्ला जमशेद था, जिसको ख़ान साहब प्यार से 'शहज़ादे' पुकारते थे। उसी शहज़ादे जमशेद को अभी-अभी मोती रबड़ी खाते देखकर आया था। उसे अपने कु होने पर ही नहीं, ऊपर से देसी कुत्ता होने पर भी बड़ा गुस्सा आ रहा था।

आज सुबह-सुबह जब वह सोकर फुटपाथ से उठा था तो बहुत भूखा था। बेचैनी से इधर-उधर सूँघता, ढूँढ़ता आगे बढ़ता गया। जहाँ ख़ाँ साहब की दुकान थी, वहाँ पहुँच उसके पैर थम गए।

"जमशेद, शहज़ादे जमशेद, शाबाश, आओ यहाँ!" इतना कह ख़ान साहब ने प्लेट में ताज़ी रबड़ी गिराकर बिल्ले की तरफ़ बढ़ाई और लापरवाही से काग़ज़ की कटोरी को उछाल दिया। सड़क किनारे जाकर गिरी कटोरी को दो मरगिल्ले पिल्ले चाटने लगे। उसे अपमान-बोध हुआ—क्या बिल्ले से गया-गुज़रा कुत्ता हो गया? यही सब सोच वह झुँझलाया हुआ, पूरी दोपहर पेड़ के नीचे पड़ा रहा। उसे फ़ार्म हाउस में बिताए दिन याद आ रहे थे जहाँ खाने का भरा बर्तन वह आज़ादी के चलते छोड़ आया था और अब? आज़ादी है तो भूख बेचैन किए है!

शाम तक दुकानों पर ख़ूब चहल-महल हो जाती है। बिरयानी की दुकान भी लाल क़ुमक़ुमों से सज जाती है। काउंटर पर मोटा-ताज़ा बिल्ला जमशेद बैठा होता, जिसे देखकर ग्राहक उसको पुचकारते, प्यार से इशारे करते। मगर वह एक ख़ास अन्दाज़ से बिना हिले-डुले बैठा रहता था। काफ़ी दिनों तक उसे खिलौने वाला बिल्ला समझकर छूने की मूर्खता अनेक ग्राहक कर चुके थे। जवाब में उसकी गुर्राहट सुनकर खिसियाकर पूछते, "ख़ान भाई, यह कूक वाला बिल्ला है न?"

जवाब मिलता, "चाभी वाला नहीं, असली है। ख़ानदानी है। कभी हमारे परदादा मुम्बई में किसी पारसी के यहाँ काम से गए थे। उनकी ईरानी बिल्ली ने आठ-दस बच्चे दे रखे थे। उनमें से एक को परदादा ले आए। तब से नस्ल-दर-नस्ल यह हमारे पास है।" बिरयानी तौलते हुए ख़ान साहब बड़े ग़ुरूर से कहते।

"अच्छा, अच्छा!" ग्राहक कह उठता, मगर कुछ शरीर ग्राहक पूछ बैठते, "ख़ान साहब, इनके लिए बिल्लियाँ...आई मीन, इनकी नस्ल को बढ़ाने के लिए दुलहनें कहाँ से आती हैं? वे तो अपनी देसी बिल्लियाँ होंगी?"

"नहीं जनाब, यह बड़े ऊँचे किरदार वाला बिल्ला है। किसी ऐसी-वैसी मामूली बिल्ली की तरफ़ आँख उठाकर भी नहीं देखता। इन्हीं की नस्ल की बिल्लियाँ अपने रिश्तेदारों के यहाँ पल रही हैं, बस!" इतना कह वह दूसरे ग्राहक की तरफ़ मुड़ जाते।

ग्राहक मुस्कुराता हुआ चला जाता तो कोई इस वाक्य को बार-बार ख़ान साहब के लहज़े की नक़ल कर मज़ा लेता :

'नहीं जी, यह बड़े किरदार वाला बिल्ला है! किसी ऐसी-वैसी मामूली बिल्ली की तरफ़ आँख उठाकर भी नहीं देखता है!'

जवान लड़कों में जहाँ यह जुमला ख़ूब उछलता था, वहाँ बूढ़े ग्राहक पूछ बैठते, "ख़ान, हमारे ज़माने में मुरादाबादी बर्तन मशहूर थे। बिरयानी तो हैदराबाद और लखनऊ शहर की डंका बजाती है।"

"अब जनाब, इस मुल्क में तीन सौ तरह की बिरयानियाँ बनती हैं। मुल्क भी तो देखें, काश्मीर से कन्याकुमारी तक फैला है।"

ख़ान साहब की दुकान के पीछे मन्दिर वाली गली में बूढ़ी विधवा सावित्री सिन्हा रहती थीं। वह जिस घर में रहती थीं, जाने किन कारणों से उसके अगल-बग़ल के घर ख़ाली पड़े थे। गली में सन्नाटा रहता। अक्सर कुत्ते जब वाहनों की रेल-पेल, शोर-शराबे से घबरा जाते तो इसी गली में आकर बैठ जाते थे। उन पर तरस खाकर सावित्री देवी उन्हें कुछ खाने को दे देती थीं। फिर वे इधर-उधर डोलने निकल जाते थे।

एक दिन उनकी रसोई की खिड़की के पास एक विचित्र-सा कुत्ता आकर बैठ गया। देखने में वह बहुत छोटा था। दो दिन तक वह बेसुध अपने को समेटे बैठा रहा। जब वह मन्दिर या बाज़ार जातीं तो भी उसके शरीर में कोई हरकत नहीं होती। सावित्री सिन्हा को विश्वास हो गया था कि यह कुत्ता या तो भटक गया है और अजनबी कुत्ता समझकर मोहल्ले की कुत्ता-टोली ने इसकी जी भरकर पिटाई की है, या फिर यह अवसाद का शिकार किसी मालिक का छोड़ा हुआ कुत्ता है। वह रोज़ की तरह दो डबल रोटी के टुकड़े उसके आगे डाल जातीं। लौटतीं तो वे टुकड़े या तो वहीं पड़े रहते या फिर कौवे और चिड़ियाएँ अपनी भूख मिटातीं या फिर चींटियों की फ़ौज उसके नन्हे टुकड़ों का चूरा उठा-उठाकर अपने बिलों की तरफ़ जाती दिखतीं।

चार-पाँच दिन बाद वह कुत्ता उठा और सावित्री सिन्हा के दरवाज़े पर आन बैठा। जब काम करने वाली आई और उसने दरवाज़े का हुक खोला तो उसके पीछे-पीछे वह कुत्ता भी अन्दर चला गया। उसे देखकर सावित्री सिन्हा बोलीं, "अरे, यह यहाँ आ गया?"

"हमको तो पता ही नहीं चला।"

नौकरानी उसे भगाने लगी तो सावित्री सिन्हा बोलीं, "भगाओ मत।"

सावित्री सिन्हा ने उसे रोटी के कुछ टुकड़े और पानी लाकर दिया। उसने लपककर पानी पिया। फिर आराम से बैठकर धीरे-धीरे रोटी खाने लगा। जब खा चुका तो सामने दालान में उछलने, भागने और लोटने लगा, जैसे उसी का घर हो!

उसकी इस उछल-कूद को देखकर सावित्री सिन्हा हँस पड़ीं, "अपने साथ हुई दुर्घटना भूल गया है। चलो, अच्छा ही है।"

कुत्ता घर के अन्दर रहने लगा। उसकी उछल-कूद देखकर सावित्री सिन्हा ने उसका नाम 'चुलबुल' रखा। वह था तो काला धारियों वाला अजीब-सा कुत्ता, मगर देखने में सुन्दर लगता था।

सावित्री सिन्हा पास के स्कूल में पहले संस्कृत पढ़ाती थीं। लैपटॉप पर काम करते-करते अचानक वह कुत्ते की तीन मिनट की छोटी-सी फ़िल्म देखने लगीं। फिर उन्हें मज़ा आने लगा। ढूँढ़कर उन्होंने और क्लिप्स देखीं। अकेले में वह ज़ोर-ज़ोर हँसने लगीं। उन्हें महसूस हुआ, चुलबुल उनके एकाकी जीवन में ख़ुशियाँ लेकर आया है।

एक दिन उन्होंने सोचा कि चुलबुल को 'एनिमल फ़र्स्ट' में ले जाकर दिखा देना चाहिए ताकि इंजेक्शन वग़ैरह लगवाना होगा, तो वह लगवा देंगी।

जब डॉक्टर शशिधर ने उसको देखा तो बोल पड़े, "बड़ा अनोखा कुत्ता है आपका देखने में!"

डॉक्टर शशिधर ने उसके बाल उतरवाने, नाख़ून काटने और कान की सफ़ाई आदि करने की हिदायत दी। सावित्री सिन्हा ने कार्ड बनवा लिया और इंजेक्शन वग़ैरह के बारे में सब बातें समझ लीं।

उनके चेहरे पर ख़ुशी नाच रही थी, जैसे उन्हें नया विद्यार्थी मिल गया हो, जिसका ध्यान उन्हें रखना है, उसके व्यक्तित्व को सजाना व सँवारना है! उन्होंने कुत्ते के लिए ज़रूरी सामान ख़रीदा।

लाल रंग का पट्टा उसके गले में बाँध जब वह कुत्ते के साथ बाहर निकलीं तो उनकी मुलाक़ात रिज़वान से हो गई जो डॉग-बिस्कुट ख़रीदने आया था।

"यह आपका कुत्ता है?" रिज़वान पूछ बैठा।

"हाँ, अब तो मेरा ही है।" सावित्री सिन्हा हँस पड़ीं।

"आपकी पेंशन रिलीज़ हुई या नहीं?" रिज़वान ने पूछा।

"हो गई है। आपका धन्यवाद। मैं आपको फ़ोन करने ही वाली थी।"

"हमारा तो यह काम है, मैम, इसमें धन्यवाद देने की ज़रूरत नहीं है।"

सावित्री सिन्हा के जाने के बाद रिज़वान ने डॉग-बिस्कुट के पैकेट उठाए और अपनी कार की तरफ़ बढ़ा।

रिज़वान अली को कार ड्राइव करते हुए याद आ रहा था कि जब उसने एक कुत्ता पालने के लिए लिया था तो कुछ दोस्त हिकारत से कुछ कह बैठे, "अब तुम्हारे घर हमारा ही नहीं, फ़रिश्तों तक का आना बन्द समझो।"

"कुत्ते से, तो कभी सूअर से, तो कभी कौवे से—आख़िर किस-किससे परहेज़ करोगे?" रिज़वान हँसा।

"ये लोग गन्दगी खाने वाले जानवर हैं। ज़रा समझा करो। इन्हें घर के बाहर रखा जाता है।"

"मगर यार, इनको पैदा करनेवाला भी तो ख़ुदा ही है।"

"अरे भाई, पैगम्बर के साहिबों में कुत्ता भी शामिल था। कुत्ता पालना मना कहाँ है?" दूसरे दोस्त ने पहले की बात काटते हुए कहा।

"सूखा कुत्ता पाक है और गीला कुत्ता नापाक। बचपन में मैंने कहीं गुलिस्तां में पढ़ा था कि कुत्ते को सात समुन्दरों में भी नहलाओगे तो वह नापाक ही रहेगा।"

"साइंटिफ़िक सोच रखो कि उसके थूक या राल में बेहद ख़तरनाक कीटाणु होते हैं।"

"तुम्हारी दादी तुम्हारे साथ रहती हैं, उनका ख़याल रखना। इसलिए अब यह बहस छोड़ो और कुत्ते को घर के बाहर रखो।"

"ठीक है। मान लिया।" रिज़वान ने दोस्तों की बेतुकी बातों को सुनकर टाल दिया था। जब बीबीजान को यह सब आकर बताया तो बड़े प्यार से वह बोलीं, "तेरे दादा के पास जर्मनी के दो-दो कुत्ते वेइमारानर ब्रीड के थे। तेरे दादा की तसवीर किस शान के साथ फ़ौजी लिबास में है! एक कुत्ता सिलवर ग्रे दाएँ बैठा है, दूसरा कुत्ता माउस ग्रे बाएँ बैठा है। उन दोनों के लिए अलग से ख़िदमतगार थे जो उन्हें नहलाते, धुलाते, घुमाते थे। जो उन्हें देखता, बस, देखता रह जाता था। तुम कुत्ता रखो तो मुझे क्या परेशानी होगी?"

रिज़वान को जब दादी की हरी झंडी मिल गई तो दूसरे दिन कुत्ता हाज़िर हो गया।

वही बीबीजान को अब 'नवाब' जाने क्यों फूटी आँख नहीं सुहाता है?

दिन गुज़रने लगे और घर का सुकून ख़त्म होने लगा, मगर रिज़वान का मानसिक तनाव इस बात को सोचकर ख़त्म हो गया था कि दादी इस उम्र में अकेली नहीं हैं। उनकी हिफ़ाजत के लिए नवाब वहाँ मौजूद है, जिससे सब डरते हैं और जिसके भौंकने की तेज़ आवाज़ कानफाड़ू है। अक्सर बीबीजान ग़ुस्से में रहतीं, मगर ग़ुस्सा फ़ौरन उड़न-छू हो जाता। लेकिन उस दिन तो वह तैश में दीवानी हो गईं जब कुत्ता बिस्कुट समझ उनकी सिजदिगा लेकर भाग गया था।

"ख़ुदा तुझे ग़ारत करे, नवाब!"

शाम को उन्होंने रिज़वान से शिकायत की तो उसने उन्हें समझाया, "अभी वह बच्चा है। कुछ दिनों बाद वह सब समझ जाएगा।"

बीबीजान उसके जवाब से सन्तुष्ट नहीं हुईं और तब से उनकी रातें इसी उधेड़बुन में जागते गुज़र जातीं कि इस नवाब का क्या करें? भगाना ठीक होगा या फिर किसी को तोहफ़े में दे देना? मगर कैसे? घर में, गली में, हर तरफ़ तो कैमरा लगा है, जो रिज़वान के मोबाइल से जुड़ा है। उसे पल-पल की ख़बर मिलती रहती है।

अल्लाह ने आख़िर बीबीजान की मनमाँगी मुराद पूरी कर ही दी और नवाब अपनी टाँग छत से गिरकर तुड़वा बैठा। अब ज़मीन पर पड़ा दर्द के मारे धीरे-धीरे रो रहा था और बड़ी बेबसी से बीबीजान को देख रहा था।

बीबीजान का दिल पिघल उठा और वह शर्मिन्दा हो उठीं। इस बेज़बान को मेरा कोसना लग गया। वह रिज़वान को फ़ोन करने की जगह हड्डी जोड़ने वाले हक़ीम साहब को फ़ोन मिलाने लगीं। जैसे ही फ़ोन मिला, उधर से 'हलो' की आवाज़ आई तो बीबीजान ने घबड़ाकर फ़ोन काट दिया, इस ख़याल से कि कहीं उन्हें कुत्ता छूने से परहेज़ हो! फिर सोचा, डरने की क्या बात है? अगर उन्होंने इनकार कर दिया तो कौन-सा आसमान फट पड़ेगा?

अभी वह इसी उधेड़बुन में थीं कि फ़ोन बज उठा। फ़ोन उठाने पर उधर से आवाज़ आई, "हलो, बेगम साहिबा, आप ठीक तो हैं?"

"जी, हक़ीम साहब! मगर मेरा कुत्ता...टाँग तुड़वा बैठा है...क्या...क्या आप उसे देखना पसन्द करेंगे?" झिझकते हुए बीबीजान बोलीं।

"क्यों नहीं, ज़रूर देखूँगा। बस, उसके मुँह पर कुछ लगाकर भिजवाइएगा। जानवर तकलीफ़ में होता है तो अक्सर काट खाता है।" हक़ीम साहब बोले।

"जी, आपका बहुत-बहुत शुक्रिया!" बीबीजान को तसल्ली हुई।

हक़ीम साहब के खुले लहज़े और आवाज़ में भरे खुलूस ने बीबीजान के दिल पर छाई बदली को हटा दिया। तभी उनकी नज़र कुत्ते पर पड़ी, जो रोना भूलकर सिर्फ़ कराह रहा था। उनके दिल में जाने क्या आया कि वह उठाकर नमाज़ की चौकी की तरफ़ बढ़ीं और ख़ुदा को मुख़ातिब करके बोलीं :

"मेरे माबूद! मुझे माफ़ करना। मैं तेरी बारगाह में अपने गुनाहों के लिए तौबा करती हूँ। एक बेज़बान को जो मेरे सहारे था, मैंने उसका बुरा चाहा।" बीबीजान का दिल फिर भी हल्का न हुआ तो मन्नतें मान लीं।

इस बीच रिज़वान ने मीटिंग के बाद जो मोबाइल खोला तो कैमरा देख बेचैन हो उठा और घर की तरफ़ भागा। रास्ते भर पता लगाता रहा कि कुत्तों का बेस्ट डॉक्टर शहर में कौन है।

जब वह घर पहुँचा तो दरवाज़े पर टैक्सी खड़ी थी। बीबीजान ड्राइवर और घर में काम करनेवाली लड़कियों से कुत्ता उठाने की मिन्नत कर रही थीं।

"मैं आ गया, दादी।" इतना कह रिज़वान ने नवाब को गोदी में उठाया और अपनी कार की तरफ़ बढ़ गया।

उधर दादी को हक़ीम साहब का ख़याल आया, बेचारे इन्तज़ार कर रहे होंगे। वह कमरे में आकर फ़ोन मिलाने लगीं, "हक़ीम साहब, माफ़ कीजिएगा। पोता पास के क्लीनिक में ले गया है। आपको ज़हमत दी मैंने।"

उधर से आवाज़ सुनाई पड़ी, "कमाल करती हैं, ज़हमत कैसी? रसूल ने ख़ुद फ़रमाया है कि अगर पानी कम हो और कुत्ता प्यासा हो तो वजू का आधा पानी कुत्ते को देकर उसकी प्यास बुझाओ, मगर देखता हूँ, लोगों के दिलों में बेज़ुबानों के लिए रहम नहीं।"

फ़ोन पर बात करके दादी को चैन मिला। वह सोचने लगीं कि पहले और अब के रहन-सहन में कितना फ़र्क़ है! पहले ग़ुसलख़ाना, पैख़ाना घर के आँगन में बनवाया जाता था, अब कमरे के अन्दर बनता है। पहले कुत्ते एक जगह रहते थे, अब कुर्सी, पलंग—हर जगह बैठे दिखते हैं। कहीं कोई रोकथाम नहीं, कहीं कोई क़ानून नहीं।

जुमे के दिन ख़ान साहब दुकान बन्द रखते थे। सारा दिन परिवार के साथ गुज़ारते थे। बस, नमाज़े-जुमा पढ़ने ज़रूर वह मस्जिद जाते थे। शहज़ादा जमशेद बिल्ला भी सारे दिन घर में बच्चों से खेलता रहता था। आज भी वे खेल रहे थे। इधर ख़ान साहब मस्जिद की तरफ़ निकले, उधर शहज़ादा जमशेद जाने कैसे ख़ान साहब के बेटे के पीछे-पीछे छत पर पहुँच गया। बेटा पतंग उड़ाने में लग गया और शहज़ादे जमशेद को दूसरी छत पर गुलाबी होंठों और नीली आँखों वाली बिल्ली नज़र आ गई। दोनों हीट पर थे। इशारों-इशारों में जो बात हुई हो, अचानक बिल्ला बिल्ली के आकर्षण में अपनी सारी पाकीज़गी को भूल पड़ोसी की छत पर छलाँग मार गया। फिर मुँडेर-मुँडेर चलता हुआ उस घर के आँगन में कूदा, जिधर बिल्ली गई थी।

दोनों ने पहले एक-दूसरे को पल भर टकटकी लगाकर देखा, फिर मुँह से तरह-तरह की आवाज़ें निकालने लगे। उस घर का कोई बुज़ुर्ग सख़्त बीमार था। घर वाले परेशान और व्यथित थे। अन्धविश्वास के चलते ऐसी आवाज़ें सुन घबरा गए। एक-दो बार किसी ने कमरे से निकल उन्हें डाँटकर भगाया, मगर वे दोनों एक-दूसरे को रिझाने में लगे रहे। कोई आवाज़ उन तक नहीं पहुँची। यह देख ग़ुस्से से भरा एक जवान कमरे से बड़बड़ाता हुआ निकला, दूसरी तरफ़ से एक जवान औरत वाइपर लेकर उन्हें डराने लगी, मगर उन दोनों पर इश्क़ के पहले अनुभव का नशा गहरा चढ़ा था। वाइपर की ठक-ठक से ज़्यादा उनके दिल दोनों के कानों में ज़ोर से धड़क रहे थे कि तभी भुनभुनाता अधेड़ उम्र का मर्द बैट लेकर निकला और पूरी ताक़त से बिल्ले के सिर पर दे मारा। मगर निशाना चूक गया। उन दोनों को होश आ गया। बिल्ली रास्ता जानती थी, जाने किधर भागकर छुप गई। लेकिन बिल्ला शहज़ादा जमशेद ने फटी आँखों से जो देखा तो पाया कि वह अब तीन तरफ़ से घिर चुका था। निशाना चूकने और उनके पैंतरा बदलने के बावजूद शहज़ादा जमशेद भागने में नाकाम रहा। दूसरा-तीसरा वार औने-पौने पड़ा और फिर अन्त में कसकर मार पीठ पर खानी पड़ी। इतनी मार खाकर बिल्ला बड़ी दर्दनाक आवाज़ निकालते-निकालते बेहोश हो गया।

शोर-शराबा सुन पड़ोस की छत पर धुले कपड़े फैलाती औरत परेशान हो चीख़ उठी, "अरे क्या हुआ, क्या हुआ?"

"आया होगा कोई कुत्ता, बिल्ली या बच्चा ट्रकों के नीचे।" दूसरी आवाज़ उभरी।

"हाय, हाय, ख़ान साहब के बिल्ले को बारह नम्बर वाले मकान के लोगों ने कूट डाला!"

बिजली के तार वाला ज़ोर से खम्भे के ऊपर से चीख़ा और गिरते-गिरते बचा। तभी सामूहिक शोर उठा, "अरे जाओ, ख़ान साहब को बुलाकर लाओ!"

गली में बैटबॉल खेलते लड़कों में से एक लड़का दौड़ता हुआ भागा और नमाज़ पढ़कर आते हुए ख़ान साहब से हाँफते-हाँफते बोला, "अंकल, आपका बिल्ला बस टें होने वाला है।"

पहले तो वह कुछ समझे नहीं, फिर उलटे-सीधे पैर रखते बारह नम्बर मकान की तरफ़ भागे और उनके दरवाज़े को पीटने लगे। तभी उनकी नज़र गली में पड़े ज़ख़्मी जमशेद पर पड़ी तो मुँह से निकला, "हाय, मेरा शहज़ादा!"

बिल्ला ख़ून में नहाया ज़मीन पर पड़ा था। उसे देख ख़ान साहब के हाथ-पैर काँपने लगे। किसी तरह उन्होंने कन्धे से अँगोछा उतारा और उसके बदन को उसमें लपेटकर वह 'एनिमल फ़र्स्ट' की तरफ़ भागे। रास्ते भर कोई दुआ पढ़-पढ़कर फूँकते रहे। क्लीनिक पहुँचते-पहुँचते उनका कुर्ता ख़ून में भीग चुका था। मज़ाक़ करने, क़िस्सा सुनाने वाले ख़ान साहब का चेहरा लू के मारे आम जैसा हो गया था।

डॉ. शशिधर ने घबराकर उन्हें देखा, फिर बिल्ले का मुआयना किया तो पता चला, चारों पैरों की हड्डियाँ चूरम-चूर हैं और पीठ की खाल बुरी तरह फट चुकी थी।

कार्तिक ने उनका शाना थपथपाया, "यह हुआ कैसे, ख़ान साहब? कुत्तों ने हमला बोल दिया था क्या?"

पहले तो उनके मुँह से आवाज़ नहीं निकली, फिर भर्राई आवाज़ से बोले, "इनसानों ने।"

सावित्री सिन्हा को जब पता चला कि चुलबुल 'मिक्स ब्रीड' का है, जो ब्रिटेन के बुलमैसटिक का मिश्रण है तो वह सोचने लगीं कि या तो माँ विदेशी होगी या बाप। मगर इसके लिए खाप पंचायत तो नहीं बैठी होगी। जो भी हो, चुलबुल की वजह से जो सुख व ख़ुशी सावित्री सिन्हा को मिल रही थी, वह अपनी जगह, लेकिन उनका

माली बहुत परेशान रहता था। वह क्यारियों में बीज डालकर जाता। उसके जाते ही चुलबुल उसे पंजों से खोद डालता। बिखरी मिट्टी की सारी बीजें चिड़ियाँ चुग जाती थीं। माली आकर झुँझलाता, मगर चुलबुल को क्या फ़र्क़ पड़ना था? जहाँ चाहता, गड्ढा खोदकर उसमें बैठ जाता। लॉन की सारी घास बर्बाद हो गई थी।

मौसम बदल रहा था। चुलबुल के दाँत निकल रहे थे। बाग़ में पड़ी सरकंडे व बेंत की कुर्सियों को लेटे-लेटे नीचे से चबाता। सावित्री सिन्हा दुलार में कभी मना करतीं, कभी नज़रअन्दाज़ कर देती थीं।

उस दिन तो वह चुलबुल की हरकत को देखकर आश्चर्यचकित रह गईं जब अपनी ओढ़ने वाली पुरानी चादर के टुकड़े का कोना उसने पैर में एक ओर से दबाकर दूसरी तरफ़ का हिस्सा दाँतों से पकड़ इस तरह चीरा, जैसे वह इस काम में दक्ष हो! देखते-देखते पूरी आधी चादर घाव पर बाँधने वाली पट्टियों में बदल गई। इसी तरह कई बार पुरानी चादरें चुलबुल फाड़ चुका था।

"लगता है, यह पहले या तो कम्पाउंडर था या फिर बजाज या फिर दर्ज़ी। साड़ी के फ़ाल लगाता होगा।" सावित्री सिन्हा ने कहा फिर सोचने लगीं, आख़िर यह ऐसा क्यों करता है? इसका कारण क्या है?

अचानक उन्हें घूरे पर खड़े कुत्ते याद आए जो इसी तरह कूड़े की बँधी थैलियों को अपने अगले पैर और दाँत की मदद से चीरते थे। उन्हें चुलबुल पर प्यार उमड़ आया कि वह अपनी बीती ज़िन्दगी की याद में वही पुराना अभ्यास दोहरा रहा है। इसका मतलब, यह पालतू नहीं बल्कि सड़क का कुत्ता है? उन्हें याद आया, तभी घर में आने वाले इलेक्ट्रीशियन, प्लम्बर, मीटर पढ़ने वाले उनसे अक्सर कहते थे :

"माताजी, पालना है तो अच्छा कुत्ता पालो। कहो तो हम ला दें?"

"यह भी तो बाहर का है।" वह कहतीं।

"अरे कहाँ? बाज़ार में पोस्ट ऑफ़िस की तरफ़ निकल जाओ तो पाँच-छह कुत्ते इसी के भाई-बहन टहलते नज़र आ जाएँगे। सब दोग़ले हैं।" वे हँसते हुए कहते।

"अब इससे मोह हो गया है।" सावित्री सिन्हा यह कह सबका मुँह बन्द कर देतीं।

मोती अपने सपनों से परेशान था। कभी-कभी तो वह सोने से डरने लगता था। इस समय भी नींद उसकी पलकों में उलझी थी, जिसे वह भगाने की कोशिश में लगा हुआ था। फिर जाने कैसे मोती को झपकी लग गई!

सपने में वही फ़ार्म हाउस उभरने लगा।

विदेशी कुत्ता दबे पाँव उसके पास आकर खड़ा हो गया।

"क्या है?" मोती घुड़कने के अन्दाज़ से बुदबुदाया।

"कुछ नहीं।" वह आगे बढ़ा और अपना अगला पैर धीरे-से मोती के कन्धे पर रख दिया।

"वापस जाओ।" मोती ने बेज़ारी से कहा।

"मुझसे नाराज़ मत हो। मैं तुम्हारी तरह एक कुत्ता हूँ। मेरा भी दिल धड़कता है। मेरी ज़बान भी कुलबुलाती है कि मैं अपनों से अपनी भाषा में बात कर सकूँ...।" इतना कह वह चुप हो गया।

"खाना-पीना घर के अन्दर करते हो। ज़ंजीर से बँधे रहते हो। यह तो तुम्हारी मर्ज़ी है, तुम्हारी पसन्द है, वरना..."

"नहीं, यह मेरी मजबूरी है...शायद तुम उस दर्द को समझ नहीं पाओगे।" इतना कह वह चुप हो गया और मोती को गहरी नज़र से देखा। फिर धीरे से कह उठा, "प्यार मिलता है तो उनके साथ रहता हूँ। मेरा ध्यान रखते हैं अपने बच्चों की तरह, मगर हमें मिलने नहीं देते हैं दूसरे कुत्तों से...।" इतना कह उसने मोती के मुँह पर प्यार किया और उसे चाटने लगा।

मोती का दिल पिघल गया। वह भी उसे चाटने लगा।

तभी एक आवाज़ गूँजी जो दोनों को सुनाई नहीं दी।

एकाएक कोई पास आकर चीख़ने लगा :

"माली, यह क्या हो रहा है? इस देसी को बाँधा क्यों नहीं?"

"साहब, बँधा हुआ है।" माली ने मोती की मोटी ज़ंजीर दिखाई।

"ओह!" वह दोपाया पुचकारता हुआ उस विदेशी कुत्ते को अपने साथ ले गया। जाते-जाते बोला, "आगे से ध्यान रखना।"

मोती उसे जाते देखता रहा। उसको अपनी कुत्ता-मंडली याद आई जो ख़ाली पेट भी घूमते-फिरते बतियाते रहते थे। मोती को रोना आ गया। सपना टूट गया।

अपनी ही रोने की आवाज़ से जाग गया। कुछ पल यूँ ही गुज़र गए, यह समझने में कि वह है कहाँ।

मोती ने इधर-उधर देखा। अपना कोई उसे नज़र नहीं आया। एक-दो जवान होती कुतियाएँ ज़रूर उसके सामने से गुज़रीं तो उसने आह भरी और अपनी महबूबा की याद में खो गया। फिर झुँझलाकर भौंका :

"कब तक पुरानी यादों के घाव को कुरेदता रहूँगा? महबूबा न सही, कोई यार-दोस्त तो ढूँढ़ना पड़ेगा, जिसके साथ दो घड़ी बैठकर गपशप की जा सके। जब से मुझे वह आदमी दिखा है, काले कुत्ते के साथ, मेरा दिल जाने क्यों घबरा रहा है?"

लेंडी को अकेला बैठा देख वह उसकी तरफ़ बढ़ गया। सलाम कर हालचाल पूछने के बाद उसने अपना दिल लेंडी के सामने खोलकर रख दिया और उस रात का ज़िक्र करने लगा जब उसने उस आदमी के घर गुज़ारी थी, जो उसे काले रंग का कुत्ता ले जाते दिखा था।

"अरे पूछो न भई। उस दिन साथियों से झगड़ा हुआ तो मैं उस गली में घुस गया, जहाँ सन्नाटा रहता है। तभी एक मोटरसाइकिल गली में दाख़िल हुई और मेरे पास से गुज़र गई। थोड़ी देर बाद उस मोटरसाइकिल वाले ने बाहर निकलकर मुझे देखा और अन्दर चला गया। लौटा, तो हाथ में पकड़े कटोरे में दूध और कच्चा अंडा मेरे सामने रखकर चला गया।"

"सच में?" लेंडी ने हैरत से पूछा और उसकी सूखी ज़बान से राल टपकने लगी, मगर मन-ही-मन सोचने लगा कि यह कोरी गपास्टिक है...।

उसके चेहरे के भावों को पढ़कर मोती ने अगला पैर उसके कन्धे पर रखते हुए कहा, "हाँ, भई, सच में...! मैं तो दूध-अंडा खा-पीकर कुछ देर सोया, फिर लौट गया। दूसरे दिन पता नहीं क्यों, मैं फिर उस गली की तरफ़ चला गया! इस बार उसने पुचकारा और मुझे घर में ले गया। वहाँ फिर दूध-अंडा दिया। मैं जाने वाला ही था खा-पीकर कि देखा, दरवाज़ा बन्द है। उसने बाहर पड़ी दो कुर्सियों को जोड़ा, उस पर पड़े गद्दे पर चादर बिछाई और मुझे उस पर लिटा दिया।

" 'कहाँ से आया कुत्ता?' अन्दर से निकली एक अधेड़ उम्र की औरत ने पूछा।

" 'मम्मी, इसको यहाँ रहने दीजिए। यह इसी मोहल्ले का है। खाना देंगे तो यह दरवाज़े पर पड़ा रहेगा। एक कुत्ता का हमारे यहाँ रहना बहुत ज़रूरी है।'

" 'यह पालतू बनेगा, इसमें मुझे शक है।' औरत हँसी।

" 'देखते हैं!' यह कहकर वह जवान मुझे बड़े प्यार से चादर ओढ़ाकर अन्दर चला गया। मैं कुछ देर हैरान व परेशान रहा। फिर नींद में डूब गया।"

"अजीब घटना सुना रहे हो तुम तो यार!" लेंडी ने कहा।

"सुबह उठा तो देखा, दरवाज़ा बन्द है। और वह दरवाज़ा भी बन्द है जो घर के अन्दर जाता था। मैं तो परेशानी में पड़ गया। सामने सीढ़ी दिखी तो ऊपर चढ़ा। छत ख़ाली पड़ी थी। इधर-उधर झाँका तो समझ में आया कि घर के एक तरफ़ यही गली थी जहाँ हम इस समय बैठे हैं। दूसरी ओर जंगल था और तीसरी तरफ़ वहीं से लगी गली थी, जिससे मैं अन्दर आया था। वह छत बहुत ऊँची नहीं थी। यदि मैं ऊपर से छलाँग लगाता तो भी भाग न पाता, भले ही मेरी टाँग टूट जाती।" इतना कहकर मोती रुक गया।

"अच्छा! वह कैसे?" लेंडी ने चिढ़कर पूछा।

"गली में भी एक जाली का दरवाज़ा था जो बन्द था, जिस पर ताला लटक रहा था। बहुत ग़ुस्सा आया, मगर करता भी क्या?"

"देख यार, मोती, यह कहानी तेरी है या भूत-प्रेत या फिर बनाई हुई है? मैं आगे नहीं सुनना चाहता क्योंकि आदमी के मुँह से मैंने ऐसी कहानी-क़िस्से कई बार सुने हैं...मुझे बहुत डर लगता है।" लेंडी ने उठते हुए कहा।

"लेंडी, यह सौ प्रतिशत मेरी कहानी है। मेरे दिल पर बोझ बनी घटना है जो मैंने अब तक किसी को नहीं सुनाई है। ध्यान से सुनो।" मोती ने गम्भीर स्वर में कहा।

"सुनाओ...।" लेंडी ने बाएँ पैर से अपना कान ज़ोर से खुजाया।

"वहाँ से हटकर मैं जंगल की तरफ़ वाली दीवार से बाहर झाँकने लगा, जहाँ एक मज़ार थी। उस पर हरा-हरा कपड़ा पड़ा था।"

"क़ब्र थी, तुम्हारा मतलब है?"

"हाँ, वही समझो। उसी के पास एक मोटे पाइप से पानी झर-झर की आवाज़ करता गिर रहा था, जो क़ब्र के पास तालाब बनाए हुआ था। वहाँ पास के जंगल में रहनेवाले अपनी गाय व भैंसों को नहला रहे थे। कुछ कपड़े धो रहे थे। जंगल की चौहद्दी से बहुत ऊँची दीवार थी। दूसरी तरफ़ जो दीवार चौहद्दी की थी, उस पर बैठी औरत ठीक हम लोगों की तरह टट्टी फिर रही थी, जो नीचे नाले में गिर रही थी।

नाले के चारों तरफ़ सूअर के बच्चे खेलते हुए उसी कीचड़ में लोट रहे थे। औरत गई तो घर से निकले बच्चे लाइन से बैठ गए। यह सब देखकर जाने क्यों मन ख़राब हो रहा था! भागने की कोई राह न थी। नीचे उतरा और घास पर बैठ गया। हवा अच्छी चल रही थी। मैं ऊँघ गया। कब तक सोया रहा, पता न चला। जब जागा तो देखा, दरवाज़ा खोला जा रहा था। मैं गली में निकला। जैसे ही जाली के दरवाज़े का ताला खुला, मैं दरवाज़े में धक्का मार सरपट भागा।" मोती ने लम्बी साँस लेकर कहा।

"मैं होता तो कभी न भागता।" लेंडी ने लम्बी साँस भरी और मोती की सवालिया नज़रों को पढ़ धीरे से बोला, "हम कुत्तों को कौन प्यार करता है!" फिर रुककर हसरत भरे स्वर में कहा, "कौन हमें खाने-पीने को पूछता है!"

"कहते तो तुम ठीक हो, भाई, मगर बन्धन मुझे पसन्द नहीं है।" मोती ने अपना पैर उठा उसके कन्धे पर रख उकताए स्वर से कहा। उसे कुछ और भी याद आ गया था।

"या फिर कोई और बात थी?" लेंडी ने कुरेदा।

"मैं उसका प्यार देखकर डर गया था। मुझे शंका होने लगी थी।"

"काहे?" लेंडी ने पूछा।

"जब मैं छोटा था तो मैंने एक बार एक कुत्ते को चुमकारते हुए एक आदमी को अपने साथ ले जाते देखा था, फिर उसकी गर्दन पर अकेले में छुरी चलाते हुए।"

"नहीं, यार, अब बहुत हुआ। तू अपनी बकवास बन्द कर! भेड़-बकरी थोड़े हैं हम?" लेंडी कह उठा।

"नहीं, तुम नहीं जानते। कुछ लोग कुत्तों का मांस खाते हैं।" कुछ देर चुप्पी छाई रही।

"कौन-सी नई बात है इसमें? हम जानवर भी तो एक-दूसरे को खाते हैं।" इतना कह लेंडी ने प्रताड़ना-भरी नज़रों से उसे घूरा, "आगे क्या किया उस जवान ने?"

"कल एक काले कुत्ते के साथ वह दिखा था। मैं तो उसको देखकर दूसरी गली में छुपा रहा। फिर मेरा अपहरण हो गया।" मोती ने कहा और अँगड़ाई ली।

"तुम ग़लत सोच रहे हो। वह काले कुत्ते वाला जवान पशु-प्रेमी रहा होगा, ख़ास कर कुत्ता-प्रेमी।" लेंडी ने बताया।

"इनसान और कुत्ता-प्रेमी?" मोती हँसा, फिर कटाक्ष भरे स्वर में बोला, "तुम जैसे कुत्ते दोपायों की चतुराई कब समझेंगे? वह हर काम अपने लाभ को देखकर करता है।"

"तुम कुछ नहीं जानते हो। अब मेरी बात ध्यान से सुनो। सड़क पर कोई उस काले कुत्ते को कार से गिराकर चलता बना। वह उसे घर ले आया। उसका नाम पाशा रखा। अब इलाज चल रहा है उसका। वही सबसे आगे रहता है कुत्ता-गाड़ी भगाने में। समझा मोती?" लेंडी ने बुरा मानते हुए शिकायती स्वर में कहा।

"हो सकता है, अगले जन्म में वह ख़ुद कुत्ता रहा हो!" कुछ पल चुप रहने के बाद मोती फिर कहने लगा, "किसी दिन ऐसी कहानी तुझे सुनाऊँगा, जिसको सुनकर तू नहीं कहेगा कि यह भी मनगढ़ंत है।"

"वह भी सुना दे।"

लेंडी ने चिढ़कर कहा तो मोती कुछ देर दोनों पंजों के बीच मुँह रख लेटा रहा। कैसे कहे कि उसको दो बातों की बेचैनी थी? पहली उन बुज़ुर्ग क़िस्सागो कुत्ते की, जिसके आस-पास बीमार, अपाहिज कुत्ते जमा रहते, जिनको वह अपनी कहानियों के ज़रिये तसल्ली देता और उनका हौसला बढ़ाता था। उन बीमार कुत्तों में उनके माँ-बाप भी शामिल थे, जिनसे वह मिलने जाता और एक-दो दिन वहाँ गुज़ारकर आ जाता था। उस खँडहर से कुछ दूर पर एक होटल था, जहाँ से बचा खाना कुत्तों के लिए थैली भरकर आता था। साथ ही, मटका भर साफ़ पानी। क़िस्सागो कुत्ते की कई पुश्तें यहीं डेरा जमाए बरसों से रहती आई थीं। अपनी उपासना में लीन रहतीं। वह क़िस्सा सुनने के लोभ में यहाँ आता था। उसके मन में अपनी प्रेयसी की याद तो तड़प बनी हुई थी, साथ ही वह क़िस्सा भी, जिसका अन्त वह सुन नहीं पाया था। उससे पहले ही उसे नींद आ गई थी। जब जागा तो उसके कानों में ये शब्द पड़े, जिसका कोई सिर-पैर नहीं समझ पाया था :

"इसका मतलब है कि हममें से इनसानों की नस्ल के भी कुत्ते मौजूद हैं?"

"बिलकुल!" क़िस्सागो कुत्ते ने कहा था।

"तो फिर हम कुत्ते भी इनसानी नस्ल में ज़रूर मौजूद होंगे?"

"इस तरह का कोई क़िस्सा मुझे सुनाया नहीं गया। इसलिए मैं कुछ कह नहीं सकता हूँ।" क़िस्सागो कुत्ते ने अपनी बूढ़ी गर्दन हिलाते हुए कहा था।

इसके बाद वह चला आया था। दूसरे दिन वह सोते में पटरी से उठा लिया गया।

"तू बार-बार अपने अपहरण होने की बात दोहराता है। यह बता, गली-छाप कुत्तों का अपहरण भला कोई क्यों करेगा? कौन 'फिरौती' देगा यार, तेरे लिए?"

"सच्चा क़िस्सा है।" मोती ने उसकी गर्दन में बाँह डाल दी।

"मोती, तू बड़ी लच्छेदार बातें करता है।" लेंडी ने उलझकर कहा।

"मुझे पता नहीं था यार, यह सब।" मोती बोला, "मुझसे रूठ मत। चल, टहलकर आते हैं। बदन में सुस्ती-सी भर रही है।"

"पता नहीं, चिरकुट कहाँ रह गया है?" चिन्तित स्वर में लेंडी बोला।

"चलो, हम चलते हैं 'एनिमल फ़र्स्ट' की तरफ़। हो सकता है, उस बिल्ले की तबीयत ज़्यादा ख़राब होने पर वह वहीं रुक गया हो!" मोती ने कहा और गमलों से धिरे सेप्टिक टैंक की छत पर से उठा और दूसरे टैंक पर जा कूदा। पूरी गली सेप्टिक टैंकों वाली थी। कूड़ा और खुला गन्दा पानी टूटी नालियों से बह रहा था।

एनिमल फ़ार्म में ख़ान साहब चुपचाप बैठे थे। न किसी की शिकायत कर रहे थे, न किसी को बुरा-भला कह रहे थे। कार्तिक ने उन्हें पानी से भरा गिलास थमाना चाहा तो उन्होंने इनकार कर दिया।

"फ़र्स्ट-एड हो गई है। यदि आप किसी बड़े अस्पताल ले जाना चाहें तो..." डॉ. शशिधर ने अपनी असमर्थता प्रकट करते हुए पूछा।

"नहीं।" फिर ठहरकर बोले, "मुझे ऊपर वाले पर भरोसा है।"

डॉक्टर शशिधर ने अपना काम शुरू कर दिया था। उन्हें लग रहा था कि बिल्ले का बचना मुश्किल है।

ख़ान साहब बाहर काउंटर के सामने पड़ी कुर्सी पर जाकर बैठ गए। कार्तिक ने उनका ध्यान बँटाने के लिए पूछा, "यदि आप चाहें तो हम इसको हफ़्ते-दो हफ़्ते अपने पास रख सकते हैं। उसकी देखभाल यहाँ अच्छी तरह हो जाएगी।" कार्तिक ने उनका हौसला बढ़ाना चाहा या बातों में उलझाकर उनको दिलासा दे रहा था ताकि वह किसी भी अन्त के लिए तैयार रहें।

"नहीं। मैं ख़ुद इसकी देखभाल करूँगा।"

"आपकी दुकान?"

"बन्द रहेगी। इसकी बरक़त से हमने ख़ूब कमाया। यह रहेगा तो हम रहेंगे, वरना..." जुमला अधूरा छोड़कर ख़ान साहब चुप हो गए।

तभी दो कुत्ते लँगड़ाते हुए क्लीनिक के गेट पर आकर खड़े हो गए। उनके पैरों में टूटे शीशों की किरचें चुभी थीं। कार्तिक ने उन्हें थपका तो वे चुपचाप लँगड़ाते हुए काउंटर की बाईं तरफ़ जाकर बैठ गए।

"यह तो फूलों वाली गली के कुत्ते हैं भैया?" कम्पाउंडर हँसा।

दोनों कुत्तों में से एक कुत्ता काना था। पिछली दीवाली में उसकी आँखों में गड्डा फटकर लग गया था, इसलिए वह काना कहलाता था। दूसरे का कान आधा कटा हुआ था, पता नहीं कैसे! वह कनकटा कहलाता था। लेकिन दोनों बड़े सीधे थे। रात भर फूलों वाली गली में पहरा देते, जिसके बदले में उन्हें इडली वाला अपना बचा बासी माल पेट भरकर खिला देता था।

"कैसे लगा?" कम्पाउंडर ने कुत्तों के पैर से शीशा की किरचें निकालते हुए उनसे पूछा। फिर ख़ुद बोला, "बड़ा टुकड़ा तो निकाल लिया होगा इन्होंने दाँतों से पकड़कर। यहाँ तो बहुत छोटी-छोटी किरचें फँसी हैं शीशे की, भैया!"

"पहले इंजेक्शन दो, फिर देखता हूँ।" कार्तिक ने कहा।

'पाइका' से ग्रस्त कुछ कुत्ते किनारे बैठे थे। उनके जवान मालिक भी साथ थे।

"ये तो गहरे अवसाद में हैं।"

कार्तिक ने उनसे कहा तो वे चुप रहे, मगर उनमें से एक ने हँसकर कहा, "अवसाद में तो मैं भी जी रहा हूँ।"

इसके बाद कोई कुछ बोला नहीं।

"हम समझते हैं कि हम प्यार करना जानते हैं, मगर प्यार के साथ केयर करना नहीं।" कार्तिक ने चुप्पी तोड़ी। फिर कह उठा, "कहीं न कहीं हम चूक जाते हैं। कभी अपनी अज्ञानता के कारण तो कभी अपनी व्यस्तता के कारण।"

लेंडी और मोती जब वहाँ पहुँचे तो काउंटर के पास कनकटवे और काने को देखकर चौंक गए। इशारों-इशारों में दूर से पूछा, क्या हुआ है? तभी उनकी नज़र ख़ून से भरे कुर्ता पहने हैदराबादी ख़ान साहब को बैठे देखा। उन्हें महसूस हुआ, मामला गम्भीर लगता है। वे दोनों वहीं दरवाज़े पर बैठ गए। भूल गए कि वे यहाँ क्यों आए थे।

डॉ. शशिधर अन्दर से निकले और हल्के से गर्दन हिलाई। मतलब साफ़ था, बिल्ला बच नहीं पाया। उसको हार्टअटैक हुआ था—सदमे और मार की दहशत से, यह बात धीरे-धीरे बतानी थी।

ख़ान साहब ने बड़े धैर्य से डॉ. शशिधर की बात सुनी और सफ़ेद कपड़े में लिपटे बिल्ले को लेकर वह क्लीनिक से बाहर निकल गए। यह देखकर लेंडी की आँखें भर आईं और मोती ने मन-ही-मन कहा, 'मैं उससे जलता ज़रूर था, मगर कभी उसके बारे में बुरा नहीं सोचा था।'

लेंडी और मोती ख़ान साहब से दूरी बनाकर कुछ दूर तक उनके साथ चलते रहे, फिर दोनों ब्यूटी पार्लर की तरफ़ मुड़ गए। गली पार कर बाज़ार वाली चौड़ी सड़क पर आ गए, मगर उन्हें चिरकुट कहीं नहीं दिखा। सड़क पार कर वह जैसे ही बज़ाज़ के शोरूम के पास पहुँचे तो वहाँ पर चिरकुट को कुत्तों से घिरा पाया। वहाँ सारे जमा कुत्ते सिर जोड़ बातें कर रहे थे। वे दोनों भी वहाँ पहुँचे।

मगर मोती वहाँ ठहरा नहीं। उसे भूख लग रही थी और उसे अपना हिस्सा इन इनसानों की दुनिया से लेना था। उसे चाय का ठेला दिखा। मर्तबानों में तरह-तरह के बिस्कुट और नमकीन भरे हुए थे। वह उन्हें ललचाई नज़रों देखने लगा। सब के ढक्कन बन्द थे। बस, एक नमकीन का पूरा पैकेट पास में पड़ा था। चायवाला जैसे ही दालमोठ व चाय ग्राहकों को देने मुड़ा, तब तक खुला पैकेट मुँह में दबा मोती नौ दो ग्यारह हो गया। नीम के पेड़ के नीचे बैठ मज़े से चटपटी दालमोठ खाता रहा। फिर पानी पीने के लिए वह जलबोर्ड की तरफ़ बढ़ा। पम्प हाउस पर भीड़ थी। वह सीधे पाइप के नीचे खड़े पानी के टैंक के पास पहुँचा, जो भर गया था और पानी खुले सूराख से नीचे गिर रहा था। उसने गिरते पानी की धार पीनी शुरू की और मन-ही-मन बोला, 'कैसा ठंडा मीठा पानी है!'

वह कुछ दूर जाकर उगी घास के टुकड़ों पर बैठ गया और आते-जाते ख़ाली व भरे टैंकरों को देखने लगा। छोटी-छोटी लड़कियों का झुंड हमेशा की तरह हँसता-खेलता आया और पानी के ख़ाली बर्तनों की ताक लगाकर एक तरफ़ खड़ा हो गया। जैसे ही टैंक में पानी भरने वाला हटा, उन्होंने झपटकर भरते टैंक का पीछे से कैप खोला और सिर पर डले शैम्पू को पानी की धार से मलना शुरू कर दिया। सिर के शैम्पू ने चेहरा ही नहीं चमकाया बल्कि बदन के साथ उनके धूलभरी फ्रॉक और जम्फर भी धो डाले।

जवान लड़कियाँ और औरतें भी मुफ़्त पानी लेने आ गई थीं, जिन्हें देख वहाँ खड़े कर्मचारियों की आँखें चमक उठीं। पहले भौजी, बहिनी कर हँसी-मज़ाक़ हुआ,

फिर उनके सीने और कमर पर पानी की मोटी धार मारी और ख़ाली बाल्टी भरने लगे। कुछ के तेवर खिंचे, कुछ खिसियाकर हँस पड़ीं, मगर लोकाचार के चलते टाल गईं।

कुछ कार और स्कूटर वाले भी खड़े थे। पानी भेजने वाले काउंटर का लड़का ग़ायब था। वे काफ़ी देर से इन्तज़ार में खड़े यह दृश्य देख रहे थे जो आवश्यकता व मजबूरी को मानवीय डोर से बाँध 'राम तेरी गंगा मैली' की याद दिला रहे थे और साथ ही छलकते-गिरते बेकार के बहते पानी को देखकर कहने लगे कि "जलबोर्ड में पानी की बिक्री के साथ पानी की जो बर्बादी हो रही है, उसे देखकर देश में पानी का हाहाकार झूठा लगता है। जल बचाओ, गंगा की सफ़ाई कराओ, बरसात के पानी का भराव—सब कुछ एक तमाशा-सा लगता है, जो बारहों मास दोहराया जाता है। गिरे जल की री-साइकिल का कोई प्रबन्ध नहीं। हमने पानी की ऐसी बर्बादी कहीं नहीं देखी है।" पानी ख़रीदने वाले बातें कर रहे थे और मोती सुन रहा था।

एकाएक उसे अपनी प्रेयसी याद आ गई। उसका दिल मचला कि उसे जंगल की तरफ़ जाकर वहाँ की ऊँची पहाड़ी पर बैठकर अपनी महबूबा को पुकारना चाहिए। हवा उसका पैग़ाम उस तक पहुँचाने में उसकी मदद ज़रूर करेगी। ऐसा सोचकर वह उठा और दीवार पार कर जंगल में उतर गया।

कीकर और झरबेरी के पेड़ों के बीच वह चलता हुआ आगे बढ़ने लगा। उसे याद आया—माँ ने बताया था, उसका जन्म यहीं हुआ था। वे पूरे नौ-बहन भाई थे। उन सबको कोई न कोई उठा ले गया। उसके सारे भाई-बहन बिखर गए। बस, वह अपनी माँ के पास रह गया था या कहो, उठाए जाने से बच गया था।

यही सब सोचता मोती आगे बढ़ता गया। यह मोती नाम भी उसे किसी लड़के ने दिया था, जिसके पीछे-पीछे वह डबल रोटी के लालच में उसकी स्कूल-बस तक जाता था। वह पहाड़ी पर पहुँच चुका था। हरी-हरी घास पर जाकर बैठा, फिर लोटने लगा। थोड़ी देर बाद उसकी आवाज़ अपनी प्रतिध्वनियों के साथ गूँज उठी या फिर उसे लगा, जैसे जंगल का कण-कण उसके साथ कोरस में फ़रियाद कर रहा है :

शरबती आँखों वाली मेरी महबूबा!
लौट आ, वरना मैं इन पत्थरों पर अपना सिर
पटक-पटक कर जान दे दूँगा।
लौट आ, क्योंकि मैं लौटकर आया हूँ

तेरे लिए, सिर्फ़ तेरे लिए।
क़ैद की सारी ज़ंजीरों को तोड़कर
ऐश व आराम को ठुकराकर
तेरे लिए, सिर्फ़ तेरे लिए।
तुझे क़सम है मेरी जान की
मेरी प्रिय, अब लौट आ, अब लौट आ!

इस कोरस के बाद वह वहीं लेट गया और कुछ देर बाद गहरी नींद में डूब गया। सपने में वह अपने गुज़रे पुराने दिन देख रहा था, जब वह भूरी से मिला था।

कुत्तों में यह ख़ुशख़बरी फैल गई थी कि साफ़ हुए घूरे की जगह आज सुबह-सुबह जाने कहाँ से ढेरों कूड़ा आकर फेंका गया है, जिसमें खाने का ढेरों सामान है। दौड़े-दौड़े सब वहाँ पहुँचे। कई दिनों के भूखे कुत्ते उन बँधे थैलों पर टूट पड़े। किसी को पूरी की तलाश थी, किसी को पनीर की सब्ज़ी की। वे नाम तो किसी खाने का नहीं जानते थे, मगर स्वाद उनकी ज़बानों पर चढ़ चुका था। सबकी पसन्द बन चुकी थी। केक, पेस्ट्री, मीट, मुर्ग़ा, मछली—सबका सेवन सेब, केले के साथ करते थे। एक थैले में खाना समझकर जब उसे कुत्तों ने फाड़ा तो वहाँ कपड़े की गठरी-सी दिखी। कपड़ा फाड़ा तो उसमें से एक नवजात शिशु निकला। कुत्ते यह देखकर दंग रह गए। सूँघा-चाटा तो पता चला, शिशु जीवित है। यह जानकर वे ज़ोर-ज़ोर भौंकने लगे और एक-दूसरे से पूछने लगे, "क्या करें इसका?"

घूरे के सारे कुत्ते फटी-पुरानी कपड़े की गठरी के पास जमा हो गए। थोड़ी देर तक चीख़ने-चिल्लाने के बाद जब कुत्तों की उत्तेजना सहज हुई तो उन्होंने आपस में मशविरा किया कि इसका आख़िर किया क्या जाए? तो कई कुत्ते दौड़े-दौड़े लेंडी व चिरकुट से सलाह लेने पहुँचे।

उनकी सारी बातें सुनकर चिरकुट भागा-भागा घूरे पर पहुँचा, तो कुछ और कुत्ते परेशान-से इधर-उधर आ-जा रहे थे। अजीब हलचल-भरी बेचैनी वहाँ फैली थी जबकि उनके लिए कोई नई बात नहीं थी, मगर हर पुरानी घटना उन्हें नये तरह से झिंझोड़ती थी।

"अपने बच्चों की तरह गर्दन से पकड़कर उठाते हैं।" एक बूढ़ी कुतिया ने कहा।

"मगर लेकर जाएँगे कहाँ?" चिरकुट की चिन्ता वाजिब थी। उसे लेंडी पर गुस्सा आ रहा था कि जाने कहाँ चला गया है! होता तो कोई राय देता।

"अरे, मरा होता तो छोड़ देते। यह तो ज़िन्दा है।" वही बूढ़ी कुतिया बोली।

तभी कुत्तों के बीच लेंडी दिख गया। चिरकुट ने उसे पुकारा।

सारी बात समझकर लेंडी सन्नाटे में आ गया।

"कुछ तो बोलो!" चिरकुट ने कहा।

"चलो, किसी के घर के सामने छोड़ देंगे।" लेंडी ने कुछ सोचते हुए कहा।

"यह सबसे सही सलाह है।" काला बूढ़ा कुत्ता बोला।

कुछ ने थैले को घसीटा, मगर वह फट गया। यह देखकर कुतिया ने उसे मुँह से उठाना चाहा, मगर सफल नहीं हुई। थककर कह उठी, "बाप रे, बहुत भारी है।"

"हिम्मत कर। हमसे ज़्यादा अच्छी तरह यह काम तू जानती है, मैया!" एक जवान कुत्ता कह उठा।

"अच्छा, फिर से दम लगाती हूँ।" बूढ़ी कुतिया ने बच्चे को बड़ी सावधानी से गुद्दी से पकड़ा ही था कि वह बच्चा कूड़े के ढेर पर रोता हुआ गिर गया और बूढ़ी कुतिया के मुँह से ख़ून निकलता देख बाक़ी कुत्ते परेशान होकर कभी बच्चे की तरफ़ देख रहे थे तो कभी दर्द से कराहती कुतिया को, जिसके कई हिलते दाँत टूटकर उसकी थूथनी से निकलते ख़ून में चिपके दिखे।

तब तक जवान कुत्तों का भगोड़ा दल आ पहुँचा और बिना कुछ समझे कुत्तों को डाँटने लगा, "क्या भीड़ लगा रखी है तुम कुत्तों ने यहाँ?"

बूढ़ी कुतिया वहीं कूड़े के ढेर पर बैठ गई और धीमे सुर में रोते हुए अपना उपचार स्वयं करने लगी।

कुत्तों ने आगे बढ़कर उस बच्चे को उठाने की फिर कोशिश की तो भगोड़ा कुत्ता दल अकड़कर खड़ा हो गया। उनकी मुद्राएँ न केवल उग्र थीं बल्कि कटखनी भी हो रही थीं। सफ़ेद नुकीले दाँत के साथ आँखें चढ़ गई थीं और गुर्राहट तेज़ हो गई थी।

चिरकुट और लेंडी ने उन्हें भाव नहीं दिया। वे दोनों भगोड़ा कुत्ता-दल के इरादे भाँप चुके थे। उनके जीवन का उद्देश्य था, इनसानों से बदला लेना। वे इस मुलायम-से गोल-मटोल नवजात शिशु को नोच-नोचकर खाना चाहते थे।

चिरकुट व लेंडी ने बच्चे का बाज़ू जैसे ही मुँह में दबाया और लेकर भागने को हुए तो उग्रता से भरे भगोड़े दल ने उन कुत्तों पर आक्रमण कर दिया, जो बच्चे के बचाव में दीवार बनकर खड़े हो गए थे। घमासान लड़ाई शुरू हो गई—पटकम-पटकी, नोच-खसोट, धींगा-मुश्ती, गुर्राना-भौंकना। दोनों तरफ़ के कुत्तों ने शहादत का जाम पी रखा था। अपनी-अपनी विचारधारा को लेकर मर मिटने पर तैयार थे। कई कुत्ते बुरी तरह घायल हो चुके थे।

उधर बौखलाए, भयभीत चिरकुट व लेंडी जिस तरह नवजात बच्चे को मुँह में दबाए भाग रहे थे, उससे नवजात का मुलायम शरीर कभी मुँह से छूटने लगता था तो कभी खुरदरी सड़क पर घिसट रहा होता था। गुलाबी छोटे-छोटे पाँवों में पहले खरोंचें आईं, फिर उसमें से ख़ून झलकने लगा। सड़क पर लाल रंग की एक पतली लकीर खिंचती चली जा रही थी।

दूर से मोती ने जो यह दृश्य देखा तो पगलाया-सा आस-पास के कुत्तों को पुकारने लगा, "श्वानो, संकट की घड़ी है, शीघ्र पहुँचो!"

यह गुहार सुन अन्य कुत्तों का भौंकना पल-पल तेज़ होता जा रहा था। चौकीदार कुत्ते भी दौड़ पड़े। आस-पास की गलियों में बीमार पड़े कुत्ते भी इस आह्वान को सुन सड़क की ओर निकल आए। पैरालेटिक कुत्ते भी घिसटते हुए पहुँच गए। सबने चिरकुट और लेंडी के चारों तरफ़ कुत्ता-शृंखला बना ली थी। बच्चा न रो रहा था, न चीख़ रहा था। शायद वह मूर्च्छित हो गया था या फिर मर चुका था।

कुत्तों की जमा भीड़ को देखकर लोग ठिठकते, फिर इस डर से तेज़ी से क़दम उठाते कि कहीं बौराए कुत्ते उन्हें ही न काट खाएँ। कई गाड़ियाँ दौड़ते कुत्तों को बचाने के चक्कर में एक-दूसरे से टकराते-टकराते बचीं। एक मोटरसाइकिल खम्भे से टकरा गई। आस-पास के शो-रूम सारे बन्द थे। कुछ दूर मज़दूर झुग्गी से औरतें व बच्चे निकले। उनमें हिम्मत न थी इन पगलाए कुत्तों के बीच-बचाव की। तभी कार्तिक स्कूटी के पीछे डॉ. शशिधर को बिठाए उधर से गुज़रे। उन्हें देखकर कुत्तों ने अपनी भाषा में उन्हें पुकारा। एक-दो कुत्ते उनकी तरफ़ दौड़ पड़े, जिनका इलाज 'एनिमल फ़र्स्ट' में हो चुका था।

स्कूटी की रफ़्तार कम हुई और कुत्तों की भीड़ के पास जाकर रुक गई। एक-दो कुत्तों ने उनकी पैंट की मोहरी पकड़कर खींचा तो वे दोनों समझ गए कि कुछ बड़ा

घटित हुआ है। स्कूटी किनारे लगा, वे दोनों घबराए-से नीचे उतरे और डरते-डरते कुत्तों की भीड़ की तरफ़ बढ़े। तभी भगोड़ा कुत्ता-दल के कई सदस्य वहाँ पहुँच गए और फिर से आपस में तू-तू, मैं-मैं होने लगी।

डॉ. शशिधर पुलिस दरोगा की तरह रूलर टाइप का डंडा अपने साथ रखते थे। उसे बैग से निकाल उन्होंने कुत्तों को धमकाया। सामने का दृश्य देख दोनों सकते में आ गए। डॉ. शशिधर का डंडे वाला हाथ हवा में ही उठा रह गया, जब चिरकुट और लेंडी उन्हें देख उस नवजात के ऊपर से हट गए। सड़क पर पड़ा बच्चा बुरी तरह ज़ख़्मी था। भगोड़ा दल बच्चे पर झपटना ही चाह रहा था कि कार्तिक ने लपककर बच्चे को सीधा किया। इससे पहले कि उग्र कुत्ते कार्तिक को काटते, शशिधर ने डंडा घुमाया और जुनूनी कैफ़ियत में कुत्तों पर बरसाना शुरू कर दिया। यह देख कुत्तों का दूसरा पक्ष विपक्ष पर टूट पड़ा।

कुत्तों से घिरे डॉ. शशिधर ने कुत्तों के घेरे से अपने को बाहर निकाला और उचककर स्कूटी पर जा बैठे। कार्तिक ने बच्चे को गोद में उठा अपनी उँगली उसकी नाक पर रखी, नब्ज़ देखी और उसे सीने से लिपटाकर चीख़ा, "डॉ. शशिधर, चलो, स्कूटर स्टार्ट करो। अभी बेबी ज़िन्दा है।"

बच्चे को गोद में लेकर कार्तिक स्कूटर के पीछे बैठ गया और डॉक्टर शशिधर ने सधे हाथों से स्कूटर स्टार्ट किया। भगोड़े कुत्ते आपस में लड़ना, ललकारना भूलकर आधी लड़ाई बीच में छोड़कर स्कूटर के पीछे भागे ताकि स्कूटर सवारों को काटकर बच्चा उनसे छीन सकें।

यह देखकर डॉ. शशिधर ने स्कूटी की रफ़्तार तेज़ कर दी और लम्बा रास्ता ले लिया। कुत्ते समझ गए कि अब आगे दौड़ना बेकार है। वे थककर ठहर गए और हाँफते-हाँफते वहीं बैठ गए।

स्कूटी को घुमाकर डॉ. शशिधर ने गली में प्रवेश किया और स्कूटी की रफ़्तार जैसे ही धीमी पड़ी कि तभी एक कुत्ते ने दौड़ते हुए आकर डॉ. शशिधर के पैरों में अपने दाँत गाड़ दिये। गोपाल ने उसकी पीठ पर डंडा मारा और कुत्ते को खदेड़ दिया।

"दरवाज़ा बन्द करो, बहादुर।" स्कूटर से उतरकर डॉ. शशिधर ने चीख़कर कहा और भागते-भागते दोनों कमरे में घुसे।

कार्तिक ने बच्चे को टेबिल पर लिटाया और कम्पाउंडर को पुकारा। वह समझ

नहीं पा रहा था कि क्या करे? कैसे जाने कि यह सब कैसे घटा? डॉ. शशिधर वैटनरी डॉक्टर थे तो क्या, ज़ख़्म का इलाज तो कर सकते थे। उनको इतने छोटे बच्चे को इंजेक्शन देने में झिझक हो रही थी। वह पहले बच्चे का घाव धोने व साफ़ करने में व्यस्त हो गए। तब उन्हें पता चला कि वह नवजात शिशु एक बच्ची है। मन-ही-मन बोले, 'ऊपर वाला मेरे हाथ में चमत्कारिक शक्ति भर दे ताकि यह नवजात ठीक हो जाए।'

कम्पाउंडर ने फ़ौरन डॉ. शशिधर का ज़ख़्म साफ़ किया और उन्हें इंजेक्शन लगाया। कुत्ते के दाँत गहरे नहीं धँसे थे।

नवजात बच्ची ने अचानक रोना शुरू किया। फिर रुक गया।

"जल्दी से शहद चटा दो।" डॉ. शशिधर नर्वस हो बोले।

"शहद? शहद है कहाँ?" बौखलाया-सा कार्तिक बोला।

"मैं लाता हूँ।" इतना कह गोपाल ने बाहर जाने के लिए दरवाज़ा खोला तो सन्न रह गया। तीस-पैंतीस कुत्तों का झुंड दुम हिलाता चुपचाप सामने खड़ा था। इस दृश्य को देखकर उसका एकदम से रोना फूट पड़ा। अपनी आस्तीन से आँसू पोंछता हुआ दरवाज़ा लॉक कर वह तेज़ी से गली की ढाल से नीचे उतरने लगा।

मंगलवार की वजह से सारी दुकानें बन्द थीं। वह बौखलाया-सा बिना झिझक सामने वाले घर का बन्द दरवाज़ा थपथपाने लगा, घंटी बजाने लगा। दरवाज़ा खुला तो वह हाथ जोड़ कहने लगा, "मैम, आपके पास शहद हो तो एक चम्मच दे दें।"

शहद चटाने और ज़ख़्मों पर मरहम लगने के बाद बच्ची को आराम मिला था। उसकी टूटी-टूटी-सी साँस अब धीमी गति से लगातार चल रही थी। गोपाल का चेहरा उतरा हुआ था।

कार्तिक और डॉ. शशिधर भी गम्भीर थे। उन्हें बच्चे की कोई हड्डी टूटने की भी शंका हो रही थी। कम्पाउंडर ने देखा, कार्तिक के हाथों पर खरोंचें और पैर पर नाख़ून के निशान हैं। दरअसल, इस घटना ने सबको झिंझोड़कर रख दिया था। किसी का ध्यान कार्तिक की तरफ़ गया ही नहीं था। अब उन खरोंचों पर दवा लग रही थी।

"मैं नेवी में था। एक या दो बार शराब केवल इसलिए पी थी कि साथी मुझे बैकवर्ड न समझें, मगर आज इतनी घुटन हो रही है कि मन कर रहा है, पूरी बोतल

देसी शराब की हलक़ में उड़ेल लूँ।" कार्तिक भावावेश में बोला।

"ऐसा करना तो जानबूझकर ज़हर पीना जैसा है। रोज़ तो मरते हैं स्प्रिट पीकर लोग।" डॉ. शशिधर बोल उठे।

"तो फिर क्या करूँ?" कार्तिक ने पूछा।

डॉ. शशिधर ने ग़ौर से कार्तिक को देखा। अंग्रेज़ी शराब तक तो बात समझ में आती है, मगर देसी शराब...पन्नी सन्तरा...यह इस माहौल का असर है क्या? लेकिन उन्होंने सिर्फ़ इतना कहा, "अगर ऐसा है तो हम डॉक्टर तो हमेशा नशे में रहेंगे।"

"मैं बड़ी घुटन महसूस कर रहा हूँ...माई हार्ट इज़ सिंकिंग।" व्याकुल-सा कार्तिक बोला।

"चलो, संजय-वन का एक चक्कर लगाकर आते हैं। वहाँ ऑक्सीजन ही ऑक्सीजन है या फिर जेएनयू परिसर चलते हैं। वहीं कुछ खा-पी लेंगे।" डॉ. शशिधर का ख़ुद का हाल अच्छा न था।

"डॉ. शशिधर, आप सोचते हैं कि इसको इमरजेंसी में ले जाना ठीक होगा?" बौखलाया कार्तिक कह उठा।

"देखता हूँ, पहले उसे सँभलने दो। मैं यहीं पर हूँ। तुम घबराओ नहीं।" डॉ. शशिधर ने उसकी पीठ ठोंकी।

"हमारे ऊपर कहीं केस न हो जाए!" कार्तिक ने परेशानी से कहा, "ये कुत्ते गवाही देंगे?"

"साहब, चाय!" दो प्याली चाय गोपाल लिये खड़ा था।

"थैंक्स, डियर।" कार्तिक ने कहा।

पता नहीं, उसका दिल भरा-भरा क्यों लग रहा था? शायद इस घटना ने मिक्की के भरे ज़ख़्म की याद को फिर खोल दिया था। ये हज़ारों भ्रूण हत्याओं ने इस बच्ची की दर्दनाक अफ़साना दोहरा दिया था।

"सर, सारे कुत्ते बाहर बैठे हुए हैं तब से।" गोपाल ने कहा, "उन्हें अन्दर बुलाकर बच्चा दिखाना ठीक हो तो...वैसे कई कुत्ते ज़ख़्मी भी हैं।"

"ठीक तो नहीं है, लेकिन हर्ज भी क्या है?" डॉ. शशिधर ने कहने को तो कह दिया, मगर कुत्तों की प्रतिक्रिया क्या होगी, उस पर उनका विश्वास न था।

"लेकिन वे कुत्ते...?" कार्तिक का सवाल सही था।

"उन सारे बदमाश कुत्तों को इन सबने मार भगाया है। ये सारे अपने जाने-पहचाने कुत्ते हैं। इनमें से कई तो अपने रेगुलर पेशेंट भी हैं।" गोपाल के उदास चेहरे पर ख़ुशी चमकी।

"ओके!" कार्तिक ने दोनों हाथ ऊपर उठाकर कहा।

दरवाज़ा खोलकर गोपाल ने कुत्तों को इशारा किया तो वे काउंटर डेस्क के पास जमा होने लगे। उनके उतरे मुँह पर झलकती मानवता को देखकर कार्तिक फफककर रो पड़ा और डॉ. शशिधर ने रूमाल से अपनी आँखें पोंछ अन्दर कमरे का दरवाज़ा खोला, जहाँ मेज़ पर तकियों की आड़ में नीले-लाल धब्बों वाली बच्ची मरहम से लिपटी सो रही थी। डॉ. शशिधर ने जब इशारे से कुत्तों को चुप रहने को कहा तो ठीक स्कूली बच्चों की तरह पंक्ति बनाकर वे खड़े हो गए।

उजड्ड, बदतमीज़, बदबूदार, सड़क-छाप देसी आवारा कुत्ते अपनी गन्दी दुम हिलाते हुए अन्दर घुसे और पूरी सावधानी और अनुशासन के साथ बच्ची को देखते हुए कमरे के बाहर निकलते गए। न किसी कुत्ते ने बच्ची को चाटने की कोशिश की और न कोई भौंका और रोया। जब बच्ची को देखकर सब काउंटर के पास खड़े हुए तो कम्पाउंडर ने ज़ख़्मी कुत्तों की मरहम-पट्टी कर दी।

कार्तिक ने कहा, "शाबाश! तुम सबने बहादुरी दिखाई। बच्ची ठीक है, अब तुम सब अपनी-अपनी गली में लौट जाओ।"

कुत्ते जो बेकहे थे, बदमाश थे, वे चुपचाप कमरे से निकल गली में चले गए और कुछ देर आँखों ही आँखों में बातें कर सड़क की तरफ़ चल पड़े।

आज सुबह-सुबह जो दुर्घटना घटी, वह इन्सान व जानवर के बीच का मसला न था बल्कि ख़ुद कुत्तों के बीच की भी समस्या थी, जिसने पूरे कुत्ता-समाज को हिलाकर रख दिया था। चिरकुट और लेंडी को नींद नहीं आ रही थी। बड़ी देर तक दोनों मुँह औंधाए पड़े रहे। आज न वे दोपहर में अपना सूप पी पाए थे और न शाम को उनका मन कुछ खाने का किया। उनकी भूख मर चुकी थी।

चिरकुट के दिमाग़ में एक ही वाक्य भगोड़े दल के सदस्य का गूँज रहा था : 'यहाँ जो भी फेंका जाता है, हम उसे खाने आते हैं। यह बच्चा भी घूरे पर पड़ा था। इसकी माँ

ने इसको बेकार समझकर हमारे लिए फेंका था। हम जब खाने वाली चीजें छाँटकर खाते हैं तो इसको क्यों न खाएँ?' उसका यह तर्क सुनकर दल के बाक़ी सदस्य भी उसके साथ चीख़ने लगे थे : 'भूख मिटाना हमारा अधिकार है—अधिकार है! अधिकार है!'

थकन से चूर लेंडी की आँखें जैसे ही झपकतीं, उसे बच्चे के रोने की आवाज़ चौंका देती थी। यही हाल सारे कुत्तों का था। एक बेचैनी थी जो उन्हें किसी करवट चैन नहीं लेने दे रही थी।

"आगे क्या होने वाला है?" चिरकुट ने गर्दन उठाकर इधर-उधर देखा। उसको अपना दम घुटता हुआ महसूस हुआ।

मोहल्ले में इस दुर्घटना की ख़बर धीरे-धीरे करके फैल गई थी। दुकानों के सामने, गली के नुक्कड़ पर लोगों का झुंड जमा था। आपस में बातें चल रही थीं, जिसमें न कुत्तों को शाबाशी देने की बात हो रही थी और न ही उनकी बहादुरी की। यहाँ तक कि ज़ख़्मी बच्ची को देखने कोई 'एनिमल फ़र्स्ट' नहीं गया। बस, जो कानाफूसी चल रही थी, वह उस हृदयहीन माँ के बारे में थी, जिसने अपने बच्चे को घूरे पर फेंका था। बातों के बीच-बीच में उधर से हर गुज़रती हुई औरत को लोग शंका-भरी नज़रों से इस तरह घूरते, जैसे कहीं यही तो नहीं है उस बच्चे की माँ?

जैसे-जैसे शाम ढल रही थी, कार्तिक को अब अपना कुत्ता शहंशाह याद आ रहा था। यह उसके खाने का समय हो रहा था। रात का खाना वह कार्तिक के हाथों से खाता था। वह भूखा होगा। छत पर एलेक्स व चार्ली बेचैन थे। उन्हें अजनबी गन्ध लग चुकी थी। वे ऊपर से नीचे आकर देखना चाह रहे थे कि अन्दर कमरे में क्या चल रहा है। खाना किसी कुत्ते ने नहीं खाया था। गोपाल खाने की तैयारी में लगा हुआ था।

"सर, मैं घर का एक चक्कर लगाकर आता हूँ।" जब कार्तिक से सहन न हुआ तो डॉ. शशिधर से यह कहकर उठ गया।

"ओके!" इतना कह डॉ. शशिधर कुर्सी से उठे और नवजात शिशु के पास जाकर खड़े हो गए। बच्चे की साँस सामान्य गति से चल रही थी। उनके मुँह से निकला, "ज़िन्दगी की दो सच्चाइयाँ हैं—जन्म और मृत्यु।"

मोहल्ले में रहनेवाले पत्रकारों ने इस घटना की बड़े दर्दनाक शब्दों में रिपोर्टिंग की थी, जिसे पढ़कर पूरा शहर सहम-सा गया था :

"कई बार इस तरह का आतंक बन्दरों ने भी अन्य शहरों में मचाया था। उस समय जानवरों को लेकर वैचारिक टकराहटें इतनी ज़्यादा मुखर नहीं थीं। आदमी और जानवर के बीच हुई भिड़न्त में जानवरों को ही दोषी माना जाता था और गोली उनके सीने के आर-पार हो जाती थी या फिर गाँव के लोग लाठियों से पीट-पीटकर उनका कपाल फाड़ देते थे। जंगल से भटके या भूखे खूँखार जानवरों का आबादी की तरफ़ निकल आना यह बताता है कि हमने उनके रहने की जगहों—जंगल, पहाड़, गुफा—का हाल कितना बुरा कर दिया है, जिसके कारण उन्हें नरभक्षी बनना पड़ता है। लेकिन कुत्ते शहर व गाँवों की गलियों में आदमी के साथ-साथ जाने कब से रहते चले आए हैं, फिर अचानक उनके शत्रु बन जाने के क्या कारण हो सकते हैं? क्या उनमें भी अपने प्रति किये गए दुर्व्यवहार के प्रति चेतना जाग रही है? उनकी इस उग्रता का दोष आदमियों पर जाता है, जिनका व्यवहार अपने आस-पास रहनेवाले पालतू या घरेलू पशुओं से सम्मानपूर्वक या मानवीय स्तर पर न होना बहुत बड़ा कारण है क्योंकि उनके पास सुरक्षा के नये-नये विद्युत उपकरण आ चुके हैं, जैसे—कैमरा, घंटी, अलार्म और जाने क्या-क्या! सो, उन्हें कुत्तों का अस्तित्व बेकार लगता है। इसलिए बहुत ज़रूरी है कि माँ-बाप घर में और अध्यापक स्कूल में इस महत्त्वपूर्ण बिन्दु पर बच्चों के मन में जीवों के प्रति दया-भाव उत्पन्न कराएँ।"

इस लेख के साथ एक छोटी-सी टिप्पणी भी दी गई थी :

> "बाइबिल और दूसरे पवित्र ग्रंथों में 'नूह' नाम के एक पैगम्बर का ज़िक्र मिलता है। उनका असली नाम लश्कर था, मगर अरबों ने उन्हें 'नूह' की उपाधि से याद किया है। नूह के सामने से एक बार एक घायल कुत्ता गुज़रा। नूह ने उसकी गन्दगी देख दुत्कारा तो कुत्ते ने उनका व्यवहार देखकर कहा : 'मैं न अपनी मर्ज़ी से कुत्ता हूँ, न तुम अपनी पसन्द से इनसान हो। बनाने वाला तो सबका वही एक है।' नूह ने उसकी बात सुनी और दुखी हो मुद्दतों तक रोते रहे।"

इस रिपोर्टिंग का प्रभाव यह हुआ कि संवेदनशील प्रिंसिपल व टीचरों द्वारा अपने स्कूलों में पेंगुइन पक्षी पर 'हैपी टीट', सूअरों पर 'बेबे', चूहे पर 'स्टुअर्ट लिटिल', कुत्तों पर 'मॉरेल एंड मी', 'द सीक्रेट लाइफ़ आफ़ पेट्स', 'वन हंड्रेड एंड वन डालमेशियंस', 'हाचिका' इत्यादि फ़िल्में अंग्रेज़ी-हिन्दी में दिखाई जाने लगीं। घरों में एनिमल प्लैनेट और डिस्कवरी चैनेल बच्चों के साथ माँ-बाप भी देखने लगे थे।

मोहल्ले में एनिमल लवर्स (N.G.O.) की तरफ़ से एक फ़िल्म शो बिना टिकट के आयोजित किया गया था। पहले दिन तो न के बराबर लोग आए। जो आए भी, वह भी यह समझकर कि कोई फ़िल्म होगी; मगर जब कुत्ते एक के बाद एक दिखाए जाने लगे तो वे सारे मज़दूर और उनके परिवार बोर होकर बीच डॉक्यूमेंटरी से उठ गए, लेकिन आयोजक निराश नहीं हुए। दूसरे दिन उन्होंने इस शो का समय बदलकर दस बजे कर दिया। उनकी आशा के विपरीत काफ़ी कम लोग आए। बात करने पर पता चला कि इन फ़िल्मों में उन्हें अपने कुत्तों की कोई सच्चाई नहीं मिली। यह जानकर आयोजक दंग रह गए। उच्चवर्ग जिन विदेशी कुत्तों की फ़िल्में देख ख़ुश होते हैं, वहीं यह मेहनतकश वर्ग उन कुत्तों को देखना चाहता है जो उनके आस-पास हैं। आयोजकों ने देसी कुत्तों पर बनी फ़िल्में छाँटीं, मगर उन्हें मालूमाती नहीं लगीं। अन्त में उन्हें एक डॉक्यूमेंटरी मिल गई, जिसमें कुत्ते के बारे में ढेरों सूचनाओं के साथ वास्तविक जीवन के कुछ वीडियो भी शामिल थे। इस बार आयोजकों ने हाथ से लिख बैनर बनाए। उन बैनरों पर मोटे अक्षरों में लिखा था : 'युद्ध छोटा हो या बड़ा, किसी के हित में नहीं जाता।' उसके नीचे लिखा था : 'महाभारत में युधिष्ठिर का जो अन्त तक साथ निभाता है, वह भी एक कुत्ता था।'

सुबह से गुज़रने वाले इस बैनर को देख रहे थे। उनके मन-मस्तिष्क में विचार उठ रहे थे, जिसका परिणाम था, शाम के शो में अपार भीड़।

डॉक्यूमेंटरी फ़िल्म शुरू हुई। साथ ही, सूत्रधार की कमेंटरी भी जारी रही :

"दुनिया कैसे वजूद में आई? पहले क्या थी? किस बिन्दु से इसकी यात्रा शुरू हुई?—इन प्रश्नों के उत्तर विज्ञान अपनी तरह से देता है और धार्मिक ग्रंथ अपनी-अपनी तरह से देते हैं, लेकिन एक सच यह है कि धरती किसी एक की नहीं है। जीव-जन्तु, इनसान, जानवर, नदी, पर्वत, समुद्र भी यहाँ हैं, उसमें हमारी बराबर की

हिस्सेदारी है, मगर इनसान ने अपनी भागीदारी बढ़ा ली है जो दूसरों के लिए दुःख का कारण बनती है।"

इस पर कुछ ने तालियाँ बजाईं।

इस बीच दूसरे वक्ता ने माइक पकड़ा और कहना शुरू किया, "ये जो हमारे इलाक़े में भूरे, सफ़ेद, काले, चितकबरे देसी कुत्ते मिलते हैं, ये परिया कहलाते हैं। ये बहुत समझदार होते हैं। कुछ भी सिखाने पर सीख लेते हैं। बेहद वफ़ादार होते हैं और इनकी सेहत रूखा-सूखा खाकर भी बड़ी तगड़ी होती है। ये हर मौसम को बड़े आराम से झेल लेते हैं। इनमें बेहद आत्मविश्वास होता है और ये शहरी जीवन में आराम से रच-बस जाते हैं। ये रक्षक कुत्ते हैं और इस हद तक होते हैं कि उनके बारे में आप सोच भी नहीं पाते हैं। चूँकि ये पालतू कुत्ते हैं जिन्हें आप फ़ैमिली डॉग कह सकते हैं क्योंकि दूसरों के प्रति ये परिया कुत्ते बेहद दोस्ताना व्यवहार रखते हैं। ये घर के बाहर ही ज़्यादातर रहना पसन्द करते हैं। इनके दो अन्य गुण भी हैं : एक तो इनके बाल नहीं झड़ते; दूसरे, ये देखने में यूनीक हैं अर्थात् अलग-से लगते हैं। काली काजल लगी आँखें और नुकीला चेहरा बड़ा सुन्दर लगता है। इन ख़ूबियों के अलावा इनकी सबसे बड़ी ख़ूबी यह है कि इनकी देखभाल नहीं करनी पड़ती है, उलटे ये अपने मालिक और उससे सम्बन्धित चीज़ों का बहुत ख़याल रखते हैं।"

इस भूमिका के बाद कुत्तों को दिखाया गया कि वे कैसे और किस तरह से अपने इलाक़े की देखरेख करते हैं। कुछ गाँव और शहर के लोगों के छोटे-छोटे इंटरव्यू भी दिखाए गए कि कैसे कुत्तों ने उन्हें चोर आने की सूचना भौंक-भौंककर दी, कैसे हत्यारे को पकड़वाया और दबाई गई लाश का स्थान दिखाया, इत्यादि-इत्यादि।

तीसरे वक्ता ने मोहल्ले में हुई घटना की तरफ़ उनका ध्यान खींचते हुए कहा, "आपने उसका नमूना देख लिया कि किस तरह नवजात बच्ची को कुत्तों ने बचाया।"

फ़िल्म का दूसरा हिस्सा देखने वालों के लिए बहुत रोमांचकारी था, जब उन्हें दिखाया गया कि भारत के अन्य प्रान्तों के देसी कुत्ते कैसे हैं। सबसे पहले रामपुर ग्रे हाउंड को दिखाया गया, जो शिकारी कुत्ता है और एक ही बार में शिकार को पकड़ लेता है। यह ब्रीड देहली से बरेली के बीच के इलाक़े में पाई जाती है। देखने में परिया से बिलकुल अलग नज़र आ रहे थे।

"ये मदहोल हाउंड लम्बी टाँगों वाले झक सफ़ेद शिकारी कुत्ते हैं। ये कर्नाटक की तरफ़ होते हैं जो शिकार और सुरक्षा हेतु रखे जाते हैं। यह राजपालायम तमिलनाडु में मिलता है। इस क़द-काठी का सिन्ध में बुली कुत्ता मिलता है। सफ़ेद रंग के साथ इनकी त्वचा पर काले धब्बे भी होते हैं। जब बँटवारा हुआ तो यह कुत्ता 'पाकिस्तानी बुली' और 'इंडियन बुली' कहलाने लगा। भारत के घिटोरनी, जौनापुर, फतेहपुर डेरा इत्यादि स्थानों की तरफ़ मिलता है।

"गड्डी डॉग हिमालय के इलाक़े हिमाचल, उत्तराखंड की तरफ़ मिलते हैं। ये चरवाहे और शिकारी, दोनों तरह के काम करनेवाले कुत्ते हैं। काले व भूरे बालों वाले कुछ-कुछ जर्मन शेफर्ड जैसे लगते हैं। इंडियन परिया कुत्ता, साउथ एशियन परिया कुत्ता, पाई डॉग्स, इंडी डॉग जो देसी डॉग के रूप में पहचाने जाते हैं, हमारे देसी कुत्ते हैं।"

डॉक्यूमेंटरी फ़िल्म जब ख़त्म हुई तो आयोजक रमेश गहलौत बोले, "आपने अपने कुत्तों को देखा। अपने कुत्तों के गुण और सौन्दर्य को देखा। ये हमारे प्रहरी हैं, हमारे मित्र जीव हैं, हमारे रक्षक और सहयोगी हैं। भले ही हमारी एक भाषा नहीं है, मगर हम आराम से एक-दूसरे का इशारा समझ लेते हैं। इनसे घृणा करना, इन पर अत्याचार करना हम इनसानों को शोभा नहीं देता है। पागल कुत्ता, ख़ारिश वाला कुत्ता, काना व लँगड़ा कुत्ता—इन सबको आपके प्यार और देखरेख की ज़रूरत है, न कि उनको दुत्कारने और मारने की। इनका समाज अपनी देखभाल ख़ुद करता है, अपना इलाज कर लेता है, मगर कुछ बीमारियों में इन्हें हमारी मदद की ज़रूरत होती है। हमारे देसी घरेलू उपचार से इनके दु:ख दूर हो सकते हैं, आपके प्यार के साथ। जब हम बाढ़, फ़साद और अन्य कठिनाइयों के समय चन्दा इकट्ठा करते हैं तो किसी पशु की बड़ी बीमारी के लिए हम ऐसा क्यों नहीं कर सकते हैं?"

इस फ़िल्म और भाषण का कुछ लोगों पर गहरा असर पड़ा जो कुत्तों को बेहद हल्के में लेते थे। उन्होंने पहली बार इस मुद्दे पर गम्भीरता से सोचा।

राह चलनेवाले कुछ बन्दे जाते कुत्ते को रास्ते में देखकर ठिठक जाते। उनकी सोच में पिन चुभ गई थी। कुछ लोगों ने आस-पास खुली कुत्तों की दुकान में जाना, वहाँ

चलती मूवी को पल भर खड़े होकर देखना शुरू कर दिया था, जिसमें कुत्ते के फ़ैशन ब्रीड, डिब्बाबंद खाने के इश्तहार लगातार चलते रहते थे। उसी को देखकर एक मज़दूर के लड़के ने कुत्ते का पिल्ला उठा लिया। छोटा-सा कमरा, जिसमें वह कुत्ता दुबककर सो जाता था, मगर जब दाँत की चुलबुलाहट होती तो वह कुछ कुतरना चाहता। उसी में वह उस लड़के का कान कुतरने लगा। बेटा जो रोया तो शराबी बाप ने बिना बात को समझे बेटे को पीटना शुरू कर दिया। बेटे के कान से ख़ून टपकता देख माँ को पति पर क्रोध आया तो उसने पास पड़ी चप्पल से पति को बेवड़ा कहकर जी भरकर ठुकाई की। बेटा इतना चकरा चुका था कि वह सिर्फ़ रोता रहा। सुबह उठते ही वह पिल्ला वहीं पेड़ के पास छोड़ आया, जहाँ से उठाया था।

उस पिल्ले को एक और सफ़ाई करने वाली लड़की उठाकर ले गई। माँ से लड़कर वह मुर्ग़े की दुकान पर जाकर दस रुपये का गोश्त लाती। दूध पीनेवाला बच्चा गोश्त तो क्या खाता, लेकिन इनसान और जानवर का यह कच्चा-पक्का सम्बन्ध एक नया अध्याय लिख रहा था।

नई फ़िल्म 'एंटरटेनमेंट' देखने के बाद सब हैरी के कमरे में रोज़ की तरह जमा थे। सबके दिमाग़ में बहुत कुछ चल रहा था। एकाएक पुताई वाला बोला, "वचन दो, तुम सब मेरी बात पर हँसोगे नहीं?"

"कह के देख। हँसने वाली होगी तो हँसेंगे वरना नहीं।"

"अगर हर गली में कुत्तों के लिए एक छोटी कुटिया जैसी बन जाए और..." बीच में चाट वाले ने नमक-मिर्च लगाते हुए वाक्य पूरा किया, "वे उसमें संन्यास लेकर बैठ जाएँ।"

इस पर ज़ोर का ठट्ठा मार सब हँस पड़े। शंकर झेंप गया।

"बोल रे।" संजय ने उसकी पीठ पर धप्प मारी।

"कह—हम सुन रहे हैं।" हैरी ने गम्भीर हो कहा।

"तो हम कह रहे थे कि एक कोठरी बन जाती ताकि उसमें जाड़ा, बरसात, गर्मी में कुत्ते जाकर सुस्ता लेते। ठिकाना बन जाएगा तो वे सब इधर-उधर लातें खाते, अपमान सहते नहीं फिरेंगे।"

"बात तो तूने बड़ी इनसानियत की कही है। तू बड़ी सोच वाला है, मगर पूँजी कहाँ से आएगी?" हैरी ने पूछा।

"मैं मुफ़्त काम करूँगा। अन्य मज़दूर भी मज़दूरी नहीं लेंगे। मैं उन्हें समझाकर, मनाकर ले आऊँगा। अब रहा सवाल ईंट, रेत, सीमेंट, मोरंग का, तो हम सब मेहनती लोग चन्दा कर लेंगे। उस पूँजी से सामान आ जाएगा।" शंकर ने बड़े उत्साह से प्लान बताया।

"मगर बनेगा कहाँ?"

"कहीं कोने में।" शंकर उत्साह से भर बोला।

"ज़मीन कौन देगा?" हैरी बोला तो सब सोच में पड़ गए।

"किसी से दान में माँगेंगे।" शंकर ने बड़ी आशा भरी आवाज़ से कहा।

"अब तू पगला गया है। जिस मोहल्ले में कुत्ते की लाश लोगों को भारी लगती हो, वे कुत्ते के लिए दान देंगे? इससे उन्हें क्या पुण्य मिलेगा?" ननकू ने चिढ़कर कहा।

"जहाँ एक-एक इंच दूसरों की ज़मीन दबाने वाले हों, वहाँ कुत्तों के लिए वे ज़मीन देंगे? हमको छोड़कर यहाँ सब भू-माफिया हैं।" हैरी बोला।

"तू अब दिल की भड़ास निकाल चुका है। जाकर सो जा।" सुनील ने पुचकारा।

"तेरी सोच ठीक थी, बाबू, मगर भावुक थी।" चुपचाप बैठा सूरज बोल उठा।

इसके बाद कोई कुछ नहीं बोला। सब सोने की तैयारी करने लगे।

रात को कौन चैन की नींद सोया, कौन करवटें बदलता रहा, भगवान जाने, मगर सुबह उठकर ढाबे वाले छोकरे का मुँह उतरा हुआ था। सब काम-धन्धे में लगे थे। शाम को जब फिर महफ़िल जमी तो पूछा जाने लगा कि आज क्या प्रोग्राम रहेगा? कोई कुछ बोला नहीं तो हैरी बोला :

"कुत्ते पर नई फ़िल्म आई है : 'अ डॉग्स जर्नी'। देखने का मन है?"

"अब अंग्रेज़ी में है तो तुम बताते चलना।" शंकर बोला।

"मगर यह हिन्दी में डब है।" हैरी ने कहा।

तभी संजय उठकर जाने लगा।

"क्या हुआ?" ननकू ने पूछा।

"जी अच्छा नहीं है।" सुनील बोला।

"अरे बैठ! गोली खा ले। ठीक हो जाएगा।" ननकू ने हाथ पकड़कर खींचा तो सबने 'बैठ, अरे बैठ' कहना शुरू कर दिया।

उसने हाथ छुड़ाते हुए कहा, "कुत्ते के अलावा कुछ देखोगे तो बैठें।"

"क्यों?" हैरी बोला।

"रात का सपना बड़ा भयानक रहा। अभी तक सिर घूम रहा है।" सुनील बोला।

"क्या देख लिया?" ननकू ने पूछा।

"रात भर बस कूकुर देखा। देखा, इस मोहल्ले के हर घर में देसी-विदेशी कुत्ते रह रहे हैं। दुकान खोले हैं। और तो और, हमारे ढाबे की बेंच पर आकर बैठे हैं और हम उनके आगे प्लेटें लगा रहे हैं। वे चाट-चाट कर, सपड़-सपड़ कर खाना खा रहे हैं। सारे मोहल्ले के कुत्ते वहाँ मौजूद थे। अब क्या बतावें, सुबह उठे तो बड़ी देर तक समझ में नहीं आया कि हम कहाँ हैं। आँख मलकर गरदन घुमाई तो देखा, ठीक चारपाई के पास दो कुत्ते खड़े अपने को घूर रहे थे।" इतना कह सुनील माथे पर छलक आए पसीने को पोंछने लगा।

उसकी बात किसी ने मज़ाक़ में नहीं ली बल्कि उनके दिमाग़ों में तरह-तरह के दृश्य कौंधने लगे जो उनके सपनों में भी कभी-कभी आते हैं।

"चल, कोई अच्छी-सी मूवी देखते हैं।" हैरी ने कहा और मूवी तलाश करने लगा।

"एक मिनट में आया," कहकर सूरज उठ गया। पास में उसका कमरा था। लौटा तो हाथ में प्लास्टिक का डिब्बा था।

"माँ ने भेजा था। अब मैं अकेला क्या खाता?" कहकर उसने डिब्बा खोला जिसमें ठेकुआ भरा था।

तभी फ़िल्म ढूँढ़ते हुए कुछ ऐसा हुआ कि एकाएक धर्मेन्द्र का यह संवाद गूँजा, "बसन्ती, इन कुत्तों के सामने मत नाचना!"

सुनते ही सबकी हँसी छूट गई।

पाशा को पलाश के घर में आए कई माह गुज़र गए थे। अभी भी वह अवसाद में गहरा डूबा हुआ था। डॉक्टर को दिखाने व कार्ड पर रोगी का नाम लिखने की ज़रूरत

के अनुसार उसका नाम 'पाशा' रख दिया गया था। जब उसको कोई 'पाशा...पाशा' पुकारता तो प्यार का यह बुलावा उसमें रत्तीभर भी उत्साह नहीं जगाता था। यहाँ तक कि वह अपने नाम 'पाशा' पर भी कोई प्रतिक्रिया नहीं देता था।

पलाश का काम इलेक्ट्रॉनिक मीडिया का था। सुबह निकलता तो शाम को लौटता। कभी-कभी बारह बज जाते लौटते-लौटते। ऐसी हालत में कुत्ते की देखभाल वैसी नहीं हो पाती थी, जैसी होनी चाहिए थी। घर में सिर्फ़ साठ-पैंसठ वर्ष की माँ थी, जिनकी सेहत ठीक न थी। आख़िर उसकी बहन मनीषा ने राय दी, "सोशल मीडिया पर चित्र डाल दिया जाए। जर्मन शेफर्ड को गोद लेने वालों की लाइन लग जाएगी, वह भी तब जब महँगा कुत्ता मुफ़्त में मिल रहा हो।"

मनीषा का छोटा बेटा मुश्किल से डेढ़-दो साल का था जो पाशा के आगे-पीछे घूमता। उसकी बहती राल को रूमाल से पोंछता। बड़ों की देखा-देखी बिना समझे वह कहता, 'कम पाशा!' और हाथ के इशारे से उसे जाने को कहता फिर कभी कहता, 'गो पाशा, गो' और पास बुलाता। बेचारा पाशा चकराया रहता कि उसे करना क्या है, मगर वह उस बच्चे से हिल-मिल गया था। शायद पुराने मालिक के यहाँ कोई बच्चा इसी उम्र का हो, जिसके साथ पाशा खेलता आया हो!

ज़बान को न समझ पाने की बेबसी क्या होती है, यह बात पहली बार भारद्वाज परिवार को महसूस हुई। बेज़बान कुत्ते से कैसे पूछें कि तेरा असली नाम क्या है? दु:ख क्या है? तेरे ऊपर क्या गुज़री है? कुछ तो बता ताकि हम तेरी मदद कर सकें?

हफ़्ता भी नहीं गुज़रा था कि एक मेल मिला कि कोई कुत्ता लेना चाहता है। वह घर कब आए?

शाम तक बाप-बेटे आ गए। बातचीत में पाशा की सारी सूचनाएँ दे दी गईं। उसके मेडिकल काग़ज़ और कार्ड के साथ उसकी बची दवाओं की बोतलें भी साथ कर दी गईं।

इस तरह पाशा एक अस्थायी स्थिति से निकलकर स्थायी स्थिति में पहुँच गया, जहाँ उसको प्यार से रखा जाएगा। उस लड़के का ई-मेल आता। पाशा के चित्र भेजता। ग़र्ज़ कि वह पाशा के साथ बहुत ख़ुश था। उसने वायदा किया कि एक दिन वह पाशा को लेकर मिलवाने आएगा। घर में इस ख़बर से चर्चा होने लगी कि देखें,

पाशा हमसे कैसे मिलता है! पहचानेगा या नहीं? हो सकता है, वह यहाँ से जाए ही नहीं! आख़िर सात-आठ महीना रहकर गया है।

संडे के दिन पाशा अपने नये मालिक के साथ आया, मगर किसी को नहीं पहचाना। आँखों में न कोई पहचान की चमक उभरी, न वह बच्चे की तरफ़ बढ़ा। बस, गली में कुछ सूँघता रहा। सबको आश्चर्य हुआ। पिता बेटे की शिकायत करते रहे कि "बेटे को कुत्ता लेने भर का शौक़ था। सारी देखभाल मुझे करनी पड़ती थी। मैंने यह महँगा कुत्ता मुफ़्त में दे दिया था। मैंने यह सोचकर 'हाँ' कर दी थी कि बेटे का शौक़ बिना पैसा ख़र्च किए पूरा हो जाएगा, मगर मैं तो फँस गया।" वह दुखी होकर जाते हुए बोले।

पाशा के जाने के बाद सबको अजीब-सा महसूस हुआ—'एहसान फ़रामोश!' कई महीने गुज़र गए।

अचानक मनीषा के पास ई-मेल आने लगे कि "दीदी, मैं कुत्ता वापस करना चाहता हूँ। प्लीज़, मेरी मदद कीजिए।"

मनीषा ने जवाब दिया, "हम लोग वापस तो नहीं ले सकते हैं, मगर तुम नेट पर इसकी तसवीर डाल दो तो कोई न कोई गोद ले लेगा।"

काफ़ी समय गुज़र गया। मनीषा और पलाश पाशा को भूल चुके थे।

तभी अचानक एक दिन ई-मेल आया कि "पाशा नहीं रहा। उसे ब्रेन ट्यूमर था। ट्यूमर का आख़िरी स्टेज। कुछ दिनों से वह उठ-बैठ नहीं पा रहा था। जब पूरा चेक-अप हुआ तो पता चला। मुझे उसकी कमी बहुत महसूस हो रही है।"

मनीषा ने दु:ख प्रकट किया और भाई को पाशा की मौत का मैसेज डाल दिया।

पाशा को बीच सड़क पर चलती गाड़ी से गिराने की गुत्थी अब सुलझ गई थी।

घूरे वाली बच्ची दो सप्ताह से अस्पताल में थी। ब्रिगेडियर लाल ने अपने पुराने फ़ौजी रिश्तों के चलते उसके इलाज की व्यवस्था मिलिटरी अस्पताल में करा दी थी, जहाँ उसे हर प्रकार की सुविधा उपलब्ध थी।

बच्ची धीरे-धीरे करके सेहतमन्द हो रही थी। बदन पर पड़े लाल-नीले चोटों के निशान हल्के पड़ गए थे। ज़ख़्म भी लगभग ठीक हो गए थे। एक-दो जगह ज़रूर ज़ख़्म में टाँके लगने थे, मगर डॉक्टरों की राय नहीं हुई और बच्ची अब पूरी फीड भी लेने लगी थी।

अब सवाल सामने था कि जब बच्ची ठीक होकर डिस्चार्ज होगी तो जाएगी कहाँ? यह सोचकर कार्तिक और डॉ. शशिधर चिन्तित थे। उन्हें नहीं पता था कि इसका इन्तज़ाम भी ब्रिगेडियर लाल करा चुके हैं। जिन दिनों वह नॉर्थ-ईस्ट में थे, वहाँ पर उन्हें 'ऑरफेन हाउस' देखने का मौक़ा मिला था, जिसे देखकर वे बहुत प्रभावित हुए थे। इस अनाथ बच्ची के बारे में बात करने के लिए ब्रिगेडियर लाल ने सुबह-सुबह कार्तिक को फ़ोन किया।

"आपका बहुत-बहुत आभार, ब्रिगेडियर लाल।" कार्तिक की आँखें उनके इस मानवीय सरोकार को सुनकर भर आईं।

"इसमें शुक्रिया कैसी माई डियर? मैं तुम दोनों की लगन देखकर अन्दर से बदल गया हूँ...ओके...बाय!" उन्होंने फ़ोन काट दिया।

कार्तिक को उनकी अचानक भारी हुई आवाज़ का अन्दाज़ा लग गया था। उसने ख़ुशख़बरी सुनाने के लिए डॉ. शशिधर को फ़ोन किया।

इस बीच 'नवाब' अस्पताल से लौट आया था। उसकी गर्दन में प्लास्टिक की टोकरी लगी हुई थी ताकि उसके घुटने की टूटी हड्डी, जहाँ स्क्रू लगाकर खाल की सिलाई हुई है, के टाँकों को न नोचे, न खुजाए। उसकी हालत देख बीबीजान की आँखें भर आईं। दिल ही दिल में कहने लगीं, 'अभी बेचारा साल का तो दूर, छह माह का भी नहीं हुआ था और यह बिपदा सह रहा है!' आगे बढ़कर उन्होंने नवाब को थपका तो वह उन्हें देखने लगा। उसकी आँखों में दर्द था।

"बीबीजान, अस्पताल में सब इसे बाबा कह रहे थे। न रोया, न चीख़ा, न किसी को काटा, न परेशान किया।"

रिज़वान से यह सुनकर बीबीजान ने सिर हिलाया, फिर कहने लगीं, "रिज़वान बेटे, यह देखने में बेशक लम्बा ऊँचा हो गया है, अगर हमारा अपना बच्चा इस उम्र

का होता तो गद्दे पर लेटा रहता।" फिर रुककर बोलीं, "पड़ोस के राणा जी ने तो आज सुबह जाने किस कुत्ते की पिटाई लगाई! उसकी रुलाई सुन मेरा कलेजा मुँह को आने लगा।"

"बीबीजान, वह मुझे नॉर्मल आदमी नज़र नहीं आते हैं।" रिज़वान बोला।

"जी, भैया। वह जो हैं न, इसी तरह कुत्ते को मारते हैं। एक ही बात दोहराते हैं—'गली न हुई, शौचालय हो गई, जो लाट साहब यहाँ हगेंगे और हम उठाएँगे... बेला, चमेली की महक हम सूँघेंगे।' यह कहकर उनकी ख़ूब पिटाई करते हैं।" पोंछा लगाती सुरती ने कहा और ज़ोर-ज़ोर हँसने लगी।

"अभी डॉक्टर ने इसको चलने-फिरने, सीढ़ी चढ़ने, यहाँ तक कि ज़्यादा हिलने-डुलने तक को मना किया है।" बैग से दवाएँ निकालकर रिज़वान ने मेज़ पर रखीं और बोला, "बाक़ी दवाएँ वहाँ मिलीं नहीं, उन्हें लेकर आता हूँ।"

"अच्छा।" बीबीजान इतना कह अपने कमरे में चली गईं। उन्होंने वज़ू कर दो रकअत शुक्राने की नमाज़ पढ़ी और बिस्तर पर आकर लेट गईं। इतमीनान की साँस ले उन्होंने आँखें बन्द कर लीं। उनके सिर से गुनाह का भारी बोझ हट चुका था।

"बीबीजान, आप ठीक हैं न?" रिज़वान ने कमरे में दाख़िल होकर धीरे से पूछा। फिर शरारत से कहने लगा, "देखिए, आपके सिरहाने कौन आकर लेटा है?"

"कौन लेटा है?" इतना कह बीबीजान उठ बैठीं और झाँककर पलंग के नीचे देखा, दीवार और मसहरी के बीच पतली-सी जगह में नवाब लेटा था।

रिज़वान ने पुकारा, "नवाब, कम...कम। अपनी जगह चलो।"

सुनकर भी नवाब जब अपनी जगह से नहीं हिला तो बीबीजान ममता भरे लहज़े में बोलीं, "पड़ा रहने दो इसे यहाँ।"

उनकी ममता का यह अन्दाज़ देख रिज़वान ने राहत की साँस ली, जैसे कहना चाहता हो, आख़िर नवाब को माँ मिल गई। वह दादी के पास वहीं बैठ गया। चाय आ गई थी। रिज़वान ने चाय बनाई और बीबीजान की तरफ़ प्याली बढ़ाते हुए शरारत से बोला, "सच बताइएगा, बीबीजान, कहीं आपको नवाब से मुहब्बत तो नहीं हो गई?"

रिज़वान की बात पर बीबीजान हँस पड़ीं।

मोती की शागिर्दी में दो जवान हो रहे कुत्ते आ चुके थे। ये वही दोनों पिल्ले थे जिनकी माँ ट्रक के नीचे आकर मर गई थी और छह नम्बर वाली गली की कुतिया ने उन्हें पाल-पोसकर बड़ा कर दिया था। दोनों बड़े सुन्दर निकले थे। मोती उन्हें लेकर इधर-उधर घूमता रहता था। अपनी कहानी उन्हें सुनाता, 'आज़ादी' का महत्त्व उन्हें समझाता और आत्मसम्मान किसे कहते हैं, वह बताता। कुछ बूढ़े कुत्तों का विचार था कि वह दोनों पिल्लों को अपनी तरह बना देगा। कभी-कभी जब वह प्रेयसी की याद में दुखी हो उठता तो झुँझलाकर कहता :

"वफ़ादारी? वफ़ादारी का कोई मूल्य नहीं मेरे जवानो! ज़िन्दगी में प्रेम, प्यार, इश्क़ से सदा दूर रहना। यह सिर्फ़ तड़पाता है, दर्द देता है। तुम्हें पागल बनाने में कोई कसर नहीं छोड़ता है।" फिर जब उसका मूड ठीक हो जाता तो वह कहता, "जीवन में इश्क़ ज़रूर करना।" अपनी प्रेयसी की बातें बताता, उसे याद करता और कभी-कभी गाना गाने लगता।

इनसानों को लगता, वह कर्कश स्वर में भौंक रहा है। इसलिए वह अपमान एवं मार से बचने के लिए अक्सर किसी सूनी गली या बाज़ार बन्द हो जाने के बाद किसी दुकान के चिकने पटरे पर लेटकर गाता और इधर-उधर अधसोए कुत्तों को अपने रूमानी गीतों से जगा देता। वे भी कोरस के रूप में शामिल हो जाते :

आँखों से जब-जब
मेह बरसता है
मेरे दिल का शीशा
हर बार चटखता है।
मेरे सीने में फैला रेगिस्तान
तब दर्द का मोती चुनता है।
दर्द का मोती चुनता है।

कुत्ते उसकी दर्द भरी आवाज़ को सुनते-सुनते ताज़ादम हो उठते और किसी भटके राही की तरह इधर-उधर चक्कर लगाने निकल जाते और सोया मोहल्ला अचानक तीन-चार आवाज़ों से गुलज़ार हो उठता। एक तरफ़ अज़ान, दूसरी तरफ़ मन्दिर की घंटी और तीसरी तरफ़ मोती का विलाप राग सुन गाली-भरी फटकार।

आज दोनों लड़कियाँ फिर काम करने नहीं आई थीं। उन्होंने बातों-बातों में बताया था कि वे दो गली छोड़कर किसी सरदार के घर काम करने जाती हैं और उन्होंने भी कुत्ता पाल रखा है।

उन्हें याद आया कि नौ नम्बर गली में रहनेवाले गुरुचरण जी का कुत्ता 'नॉटी' बहुत दिनों से बीमार चल रहा था। वह लैब्राडोर नस्ल का था। अब पूरे नौ साल का हो रहा था। उसके दोनों गुर्दे ख़राब हो चुके थे। लिवर ठीक से काम नहीं कर रहा था। ख़ून कम बन रहा था। उसके बारे में कार्तिक से सुनकर ब्रिगेडियर लाल दुखी हुए और स्वयं गुरुचरण जी के घर उनके कुत्ते का हालचाल पूछने के साथ नौकरानियों का पता लेने पहुँच गए। शायद उसका सबसे बड़ा कारण यही हो सकता था कि बुलेट की हालत स्थिर थी और वह बेचैन थे। बुलेट की ज़िन्दगी सिर्फ़ मौत के इन्तज़ार में अटककर रह गई थी।

सरदार जी अपने दरवाज़े पर एक अजनबी को खड़ा देख हैरत में पड़ गए। उनके लिए यह चेहरा अजनबी था। रिटायरमेंट के बाद वह बाहर कम ही निकलते थे। इसलिए उन्होंने हैरत से पूछा :

"कहिए?"

"मैं आपकी लेन के बाद वाली लेन में रहता हूँ। अपने कुत्ते के इलाज के सिलसिले से पिछले चन्द माह से दिल्ली आया हुआ हूँ। आपके कुत्ते की बीमारी के बारे में कार्तिक से मालूम पड़ा तो सोचा, ख़ैरियत ले लूँ।"

"बहुत अच्छा किया आपने आकर। अब इस तरह की भलाई देखने को कहाँ मिलती है, वाहे गुरु! अन्दर आइए।" सरदार गुरुचरण ने बड़े दिल से कहा।

"ये दिन बड़े तकलीफ़देह होते हैं।" धीमे से ब्रिगेडियर लाल बोले।

कुछ देर तक अपने-अपने कुत्तों को लेकर दोनों बुज़ुर्गों में बातें होने लगीं। तभी अन्दर कहीं से आवाज़ आई :

"अरे बेटा, तुम्हारे डैडी नहीं मानेंगे। क्यों हर रोज़ तुम फ़ोन कर मुझ पर दबाव डालते हो? तुम रहते सात समन्दर पार हो और मर्ज़ी ख़ुद की हम पर चलाना चाहते हो।"

इस आवाज़ के साथ गुरुचरण एकाएक कुछ कहते-कहते चुप हो गए। उनके चेहरे पर अजीब-से भाव उभरे। फिर हँसकर बोले, "मेरा बेटा अपने मम्मी- डैडी से

बड़ी मुहब्बत करता है। हमारा जीना मुहाल कर दिया है यह कह-कहकर कि जब 'नॉटी' मरने वाला है तो इसको सुलवाकर दूसरा कोई कुत्ता ले लूँ। काहे उसको और ख़ुद को तकलीफ़ में डाल रहा हूँ!"

"कहना जितना आसान है, ऐसा करना बहुत कठिन है।" ब्रिगेडियर लाल ने कहा और मन-ही-मन सोचने लगे कि गुरुचरण तो मुझसे भी ज़्यादा इमोशनल क्राइसिस से गुज़र रहे हैं।

"सरदार जी, यह भी हक़ीक़त है कि लँगड़े घोड़े को गोली मार दी जाती है। जैसे ऊँट की हड्डी टूट जाए तो मालिक को दिल पर पत्थर रखकर उसे सुलाना पड़ता है। कुत्तों को लेकर भी मजबूरी में डॉक्टरों को कुछ केसों में ऐसा क़दम उठाना पड़ता है।" ब्रिगेडियर लाल बोले।

"हम तीनों की स्थिति एक-सी है।" कहकर सरदार जी ने लम्बी साँस खींचते हुए कहा, "पता नहीं, कब कौन जाएगा!"

"जब तक साथ है, उसका सुख लेना चाहिए।" कुछ देर बैठकर वह सरदार जी की हिम्मत बढ़ाते रहे, फिर लौट आए।

उनका दिल भारी-सा हो गया था। उनका कौन बचा है? पत्नी बेटे के ग़म में चली गई। इकलौता बेटा था, जिसकी पत्नी उनके पोते को लेकर अपने देश इटली लौट गई, जिसका न पता पास है और न फ़ोन-नम्बर। अक्सर वह तन्हाई के ख़याल से घबरा उठते हैं, मगर चारा भी क्या है? यह सोचकर फिर अपनी खोई शक्ति को वापस लाने के लिए वह अपना सारा ध्यान बुलेट पर लगा देते हैं। सुकून महसूस करते कि चलो, 'मैं बेटे के न सही, मगर बुलेट के आख़िरी दिनों में उसके पास तो हूँ।'

तभी पास की गली से कुत्ते की दर्दनाक चीत्कारें सुनाई पड़ीं तो वह चौंक पड़े। घबराकर इधर-उधर देखने लगे। आवाज़ पास से आती लग रही थी। कुत्ता पिट रहा था क्योंकि मारने वाले की गालियाँ भी हर वार पर नया रूपक गढ़ रही थीं। अलंकारों से सजी इस मार और कुत्ते के मुँह से निकले वेदनाओं से भरे छन्द के वह चश्मदीद गवाह होना चाहते थे। सो, पहुँच गए घटनास्थल पर, जहाँ मोहन जी, रिज़वान और कई लोग उसी तरफ़ जाते दिखे।

दृश्य कुछ ऐसा भ्रम दे रहा था, जैसे कोई धुनकर डंडे मार-मारकर रुई की सफ़ाई कर रहा हो! उन्हें अचानक अपना ग़ुस्सा याद आ गया और कुत्तों को बुरी

तरह खुद मारना भी। वह फ़ौजी आदमी हैं। उन्हें अनुशासन में रहने और ख़ुद पर नियंत्रण रखने की ट्रेनिंग दी गई थी, लेकिन उस दिन वह बुलेट के प्यार में अपना विवेक खो बैठे थे : 'नहीं, नहीं, मुझे नफ़रत है अनुशासनहीनता से। उसमें केवल कष्ट ही कष्ट है—अपने लिए और दूसरों के लिए। अराजकता...अंधेर नगरी चौपट राज।' उन्होंने मन-ही-मन सोचा।

"आएगा...? फिर आएगा...? भाग यहाँ से!" राणा जी ने हाथ का डंडा फेंका और हाँफते हुए वहीं पर उभरी एक शिला पर टिक गए। माथे, गर्दन और नंगे बदन से पसीना बह रहा था। उनके घर की खिड़की से डरे चेहरे झाँक रहे थे।

रिज़वान, मोहन जी और दूसरे लोग रुके, फिर लौटकर आधे रास्ते से जाने लगे। ब्रिगेडियर लाल ने उन्हें आवाज़ दी और इशारे से बुलाया। ये पाँच-छह लोग राणा जी के घर की तरफ़ बढ़े। रास्ता क्या था, बस, ऊँची-नीची छोटी-छोटी चट्टानों की पंक्ति-सी बनी थी, जिस पर सबका चलना कठिन हो रहा था। राणा जी की झुँझलाहट अभी उनके काबू में नहीं थी, इसलिए चिड़चिड़े स्वर में बोले, "कहाँ चले आ रहे हैं? आगे गली बन्द है।"

"आप ही के पास आ रहे हैं, राणा जी!" मोहन जी ने मृदुल स्वर में कहा।

"कहिए!" उनका लहजा नर्म हुआ।

"सब ठीक तो है?" मोहन जी ने बात की भूमिका बाँधी।

"मुद्दे पर सीधे आइए, यूँ पहेलियाँ न बुझाइए।" चिढ़े स्वर में राणा जी बोल उठे।

"इस तरह कुत्ते को मारना, वह भी हर दूसरे-चौथे दिन मुनासिब नहीं है। मेरी दादी दिल की मरीज़ हैं।" रिज़वान ने विनती से हाथ जोड़कर कहा।

"मैं ब्लड प्रेशर का मरीज़ हूँ। मुझे शुगर भी है। मुझसे पूछिए, मैं कैसा नर्क झेल रहा हूँ। यह मेरी गली है। इसकी सफ़ाई कैसे करूँ, बताइए?" राणा ने खिन्न स्वर में उत्तर दिया।

"वह सब सही है, लेकिन कुत्तों को मारना तो इसका निदान नहीं है, राणा जी!" ब्रिगेडियर लाल ने समझाने वाले स्वर में कहा और दिल में सोचा, 'मैं अब सेवा-मुक्त हो चुका हूँ। इसलिए एक सिविलियन की तरह अपनी मर्ज़ी से दूसरों के मामले में हस्तक्षेप कर सकता हूँ।'

"यह...यह सूराख देख रहे हैं? यहाँ से साँप कभी निकलते थे। चलो, अब नहीं

निकलते पैरों की चाप सुनकर, मगर इन कुत्तों की टट्टी तो इसमें जाकर फँस जाती है, जो रात-दिन गँधाती है। कैसे करूँ इसकी सफ़ाई? मोहल्ले की संस्था कुछ करती नहीं। प्रेसिडेंट मुख़बिरी करता है पुलिस की और अपनी लाचारी बयान करता है। जब मैंने बहुत शोर मचाया तो सारे सदस्यों की मीटिंग बुलाई। वह दावत थी। शराब लुढ़का दी। बाद में पता चला, यह हमारे मिलने-मिलाने की 'गुडविल' मीटिंग न थी, उनके बड़े बेटे का जन्मदिन था, जिसमें हमारे मेम्बरशिप का पैसा ख़र्च किया गया था।" राणा जी की आख़िरी बात सुनकर सबने एक-दूसरे का मुँह देखा।

"सरकारी महकमे..."

अभी किसी की आवाज़ निकली ही थी कि दूसरी आवाज़ उभरी, "सरकारी कर्मचारी और अफ़सर भी यहीं रहते हैं। सब-के-सब कामचोर हैं। उन्हें भी क्या कुछ दिखता है? यहाँ न झाड़ू लगाने कोई आता है, न कोई नौकर काम के लिए राज़ी होता है। सबका दिमाग़ ख़राब हो चुका है।" राणा जी ने अपनी लुंगी कसी।

"लेकिन आप ज़रा धैर्य से काम लें। देखते हैं, हम इस सिलसिले से क्या कर सकते हैं। आपकी बात सोलह आने सही है। हमारी शिकायत पर अगर कोई मुआयना करने आता भी है, पैसा मंजूर भी होता है तो ठेकेदार इन तंग गलियों को देखकर बिना ठीक से काम किए मज़दूर हटा देता है। हमारी तरफ़ भी यही हाल था। सड़क ठीक करने आते हैं और किनारे पर नापदान या ढाल बिना बनाए पैसा खा-खूकर चले जाते हैं।" मोहन जी ने गम्भीर स्वर में कहा।

"जानवरों के प्रति...।"

ब्रिगेडियर लाल अपनी चेतना में पड़ी पुरानी कुंठा की गाँठ खोलना चाहते थे कि एकाएक राणा जी उनकी बात पूरी हुए बिना बीच में ही भड़क उठे, "सरकार न सही—चलो, कुत्ते-बिल्लियों से प्यार करनेवाले ही सही, इनके लिए बाथरूप बनवा दें या कोई जमादार लगवा दें ताकि आवारा कुत्तों की टट्टी-पेशाब साफ़ करने की इस ड्यूटी से मुझे छुट्टी मिले।" फिर ठहरकर सुस्त स्वर में बोले, "मेरी माँ को दमा है।"

इस वाक्य को सुनकर वहाँ खड़े सभी लोगों के चेहरे धूमिल हो उठे। उनके मन में राणा जी के लिए करुणा जाग उठी।

कुछ पल ख़ामोशी रही, फिर सब लौटने लगे।

बीच में पड़ी चाय की गुमटी पर मोहन जी बैठे तो रिज़वान ने पास से गुज़रते हुए

तिवारी जी को पुकार लिया। न चाहने के बाद आज ब्रिगेडियर लाल भी जाने किस मूड में थे जो उस गन्दी जगह पर बैठ गए थे। चाय का ऑर्डर दिया जा चुका था। उन्हें बैठा देखकर डिसूज़ा सर भी आ मिले जो बच्चों को ट्यूशन देने यहाँ आते थे।

एकाएक मोहन जी ने अजीब स्वर में कहा, "समय का कालचक्र कैसे हमें अपने अतीत से भविष्य की तरफ़ ले जाता है! बचपन में गाँव में सुना था कि काले कुत्ते को भयानक देवताओं के रूपक के रूप में देखा जाता था। 'यम' को मौत का देवता माना गया। जिस पर शनि का प्रकोप हो, ज्योतिषी उसे काले कुत्ते को रोटी खिलाने की बात कहते थे। वही काला कुत्ता फिर आ जाता है—श्मशान घाट से वापसी के बाद गाय और कुत्ते को रोटी खिलाने के लिए पंडित द्वारा दिये निर्देश में। कहीं-न-कहीं हमारा रिश्ता इस कुत्ते नाम के जन्तु से गहरा बँधा हुआ है।

"कहा तो यही जाता है कि भैरव लॉर्ड शिवा के अवतार हैं और उनकी सवारी कुत्ता है। दीवाली के एक दिन पहले नेपाली 'कूकुर त्योहार' मनाते हैं। हिमालय के पास सभी इलाक़ों में कुत्ते की पूजा होती है। हिन्दू माइथोलॉजी तो यही कहती है कि कुत्ता भैरव का वाहन है। दार्जिलिंग, सिक्किम और पूर्वी बंगाल में लोग पूजा करते थे या आज भी करते हों! इतने बड़े ब्रह्मांड में कहाँ क्या हो रहा है, सब कुछ सबको पता थोड़े है?" मोहन जी ने चाय की चुस्की लेकर कहा। फिर हँस पड़े, "कुछ दिन पहले पोते ने बताया था। पता नहीं, पूजा देसी कुत्ते की भी करते हैं या केवल विदेशी कुत्तों की?"

"यम के साथ चार आँखों वाले चार कुत्ते रहते हैं। युधिष्ठिर ने अपने कुत्ते के साथ स्वर्ग का रुख़ किया था। इस कारण हिन्दुओं की आम धारणा है कि कुत्ते की देखभाल से स्वर्ग-मार्ग मिल सकता है। कुत्तों को भी दत्तात्रेय की तरह हिन्दू 'आइकनोग्राफ़ी' में भी दिखाया गया है। कुल-देवता खंडोबा में भी कुत्ता नज़र आता है।" तिवारी जी ने भी अपना ज्ञान बघारा।

"हाँ, आप ठीक कह रहे हैं। मुझे भी कुछ याद आ रहा है। बाइबिल के सोलोमन, जिन्हें क़ुरआन में सुलेमान कहा जाता है, ईसा से पूर्व एक बादशाह थे। कहा गया है कि वह सिर्फ़ इनसानों के ही राजा नहीं थे बल्कि पूरे जानवर-समाज के हाकिम थे। कमाल यह कि वह हर छोटे-बड़े पशु-पक्षी की ज़बान जानते थे। एक बार सोलोमन

अपनी फ़ौज के साथ कहीं से गुज़र रहे थे। घोड़ों की टाप की आवाज़ सुनकर रास्ते की चींटियों ने एक-दूसरे से कहा, 'चलो, चलो, फ़ौज आ रही है, बिलों में छुपते हैं।' उनकी बात सुनकर सोलोमन ने अपने घोड़े की लगाम खींच ली और उनसे बोले, 'घबराओ नहीं। ऊपर वाले ने मुझे सबका रखवाला बनाया है। तुम लोग पहले गुज़र जाओ।' मैं नहीं जानता कि इस क़िस्से को मैं ऐतिहासिक या वास्तविक समझूँ या फिर एक शिक्षा देने का एक तरीक़ा कि इनसानों को छोटे-से-छोटे जीव-जन्तु का भी ख़याल रखना चाहिए।" डिसूज़ा ने ख़ाली प्याली नीचे रखते हुए कहा।

"मेरे ज़ेहन में मोहन जी की बात सुनकर लगा था कि जानवरों में कुत्ते को लेकर एक विशेष रिश्ता हमारा उससे है, जो वह हमारे लिए शिकार भी उठाकर लाता था। हमारी व हमारे खेतों व घरों की हिफ़ाज़त भी करता था और आज भी बिना कहे वह अपना काम करता है तो भी हम उसे लेकर संजीदा नहीं हैं।" रिज़वान ने कहा।

"जो भी हो, इससे बहस नहीं। बात पते की यह है कि हमको ऐसी कहानियों से हिदायत क्या मिल रही है, उसे समझें और यह भी पता चलता है कि हमारा और कुत्ते का सम्बन्ध पुराना व अटूट है।" ब्रिगेडियर लाल ने कहा।

"एक जगह मैंने पढ़ा था कि चाइनीज़ ज्योतिष में कुत्ता बहुत अहम् माना जाता है। चाइनीज़ न्यू इयर के दूसरे दिन कुत्ते की बर्थडे मनाते हैं। उस दिन वे कुत्तों की देखभाल करते हैं। बचपन में कहीं पढ़ा था, शायद चीनी लोककथा हो कि एक ड्रैगन डॉग था, फिर वह इनसान का रूप धर लेता है और राजकुमारी से शादी कर लेता है।"

इतना कह डिसूज़ा हँस पड़ा तो मोहन जी बोल पड़े, "हमारे यहाँ तो कुत्ते से शादी लड़की की कर देते ताकि बुरे ग्रह बदल जाएँ।"

"वैसे तो कहा जाता है, मेसोपोटामिया में 'डॉग हाउस' था और किसी रानी या राजा का जो महल धँसा हुआ ज़मीन से निकला तो पाया गया, वहाँ बाक़ायदा कुत्तों के पाए जाने के निशान थे। कुत्ता हमारा बहुत पुराना साथी रहा है और है।" रिज़वान ने कहा।

"मेरा तो यह मानना है कि हम इनसानों ने विकास के चलते अपना सन्तुलन, अनुशासन एवं मानवीय संवेदना खोई है।" ब्रिगेडियर लाल ने उठते हुए कहा।

उनके उठते ही महफ़िल बरख़ास्त हो गई।

भगोड़े कुत्तों के कान तक जब यह ख़बर पहुँची कि फिर किसी ने कुत्ते की पीठ पर अत्याचार के डंडे बरसाए हैं तो उनका ख़ून खौल उठा। उनकी गुर्राहट के साथ उनके मुँह खुल गए और ख़तरनाक नुकीले दाँत गुलाबी नीले मसूढ़ों में से झाँकने लगे।

पहले वह टोली उस कुत्ते को ढूँढ़ने निकली, इस नारे के साथ कि हमारे रहते कोई कुत्ता लावारिस नहीं है। मोहल्ले की गलियों में सारे उनके सदस्य कुत्ते फैल गए। दूसरे कुत्तों से भी पूछताछ की गई। ट्रकों, कारों, रेहड़ियों के नीचे झाँका गया। दुकानों, ढाबों में सामानों के पीछे सूँघा गया, मगर गली के कुत्ते राजा का कुछ पता नहीं चला जो अपनी लड़ाई अपने इलाक़े में हार चुका था। अब मुँह छुपाए कहाँ पड़ा था?

कुत्तों का जोश उतरने लगा और वे थके-खिसियाए साफ़ ठंडे पानी की तलाश में टूटे नलके की खोज में निकल पड़े।

हरी घास के एक टुकड़े पर मोती पहले से आसन जमाए बैठा हुआ था। एक कुत्ते ने भौंककर पूछा "इधर वह पिटा घायल कुत्ता आया है?"

मोती ने कोई जवाब नहीं दिया, मगर उसकी आँखों में उभरा भाव था, कौन-सा पिटा घायल कुत्ता? यहाँ तो सभी घायल हैं। फिर उनकी तरफ़ से मुँह मोड़कर बैठ गया जबकि उसे पता था कि वह कुत्ता कुछ देर पहले भागकर जलबोर्ड में ही घुसा था। बिल्डिंग के किसी कमरे में जाकर छुपा हुआ है।

"यह तो लोफ़र है।" इतना कह कुत्ते लौट गए क्योंकि चौकीदार ने उन्हें हाँकने के लिए अपना डंडा नल पर बजाया तो जाते कुत्तों ने पहले चौकीदार को झपटकर काटा, फिर चौकीदार के पास खड़े जमादार और चपरासी को भी काट खाया और फिर सरपट भाग लिये।

"अरे, यह क्या हुआ?" सब हक्का-बक्का-से रह गए। इस पूरे माहौल को देखकर मोती उठा और दु:ख से कहने लगा :

"ये नये क्रान्तिकारी कुत्ते जो हरकतें कर रहे हैं, हम सबके नुक़सान पर ख़त्म होंगी। अब यहाँ रुकना ठीक नहीं है।" इतना कह वह दीवार के पास पहुँचा और कटे पेड़ के तने पर खड़ा होकर वह दीवार के दूसरी तरफ़ छलाँग लगाकर कूद पड़ा।

वहाँ ख़ाली ड्रम के ढेर के पास चिरकुट और लेंडी उन दोनों पिल्लों के साथ बैठे हुए थे। मोती ने इन चारों को जलबोर्ड के अन्दर घटी घटना सुनाई।

"पता नहीं, ये जवान कुत्ते क़ानून हाथ में क्यों ले रहे हैं?" चिरकुट बोला।

"जानवर और इनसान के बीच का ताना-बाना कमज़ोर करके हम नुक़सान में ही रहेंगे, इतनी मामूली बात इनकी समझ में क्यों नहीं आती?" लेंडी ने कहा।

"मुझे माहौल ठीक नहीं लग रहा है।" चिरकुट ने कहा।

मोती चुपचाप जाकर उन्हीं के पास बैठ गया। उसका मन किसी आनेवाली शंका से घबरा रहा था। वह कुछ पल बाद ही बेचैन होकर उठ बैठा और साठ फुटा रोड की तरफ़ चल पड़ा। भीड़ से गुज़रते हुए उसकी नज़र बिरयानी की दुकान पर पड़ी, जो बन्द पड़ी थी। वह आगे नहीं गया। वहीं खड़ी गाड़ी के नीचे जाकर बैठ गया।

उधर राणा जी से पिटे कुत्ते को शाम के समय जलबोर्ड के कमरे से निकलना पड़ा। चौकीदार ने जाते-जाते ऑफ़िस बन्द करने की ज़िम्मेदारी किसी को दे दी थी। एक साथ तीन-चार लोग अस्पताल चले गए थे। एक आतंक-सा मोहल्ले में छाया था। सभी कुत्तों से क्षुब्ध थें।

कुत्ता लँगड़ाता हुआ जलबोर्ड के काले दरवाज़े से बाहर निकला और ढाबे के पास जाकर ठहर गया। ढाबे वाले ने आदत के अनुसार चपाती बनाने वाले को इशारा किया कि एक रोटी कुकरवा को फेंक दे।

रोटी दाँतों में दबा वह काला-सफ़ेद कुत्ता कोने में जाकर बैठ गया। उसने धीरे-धीरे रोटी चबाना शुरू कर दिया। ढाबे पर काम करनेवाले दोनों लड़कों की नज़र उस पर पड़ी तो वे हँस पड़े और अपने काम में व्यस्त हो गए।

देर शाम होते ही ढाबे और 'बेल एंड बैली' पर कारें आकर खड़ी होने लगीं। शराब लेकर कार में बैठे जवान पीने में लग गए। इस तरफ़ आठ बजे तक सन्नाटा तो हो ही जाता है। अब तो रात के साढ़े दस बज रहे थे। कार से एक जवान उतरा और अँधेरे कोने में जाकर पेशाब करने लगा। कुत्ते के सिर पर जब गर्म धार पड़ी तो वह घबराकर जाग गया और भौंकने लगा। शराब के सुरूर में डूबा जवान बौखला गया। उसको तेज़ी से जाते देख ढाबे का बैरा आगे बढ़ा।

"क्या हुआ, साहब?" 'बेल एंड बैली' रेस्त्राँ के नौकर ने पूछा।

उधर ढाबे वाले छोकरों ने होंठ दबा अपनी हँसी छुपाई।

मेट्रो स्टेशन पर हरदम भीड़ उमड़ी रहती थी। चढ़ने वाले बसों, कारों, स्कूटरों, मोटरसाइकिलों की पिछली सीट से उतरकर तेज़ी से सीढ़ियाँ तय करते नज़र आते। उतरने वाले फिर अपनी सवारी पकड़ने उतनी ही जल्दी में दौड़ते हुए दिखते थे। देखते-देखते पहले पानी वाला, फिर चाट-पकौड़ी वाला, फिर तरह-तरह के खाने-पीने के ठेले जमा होने लगे।

बहुत दिनों से चिरकुट और लेंडी का मन नया बना मेट्रो स्टेशन घूम आने का हो रहा था। आज वे चल पड़े। रास्ते में अपने चेलों के साथ मोती मिल गया। वह भी साथ हो लिया। पाँचों टूटी मस्जिद और पत्थर व बाँस की दुकानों से होते हुए पटरी-पटरी मेट्रो की तरफ़ जाने लगे। रास्ते की भीड़ और औरतों-मर्दों, लड़कों- लड़कियों की भगदड़ देख पहले वे सहमे, फिर हौसला रखकर आगे बढ़े। सबसे आगे गर्दन ऊँची किए मोती था—चौकस और बेबाक। उसके पीछे दोनों चुलबुले शागिर्द थे, फिर टहलते हुए-से चिरकुट और लेंडी थे।

मेट्रो स्टेशन के अन्दर घुसते ही उन्हें किसी ने आवाज़ दी तो वे चौंक गए। बाईं तरफ़ छह नं. गली वाली कुतिया अधमरी हालत में पड़ी मिली। वे दोनों उसे पहचान नहीं पाए। आस-पास गिरे-पड़े-से उसके पिल्ले थे, जो सूखकर काँटा हो गए थे। जैसे उन्हें बरसों से खाना नहीं मिला हो! कुतिया के थन सूखे व लटके हुए थे। मोती तो उधर नहीं बढ़ा, मगर चिरकुट और लेंडी उसके पास पहुँचकर दुम हिलाने लगे। हालचाल पूछने लगे।

कुतिया ने करुणा भरी कहानी सुनाई :

"मैं तो यह सोचकर इधर आई थी कि नया बाज़ार है। खाने-पीने का आराम होगा। पेट से थी। बच्चे यहीं हुए, मगर..." कुतिया अपने अगले पैरों के बीच मुँह छुपाकर रोने लगी।

मद्धिम रुदन ने दोनों को चुप-सा करा दिया।

"मगर क्या?" लेंडी कुछ देर बाद पूछने लगा।

"दूर-दूर तक न पानी है, न कुछ खाना। इन ठेले वालों ने मिलकर मुझे और मेरे साथी कुत्ते को इसलिए इतना मारा ताकि हम ठेले की तरफ़ न जा पाएँ...वह तो भूखा-प्यासा मर गया, अब मैं भी..." कुतिया इतना कहकर चुप हो गई। उसकी आँखों में भरे आँसू उबल पड़े।

"ज़माना बदल रहा है।" लेंडी ने ठंडी साँस भरी और सिर झुका लिया।

"सब इनसान ऐसे नहीं हैं।" चिरकुट बोला।

"अब किसी के पास समय नहीं है।" लेंडी ने भागते लोगों को देखते हुए कहा।

तभी मोती को मुँह में दबाए थैले के साथ आते देखा। दोनों किशोर पिल्ले उसके साथ थे। मोती ठेले वालों के नीचे रखे सामान से या फिर न जाने कैसे कुछ खाने को लेकर आया था। थैले फाड़े गए और फिर सब मिल-जुलकर खाने लगे।

"अब यहाँ न रहो, हमारे साथ चलो।" चिरकुट ने कहा।

लेंडी और मोती ने 'हाँ' में 'हाँ' मिलाई।

दोनों तगड़े किशोर पिल्लों ने तब तक दूध पिलानेवाली अपनी माँ को पहचान लिया था और उसके बदन को प्यार से चाटने लगे थे।

शाम के ढलते ही जब कुतिया रेंगती हुई अपने तीनों बच्चों के साथ गिरती-पड़ती मेट्रो स्टेशन के गेट से बाहर निकली तो लेंडी और चिरकुट ने यही उचित समझा कि पहले इनको डॉग होटल की तरफ़ लेकर चलते हैं ताकि कूड़ा समाप्त होने से पहले कुछ खा-पी लें।

इस समय घूरा कई तरह की आवाज़ों का केन्द्र बना था। कुत्ते और कूड़ा बीनने वाले बच्चे आपस में लाड़-दुलार कर रहे थे। एक भौंकता और दुम हिलाता, तो दूसरा उन्हें सहलाता, थपथपाता। कुछ बच्चे कुत्ते पर सवारी भी कर रहे थे। पहली नज़र में देखने वाले की समझ में नहीं आता था कि आख़िर जानवर और इनसान के बच्चों के बीच क्या हो रहा है, मगर कुछ पल बाद उनके मुखड़े पर बेहद प्यारी मुस्क़ुराहट उभरती, यह सोचकर कि प्यार और बालपन बीच की सारी दीवारें गिरा देता है।

आने-जानेवाले यह दृश्य देख रहे थे। कुछ सोच भी रहे होंगे कि साथ-साथ रहने में एक अलग तरह का मज़ा है। इन्हीं गुज़रने वालों में लोगों का ऐसा एक झुंड भी था जो इस मोहल्ले का न था। पहले वे दूर-दूर से यहाँ काम करने साइकिल या बस से आते थे, अब सीधे मेट्रो ट्रेन उन्हें यहाँ ले आती है। वे आपस में बातें करते सौ फुटा रोड की तरफ़ मुड़े। चलते-चलते फल की इकलौती दुकान पर रुके और

दो केले ख़रीदकर खाए। आगे अभी पैदल कुछ दूर तक उन्हें और चलना था, सो बातचीत करते आगे बढ़ने लगे।

" 'टेल लवर्स' का मालिक किसी तरह बच गया। घावों ने उसे राणा सांगा बना दिया था बिना रणक्षेत्र गए हुए। उसका बदन जगह-जगह पट्टियों से भरा हुआ था।" मिस्त्री ने बड़े अफ़सोस से कहा।

"जितना कमाया था कुत्तों के नाम पर, इन बदमाश कुत्तों ने सब ख़र्च करवा दिया।" उसकी बात सुनकर चेन ठीक करनेवाला दुखी स्वर से कह उठा।

"वही सब विदेशी कुत्तों को लेकर दुकान में भरा है, जो बच्चों की दुकान में सजा होता है।" बिजली मैकेनिक ताज्जुब से बोला।

अब वे नये शोरूम के सामने से गुज़र रहे थे।

"एक तरफ़ इनसान भूखा मर रहा है, दूसरी तरफ़ कुत्ते-बिल्लियों के लिए तरह-तरह के महँगे खाने का इश्तहार तो देखो।" एक्वागार्ड मैकेनिक इतना कह हँस पड़ा।

"हम तो चींटी को भी आटा देते हैं। बन्दर को भी भुना चना खिलाते हैं। हमारे संस्कार पशु के प्रति हमें दयालु बनाते हैं। सच पूछो तो जो बात मन में चुभती है, वह है आदमी का भूखा रहना, मदद के लिए दूसरों के आगे हाथ फैलाना और झिड़की खाना।" प्लम्बर ने लम्बी साँस खींचकर कहा।

"मजबूरी सब कराती है।" बढ़ई कह उठा।

"सो तो है। तुम देखो, बाज़ार में दिन-प्रतिदिन खाने के खोखे, ठेले, दुकानें, रेस्त्राँ, होटल खुलते ही चले जा रहे हैं। सब ख़ूब चलते हैं, जैसे खाने के अलावा किसी को कुछ सूझता ही नहीं! कुत्ते अगर पैसा देते तो इनके लिए भी जगह-जगह होटल खुल जाते, जहाँ दूध-भात, दही-रोटी, दाल-चावल, रातिब, उबला मुर्ग़ा-मछली, सब्ज़ी, फल—सब कुछ मिलते। ये सारे दिन चटोरों की तरह मुँह चलाते रहते।" इस बात पर सबकी हँसी छूट गई।

"एक तरफ़ भूख, दूसरी तरफ़ बदहज़मी।" हँसते हुए कोई बोला।

"और तो और, इन विदेशी कुत्तों के लिए लग्ज़री स्नान-घर खुल गया है। लम्बी-लम्बी कार से ये कुत्ते आते हैं, फिर उसी कार में बैठ वापस चले जाते हैं।"

"वहाँ जो पैसा देगा, उसका कुत्ता नहाएगा, मगर देसी कुत्ता लेकर कोई नहीं जाएगा।"

हँसते-बात करते मैकेनिक और कामगार कुत्ते की दुकान के सामने से गुज़र गौरी शंकर के ढाबे पर चाय पीने के लिए रुक गए। आस-पास खुली दुकानों की चमक-दमक को निहारने लगे।

"नये बिके प्लॉट पर बनी इन दुकानों का सारा तामझाम धूल में मिल जाता है, इन पुराने रहनेवालों के कारण।" मिस्त्री बोला।

"ख़ास कर ट्यूब-टायर और ग़ैराज़ में जमा टूटी-फूटी कारों के कारण। ऊपर से मरम्मत होती ट्रकों के चलते सारा शो सड़क का जाता रहता है।"

"उनको जानते हो?" बिजली मैकेनिक बोला और हँस पड़ा।

"मोटरसाइकिल वाले को? क्यों?" बेलदार इतना कहकर ताज्जुब से पलाश को देखने लगा।

"कल हम इनके घर गए रहे। देसी कुत्ता को शैम्पू से नहला रहे थे। कह रहे थे, 'यह टिक्स से भरा हुआ है।' हमको तो हँसी छूट गई।"

"कुत्ता-प्रेमी हैं। हमने भी एक दिन देखा था किसी कुत्ते को ज़ंजीर में बाँधे डॉक्टर के पास ले जाते। हमेशा उनके साथ कोई नया कूकुर होता है।" हर्टीकल्चर में काम करनेवाला माली बोला।

"क़सम से, इन पढ़े-लिखों का तो हाल हमसे भी गया-गुज़रा है।"

"हमारे यहाँ देसी कुत्ता हमेशा द्वार पर रहता है। न बीमार होता है और न नखरे करता है। जो दो, खा लेता है। यहाँ आकर हमने देखा है, ये पालतू कुत्ते या तो बीमार रहते हैं या फिर खाने में नखरा करते हैं।"

"चलो भाई, उठो, काम पर चलते हैं। टाइम हो गया है।" इतना कहकर एक उठा तो उसी के साथ सारे काम करनेवाले उठ गए।

जलबोर्ड पम्प हाउस से पानी छलकाती ट्रकें निकल रही थीं। ख़ाली ट्रकें अन्दर गेट की तरफ़ बढ़ रही थीं। आस-पास रहनेवाले कार में बैठे इस मौक़े की ताक में थे कि रास्ता मिले तो वे मेन रोड की तरफ़ बढ़ें। सड़क पर बने गड्ढे से उछलते पानी की छींटों से भी वे बच रहे थे कि सुबह धुली कार फिर कहीं मॉर्डन आर्ट का नमूना न बन जाए। इन सारी परेशानियों को लेकर अक्सर चाँव-चाँव हो जाती, जिसमें जीत जलबोर्ड और दुकानदारों की होती, जो पैसा कमा रहे थे और एक-दूसरे के सहारा थे। नीचे से ऊपर तक रहनेवालों की न कोई सुनवाई थी, न

ही परेशानी को हल करने में किसी की रुचि थी।

आज सुबह हल्की-सी धुन्ध थी या फिर महीन धूल का घेत्तर तना था। इसी आवाजाही के रेल-पेल में जलबोर्ड पम्प हाउस की तरफ़ जाता हुआ स्कूटर अचानक पलट गया। सवार किसी तरह से उठा और झुँझलाकर बोला, "ई जलबोर्डवा नरक बोए दीस है सा...ला! अरे कउन कहिस रहा बसती के बिचवा दरवाज़ा खोले का?" कीचड़ में सने कपड़े देख वह रुआँसा हो उठा।

उधर बच्चों का अलग रोना था।

स्कूल जाते हुए लड़के-लड़कियों के जूतों पर कीचड़ की छींटें होतीं और मोजे भीग जाते। क्लास में डाँट अलग खानी पड़ती और फिर नज़ला-ज़ुकाम, खाँसी-बुख़ार क्लास की हाज़िरी कम कर देता। सभी परेशान थे, यहाँ तक कि कुत्ते भी। सफ़ेद कुत्ते भूरे लगते थे और भूरे कुत्ते काले लगने लगे थे।

आज यही हुआ लेंडी और चिरकुट के साथ। जब वे कीचड़ में नहाए धूप की तलाश में मैदान की तरफ़ गए तो वहाँ सुस्ताते, ऊँघते कुत्तों ने उन पर भौंकना शुरू कर दिया। यह देखकर लेंडी और चिरकुट सकपका गए। कुछ देर ठिठके खड़े रहे फिर बोल उठे, "पहचाना नहीं?" इतना कह दोनों वहाँ उगी जंगली घास पर लोटने लगे ताकि चिपका कीचड़ बदन से छूट जाए।

उनकी यह हालत देख पहले तो बाक़ी कुत्ते झुँझला उठे, फिर पहचानकर हँस पड़े, "अरे, यह क्या हालत बना रखी थी तुम दोनों ने?"

"अब क्या बताएँ यार!" चिरकुट इतना कह अपना मुँह अगले पैर के पंजों से साफ़ करने लगा और लेंडी अपना पैर ज़बान से साफ़ करते-करते रुक गया और दुखी हो बोला, "सच जानो, हमें साफ़ पानी तब भी पीने को नहीं मिलता।"

उसकी बात सुन सब चुप हो गए।

"मत पूछो बिपदा। कल पूरी गाड़ी इस गड्ढे में फँस गई। कभी खोदत हैं, फिर पाटत हैं, फिर खोदत हैं। समझ में नहीं आवत, कउन-सा पाइप लगावत हैं, कउन-सा जमावत हैं।" पानी से भरी बाल्टी दोनों हाथों से उठाए औरत बड़बड़ाई जो चिकनी गीली मिट्टी से फिसलते-फिसलते बची थी।

"कोई अफ़सर का घर आस-पास होवेगा, ओ ही अपनी आसानी के चलते कराइस होगा।"

"रिश्वत लेकर मोहल्ले के मूर्खों की बात मान रिपोर्ट दी होगी। अरे भैया, सरकार को छोड़ो, अपने क्या कम हैं धाँधली मा?" उधर से गुज़रता कोई बोला।

"यह पम्प हाउस है, कुआँ थोड़े, जो द्वारे खुदवा लो अपने, अँगनाई में खुदवा लो...साल तो दूर, महीना भर न कोई जूता चलता है, न चप्पल।" कीचड़ से सने पैर के साथ पानी के कनस्तर व डब्बों को रिक्शे पर रखे एक आदमी बेहद खिन्न स्वर में बोला। उसका पूरा शरीर पम्प हाउस की भरती ट्रकों से उछलती बौछारों से गीला हो रहा था। इस समय उससे कुछ कहने का मतलब था, ततैये के छत्ते में हाथ डालना।

मोहल्ले में किसी गली से तेज़ आवाज़ मगर घिसा हरियाणवी गाना 'एक नहीं, मेरे सारे अनार ले लो।' बज रहा था। उसने झुँझलाकर कहा, "अनार ले के ख़त्म कर देउ न तुम सब लोगन वरना यह हमार जान खा जाएगी मेहरारू।"

यह सारी खीज और परेशानी देखकर संवेदनशील लोग सोचने पर मजबूर हो जाते थे कि 'जलबोर्ड में पीने वाला पानी जो बिकता है, वह बेकार में बहता रहता है। हमारी यादों में जल का बेकार बहना पाप समझा जाता था। टूटे नल से बहता पानी मनहूस समझा जाता था। हम गंगा से गुज़रते हुए ट्रेन से उछालकर ताँबे के सिक्के फेंकते थे, तब हमारी नदियाँ साफ़ थीं। कुएँ की जगत पर नहाना-धोना, कपड़ा फींचना, बरतन मलना—सब कुछ होता था, तो भी गन्दगी न थी। लोग पीने का पानी ले जाते थे। 'ठाकुर के कुएँ' जैसा अन्याय भी छिटपुट था, मगर अब जैसा घोर अन्याय नहीं था कि आदमी साफ़ पानी को तरस जाएँ! जानवरों के प्याऊ कहाँ गए? विकास की इस दौड़ में बेसिक प्रश्नों के हल की कोई जगह नहीं है।'

दीवाली आनेवाली थी। घरों की सफ़ाई-पुताई चालू हो चुकी थी। पटाख़े कम-से-कम जलाने का निवेदन सरकारी स्तर पर प्रसार व प्रचार के माध्यम से शुरू हो गया था। ऐसा कहा जा रहा था कि दिल्ली की हवा पराली जलाने के कारण दूषित हो रही है, जिसमें बारूदी धुआँ घुलकर और ज़हर फैला देगा। सब सुन रहे थे, मगर सदियों पुरानी आदतों से छुटकारा पाना क्या इतना आसान है? सबकी यादों में पीढ़ी-

दर-पीढ़ी से दीवाली त्योहार के साथ दीये और पटाख़े की न मिटने वाली परछाइयाँ मौजूद थीं—ठीक उसी तरह, जैसे कहा जाए कि होली में रंग न खेला जाए। यह कैसे मुमकिन हो सकता है?

मगर अब लोगों को यह समझ में आने लगा था कि जहाँ विश्व के आधे से ज़्यादा देशों को तेज़ आवाज़ वाले बमों से गुज़रने का अनुभव हो गया हो, जहाँ मोहल्लों में आम आदमियों के बीच बम फटने लगे हों, वहाँ तेज़ आवाज़ वाले पटाख़ों से उन्हें परहेज़ करना चाहिए।

इसके समर्थन में कई संस्था व संवेदनशील लोगों ने जगह-जगह पोस्टर लगाए थे। कुछ दीवारों पर पहले से ही इस तरह के पोस्टर लगे हुए थे :

"संविधान के अनुच्छेद 51(ए) को न भूलें, जिसके तहत यह कहा गया है कि हर जीवित प्राणी के प्रति सहानुभूति रखना भारत के सभी नागरिकों का मूल कर्तव्य है। पशुओं के प्रति क्रूरता के ख़िलाफ़ कई क़ानून भी मौजूद हैं।"

उसी पर नये पोस्टर लग गए थे, जैसे—'मर्दाना रोगों का इलाज केवल दस दिनों में।' लेकिन वे भी पुताई-सफ़ाई के चक्कर में फाड़ दिये गए थे। कुछ पोस्टर बेशर्म की तरह अधफटे होने के बावजूद दीवार से चिपके हुए थे।

दीवाली की रौनक़ जैसे-जैसे बढ़ रही थी, वैसे-वैसे कुत्तों की जान सूख रही थी कि अब दो दिनों तक दिल दहलाने वाली आवाज़ों का उन्हें सामना करना पड़ेगा और जलते पटाख़ों के उड़ते टुकड़ों और धुएँ से अपने को बचाना पड़ेगा। इस चक्कर में घबराए-परेशान वे इधर से उधर बाज़ारों में आ-जा रहे थे। ऐसी जगह तलाश कर रहे थे जहाँ जाकर वे छुपकर बैठ सकें। आपस में सलाह-मशविरा कर सकें।

तभी एक ऐसी घटना दीवाली के पहले घट गई, जिसका वहम व गुमान न था। एक बीमार कुत्ता जो कई दिनों से श्मशान की दीवार के पास ईंटों की चुनी पंक्तियों के साए में फैले बालू पर लेटा था, उसकी दुम में मज़दूरों के कुछ बच्चों ने पटाख़े की लम्बी लड़ी का सिरा बाँधकर दूसरी तरफ़ से पलीते में आग लगा दी। बस, फिर क्या था! वह बेचारा इधर-उधर भागता रहा और अन्त में बेदम हो गिर पड़ा। तभी सामने से गुज़रती एक मोटरसाइकिल का पहिला ब्रेक लगाते-लगाते भी उसके ऊपर से गुज़र गया और मोटरसाइकिल वाला बिजली के खम्भे से टकराकर गिर गया। पल भर के लिए लोग ठिठके, फिर चल पड़े। मज़दूरों ने अपने टेंट से निकलकर

उसे उठाया। उसे ज़्यादा चोट नहीं आई थी, मगर कुत्ता मर गया था।

भगोड़े कुत्ता-दल के एक सदस्य ने जो यह हृदय विदारक दृश्य देखा तो वह तेज़ी से भागता अपने नेता के पास पहुँचा और दुर्घटना की सूचना दी, परन्तु यह नहीं बता पाया कि जिसने यह शरारत की थी, वह कौन था।

स्यापा करने गिरोह के सारे कुत्ते दौड़ लिए और चपटी लाश को घेरकर ज़ोर-ज़ोर से भौंकने लगे, मानो नारे लगा रहे हों या फिर सवालों की बौछार कर रहे हों! उनके शोर को सुनकर कारों के हॉर्न बज उठे, मगर उनका धरना जमा रहा। ट्रैफ़िक कहाँ रुकता? किनारे वाली कारें हॉर्न बजाती इनके पास पहुँचीं और बारीकी से काटकर आगे निकल गईं। हताश हो हाँफते हुए कुत्ते श्मशान घाट की टूटी दीवार की तरफ़ दौड़ पड़े और दूसरी तरफ़ फलाँग गए।

दीवाली ख़ूब धूम-धड़ाके से मनी, लेकिन पटाख़े वालों का आधा माल गोदाम में ही रह गया। छोटे दुकानदार पहले की तरह कमा नहीं पाए। वही बात हुई कि ग़रीबी में आटा गीला। ग़रीब बच्चे हसरत से आसमान में फूटते बारूदी फूलों व रंगीन आतिशबाज़ियों को देख रहे थे जहाँ लाखों के रुपये सुलग रहे थे।

दीवाली गुज़र चुकी थी। अब शब-ए-बरात आनेवाली थी। क़ब्रिस्तानों की सफ़ाई चल रही थी। बुज़ुर्गों की आत्मा की शान्ति के लिए 'नज़र' होने वाली थी। साल भर जाड़े, गर्मी, बरसात की मार खाई टूटी क़ब्रों पर तकियादार मिट्टी चढ़ा रहे थे। कहीं-कहीं पानी छिड़क लिपाई हो रही थी। घने पेड़ों के साए में मिट्टी की सोंधी महक उठ रही थी। कुत्तों का भगोड़ा दल जाने कहाँ से मर-खप कर आया था। अँधेरा बढ़ रहा था। तकियादार के जाते ही सबने छलाँग लगाई और उस सुगन्धित मिट्टी पर लोट लगाते हुए कुत्ते गीत गाने लगे।

सुबह जब तकियादार आया तो यह देखकर धक-से रह गया कि कल दोपहरी की लू-धूप सहकर जो क़ब्रें चिकनी बनाई थीं, सब की सब खुदी पड़ी हैं। वह सिर पकड़कर बैठ गया। उसे भय भी लग रहा था। मन में शंका भी उठ रही थी कि यह काम कहीं बदरूह का तो नहीं? इधर-उधर देखा। फिर उसकी नज़र अचानक गीली मिट्टी पर पड़े कुत्तों के पंजों के निशानों पर चली गई तो वह ग़ुस्से से बौरा गया। पास पड़ी लोहे की छड़ उठाई और कुत्तों को ढूँढ़ने निकला। कुछ ही दूर पर धूल से अटे कुत्ते हौज़ के आस-पास की गीली ठंडी ज़मीन पर बेसुध पड़े सो रहे

थे। उसने आव देखा न ताव, मुँह से गालियों के फौवारे छोड़ता उनकी पीठ पर छड़ बरसाने लगा।

कुत्ते जाने कौन-सा सुन्दर सपना ठंडे नर्म बिछौने पर लेटे देख रहे थे! अचानक इस हमले से बौखला गए और रोते किकियाते सरपट भागे।

तकियादार कुछ देर खीजा-सा खड़ा रहा, फिर छड़ फेंककर वह क़ब्रों को सँवारने में दोबारा जुट गया।

उधर चकराए कुत्ते नारियल वाले के बिछाए नारियलों के पीछे बने तम्बू में जा छुपे। चोट तो उन्हें इतनी नहीं आई थी जितना तेज़ झटका लगा था। सड़क पर वाहनों की आवाज़ सुनकर वे दबे-दबे एक-एक करके बाहर निकले। भूखे थे। पहले उन सबने बदन खींचकर अपनी मांसपेशियों का आलस्य दूर किया और कूड़े के ढेर की तरफ़ बढ़े।

उनकी आँखें ख़ुशी से चमक उठीं। दूर से उन्होंने दीवाली के पकवानों के जूठे ढेर को वहाँ बिखरा देखा। उनसे पहले आए कुत्ते थैले फाड़कर खा-पीकर चलते बने थे। पूरे दल ने जी भरकर अकड़ी सूखी पूरियाँ पापड़ों की तरह खाईं और बड़ी मस्त चाल से टहलते हुए नट कॉलोनी की तरफ़ मुड़े, जहाँ कई कुतियाएँ जवान हो रही थीं।

गली में दाख़िल होने से पहले उन्होंने अपने अगले पैरों से मुँह रगड़ा, ज़बान से चाट-चाटकर अपने को साफ़ किया, फिर एक-दूसरे से पूछा, "कैसा लग रहा हूँ?"

वे विश्वास से भरे, दर्प से गर्दन ऊँची किए, सीना फुलाए जब गली में दाख़िल हुए तो सामने से मोती आता दिखा। वह उन्हें देखकर हँसा तो नहीं, मगर उसकी आँखों में तिरस्कार के भाव उभरे, जिसकी उन्हें क़तई परवाह न थी।

कुतियाएँ भी उन्हें देखकर इतराती हुई आगे बढ़ीं, जैसे उन्होंने इन कुत्तों को देखा ही न हो! एक कुत्ते ने तंग आकर आँख मारी तो उनमें से सबसे सुन्दर कुतिया ने आगे बढ़कर उसके गाल पर पंजा जड़ दिया। यह देख मोती खिलखिलाकर हँस पड़ा। खिसियाए कुत्ते आगे बढ़ गए।

मोहल्ले के कुत्तों के बीच मॉब लिंचिंग गिरोह यानी भगोड़े कुत्तों के चेहरे पहचान लिये गए थे। सभी कुत्तों ने जी भरकर उनकी भर्त्सना की थी, मगर दल को इसकी

कोई परवाह न थी कि कौन लूला, लँगड़ा, बूढ़ा खूसट कुत्ता उनकी पीठ के पीछे क्या बक रहा है, उनको क्या कह रहा है, जो वर्षों तक जीवन जीकर भी अपनी गरिमा न बना पाए। आधी रोटी खाकर तलवे चाटते रहे। उनकी बातों में न दम है और न उनकी हैसियत बनती है कि दल के सामने आकर उनकी आलोचना करें।

इन सरफिरों ने क़ानून अपने हाथों में ले लिया था। गली के नुक्कड़ या किसी और जगह कुत्तों के बीच तू-तू, मैं-मैं होती तो दल का सभापति कुत्ता सीना फुलाकर कहता, "इन निर्मम इनसानों के मुँह से हमने सुना है, 'जिसकी लाठी उसकी भैंस'। लाठी तो नहीं, हम अब अपने दाँतों और नाख़ूनों से इनके अहंकार की ऐसी की तैसी कर देंगे, जिन्होंने हम पर अत्याचार और अन्याय की हद कर दी है।"

फिर नारा गूँजता :

कुत्ता राज आकर रहेगा—आकर रहेगा!
भूख हमारी मिट के रहेगी—मिट के रहेगी!
कुत्तों का मसीहा—ज़िन्दाबाद, ज़िन्दाबाद!
ज़ुल्म का बाजा फट के रहेगा—फट के रहेगा!
कुत्ता अपना अधिकार लेकर रहेगा—लेकर रहेगा!

"बोलो सब एक साथ।" कोई कुत्ता कहता तो सब गर्दन उठाकर भौंकते :

कुत्तों का मसीहा ज़िन्दाबाद—ज़िन्दाबाद!
कुत्ता राज आकर रहेगा—आकर रहेगा!

इस दल में धीरे-धीरे करके कुछ झक्की, कुंठित, अधेड़ और किशोर कुत्ते भी शामिल हो चुके थे। उनमें एक बेहतरीन वक्ता था, जो बिलकुल नये परन्तु समस्याओं के गर्भ से प्रश्न उठाता था। उसकी आवाज़ गूँज रही थी, जिसके भौंकने को सुनकर आस-पास रहनेवालों ने उसका नाम 'नगाड़ा' रख दिया था। किशोर उसे 'डीजे' पुकारते थे। इन सब उपाधियों से बेख़बर वह जोशीले अन्दाज़ से भौंक रहा था :

"इनसान बच्चे पैदा करते जाएँ, अपनी आबादी बढ़ाते जाएँ और हमारी नस्ल पर पाबन्दियाँ लगाते जाएँ—आख़िर क्यों? हमारे कितने भाई-बहनों को इन्होंने अपने वाहनों से कुचला। हमारी भूख के बदले विषैला भोजन हमें परोसा। हमारे बुज़ुर्गों व बीमारों को गलियों व फुटपाथों से काजी हाउस भिजवाया। कितने बेकसूरों को

गोलियों से मरवाया। ये सब भूलने व माफ़ करने वाली बातें नहीं हैं। जैसा हमारे भीरु साथी हमसे कहते हैं, जब कहीं कोई समारोह आयोजित होता है इनका तो ये हमें गलियों से उठवाकर दूर फिंकवा देते हैं। जब कहीं कोई विश्व स्तर का मेला लगता है तो हम इनकी आँखों में काँटे की तरह चुभते हैं। अपनी शर्म छुपाने के लिए हमारा वजूद मिटा देते हैं। हमें निर्वासित कर देते हैं। इनके दिलों में कुत्तों के लिए न प्यार है, न स्थान है। हम बहरे व नासमझ नहीं हैं जो इनकी चालें न समझें।"

तभी सभा के बीच कोई श्रोता कुत्ता भौंका, "तो फिर उस दिन भागे क्यों थे?"

"हम भागे नहीं थे, हमने अपनी रणनीति बदली थी।" नगाड़े ने अपनी बात जारी रखते हुए आगे कुछ कहना चाहा कि तभी सामान्य कुत्ते द्वारा लगाए इस पलीते से दूसरे ने पूछा, "छुप-छुप कर वार करना बुज़दिली है कि नहीं?" उनके चीख़ने के बीच कोई कुत्ता उन्हें शान्त करते हुए बोला, "यह मत भूलो कि इनके बच्चे और बड़े भी हमारे पिल्लों से कितना दुलार करते हैं।"

तभी भगेडू कुत्ता समर्थक चीख़ा, "दिखावा है! दिखावा है!"

"अपनी बकवास बन्द करो।" श्रोताओं में कुछ विरोधी कुत्तों ने नारे लगाए।

फिर किसी ने कहा, "चुप रहो, सुनने दो।"

"तुमने कूड़े में मरे चूहे, छिपकलियाँ, तिलचट्टों को देखा है, जिन्हें ये तेज़ दवाओं से मार डालते हैं? हम पर भी ये ऐसा ही जुल्म करते हैं।" उसके ऐसा कहने पर भौंक-भौंककर कुत्तों ने 'हाँ'-में-'हाँ' मिलाई।

नगाड़े के इस वाक्य ने पासा पलट दिया और उसके समर्थक चीख़ उठे, "जवाब दो, जवाब दो!"

"उस दिन जब जान बचाकर भागे तुम सब, तो आज भी अवसर देखकर भागोगे।" किसी कुत्ते ने ज़ोर से भौंककर अपनी शंका व्यक्त की। इस प्रश्न पर नगाड़े की हूटिंग हुई।

"जो मरेगा, वह लड़ेगा कैसे?" भगोड़ा दल का एक सदस्य जवाब में तर्क देने लगा और बाक़ी उसके साथी भौंकने :

लड़ना है तो जीना है...
जीना है तो लड़ना है... ।

कुत्ता-सभा रोज़ श्मशान के सन्नाटे में लगती, जिसको सुनने-समझने के लिए दूसरे कुत्ते भी वहाँ पहुँच जाते। उसमें कभी-कभी मोती भी होता।

उसे इनकी कुछ बातें सही लगतीं जो उसके विचार से मेल खाती थीं, मगर उनके लड़ने में जो हिंसा का रास्ता था, वह उसे क़तई पसन्द न था। 'परसों जो कांड इस दल के किशोरों ने अंजाम दिया है, वह कुत्ता-समाज के नाम पर कलंक है। हमारी वफ़ादारी की परम्परा कुत्ता-समाज की शान और पहचान है। उस पर कीचड़ उछाला गया है।' मोती खिन्न मन से यह सोच बीच सभा से उठ गया। उसका दिमाग़ भिन्ना रहा था।

"हर बात का जवाब देना, हर ईंट का जवाब पत्थर से देना कोई समझदारी नहीं है। ये नादान कुत्ते अपने साथ हमें भी ले डूबेंगे।" बड़बड़ाता-सा मोती श्मशान घाट से निकलकर कुत्ते का सामान बेचने वाली दुकान की तरफ़ चल पड़ा ताकि थकन उतार सके।

वह दुकान के सामने जाकर खड़ा हो गया। उसके शोरूम से दिखती चीज़ों को घूरने लगा।

"सारा झंझट इस दुकान से शुरू होता है। ये जवान कुत्ते यहाँ आकर फ़ैशन की चीज़ें देखते हैं, अन्दर घुसकर घूम आते हैं और कुढ़ते हैं। इनका दिल कई तरह के सवालों से घिर जाता होगा। आख़िर ये सारी प्यारी-प्यारी चीज़ें हम देसी कुत्तों के लिए तो नहीं हैं न? बेचारा मालिक! काट लिया उसको जाकर तीन-चार जगहों पर इन छापामारों ने एक दिन, जबकि वह कुत्तों को रोज़ दो पैकेट बिस्कुट के खिलाता था। कभी-कभी दूध भी पिलाता था ताकि उसके शोरूम के सामने ये लोग हरियाली के बीच आराम कर सकें और उसकी आमदनी में इनके कारण बरकत हो। उसे क्या पता था कि जिन लावारिस पिल्लों को कल तक वह पनाह देता आया था, आज उनके किशोर मन में ऐसी ईर्ष्या का विष शत्रुता बनकर बैठ चुका था! अचानक दुकान में घुसकर उन्होंने कैसा हुड़दंग मचाया और उसे काट खाया!"

मोती को जिस बात का डर था, वही हुआ। पुलिस और कुत्ता-गाड़ी और मोहल्ले के बुज़ुर्ग हरक़त में आ गए। तय पाया कि सारे कटखने या कहें, व्यवहार में नीमपागल कुत्तों को पकड़ा जाए और पूरी तरह छानबीन कर उन्हें शूट कर दिया जाए। बात सिर्फ़ उस उद्दंडता व उच्छृंखलता की नहीं थी बल्कि श्मशान के उस

दर्दनाक हादसे की भी थी, जिसके बारे में दूसरे दिन सुबह लेंडी ने मोती को वह सारा क़िस्सा कह सुनाया था।

सुबह चार बजे के क़रीब एक अरथी के साथ दस-बारह लोग श्मशान घाट आए। रोना-धोना चल रहा था। जवान बेटा ट्रक-दुर्घटना में मरा था। पोस्टमार्टम के बाद लाश का ऐसा हाल था कि उसका अन्तिम संस्कार त्वरित करना था। कुत्ते वहाँ जमा होकर जोशीली बातें कर रहे थे। शव के अन्तिम संस्कार की तैयारी शुरू होनी थी। वहाँ के कर्मचारी ने कुत्तों को भगाने की कोशिश की तो वे सब मिलकर गुर्राने लगे। उनमें से जो चन्द श्रोता कुत्ते थे, वे तो टूटी दीवार से जैसे अन्दर आए थे, उसी रास्ते दीवार फलाँग भाग गए मगर 'भगोड़ा दल' उर्फ़ कटखना दल यह सोचकर कि जाना तो हमें होगा ही अपनी सभा भंग करके, फिर क्यों न जाते-जाते इनके कामों में विघ्न डाल इनको परेशान कर मज़ा लिया जाए? आख़िर ये हमारे मरे साथियों का अन्तिम संस्कार तो दूर, लाश को दफ़नाने तक नहीं देते हैं और घूरे पर फिंकवा देते हैं। उनमें से एक कुत्ता ज़ोर से भौंका, "टूट पड़ो, टूट पड़ो!"

बस, फिर क्या था! कुत्तों ने दौड़कर पहले पंडित जी को छेंका। उनकी धोती चीर उनकी पिंडली में दाँत गड़ाए। फिर अरथी के साथ आए शोकाकुल लोगों के कपड़े, धोती-कुर्ता नोचा-फाड़ा और इस हाहाकार के बीच जो गंगाजल वहाँ रखा था, उसे सूँघा फिर उसमें मुँह डाला। अन्त में मटकी को फोड़ा। पूजा के सामान को रौंदा और फिर वे सब सरपट भाग निकले।

"यह कैसा अनर्थ हो गया?" लड़के का बूढ़ा बाप इतना कह अपना सिर पीटते हुए बिलख-बिलखकर रोने लगा।

"यह कैसा कांड कर गए कुत्ते?" पंडित का सारा शरीर थर-थर काँप रहा था।

"पहले कभी ऐसा नहीं हुआ। मैं ख़ुद आश्चर्यचकित हूँ इनकी दुष्टता पर।" आधी चुनी चिता की बिखरी लकड़ियाँ समेटता बाबूराम लगभग रो पड़ा।

सारे दुखी सज्जन जब कुछ समय बाद सँभले तो सोचने लगे, अब क्या करें? यदि बात बढ़ाते हैं या श्मशान में होनेवाले इस हादसे को मुद्दा बनाते हैं तो होगा क्या? दिल पर पत्थर रख फिर से सारा आयोजन शुरू किया गया। यह देखकर उन सबने ऊपर वाले को धन्यवाद दिया कि पुत्र के शव को उन कुत्तों ने कोई हानि नहीं पहुँचाई थी।

लेकिन भोर होते ही घटना का पता पहले शौच जाने वालों को लगा, फिर बात एक मुँह से दूसरे के कान तक आश्चर्य व आक्रोश की छौंक के साथ पहुँची। सब कुछ सुनकर जहाँ लोग भौचक थे, वहीं बौखला उठे। अजीब मानसिक पीड़ा से गुज़रे लोग। कुछ तो हट्टे-कट्टे कुत्तों को देखकर भयभीत हुए और कुछ ने आव देखा न ताव, मरगिल्ले बीमार कुत्तों को धुनकर रख दिया। यह अराजकता देख किसी ने 100 नं. घुमा दिया।

यह स्थिति लेंडी और चिरकुट के लिए बहुत शोचनीय थी। गेहूँ के साथ घुन भी पिसता है। उन्हें अपनी चिन्ता खाए जा रही थी। चौकीदार कुत्तों के भी कान खड़े हो गए थे। मोती ने कहा, "मेरी सलाह मानो और जंगल की तरफ़ फूट चलो। अब यहाँ रहना ख़तरे से ख़ाली नहीं है।"

"चलो...चलो!" सबने 'हाँ'-में-'हाँ' मिलाई और पाँचों रैनबसेरा की टूटी दीवार से जंगल में कूद गए।

कुछ दूर चले ही थे कि उन्हें अपने से बड़े जंगली पशुओं का डर सताने लगा। इधर-उधर ताकते आगे बढ़े, जहाँ उन्हें दो-तीन घर मिले और गाय-भैंस-बकरियाँ नज़र आईं। अपने लिए कोई सहारा देख उनका मन सँभला, मगर वे वहाँ रुके नहीं बल्कि मोती की बताई बड़ी-बड़ी चट्टानों से घिरी पहाड़ी पर जाकर थम गए। उन्हें प्यास लग रही थी, मगर जलस्रोत आस-पास कहीं न था। झरबेरियों की झाड़ व हरी-हरी घास उगी हुई थी। वे सारे घास चबाकर अपना गला तर करने लगे, फिर उसी पर लोट गए। उनका दिल अनहोनी से धड़क रहा था। यह चिन्ता भी उन्हें अन्दर-अन्दर खाए जा रही थी कि पता नहीं, दूसरे कुत्ते किस हाल में हैं?

दोपहर तक पुलिस और एम.सी.डी. हरकत में आ गई। अपराधी कुत्तों की कौन शिनाख़्त करता और उन्हें कैसे पकड़ा जाता, यह एक बहुत बड़ी समस्या थी। मोहल्ले वालों से विशेष अनुरोध किया गया कि वे कुत्तों को ढूँढ़ने और पकड़वाने में उन दोनों महकमों की मदद करें। वहाँ रहनेवालों का भय दूर करने के लिए जो कुत्ता सामने दिखा, उसे पकड़ कुत्ता-गाड़ी में डाल दिया गया। उसमें चुलबुल भी पकड़ा गया, जो सुबह की ज़रूरत से निपटने के लिए घर से बाहर निकला

था। जो कुत्तों के हिमायती थे, उनकी समझ में नहीं आ रहा था कि स्थिति को कैसे हैंडिल करें! इस कुत्ता-कांड के बाद उनकी बोलती बन्द थी। उनके बदन में यह सोच-सोच कर सिहरन होती कि यदि पोस्टमार्टम की हुई लाश को ये नोचते-खसोटते, तो...?

जिस पत्रकार ने बच्चे वाली स्टोरी लिखी थी, उसने कई टी.वी. चैनलों को फ़ोन कर दिया। ख़बर अपने में भयानक व रोचक, दोनों थी, लेकिन चैनल वालों को अचानक नाबालिग़ लड़की के बलात्कार की कोई और सनसनीखेज़ स्टोरी मिल गई तो उन्हें वहाँ जाना पड़ गया।

पुलिस महकमे की मीटिंग में यह हुक्म पास हो गया कि गम्भीर स्थिति, विशेष कर मानवीय जीवन की सुरक्षा के लिए ख़तरा बन जाने वाले जीव-जन्तु और जनजीवन की शान्ति भंग करनेवाले ऐसे ख़तरनाक, आतंकी पागल कुत्तों को देखते ही गोली मार देनी चाहिए। जिस पुलिस टुकड़ी को यह केस दिया गया था, उसके हेड इंस्पेक्टर ने गोली चलाने की जगह जाने क्यों एयरगन और हवाई फ़ायर के प्रयोग करने का मन बना लिया था। उसके अन्दर का छुपा मानव-अधिकार जाग उठा जिसको पहले रहमदिली कहा जाता था। उससे किसी ने पूछ बैठा कि वास्तव में जानवरों का बिना पूछताछ और मुक़दमे के मारा जाना क्या उनकी बेज़ुबानी का फ़ायदा उठाना नहीं है? वैसे भी उन्होंने किसी की हत्या तो नहीं की थी जो उन्हें मौत की सज़ा आनन-फानन में दे दी जाती। कुत्तों की लाशें बिछाने में उसकी रुचि नहीं थी, न ही कुत्तों का एनकाउंटर करके मेडल लेने में उसकी कोई दिलचस्पी थी।

इंस्पेक्टर मनोज के पास मोहल्ले के लोग अपनी-अपनी बातें लेकर थाना पहुँच रहे थे। वह सबकी सुन रहे थे। कुछ कुत्तों के पक्ष में बोल रहे थे, कुछ विपक्ष में अपनी समस्या सामने रख रहे थे। अधिकतर लोग भावुक व क्रोधित थे। उनके पास समस्या से निबटने व गुत्थी को सुलझाने के न तर्क थे, न सुझाव। उनसे मिलना इंस्पेक्टर मनोज को इसलिए लाभकारी लग रहा था कि इससे वे यह जान सकें कि इस औसत लोगों की इस बसावट की मूल समस्याएँ क्या-क्या हैं, उसमें कुत्ते जैसे वफ़ादार पशु की भूमिका क्या है; वहाँ इनका इतना आतंक फैल चुका है और लोग

जो आपे से बाहर हो रहे हैं, इसके मूल में क्या है। सब कुछ सुन-समझ कर आख़िर इंस्पेक्टर को कहना पड़ा, "वे कुत्ते तो अपना पक्ष रखने आने से रहे। सारा केस एकतरफ़ा बयान पर आधारित है। सबूत के तौर पर आप लोगों के पास ऐसी किसी घटना का चित्र नहीं, जिससे कुत्ते चिन्हित किए जाएँ। आप ख़ुद सोचें, पुलिस क्यों बेगुनाह कुत्तों को अन्धाधुन्ध मारेगी?" इंस्पेक्टर ने अपनी बात रखी।

"फिर कैसे हल होगी हमारी समस्या?" किसी ने दुखी हो पूछा तो इंस्पेक्टर को लोगों को यह बताना पड़ा कि "चंडीगढ़ की 'केन्द्र विहार सोसाइटी' में एक घटना कुत्तों और इनसानों के बीच घटी थी जिसके बारे में सुप्रीम कोर्ट का ऑर्डर आया था कि सड़क के कुत्तों को मारना, उन्हें अपनी जगह से विस्थापित करना जुर्म है। यह मनाही नगर महापालिका पर भी है। यह क़ानून 2009 में आया और 2013 में जारी किया गया। आप कहते हैं कि कुत्तों का सफ़ाया कर दो। कैसे कर दूँ, जब यह बात क़ानूनी रूप में ग़लत है? इनकी जनसंख्या पर कंट्रोल के लिए 2001 में क़ानून आया। 'फीमेल डॉगीज' को बाक़ायदा स्टर्लाइज़ किया जाने लगा है। उस पर एतराज़ होता है कि उन्हें ऑपरेशन के कुछ घंटों के बाद छोड़ दिया जाता है। इंफेक्शन के कारण बहुतों की मौत हो जाती है। यह उनके प्रति क्रूएलिटी है। ऐसी स्थिति में जब हर नागरिक अपना विचार रखता है और अपनी दृष्टि से देखता है तो फिर किस-किस की सुनी जाए?"

"लेकिन सर, शूट का ऑर्डर तो दिया गया है न?"

"ऑर्डर दिया गया है, मगर क़ानून तो नहीं बना है न!"

"लेकिन?"

"चलो, मान लेते हैं और इस मोहल्ले की दो-चार गलियों के आस-पास, जहाँ श्मशान है, उसके सारे कुत्तों को मार देता हूँ। फिर?...उनकी ख़ाली जगह भरने दूसरी जगहों से कुत्ते आ जाएँगे, जिनको आप जानते नहीं। वह स्टर्लाइज़ हुए हैं या उन्हें टीके लगे हैं या नहीं, किसी को क्या पता? वे आपसे फ्रेंडली नहीं होंगे। वे आपको काटेंगे। पहले वाले कुत्ते बाहर से आने वाले नये कुत्तों से लड़ेंगे। उनमें झगड़ा व दुश्मनी होगी। फिर आप क्या करेंगे? जो कुत्ते फ़िलहाल उग्रता दिखा रहे हैं, उसके भी कारण होंगे जो जेन्विन होंगे। जब हम कुत्तों को सताने के जुर्म में किसी व्यक्ति को पकड़कर लॉकअप में बन्द करेंगे तो आपमें से बहुत-से यह कह उठेंगे कि यह

कैसा अन्याय है, जो कुत्ते के चलते इनसान को बन्द कर दिया? इसलिए मैं कहूँगा कि आप अब धैर्य रखें। हम पर विश्वास करें। हम जो करेंगे, वह सुरक्षा, शान्ति और मानवता को नज़र में रखते हुए करेंगे। पशु और मनुष्य के आपसी सम्बन्ध मधुर होने चाहिए, यह सोचें और इस पर अमल करें...जय हिन्द!"

उस दिन सुबह वेटनरी डॉक्टरों, डॉग लवर्स के साथ इंस्पेक्टर मनोज ने छोटी-सी मीटिंग रखी, जिसमें इंडियन पिनल कोड-428, आईपीसी-4 सेक्शन, क्रुएलिटी टू एनिमल्स पर विस्तार से बातें हुईं। पढ़े-लिखों व अनपढ़ लोगों के स्वभाव, जानवरों के प्रति उनकी घृणा व लापरवाही को भी गम्भीरता से रेखांकित किया गया। उनमें कुछ समाजसेवी थे, जिन्होंने कुत्ते के प्रति जो तिरस्कार व अवहेलना है, उस पर चर्चा की। इत्तिफ़ाक़ से इस मुलाक़ात में डॉक्टर शशिधर व कार्तिक भी मौजूद थे। उनके जाने के बाद सब-इंस्पेक्टर और कांस्टेबल के साथ इंस्पेक्टर मनोज ने एक मीटिंग रखी।

"तुममें से कोई भी न किसी व्यक्ति से हाथ मिलाएगा, न मेरे हुक्म के बिना उसकी मदद करेगा। मेरा इशारा समझ गए हो न? जान लो, इनको भी सबक सिखाना है कि क़ानून सिर्फ़ बन जाने भर से अपना प्रभाव या बदलाव नहीं ले आता है बल्कि नागरिकों के सहयोग से समाज में परिवर्तन आता है। केवल आलोचना करने से स्थिति नहीं बदलती।"

"सर!"

"हमारे इस मोहल्ले में कितने कुत्ते हैं?" इंस्पेक्टर ने पूछा।

"पता नहीं, साहब जी। कभी गिना नहीं।" सिपाही ने हड़बड़ाकर गुद्दी खुजाते हुए कहा।

"ऐलान करा दो कि कोई भी व्यक्ति कुत्तों से किसी भी तरह का दुर्व्यवहार नहीं करेगा। तुम सब नज़र रखना। जो करता दिखे, उसे पकड़ो। फिर थाने लाकर कस के धुनाई करो, फिर उसे छोड़ दो।" इतना कह मनोज हँसे।

"यस सर!" वे दोनों भी मुस्कुराए।

इंस्पेक्टर मनोज उठे तो दोनों ने 'जय हिन्द' कहा, फिर सैल्यूट कर एड़ी बजाई।

कार्तिक, डॉ. शशिधर और दूसरे वे सब, जो कुत्तों से जुड़े हुए थे, पुलिस की मंशा जान चुके थे कि कुत्तों का ख़ून गलियों में नहीं बहेगा, मगर बदले में उन सबको इस मामले में मदद करनी पड़ेगी। मोहल्ले वाले फ़िल्म बनाकर बेकार की टिप्पणी कर उसे न तो अपनी 'वॉल' पर लगाएँ, न ही वायरल करें। इससे माहौल तनाव में आ जाएगा। शहर और दूसरे प्रान्तों में गली के कुत्तों पर अत्याचार शुरू हो जाएगा।

ब्रिगेडियर लाल को पुलिस अफ़सर की यह दूरअन्देशी-भरी प्लानिंग बहुत पसन्द आई। रात को मोहल्ले की एसोसिएशन ने मीटिंग बुलाई और मौजूदा बिगड़ी स्थिति पर दो-तीन लोगों ने अपने भाषण में अच्छी बातें कहीं, जिनको कुछ ने माना, कुछ इतने उत्तेजित हो गए कि कुत्तों के खाने में सीधे ज़हर मिलाने की योजना बनाने लगे। आपस में एक-दूसरे को बुरा-भला कहने लगे जिसके कारण मीटिंग में कोई रेजोल्यूशन पास न हो सका।

अपराधी कुत्तों को पकड़ना मुश्किल काम था। पुलिस यह ऐलान तो कर नहीं सकती थी कि जहाँ कहीं छुपे हो, बाहर निकल आओ। इसी में तुम्हारी ख़ैरियत है। दूसरी परेशानी थी मुहल्ले की गलियाँ, जो कहीं पर बेहद तंग और बेशुमार छोटे-छोटे घरों से अटी पड़ी थीं। वहाँ घुसकर कुत्ते ढूँढ़ना या पकड़ना बहुत जुझारू काम था, ख़ास कर तब, जब कोई भी ठीक से कुत्तों का हुलिया नहीं बता पा रहा था। बताता तो तब, जब वह कुत्तों को ध्यान से देखता, उनका दुःख-दर्द समझता या प्यार देता। यहाँ तो आधे से ज़्यादा लोग कुत्तों की नोटिस ही नहीं लेते थे। पुलिस भी कब तक तैनात रहती और कुत्ता-पकड़ गाड़ी भी कब तक राउंड लगाती? कुछ न मिला तो दोनों वापस चली गईं।

उधर, कुत्तों को मोहल्ले में फैली सनसनाहट से ख़तरे की आहट लग चुकी थी। वे सब ऐसी जगहों पर जाकर छुप चुके थे, जिसकी तरफ़ किसी का ध्यान जल्दी नहीं जा सकता था। भगोड़े कुत्ते अलबत्ता पुराने खँडहर में कूड़े से भरे चौड़े कुएँ में छुपकर आपस में झगड़ा कर रहे थे। कुछ कुत्ते इस बात पर नाराज़ थे कि हमें इतना हुड़दंग नहीं मचाना चाहिए था। कुछ का विचार था—जो हुआ, ठीक हुआ। सब एक-दूसरे पर आरोप-प्रत्यारोप लगा रहे थे। दल में फूट पड़ चुकी थी। वह दो फाँकों में बँट गया था। उनमें से कई कुत्ते नट कॉलोनी की तरफ़ यह कहते हुए चले गए, "तुम सब छापामार हो चुके हो।"

इतना सुनना था कि उग्रवादी कुत्ते गुस्साए से उठे और नट कॉलोनी की तरफ़

जाते अपने साथी कुत्तों से भिड़ गए और सबके खूँखार दाँत एक-दूसरे को झपट्टा मारने को तैयार थे।

उनकी गुर्राहट सुन पंक्चर वाले ने अपना टीन का खोखा ज़ोर से ठोका तो वे दम साध गए। वहाँ से भागने में ही अपनी कुशल समझी। रात तो हो ही गई थी।

भगोड़ा दल बदले हालात को समझ रहा था, तो भी अपनी हठधर्मी पर अड़ा हुआ था। नट कॉलोनी पहुँच छिपने की जगह तलाश कर रहा था।

नट कॉलोनी में दो घोड़े भी थे, जो शादी-ब्याह में दूल्हा के बैठने या बग्घी में जोतने के लिए किराये पर ले जाए जाते थे। वे कुछ देर पहले किसी शादी से लौटे थे। सजे-धजे, गर्मी से परेशान।

चारों कुत्ते उन्हीं के तबेले में भूसे के गट्ठरों के पीछे छुपकर बैठ गए। उन्हें भूख भी लग रही थी।

कुछ देर बाद दो लड़के आए और घोड़े के बदन से सजावट का सामान उतारने लगे।

मोहल्ले में जब सोता पड़ गया तो वे कुत्ते भूसे के गट्ठरों के पीछे से बाहर निकल खाना ढूँढ़ने, इधर-उधर की टोह लेने लगे। मगर चीज़ें इतनी ठूसी हुई थीं जिसके कारण वे कुछ घसीट नहीं पा रहे थे। एक कोठरी में वे घुसे तो कुछ डिब्बे रखे दिखे। उनका ढक्कन हटाया तो उसमें कुछ पैकेट रखे थे। उनको फाड़ा तो उसमें से पाउडर गिरा। चाटा तो वह अजीब स्वाद का लगा, मगर करते क्या? तभी खटका हुआ। वह दुम दबा बाहर निकले। कोई पेशाब के लिए उठा था। तंग रास्ते में कुत्तों को खड़ा देख चौंक पड़ा, मगर नींद के ख़ुमार में पेशाब कर उन्हें भूल वह फिर सो गया।

चारों कुत्ते अपनी पुरानी जगह पर लौटे। उन्हें भूख से ज़्यादा नींद सताने लगी। जब वे ऊँघते तो घोड़ा अपने पैर झटक-पटक कर हिनहिनाता। उसी के साथ घुँघरू बज उठते जिसे उतारना मालिक भूल गया था। घोड़े को मच्छर लग रहे थे। उसकी इस चुलबुलाहट से सोते-जागते कुत्तों को ताव आ गया और चारों उठकर ग़ुस्से में उसके पैरों पर दाँत गड़ा बैठे। घोड़ा तेज़ी से हिनहिनाया और तेज़ लात उसने कुत्तों को मारी। कुत्ते दूर जा गिरे। फिर लड़खड़ाते-से उठे और बाहर की तरफ़ निकले। कुछ क़दम चलकर वहीं गली के मुहाने पर मदहोश-से पड़ गए।

दूसरे दिन सुबह अभी सूरज बादलों से फूटा नहीं था कि अचानक एयरगन से किए गए फ़ायरों से कुत्तों से ज़्यादा पक्षियों की चीख़ व पंखों की फड़फड़ाहट चारों दिशाओं में गूँज उठी। नींद में डूबे सोते बच्चे भी डरकर रो पड़े। कोहराम-सा मच गया था। हवा में गोलियों की आवाज़ें थोड़ी-थोड़ी देर बाद वातावरण में गूँज रही थीं। कुत्तों को क्या पता था कि सारे निशाने हवा में किए जा रहे हैं, जो सिर्फ़ कुत्तों के बढ़े हौसले तोड़ने के लिए आजमाए जा रहे थे। कुछ कुत्ते, जिनका दिल दीवाली के पटाख़ों से दहल जाता था, वे लगातार गोलियों की ठाँय-ठाँय से दिल का दौरा पड़ने से ख़त्म हो गए और कुछ कुत्ते बेहोश हो गए। जो काँप रहे थे, वे जान रहे थे कि ये दीवाली के पटाख़े नहीं, उनकी मौत का पैग़ाम है।

घरों के पालतू कुत्ते बेड के नीचे छुप गए थे या फिर उनके मालिक उन्हें बाँहों में भरे प्यार से थपक रहे थे। गोली लग जाने के डर से छतें ख़ाली थीं। खिड़की-दरवाज़े भी लोगों ने बन्द कर लिए थे। तमाशा देखने कोई बाहर नहीं निकला। दुकानदारों के शटर तक खुले नहीं थे।

बीबीजान ने दुआएँ पढ़नी शुरू कर दी थीं कि सब कुछ ठीक से गुज़र जाए।

मोहन जी बेचैनी से अपनी खिड़की की झिर्री से झाँक रहे थे। कभी परेशानी में रिज़वान अली से बात करते तो कभी ब्रिगेडियर लाल से।

उधर, तिवारी जी का पूरा परिवार कुत्ते से नाराज़ था, मगर इस समय सबके दिल दहले हुए थे।

पूरे मोहल्ले में हवाई फ़ायर के चलते कुत्तों में दहशत फैल चुकी थी। इनसान भी दहशत में आ गए थे। कोई काँप रहा था तो किसी की छाती में दर्द हो रहा था। किसी को यह सोचकर चक्कर आ रहा था कि सड़कों और गलियों में उन्हें कुत्तों की कितनी लाशें एक साथ देखने को मिलेंगी। कुछ लोगों को पता था कि कुत्ते कहाँ छुपे हैं, मगर उनका मन नहीं किया उन्हें पकड़वाने का। जो मोहल्ला भोर से शोर-शराबे से भरा रहता था, आज वैसा नहीं था। मगर जाने क्यों, कुछ लोग कुत्ते का भौंकना मिस कर रहे थे।

"ऐसा तो हमने नहीं चाहा था।" पछतावे में कुछ नर्वस हो टहल रहे थे।

गोलियों की आवाज़ दूर जंगल तक गई। लगातार फ़ायर का शोर सुनकर चिरकुट, लेंडी और मोती काँपकर रह गए। उनकी आँखों के सामने ख़ून में लथपथ

ढेर सारे कुत्तों की लाशें उभर आईं। उनकी आँखें भर आईं और वे तीनों एक-दूसरे से लिपटकर धीमी आवाज़ में रोने लगे।

कुछ देर बाद जब फ़ायर की आवाज़ बन्द हो गई और उनका दिल सँभला तो वे एक-दूसरे को चाटकर दिलासा देने लगे, जैसे कहना चाह रहे हों कि हमीं तो अब बचे हैं!

कुछ देर बाद जब कुछ चिड़ियों की फड़फड़ाहट और आवाज़ सुनाई पड़ी तो उनकी घबराहट कम हुई। भूख और प्यास जागी।

"हमको कुछ दिन और यहीं रहना पड़ेगा?" चिरकुट ने भारी मन से पूछा।

"सुरक्षा हमारी इसी में है।" मोती ने कहा।

यह सुनकर लेंडी दिल मसोसकर रह गया।

फिर कोई कुछ न बोला।

सुबह नट कॉलोनी फ़ायर की ताबड़तोड़ आवाज़ों से जाग चुकी थी, मगर जो दृश्य उन्होंने देखा, उसे देख उनके होश उड़ गए। घोड़े वाला परेशान, उधर नशा बेचनेवाले की सिट्टी-पिट्टी गुम थी। नुक़सान तो अपनी जगह था, मगर गली के मुहाने पर चार हट्टे-कट्टे कुत्ते खड़े थे। इससे पहले कि वे सामान समेटते और कुत्तों को गली से मार भगाते, तभी उन्हें पुलिस दिखी तो वे सकपका गए। बिना कुछ पूछे हकलाने लगे।

उधर पुलिस के कुछ सिपाही श्मशान घाट की आस-पास की गलियों में चक्कर लगा रहे थे कि कहीं लुका-छुपा, डरा-सहमा कुत्ता हो तो उसे डरा-धमकाकर उसका नैतिक बल इस तरह तोड़ दें कि उनकी उग्रता ख़त्म हो जाए। तभी उन्हें नट कॉलोनी की गली के सामने एक साथ कुछ कुत्ते जमीन पर पड़े दिखे। पास जाकर देखा तो सोने और मरने के बीच की कैफ़ियत में वे नज़र आ रहे थे। डंडे से बदन कोंचा। ठोकर मारी। उन पर कोई असर नहीं पड़ा।

"साँस तो चल रही है।" एक सिपाही बोला।

"फिर ऐसे काहे पड़े हैं?" दूसरा सिपाही बोला।

अभी बातें चल रही थीं कि इंस्पेक्टर मनोज अपने राउंड पर पहुँच गए।

कुत्तों को इस हाल में देखा, तो फ़ोन कर डॉक्टर को बुलाया ताकि कुत्तों का

चेक-अप हो सके। वे चकित थे कि जब गोली चली नहीं तो ये मरण अवस्था में पहुँचे कैसे? इंस्पेक्टर मनोज हर चीज़ की गहरी तफ़्तीश में लगे थे। इसी बीच कार्तिक, डॉ. शशिधर और ब्रिगेडियर लाल भी आ पहुँचे। कुछ देर बाद मोहन जी, रिज़वान, तिवारी जी पहुँचे। कुछ और लोगों की भीड़ गली के नुक्कड़ पर ठहर गई। कुत्तों को खींचकर बाहर लाया गया।

डॉ. शशिधर ने कुत्तों को ध्यान से देखा और कहा, "लगता है कि यह कोई गहरे नशे की चीज़ धोखे में खा चुके हैं। इनकी नब्ज़ डूब रही है। मिकदार ज़्यादा थी या पेट ख़ाली था, तो भी ख़ून टेस्ट करवा लेते हैं।"

"अरे...अरे, ये तो वही कुत्ते हैं!" श्मशान घाट वाला लड़का चीख़ा।

पुलिस वाले ने उसे ग़ौर से देखा तो वह उत्तेजित हो चीख़ा, "यह तो चमत्कार हो गया, सर! यही तो रहे जो उस दिन पंडित जी की धोती फाड़े थे?"

"हाँ, हाँ, ये वही कुत्ते हैं जो तिवारी जी के लड़के को काटे थे।" दूसरा कोई बोला।

"लो, शिनाख़्त भी हो गई।" इंस्पेक्टर ने कहा।

"एम.सी.डी. को फ़ोन मिलाएँ, सर?" सिपाही ने पूछा।

"इनको अस्पताल ले जाना होगा। हमारी क्लीनिक पर सुविधाएँ कम हैं।" कार्तिक बोला।

"इनका बचना मुश्किल है।" डॉ. शशिधर ने कहा।

"मरै देउ सालों को। आत्महत्या तो ख़ुदै करिन हैं।"

"बचना तो अब उसका भी मुश्किल है जो यह नशा बेचता है, जिसकी ओवर डोज़ कुते ले चुके हैं।" इंस्पेक्टर बोला। "पता था कि गाँजा, चरस, अफीम के साथ न जाने कौन-कौन-सा नशा बेचने वाले यहाँ रहते हैं, लेकिन अब उनका पता इन कुत्तों ने हमें आसानी से दे दिया।"

"पता तो हम सबको था, मगर किसी के पेट पर लात मारना कोई अच्छी बात है क्या, सर!" कोई बुदबुदाया।

"पुलिस का काम देखा आप सबने? कुछ लोग उस दिन मुझ पर नाराज़ हो रहे थे। बिना सबूत, बिना गवाही के मुक़दमा नहीं बनता है।" सुनकर सब हँसे।

इंस्पेक्टर मनोज का मूड बदल चुका था। तनाव टूट गया था। वह मज़ाक़ में बोले, "इनकी इस समाजसेवा पर मैं सम्मानस्वरूप कुछ हवाई फ़ायर करूँगा। मगर

एयरगन से नहीं; रियल पिस्टल से।" और फिर इंस्पेक्टर ने कमर से पिस्टल निकाली और हाथ ऊपर कर पहला फ़ायर किया।

लोगों ने ताली बजाई।

तुरन्त एम.सी.डी. की गाड़ी पहुँची और कुत्तों को उठा ले गई। 'किसलिए? क्या करेगी वह इनके साथ?' किसी ने पूछने की ज़रूरत नहीं समझी।

कार्तिक व डॉ. शशिधर को लगा कि इस मोहल्ले में एक बड़ी दुर्घटना होते-होते टल गई।

आधी रात के लगभग तीनों ने अन्दाज़ा लगाने के लिए ऊँची आवाज़ में हाँक लगाई, "तुम लोग ठीक हो?"

जवाब नहीं आया।

"हम यहाँ सुरक्षित हैं।"

ख़ामोशी छाई रही।

"कोई बोलो तो...।" उनके भौंकने के बावजूद उनके सवालों का कोई जवाब या कोई पैगाम नहीं आया।

कोई देसी कुत्ता नहीं भौंका सिवाय विदेशी कुत्तों के, जो पूछ रहे थे, "तुम कौन हो?"

"हालात ख़राब हैं।" मोती ने घबराई आवाज़ में कहा।

"सबको मार डाला, हाय, सबको!" चिरकुट को रुलाई आने लगी।

"हौसला मत खो!" लेंडी ने धीमे से कहा, मगर वह भी रो पड़ा।

"पिछले दो दिन से वे दोनों पिल्ले भी ग़ायब हैं।" थकी आवाज़ में झुँझलाया मोती बोला।

इसके बाद ख़ामोशी छा गई।

दो दिन बाद जब कुत्ते समाज का स्यापा कुछ कम हुआ तो मोती, चिरकुट और लेंडी जंगल की पथरीली पहाड़ियों की आड़ से बाहर निकले और भूखे-प्यासे बस्ती

की तरफ़ चल पड़े। भूख, चिन्ता और थकन से उनका बुरा हाल था। जब भी आँख लगती तो बुरे-बुरे सपने देखकर चौंक उठते थे।

बस्ती और जंगल की चहारदीवारी के पास पहुँचकर उन्होंने सुनगुन ली। ख़तरे की बू सूँघी और उनका जाना पुरानी गली में कितना सुरक्षित है, उस पर ग़ौर किया। वैसे तो वे पहाड़ी और जंगल पार कर दूसरी जगहों, जैसे मैदानगढ़ी वग़ैरह जा सकते थे, मगर वहाँ जान का ख़तरा इनसानों से ज़्यादा कुत्तों से था। वे इन तीनों को अपने इलाक़े में घुसने न देते थे, पीट-पाटकर भगा देते।

"ए...सुन! हम यहीं न रहना शुरू कर दें?" चिरकुट ने अँगड़ाई ली।

"खाएँगे क्या?" लेंडी बोला।

"खाएँगे बाहर जाकर, सोएँगे यहाँ आकर।" मोती ने कहा।

"बिलकुल सही कहा तुमने।" चिरकुट ने मोती के मुँह से मुँह मिलाया और प्यार करते हुए उसके चेहरे को चाटने लगा।

लेंडी के जज़्बात भी जोश में आ गए और वह भी मोती को चाटने लगा। मोती ने भी दोनों को चूमा-चाटा। ऐसा लगा, जैसे वे एक-दूसरे के पहले से भी ज़्यादा पक्के दोस्त बन गए हों!

किसी ने सच ही कहा है कि जो दुःख का साथी होता है, वही सच्चा मित्र होता है।

"आज की रात और हम यहीं गुज़ार लेते हैं।" लेंडी ने सुझाव रखा।

मोती कुछ बोला नहीं और आगे बढ़कर जलबोर्ड पम्प हाउस से गिरती पानी की मोटी धार की तरफ़ बढ़ा ताकि प्यास बुझा सके। रात-दिन गिरते पानी ने जल के भराव के आस-पास की ज़मीन को दलदल बना दिया था। अपने धँसे पैर निकाल वह पत्थरों के ढेर की तरफ़ बढ़ा और पानी पीने लगा। लेंडी और चिरकुट भी उधर बढ़ गए। पानी पीकर वे तीनों दूसरी तरफ़ मुड़ गए जहाँ पर गाय-भैंस वालों की झोंपड़ी पड़ी थी।

"मैं इधर कभी नहीं आया।" लेंडी ने कहा।

"कितनी शान्ति है यहाँ पर!" चिरकुट ने नज़रें घुमाईं।

"मैंने यह जगह पहली बार ऊपर से देखी थी। मैं दो बार आ चुका हूँ।" मोती ने आराम से लेटते हुए कहा।

सामने सब्ज़ी की क्यारियाँ थीं। उसे सूँघते हुए लेंडी और चिरकुट उनके बीच घुस गए और बोई सब्ज़ियों के पौधे पर टाँग उठाकर मूतने लगे। अचानक झुग्गी से निकली लड़की ने यह दृश्य देख लिया और चीख़ पड़ी। तीनों डरकर भागे।

"पता नहीं, कहाँ से आ मरते हैं ये!" लड़की ने पेड़ की सूखी डंडी उठाई और उन्हें खदेड़ने लगी।

"जो बासी रोटी मिलने का आसरा था, वह तुम दोनों की गन्दी हरकत के कारण ख़त्म हो गया। वह कोई मूतने की जगह थी?" मोती ताव में आकर बोला।

तभी एक गड्ढे में आम के छिलके नज़र आए। तीनों ने जाकर सूँघा और उन छिलकों को चबाने लगे, जो अभी सूखे नहीं थे। शायद कल रात या दोपहर में खाए गए हों। खा-पीकर तीनों पत्थर की चट्टान पर जाकर लेट गए।

मीलों तक जंगल फैला था। आसमान साफ़ था। अँधेरा होते ही आसमान टिमटिमा उठा। जैसे-जैसे अँधेरा बढ़ रहा था, आसमान की झिलमिलाहट बढ़ रही थी। कुत्तों की बेचैनी भी बढ़ रही थी।

गली में रहनेवाले कुत्ते अँधेरे के आदी थे। ऊपर तो उन्होंने आसमान को इस तरह फैला और चमचमाता नहीं देखा था—अँधेरे और चाँद के सिवाय या फिर चाँद के आस-पास एक-दो तारों को, परन्तु यहाँ तो अजीब हाल था। बिजली के लट्टू घरों में नहीं बल्कि ऊपर आकाश पर जल रहे थे।

वे लोग जो कल्पना में कुत्तों को ख़ून से नहाया देखकर आतंकित थे, वास्तव में उन्हें ऐसा कोई दृश्य देखने को नहीं मिला। वे कुछ विचलित-से थे। बहुतों ने सुकून महसूस किया, जिनके घरों के आस-पास कुत्ते अपनी चौपाल लगाते थे।

एक-एक दिन करके पूरा सप्ताह गुज़र गया।

मोहल्ले की गलियाँ कुत्तों से ख़ाली हो चुकी थीं।

गलियों में अब उनके मल-मूत्र की गन्ध भकभकाती नहीं थी।

मानसून की पहली झड़ी ने पुरानी गन्दगी को धो डाला था।

इन सात दिनों में ही लोगों को महसूस होने लगा था कि कुत्ते मोहल्ले की रौनक थे। जीवन का रूपक थे।

टी-पाइंट का बाज़ार भी कुत्तों की मटरगश्ती से ख़ाली था।

कुत्ते को गाली देकर, लात मारकर जो कुंठा आदमी अपने अन्दर की ख़ाली कर लेता था, अब उसे घोंटने लगी थी।

अतीत चाहे जितना भी भयानक क्यों न हो, वह सोच का हिस्सा तो रहता ही है। इसलिए जो लोग देसी कुत्तों को हर समय अपने चारों तरफ़ टहलते, घूमते देखने के आदी थे, उनकी यादों में वे कुत्ते अक्सर तैर जाते थे जो अब कहीं नज़र नहीं आ रहे थे। घरों से बचे खाने को उछालकर फेंकने पर कोई कुत्ता दुम हिला लपकता नज़र नहीं आता था।

मृगतृष्णा की तरह कुछ आदमियों को चलते-चलते लगता, जैसे वहाँ पेड़ के पास कुत्ता बैठा है, ट्रकों के नीचे सो रहा है, बीच सड़क पर कारों को चुनौती देता हुआ सीना ताने खड़ा है या फिर अकारण ही वह अचानक आकर आपको काट लेता है।

कुत्ते के वजूद का न होना सबको अपनी-अपनी तरह से हांट कर रहा था। किसी को उन्हें अपने द्वारा पीटना व दुत्कारना याद आ रहा है तो कोई उनकी वफ़ादारी के भरोसे अपनी दुकान और मकान की सुरक्षा को याद कर रहा था, मगर कोई अपनी भावनाएँ व्यक्त नहीं कर पा रहा था।

हर दिन यूँ ही गुज़र रहा था। टूटा हौसला जुड़ नहीं पा रहा था। तीनों की पसलियाँ दिखने लगी थीं। खाल जगह-जगह से लटक गई थी। इस टापू पर वे काले पानी की सज़ा झेल रहे थे। लेंडी और चिरकुट को अपना सूप और घूरा याद आ रहा था और मोती को सत्तू का बनाया गर्म-गर्म समोसा। इन सबसे हटकर एक बात उन्हें बहुत बेचैन किए थी—वह थी इनसानी संगत, जिसकी लत उन्हें लग चुकी थी। कब से उन्होंने कोई मर्द-औरत का चेहरा नहीं देखा था!

आख़िर एक दिन सुबह सूरज निकलने से पहले तीनों जंगल की दीवार लाँघकर मोहल्ले में दाख़िल हुए। सड़क पर एक-दो वाहन गुज़र रहे थे, मगर उनके पीछे कोई कुत्ता दौड़ता-भागता नहीं दिखा। रैनबसेरे के सामने माथे पर काले धब्बे वाला सफ़ेद कुत्ता जो वहाँ बैठा रहता था, वह भी ग़ायब था। तीनों सिर झुकाए-झुकाए आगे बढ़े। सामने से आती काली बिल्ली उन्हें देखकर ठिठक गई, फिर धीरे से बोली, "म्याऊँ!"

हमेशा की तरह बिल्ली को दुत्कारने वाले मोती ने उसे आज मुँह नहीं लगाया। बिल्ली ने जब फिर ज़रा ज़ोर से 'म्याऊँ' कहा, तब भी तीनों जवाब में भौंके नहीं। बिल्ली ख़िसियाकर आगे बढ़ गई।

चाय ठेलेवाला गौरी शंकर दतौन कर रहा था। एकाएक कुत्तों को सामने देख चौंक पड़ा। कहाँ तो आँखें नींद से आधी खुली थीं, अब फट गईं, जैसे कह रही हों, 'सब तो सफाचट हो गए थे, अब यह कहाँ से निकल आए?'

एक-दो राहगीर भी चलते-चलते मुड़कर देखने लगे।

शौच जानेवालों की निगाहों के बदले भावों को वे समझ रहे थे। वे अन्दर से विचलित थे, ख़ास कर अपनी गली में घुसते हुए। मोती का तीव्र दिमाग़ इस आशंका से भयभीत था कि कहीं इनको देखकर कोई कुत्ता-गाड़ी को न फ़ोन कर दे या फिर गोली न मार दे। गली के अन्दर दाख़िल होते ही हैरी चीख़ पड़ा, "देख, देख, कौन आया है?"

यह सुनते ही तीनों के पैर उखड़ गए। समझ नहीं पाए, यह स्वागत है या कटाक्ष!

"अरे वाह!" चाट वाले ने ज़ोर से ताली बजा कहकहा लगाया तो वे तीनों भागने की सोचने लगे।

मोती के मन में शंका उभरी, "ये दोपाये अब क्या करनेवाले हैं हमारे साथ?"

"हम लोग बहुत याद कर रहे थे तुम्हें, बाबू!" ढाबे वाला छोकरा आगे बढ़कर उनकी पीठ थपथपाने लगा तो लेंडी व चिरकुट के उठते क़दम थम-से गए।

"तुम काहे चुपचाप अलग खड़े हो?"

सूरज ने मोती को थपकते हुए कहा तो मोती का दिल पिघल उठा, और वह अपनी अकड़ भूल उसके पैर चाटने लगा। चिरक़ुट और लेंडी कभी पैर चाटते तो कभी अपनी दुम हिलाने लगते थे।

"बहारो फूल बरसाओ, मेरा महबूब आया है'—मोमो वाले ने गाना लगा दिया। तभी ढाबे वाले के इशारे पर रात की बची दही में बासी रोटी डाल दोनों छोकरों ने उनकी ओर तसला बढ़ाया। कब से भूखे खाने को तरसते कुत्तों ने सपड़-सपड़ कर तसला चट कर दिया।

घरों की खिड़कियाँ और दरवाज़े खुल गए, जैसे कोई जुलूस निकलने वाला हो! काम पर जाते औरत-मर्द-बच्चे तीनों को घेरकर खड़े हो गए, जैसे उनके भौंकने

का इन्तज़ार हो, जिसे सुनने के लिए उनके कान पिछले छह-सात दिनों से तरस रहे थे। उनमें वे नाली साफ़ करनेवाले भी थे, जिन्होंने नापदानों और गटर से कुत्तों और पिल्लों की सड़ी लाशें निकाली थीं।

मालिन का लड़का गेंदे के फूलों की लड़ियाँ लेकर मन्दिर की ओर जा रहा था, एकाएक ठिठका, फिर आगे बढ़ा और तीनों के गले में एक-एक हार डाल दिया। गले में हार पड़ते ही तीनों भौंके, जैसे 'धन्यवाद' दे रहे हों!

हर चेहरे पर हँसी थी, ख़ुशी के भाव थे, मानो चाँद पर गई पहली कुतिया 'लाइका' आज ज़िन्दा सलामत वापस लौट आई हो!

दोपहर ढल रही थी, मगर इन तीन कुत्तों के अलावा कोई चौथा कुत्ता नज़र नहीं आ रहा था। मोती की सैलानी तबीयत उसे बेचैन किए हुए थी। वह बेचैनी महसूस कर रहा था—इस ख़याल से कि क्या सारे कुत्ते मर गए? एक भी नहीं बचा इस मोहल्ले में? वह सुनगुन लेने के लिए उठा और धीमी चाल से सूँघते-सूँघते आगे बढ़ने लगा। वह थोड़ा-बहुत डरा हुआ ज़रूर था, मगर उससे ज़्यादा आशंकित था कि कहीं कुछ घपला ज़रूर हुआ है वरना कुत्ता क़ौम एक दिन में भून दी जाए और दूसरे मोहल्लों के कुत्ते यूँ ही दम साधे बैठे रहें? चलते-चलते उसमें विश्वास लौट आया और पहले की तरह वह सीना फुला गर्दन ऊँची कर ज़रा तेज़ क़दमों से चलने लगा और बीच-बीच में थोड़ा-बहुत भौंककर पूछता, "कोई है? बाहर निकलो। अब डरने की कोई बात नहीं है।"

शाम घिरने लगी थी, मगर घरों से न कोई जवाब मिला, न कूड़े के ढेर पर कोई दिखा। न ही मोटर मैकेनिक के बड़े-से हाते से और न ही कबाड़ी वाले के कबाड़ के पीछे से कोई निकला। मोती का दिल बैठने लगा। वह लौटना चाह रहा था, मगर कहाँ?

चलते-चलते उसके पैर भैरव मन्दिर की तरफ़ मुड़ गए। वही एक जगह है जो उसे सुकून दे सकती है, जहाँ से उसके सारे रिश्ते और कुनबे वाले अचानक जाने कहाँ चले गए थे! वही उदासी और तन्हाई वह आज फिर से महसूस कर रहा था। उसे काना, लँगड़ा, चितकबरा—वे सभी कुत्ते और गोल-मटोल पिल्ले याद आ रहे

थे, जिनसे वह किसी-न-किसी कारणवश चिढ़ता था, मगर आज उनका न रहना उसे खल रहा था। वह पेड़ के नीचे बेहाल-सा जाकर गिर गया। उसकी आँखें जलने लगीं।

"कल मैंने सब कुछ एक ही झटके में खो दिया था और आज मेरा पूरा समाज साफ़ हो गया?"

झुटपुटे का सुरमई अँधेरा फैल गया था। वह यही सारी बातें सोचते-सोचते ऊँघ गया। सपने में वह अपनी खोई दुनिया को पा गया। उसके ख़र्राटे उस ख़ामोश तन्हा खँडहर में झींगुरों की लय में ताल मिलाने लगे।

हैरी की मित्र-मंडली ने तय कर लिया था कि 'कुत्ता फंड' बनाकर इनको रोज़ दूध और डबलरोटी देंगे। उधर ढाबे वाले ने पुरानी टूटी कड़ाही को एक किनारे रखवाकर उसमें जूठा और बासी खाना डलवाने का मन बना लिया था। दोपहर और रात को तीनों जी भरकर खाते थे। एक-दो दिन यूँ ही गुज़र गए। तीनों सिर जोड़कर दिल ख़ाली करने के लिए पुरानी यादों को दोहराते और इतनी बड़ी तादाद में कुत्तों के ग़ायब हो जाने पर दुःख प्रकट करते थे।

तीसरे दिन छुपे कुत्ते सहमे-सहमे-से अचानक निकलना शुरू हुए, जब उन्हें कुत्तों की पदचाप सुनाई पड़ी। घरों में छुपे कुत्ते, सड़क और गलियों में दौड़ने-टहलने की याद से, मरे-मरे जब बाहर निकले तो उनसे न ठीक से चला जा रहा था, न ही खड़ा हुआ जा रहा था।

उनको इस हालत में देख श्मशान वाले लड़के ने एक अद्धा उठाकर उन्हें खींच मारा, "सालों का सारा दमखम निकल गया। चले थे हमसे टक्कर लेने! अब हरामियों को पता चला जब पुलिस ने छटी का दूध याद दिला दिया।"

बाक़ी मोहल्ले वालों पर भी कोई ख़ास असर नहीं था। कुछ लड़के उनकी इस हालत पर हँसते और धमकाकर क़हक़हा लगाते थे। ये कुत्ते डरे-सहमे-से सिर झुकाए नज़र आते। पास से कोई गुज़र जाता तो वे वहीं दुबककर ठहर जाते थे। उनकी यह दशा देखकर लेंडी की आँखें भर आईं।

"ग़लती किसने की, और सज़ा किसने पाई!" चिरकुट ने ठंडी साँस भरकर कहा।

उन दोनों की बातों में मोती शरीक नहीं हुआ। अपनी जगह से धीरे-धीरे चलता हुआ उन कुत्तों के पास गया। क़रीब से देखा तो पहचान गया। वे चारों चौकीदार कुत्ते थे। उसने एक के कन्धे पर अपने दोनों अगले पैर रखकर पूछा :

"क्यों बे! तू तो बँधी रोटी खाने वाला था, फिर यह हालत क्या बना रखी है तूने?"

"पूछो मत! हम तेलवाले के स्टोर रूम में बन्द हो गए थे। जब भगदड़ मची तो हम जान बचाने उसके स्टोर रूम में घुस गए। उसने ताला बाहर से लगाया और चला गया।"

"ताज्जुब! तुम चारों मरे नहीं?" मोती ने हँसकर कहा।

वे चारों चुप रहे। उनकी आँखें भी धूप की तेज़ी में खुल नहीं पा रही थीं।

"कल ही निकले उसमें से, फिर छुप गए ईंट वाले की तरफ़। जब तुम लोगों को देखा तो भी हिम्मत नहीं पड़ रही थी।" दूसरा चौकीदार कुत्ता काँपती टाँगों के साथ इतना कहता हुआ ज़मीन पर बैठ गया।

"देख भई, घूरे पर जाना है तो फूट ले। अगर हमारे साथ चलना है तो चलकर कुछ खा-पी ले। वहाँ माल बहुत है।" इतना कह मोती आगे बढ़ा तो उन चारों ने दुम हिला दी।

ढाबे वाले ने मोती के साथ चार कुत्तों को और आते देखा तो लड़के से बोला, "कड़ाही में दो रोटी और डाल दे।"

अभी उसके यहाँ दोपहर का खाना शुरू ही हुआ था।

कड़ाही के चारों तरफ़ बैठ उन चारों ने थोड़ा-बहुत खाया फिर अपने पुराने घर की तरफ़ घिसटते हुए चले गए। मोती उन्हें छोड़कर पहले ही टी-पॉइंट की तरफ़ चला गया था।

कुत्तों की संख्या कई कारणों से कम हो गई थी। भगोड़े दल के आधे सदस्य तो नशे की भेंट चढ़ गए थे। उनमें उनका वक्ता भी था, जो इनसानी दुनिया में 'नगाड़ा' या 'डीजे' के नाम से जाना जाता था। बाक़ी उनके साथियों का मन तो पहले ही बदल चुका था। संक्षेप में, 'कुत्ता-आन्दोलन' दम तोड़ चुका था। न शाम को चौपाल लगती, न ही कोई कुत्ता-सभा कहीं बैठी नज़र आती थी।

इस बीच कई जवान कुतियाएँ, जो गर्भवती थीं, उन्होंने ऐसे भयानक समय में बच्चे दिये जो फिर से कोने-कुतरे में लुढ़कने लगे थे। घरों से रोटी उछाली जाने लगी और दो-तीन किशोर होते कुत्ते उन रोटियों को घसीटते गली में पहले की तरह नज़र आने लगे, मगर बहुत कम तादाद में थे। ज़्यादातर गलियाँ सूनी और साफ़ थीं।

तीन माह गुज़र गए।

इस मोहल्ले में बहुत-से परिवर्तन देखने में आए। अधूरे और रुके काम निपटने लगे।

कुछ दो-मंज़िला मकान पाँच-मंज़िला बन गए। उनमें तरह-तरह के किरायेदार आ गए। बहुत-से घरों की धूप जाती रही। चाँद भी इन मकानों के पीछे छुपने लगा। सबने एक-दूसरे की ताज़ा हवा का बहाव कम कर दिया। टाउन प्लानिंग की कोई योजना तो दूर, सौन्दर्य-बोध के साथ 'सिटी लग्स' की भी कोई जगह नहीं बची थी। लोगों की बढ़ती रेल-पेल से कुत्ते परेशान थे। साल गुज़रते-गुज़रते एक बहुत भारी बदलाव आया।

राणा जी की नुकीली पत्थरों की गली ठीक हो समतल हो गई और इस बीच छोटा-सा गेट भी वहाँ लग गया था। उनके अन्दर का हिंसक जानवर अब शान्त था, लेकिन श्मशान घाट वाला लड़का मौक़ा मिलते ही लात घुमाकर कुत्तों को मारता ज़रूर था, मगर तिवारी जी कुत्तों के प्रति किए अपने दुर्व्यवहार के कारण पछताते थे। अब न वह कुत्तों को उकसाते, न ही उनके परिवार के लोगों को वे काटते। कई तरह की प्रतिक्रियाएँ अपने-अपने स्वभाव के अनुसार चल रही थीं। यह अलग बात थी कि सड़क पर सुबह केवल विदेशी कुत्ते हवाख़ोरी के लिए बाहर निकलते नज़र आते थे। उनके टहलने वालों के बीच कभी सलाम-दुआ होती तो कभी बातचीत।

बुलेट ने ब्रिगेडियर लाल के सामने जब दम तोड़ा तो उनके अन्दर के फ़ौजी ने जैसे इस दुःख के आगे समर्पण कर दिया। मुँह पर रूमाल रखकर बुरी तरह रोए। दिल सँभला तो कार्तिक को इत्तला दी। कार्तिक और डॉ. शशिधर फौरन ही उनके पास पहुँचे। उन्हें देख दोनों को झटका लगा। ब्रिगेडियर लाल का अकड़ा बदन ढीला पड़

चुका था और चेहरे की आभा ग़ायब थी। आँखें लाल और चेहरा सूजा हुआ था।

कुछ देर तीनों के बीच ख़ामोशी रही, फिर कार्तिक ने धीरे-से कहा, "मैं इन्तज़ाम करता हूँ।"

सुनकर ब्रिगेडियर ने गर्दन 'न' में हिलाई।

"मैं इसको अपने शहर लेकर जा रहा हूँ। अपने बग़ीचे में दफ़्न करूँगा।"

वह पहले ही सारा इन्तज़ाम कर चुके थे। शव-गाड़ी में बैठ वे बुलेट के साथ आधी रात को उस मोहल्ले से बिदा हो गए, जो उन्हें हर तरह से बुरा लगता था।

सुबह तक ख़बर फैल गई। सभी को अफ़सोस हुआ, ख़ास कर कुत्ते घुमाने वालों को, जो रोज़ उनसे मिलते थे।

हफ़्ते भर बाद उनका फ़ोन कार्तिक के पास आया।

"बुलेट के बहाने वह मोहल्ला और आप सभी मुझे याद आते हैं। बहुत दिनों से एक योजना के बारे में सोच रहा था जो अब जाकर पूरी हुई। मैंने देसी कुत्तों के लिए क्लीनिक व शेल्टर होम खोला है। मेरी ख़्वाहिश है, आप दोनों इनॉग्रेशन फंक्शन में आएँ। बाक़ी लोगों को भी मैं कार्ड भेज रहा हूँ।"

"वंडरफुल, सर, हम ज़रूर पहुँचेंगे।" कार्तिक ने ख़ुश होते हुए कहा।

शाम गहरा गई थी। रोशनी, शोर और अँधेरा एक साथ जादू जगा रहे थे। बड़ी-बड़ी शानदार दुकानों से कुछ दूर पर प्लास्टिक के शेडनुमा एक झोंपड़ी में वह काले रंग का आदमी अलाव लगाए बैठा था। उसको घेरे कुछ कुत्ते भी आग ताप रहे थे। इनसान और जानवर, दोनों की आँखों में आग की लाल-पीली लपटें नाच रही थीं। कभी-कभी ये लपटें नीले रंग में बदल जाती थीं जब जलते कूड़े के इस अलाव में प्लास्टिक के थैले और बिजली के तारों की कतरनें आग पकड़ लेती थीं। इन रंग-बिरंगी धुआँ-भरी लपटों के बीच ये आँखें एक-दूसरे को कभी-कभार गहरी नज़रों से ताकतीं, फिर अलाव पर टिक जातीं। कुछ पल बाद एक उड़ती नज़र धीरे-धीरे ख़ाली होती चौड़ी सड़क पर घूम जाती थीं। एकाएक वह काला आदमी अपनी जगह से उठा और झुग्गी के अँधेरे में ग़ायब हो गया। जब लौटा तो उसके हाथ में ख़ाली बोतलें थीं।

"बहुत दिनों बाद मिली है।" उसकी इस बात को सुनकर कुत्तों ने दुम इस तरह हिलाई, जैसे वे भी इस पार्टी में शरीक होने वाले हैं!

"पहले मैं..." उस उजड़े बालों और चिथड़ा कोट पहने आदमी ने कहा, फिर बोतल मुँह में लगाई और घूँट भर पीकर उसने चटख़ारा-भरी आवाज़ निकाली। जो दो बूँद बोतल में बची, उसने पास बैठे कुत्ते के मुँह में उँडेल दी।

कुत्ते को बूँद का स्वाद ज़बान पर मिला या नहीं, मगर वह लुढ़की बोतल चाटता रहा।

उस आदमी ने दूसरी बोतल मुँह में लगाई और कई घूँट भरे। फिर सीना मलने लगा। शायद इस बोतल में बची शराब थोड़ी ज़्यादा थी। उसने दूसरे कुत्ते के मुँह में बोतल लगाई फिर लुढ़का दी।

कुत्ते बन्दर नहीं थे जो हाथों का इस्तेमाल कर उनकी तरह बोतल पकड़कर क़तरा-क़तरा सटक लेते। बहरहाल, यह पार्टी इसी तरह तीन कुत्तों और एक आदमी के बीच कुछ देर चलती रही—जब तक ख़ाली चूसी बोतलों का ढेर नहीं लग गया और कूड़ा जलते-जलते राख नहीं हो गया।

वह आदमी झुग्गी में जा ज़मीन पर बिछी किसी चीज़ पर लेट गया। यह देख कुत्ते भी गर्म राख के दाएँ-बाएँ गुड़ी मार बैठ गए। ईंटों से दबा झुग्गी का पर्दा बाहर से आती हवा का रोक बन गया था।

पुराने-नये की मिलावट। टाट में मखमल का पैबन्द। अट्टालिकाओं के बीच जुगनू की तरह चमकती छिदरी-छिदरी-सी झोंपड़ियाँ। सूखी रोटी से लेकर करोड़ों की संख्या में स्वादिष्ट व्यंजन। तरह-तरह के रहन-सहन। तरह-तरह के मौसम जीव-जन्तुओं के अन्दर और बाहर। फिर भी, सब एक साथ साँस लेते हुए, सब एक साथ रहते हुए। दिन का उजाला उन्हें क़रीब ले आता है। वे सब देखते और समझते हैं, लेकिन क्या वे एक-दूसरे के अन्दर के अँधेरे को पहचानते हैं? उस धूप-छाँव में यात्रा करते हैं, जो इनसानों के अन्दर निरंतर बनी रहती है। हम बहुत कुछ जानकर भी नहीं जानते हैं। एक-दूसरे को नहीं पहचानते हैं।

रात ढल रही थी।

यह वह अवकाश का समय था, जब यह मोहल्ला बढ़ते अँधेरे के साथ एक नई ज़िन्दगी जीता था, जो दोपहर की गहमागहमी से बिलकुल अलग रूप भरता था।

यह वह समय था, जब दोपहर में छुपे हुए लोग एकाएक जाने कहाँ से निकलकर सड़कों व गलियों में फैल जाते थे। शायद क्या, यक़ीनन इसी तरह के माहौल को देखकर फ़ारसी कवि नीमा योशीज़ ने अपनी कविता 'रात के पदचिन्ह' रची थी। उनकी अनुभूतियाँ अलग से थीं, मगर यह सच था कि सोती रात की भी एक जागती रात होती है जिसमें शबनम गिराती, हड्डियों को चीरती बर्फ़ीली हवा में दो धड़कते दिल बेक़रार छत पर या गली में मिलें या चोर बेख़बर सोए लोगों के घरों में चोरी करने की घात लगाएँ या फिर तस्करी का सामान रात के सन्नाटे में तेज़ वाहन के साथ रास्ते पर दौड़ें। इसी के साथ कुछ नशेड़ी अपने उजले दिन किसी ग़म या सदमे के चलते नशे के अँधेरे में ले जाएँ। उसी को अपना सच मान लें। यह अच्छा ही है आत्महत्या करने से, जो एक झटके में आपको मुर्दा ऐलान कर देता है। तिल-तिल कर मरना, उसका मज़ा लेना—इस कैफ़ियत के सुरूर को कौन समझ सकता है? उँगली उठाने वाले मिल जाएँगे, मगर उस अँधेरे गटर से निकालने वाले कम मिलेंगे। रात के इस अँधेरे की अनुभूतियों को समझना बहुत मुश्किल है या फिर बहुत आसान। जब रात अपने अँधेरे से बात करती है, दिल खोल कुछ कहती है, उसे सुनने वाला कौन है सिवाय उल्लू के?

फुटपाथ पर लेटे, गुदड़ी में लिपटे ये लोग सिर्फ़ नशेड़ी नहीं हैं बल्कि ज़िन्दगी की ठोकर से उनका दिमाग़ी सन्तुलन बिगड़ चुका है। इसमें बहुत-से लोग ऐसे हैं जो पढ़े-लिखे और बड़े ओहदे पर रहे हैं, मगर हालात ने उन्हें यहाँ ला पटका है। हम उनसे आँखें चुराते हैं। यह रात है जो उन्हें थपकती और चुमकारती है और सुबह वे फिर लावारिस हो जाते हैं।

शाम को जब सर्विस गली की ओर सब अपने-अपने कुत्ते लेकर निकले तो कुछ दूसरे ही मूड में थे। न वे महँगाई की बात कर रहे थे और न ही सफ़ाई की। सबके मुँह पर ाई फैलती महामारी के क़िस्से थे।

"आप मानें या न मानें, यह सब अफ़वाह है। कांग्रेस के पास कुछ रह तो गया नहीं है सिवाय ऊटपटाँग बातों के।" मोहन जी कह उठे।

"हर चीज़ का डिके होता है तो कांग्रेस क्यों अछूती रह जाती? मगर यह न भूलिए

कि कांग्रेस पार्टी ही थी, जिसने हमें आज़ादी दिलवाई थी।" तिवारी जी बोल पड़े।

"गुज़री बातें समय के साथ गुज़र जाती हैं, इसीलिए हम बाज़ार वालों ने तय कर लिया था कि किसे प्रधानमंत्री बनाएँगे और किसे मुख्यमंत्री।" मोहन जी कहाँ चुप रहनेवाले थे!

"यह बीमारी सचमुच में अपने डैने फैला रही है, इसको हल्के में मत लें।" एकाएक तिवारी जी चिढ़कर बोल उठे। फिर धीरे से बुदबुदाए, "आज कुछ बाज़ारी अपने फ़ैसले पर पछता भी तो रहे हैं।"

"सच तो यही है।" रिज़वान ने जल्दी से कहा ताकि दोनों में तकरार न हो जाए और बात का रुख़ दूसरी ओर मोड़ने के लिए कह उठा, "खुली बात है। यह काम चाइना का है। अपने सस्ते माल की तरह उसने यह वायरस फैलाया है अपनी जनसंख्या को कम करने के लिए।"

"भारत नहीं आने वाला है इस झाँसे में। हमारे प्रधानमंत्री सक्षम हैं।" मोहन जी बड़े विश्वास से हँसे।

"वह तो है।" अजीब तरह से मुस्कुराते हुए तिवारी जी ने गरदन हिलाई।

"चमगादड़ से फैला है। ये लोग खाते भी बहुत उलटा-सीधा हैं।" रिज़वान कह उठा।

"मांसाहारी होते ही ऐसे हैं।" मोहन जी ने हाथ झटककर कहा।

इस तरह के संवाद कर वे लौट जाते। कुछ पुरानी महामारी का ज़िक्र छेड़ बैठते। उसका उद्गम कोई और देश बताते थे। इस तरह से बातों में चटख़ारेदार मसाले का तड़का लगने लगा था। इंटरनेट पर हर तरह का ज्ञान बघारने नित-नये चेहरे दिखने लगे।

जो इस बीमारी को गम्भीरता से लेने की बात उठाते, उनका मज़ाक़ उड़ जाता। आत्मविश्वास अपने चरम पर था। इस बात पर भी कटाक्ष होते कि विकसित देशों में इस महामारी ने झंडे गाड़ दिये हैं। अब वे भी हाथ जोड़ नमस्ते करने लगे हैं।

इसी बीच अहमदाबाद में राष्ट्रपति ट्रम्प के स्वागत की तैयारी चल रही थी जो टाली नहीं जा सकती थी। कुछ उनके आगमन से गद्‌गद थे, कुछ परेशान। सियासी गर्मी बढ़ रही थी। शाहीन बाग़ आन्दोलन कुछ कोरोना और कुछ फ़साद के कारण हट गया और रुकी सड़क पर ट्रैफ़िक फ़र्राटे भरने लगा। कुछ को फ़साद होने का डर खाए जा रहा था जबकि भारत में फ़साद होना कोई नई घटना नहीं है। स्वतंत्रता-संग्राम

के दिनों से जो दंगे की परम्परा पड़ी थी, उसका सिलसिला आज तक चला आ रहा है। कभी दस्तकारों को कमज़ोर करनेवाले शहर निशाने पर आते, तो कभी झोंपड़पट्टी की ज़मीन किसी बिल्डर को पसन्द आने के कारण वहाँ आग लग जाती, तो कभी किसी विशेष क़ौम की कमर तोड़ने के लिए, तो कभी सामन्ती मूल्यों व जाति-पाँत, धर्म की शत्रुता को बरक़रार रखने के लिए नये से नये कांड होते। कभी-कभी ऐसा महसूस होता है, जैसे अभी भी स्वतंत्रता-संग्राम की जद्दोजहद ख़त्म नहीं हुई। यह अलग बात है कि दुश्मन चला गया, मगर हम उसी मूड में किसी-न-किसी को दुश्मन क़रार देकर युद्धरत रहते हैं और दिल की भड़ास निकालते हैं। भले वह जंग गृहयुद्ध या विशेष समुदाय को ख़याली दुश्मन बना उसे यथार्थ में उतारने की कोशिश हो या फिर प्राकृतिक विपदा, नहीं तो इनसान द्वारा पैदा की गई आपदा। तबाही के प्रति संवेदनशील हमारा वैश्विक समाज हमेशा तैयार रहता है। ग़रीबी व ग़रीब वर्गों के उत्थान के लिए जो धन सहेजकर रखा जाता है, उसका ताला बिना खोले लाखों की तादाद में मरने वालों के परिवार को सहायता देने का ऐलान किया जाता है। दुखी परिवारों को धन मिला या नहीं, वह किसे याद रहता है? और दूसरे स्तर पर फंड रेज़ किया जाता है ताकि दुखियारों की मदद की जाए, लेकिन उसमें भी कितने ईमानदार हैं? उनके बीच दूसरी भी कई सरगर्मी बनी रहती है। मिसाल के तौर पर, हथियारों की ख़रीदारी व ख़पत बढ़े क्योंकि इन मामलों में एक गहरा विश्वास भी है कि इस धरती पर कुछ शक्तियाँ इनसानों के रूप में हैं जो हर आपदाओं से जूझने व निबटने की अद्‌भुत व विचित्र क्षमता अपने में छुपाए हुए हैं।

इतिहास साक्षी है।

एक बनाता है, दूसरा उसे बिसमार करता है।

एक जोड़ता है, दूसरा उसे तोड़ता है।

अनुभव से सिर्फ़ इतना सीखता है कि पहले से अधिक क्रूर और विध्वंसकारी बनो।

अपने ही इतिहास को अपनी इच्छा से बदल डालो और पीढ़ियों को गुमराह करो। जिन्हें इस ख़ूबसूरत दुनिया को सँभालना है, वे पहले से अधिक रचनात्मक व सहिष्णु बन जाते हैं। इस पुराने मंत्र के चलते अफ़वाहों, बकवासों और शरारतों की शुरुआत हो गई।

कोरोना भी पहुँच गया दबे पाँव। बस, इसमें एक ही बात कुत्तों के हक़ में गई

कि यह कुत्तों से नहीं फैलता बल्कि इसका वाहक स्वयं इनसान है। आख़िर चोर पकड़ा गया—हाथ से हाथ न मिले, बदन से बदन न छुए, होंठ गाल पर न लगे।

संक्षेप में, दुश्मनी को प्यार करने वालों व पालने-पोसने वालों पर भी पाबन्दी लग गई। लेडी मैकबेथ की तरह दिन-रात हाथ धोकर बार-बार अपने गुनाहों के सुर्ख निशानों को छुड़ाते रहो। अब प्रकृति के धैर्य का बाँध टूट चुका है। आख़िर आदम व हव्वा ने वीराने को आबाद किया था। ख़ुदा का तेवर उसकी औलादों पर क़हर बनकर टूट रहा है। सुधरोगे तो सुधरो वरना भुगतो।

कुत्तों को कुछ पता नहीं चल पा रहा था, तो भी वे अपने पुराने अनुभव के चलते नई लगी पाबन्दियों को देख सोच रहे थे कि गर्मी की छुट्टियाँ हो गई हैं, तभी बच्चों की स्कूल-बसें नज़र नहीं आ रही हैं। फिर जब एक दिन का कर्फ़्यू घोषित हुआ तो सन्नाटा देख वे सोच में डूब गए कि होली इस बार कैसे खेली जा रही है जो इतनी ख़ाली हैं सड़कें? ऐसी ख़ामोशी तो सुबह रंगों की हुड़दंग के बाद दोपहर में होती थी। यह क्या हुआ जो सारे दरवाज़े घरों व दुकानों के बन्द हैं? वाहन दौड़ नहीं रहे हैं? यह गड़बड़ घोटाला है क्या? घबराए, परेशान कुत्ते इधर से उधर भागते हर मिलने वाले कुत्ते से पूछताछ कर रहे थे।

"तुम्हें कुछ पता है?"

"आज पालतू कुत्ते भी घरों से टहलने नहीं निकले?"

बँधी रोटी खाने वाले कुत्ते अपने घरों के बन्द दरवाज़े पर जा बैठे। लेंडी व चिरकुट तन्दूर को ठंडा पड़ा देख वहीं बैठ गए। मोती भूख से पगलाया टी-पॉइंट की तरफ़ गया और निराश लौट आया। घूरे पर भी रात का खाना किसी ने नहीं फेंका था। होटल, रेस्त्राँ, मन्दिर—सबके कपाट बन्द थे।

"यह सारा तामझाम हमारे हवाले करके कहाँ चले गए दोपाये?"

किसी के पास न कोई जवाब था, न सूचना। शाम ढलने के लगभग उदास कुत्ते एक नतीजे पर पहुँच गए कि वे मानवीय समाज के चौखट से अचानक बाहर खदेड़ दिये गए हैं। क्यों? किसलिए? इन सवालों को सोचते-सोचते वे झुटपुटे के समय सहमे-सहमे-से झुंड बना एक-दूसरे से सटकर ऊँघ गए। तभी ताली व थाली पीटने के शोर से सब हड़बड़ाकर उठ बैठे और घबराकर ज़ोर-ज़ोर से भौंकने लगे। पाँच मिनट का यह शोर उनके लिए उतना ही जानलेवा था जितना उड़ती

चिड़ियों के लिए था। बिल्लियाँ, सूअर, गाय—सब अपनी जगहों पर थम-से गए। ध्वनि-प्रदूषण ने आसमान सिर पर उठा लिया। कुछ उन्माद में आकर डीजे की तेज़ आवाज़ पर बाहर निकल नाचने लगे। किस बात का उत्सव था? इस उत्साह से भयभीत कुत्ते कुछ समझ न सके। जब ख़ुशियाँ मनाकर लोग घरों में चले गए तो कुत्ते-बिल्ली बाहर निकले और घरों में जलती बिजली को देखकर समझ नहीं पाए कि यह कौन-सी दीवाली है, जिसमें आतिशबाज़ी की जगह ख़ुद इनसान अनार और पटाख़े बन गए हैं?

फिर वही सन्नाटा और अचम्भा।

देर शाम दुकानें खुलीं। पुरानी चहल-पहल सड़कों पर लौट आई। कुत्ते भी इस आशा में दुकानों के सामने चक्कर लगाने लगे कि ढाबे का तन्दूर लगता है। कड़ाही हलवाई की चढ़ती है। रेस्त्राँ व छोटे होटलों से खाने की बौरा देने वाली गन्ध फैलेगी, मगर ऐसा कुछ नहीं हुआ। सुगन्ध ने भी उनकी भूख शान्त नहीं की। उन कुत्तों को रोटी और पानी मिला, जो गली में घरों के आस-पास रोज़ डोलते थे। कुछ ने सामान ख़रीदते हुए बिस्कुट ख़रीद उनके आगे फेंके। फिर वही सन्नाटा, वही रहस्यमय ख़ामोशी। लगभग सभी कुत्ते उपवास से थे?

भूखे पेट मोती बैठा-बैठा सोच रहा था कि यह दोपायों का क्या भरोसा, कल भी घर से न निकले तो?

मोती ने अपना ध्यान बँटाने के लिए उस पुरानी कहानी को दोहराने में डूब गया जो उसने अधूरी सुनी थी। उसके कानों में शब्द क़िस्सागो कुत्ते के गूँजने लगे :

"कुत्ता था, कुत्ता नहीं भी था, मगर वह जो हमारा बनाने वाला था, वह मौजूद था। कहते हैं कि एक पाकदिल इनसान था। नाम था उसका मूसा। वह जादूगर था। वह अपनी छड़ी फेंकता तो वह साँप बन जाता।"

पता नहीं, कैसे मोती की नींद टूट गई। फिर वह उलझी गुत्थी को सुलझाने में लग गया। उसे क्या पता था कि उलझी गुत्थी का सिरा इनसान की अपनी पेचीदगियों से जुड़ा था, जिसे वे ख़ुद उलझा रहे थे?

दरअसल कुत्ते नहीं जानते, कुत्ते बहुत मासूम हैं।

सब-के-सब दोपाये मौत से भयभीत हैं, जैसे पहले कभी मौत देखी नहीं! शायद इतने क़रीब से न देखी हो या फिर सामूहिक रूप से वह पूरी दुनिया का दरवाज़ा एक साथ खटखटाए?

ये सारी बातें कुत्तों के लिए सोचने की नहीं हैं तो भी वे बेचैन हैं। जानना चाहते हैं, समझना चाहते हैं कि इतनी बड़ी क़ैद किस तानाशाह ने बना डाली? एक मामूली-से कीटाणु ने। यह उन्हें कैसे बताया और समझाया जाए? वे न साइंस के स्टूडेंट रहे हैं और न वे कभी किसी देश के हाकिम रहे हैं। वे तो सिर्फ़ कुत्ते हैं।

दोपहर होते-होते कुत्ते आस-पास की गलियों में घूम ख़ैर-ख़बर ले आए थे। कूड़ेदान जो हमेशा उबले रहते थे, वे रातोंरात साफ़ हो चुके थे। उनकी भूख-प्यास इस डर से मर गई थी कि आगे क्या होने वाला है। शाम का उन्हें इन्तज़ार था कि शायद ये बन्द दरवाज़े खुल जाएँ और चहल-पहल शुरू हो जाए! इस इन्तज़ार में सभी कुत्ते थोड़ी-थोड़ी देर बाद गर्दन उठाकर देखते कि कोई बाहर निकला या नहीं?

कई दिन इसी तरह गुज़र गए। कुछ दुकानें ज़रूरी सामान की खुलती थीं। भीड़ छिटकी-सी बाहर निकलती, फिर घरों में क़ैद हो जाती। सड़क पर खड़ी पुलिस बाहर घूमते लोगों को पीट भी रही थी। भूख, अवसाद और संवाद का न होना कुत्तों को बेहाल बनाए हुए था। दूर-दूर तक पानी नहीं था, जिसको वे पी सकते। सभी लोगों ने मुश्किलों के लिए ख़रीदारी कर रखी थी, मगर किसी को कुत्ते, बिल्ली और छोड़ी गई गायों का ख़याल नहीं आया।

असल में यह अचानक किए गए लॉकडाउन के चलते सभी सटपटा और सहम गए थे। ख़ुद सरकार भी बौखला उठी थी। अहमदाबाद-मुम्बई से अब तेलंगाना इत्यादि शहर अधिक प्रभावित थे। कुछ लोगों को अमेरिका के राष्ट्रपति के ऐसे समय पर आने से ज़्यादा जमातियों पर ग़ुस्सा था कि इनके कारण कीटाणु फैले हैं।

कुत्तों की इसकी ख़बर न थी। उनको तो यह भी नहीं पता था कि लॉकडाउन की आड़ में कौन-सी शतरंज खेली जा रही है। उन बेचारों को तो यह भी पता न था कि ऐसी त्रासदी के समय ख़ून सफ़ेद लोग ज़्यादा से ज़्यादा कमाने के लिए जुगाड़ लगाए हुए हैं क्योंकि उन्हें पता है, मौत हिन्दुस्तान में सबसे ज़्यादा सस्ती चीज़ है, मगर जीना यहाँ सबसे महँगा पड़ता है। यह बात पैदल जाते मज़दूरों ने साबित कर दी। 'सब घर में रहें'—इस आग्रह के चलते सबको घर जाना था।

इन्हीं सारी परेशानियों में दूसरा सप्ताह गुज़र गया, जिसमें इनसानों और जानवरों की मौतें एक ही तरह से हो रही थीं, मगर इतनी नहीं, जितनी इटली, ईरान और अमेरिका में हो रही थीं। टोटके अपना असर दिखा रहे थे, जिसकी तारीफ़ संसार भर में हो रही थी।

चूँकि कुत्ते अख़बार नहीं पढ़ते, इसलिए उन्हें यह भी नहीं पता था कि अस्पताल में हर तरह की कमियों और परेशानियों के बावजूद समय से लॉकडाउन की घोषणा करने से भारत के प्रधानमंत्री कुछ अर्थों में अमेरिका के राष्ट्रपति से कहीं अधिक सचेत और होशियार साबित हुए हैं, जो बीमारी जनसंख्या को देखते कम फैली है।

पत्रकारों की ऐसी रिपोर्ट वायरल होती या की जाती, इससे ख़ुश होकर मुख्यमंत्रियों ने अपनी सीमाएँ बन्द कर दीं—उसी तरह, जैसे चूहे के बिल बन्द किए जाते हैं कि निकल न पाएँ। कुछ ने सीमा खुदवा दी, ताकि जो जहाँ है, वहीं टिका रहे और वायरस का आदान-प्रदान न हो सके। यह नई तरह की रोकथाम थी। जो जहाँ गया, वह वहीं रह गया—इंडिया में बाहरी जगत् की तरह। चीन ने दस दिनों में नया अस्पताल खोल बीमारी पर क़ाबू पा लिया, यह ख़याल किसी को न आया।

ऐसे संवेदनशील अवसर पर मकान मालिकों ने भी तत्परता दिखाई और अपने परिवार को सुरक्षित रखने के लिए वर्षों से रहनेवाले किरायेदारों को निकाल बाहर किया। काम बन्द हो चुके थे। हर तरफ़ अजीब बेबसी का आलम था। बाहर दिखे पुलिस का डंडा, पैदल चलो तो भूख का फंडा—न बस, न रेल। मज़दूरों की भीड़ डेल्टा बन सड़कों पर बिखर गई। कुछ भी सँभाले नहीं सँभल रहा था।

चौड़ी सड़क का रास्ता दूर तक सुनसान ख़ाली पड़ा था। सड़क के किनारे थोड़ी-थोड़ी दूर पर पुलिस वाले खड़े पहरा दे रहे थे और रास्तों में जगह-जगह रोक लगा रखी थी। कुत्तों का एक टोला फुटपाथ पर चल रहा था। सचेत होकर दाएँ-बाएँ भी देख रहा था। मेट्रो स्टेशन सायँ-सायँ कर रहा था। उसके गेट पर दो कुत्ते खड़े बौखलाए-से दिखे। वे भी परेशानी से इधर-उधर देख रहे थे। अचानक आधे दर्जन कुत्ते दूसरे फुटपाथ पर मार्च करते उन्हें दिखे तो उनसे रहा नहीं गया और भौंक पड़े :

"अरे कहाँ जा रहे हो, भाई?" एक ने पूछा।

"कहीं खाना बँट रहा है क्या?" इधर से दूसरा बोल उठा।

"क्या पता, हमें वहाँ पत्तल-कटोरी चाटने को मिलेगी भी या नहीं!" जाते कुत्तों में से कोई कह उठा।

"चलना है तो चलो, घूमकर आते हैं।" उधर से दूसरे किसी कुत्ते ने कहा।

यह सुनते ही दोनों कुत्ते दौड़ पड़े।

कुत्तों का यह क़ाफ़िला आगे जाकर एक शानदार बस्ती में दाख़िल हो गया। वहाँ बड़े-बड़े रेस्त्राँ और सुन्दर कोठियाँ थीं। मोहल्ला सायँ-सायँ कर रहा था। सुनसान सड़क पर एक सब्ज़ी और दो फलों की रेहड़ियाँ खड़ी थीं और तीनों रेहड़ी वाले ज़मीन पर चादर बिछाए लेटे मोबाइल देख रहे थे। मोहल्ले के कुत्ते बन्द रेस्त्राँ की सीढ़ियों पर कुछ ऊँघे, कुछ सुस्त-से बैठे थे। अजनबी कुत्तों को झुंड की शक्ल में आते देखकर वे चौकन्ने होकर उठ बैठे। उनके मन में कई तरह के शक भरे विचार आए। उनमें से एक बोला, "हो सकता है, ये हमला करने आए हों?"

"क्यों?" छोटा कुत्ता पूछ बैठा।

"खाने के लिए भटकते हुए आए हैं। यहाँ तो कुछ मिलेगा नहीं इन्हें, फिर हमसे मारपीट करेंगे।" अधेड़ कुत्ते ने धीमे से कहा।

"फिर 'गैंगवार' के लिए तैयार हो जाओ।" जवान उम्र के कुत्ते ने सीना फुलाकर कहा। कुछ कुत्तों ने दाँत निकाल गुर्राना शुरू कर दिया।

उनके तेवर देख मोती के साथ बाक़ी कुत्तों को भी ताड़ते देर नहीं लगी कि इस बिपदा के समय ये अपने इलाक़े में दाखिले को लेकर टकराने का मन बना चुके हैं। कुत्तों का झुंड वहीं खुदे हुए सीवर के पास रुक गया। आपस में सलाह-मशविरा किया और लौट जाने में ही अपनी भलाई समझी। यह देखकर मोती ऊँची आवाज़ में भौंकने लगा।

"हम परेशान हैं। ऐसे समय में तुम्हारी ख़ैर-ख़बर लेने आए थे कि यहाँ सब ठीक है?"

लेंडी के हमदर्दी-भरे स्वर को सुन दूसरी तरफ़ वाले कुत्ते नर्म पड़ गए और उनमें से कुछ आगे बढ़े। कुत्तों का झुंड भी दुम हिलाता आगे बढ़ा। कुछ ने भावुक होकर एक-दूसरे को गले लगाया, चाटा, फिर सब चलते हुए उसी रेस्त्राँ की चिकनी सीढ़ियों व चौड़े फुटपाथ पर बिखरकर बैठ गए।

"कुछ अन्दाज़ा है, क्या होने वाला है?"

"कुछ पता नहीं चल पा रहा है।"

"खाने को कुछ मिला?"

"नहीं। कुछ के बँधे घर थे, मगर वे भी बन्द हैं। घूरे का सहारा भी नहीं है। अब हमको जल्द ही कुछ सोचना पड़ेगा।"

"आस-पास कहीं..."

"इधर-उधर गए थे, मगर हर जगह हमारी वाली भुखमरी है। पता नहीं, आगे क्या होगा?"

"जल्दबाज़ी से काम नहीं चलेगा। हमें धैर्य रखना पड़ेगा।"

"धैर्य आख़िर कब तक रख सकते हैं?"

"हम यहाँ भूख के शिकार हो चुके हैं। आज कई दिन बिना खाए गुज़र गए हैं।"

उसके इस तरह कहने से कुत्तों के मुँह लटक गए।

"मौत नहीं, हमें भुखमरी की बेचारगी डरा रही है।"

मोती ने जब यह कहा तो कुत्ते इसके बाद कुछ बोल नहीं पाए। उन्हें अपनी बेबसी का अहसास हुआ। कुछ के चेहरे पर भय उभरा।

"अच्छा मित्रो! अब हम चलते हैं। तुम सब अपना ख़याल रखना।" मोती ने पास खड़े कुत्ते से भौंकते हुए कहा।

सारे कुत्ते पिछले पैरों पर खड़े होकर एक-दूसरे से गले मिले। स्पर्श की भूमिका ने अपना काम किया। बदन की गर्मी ने एक-दूसरे में रक्त संचार कर उन्हें रूहानी शान्ति व शक्ति दी। फिर वे एक-दूसरे से जुदा हुए।

आश्चर्य की बात थी कि मोहल्ले और गलियों से कूड़ा ग़ायब था। घूरे की ऐसी सफ़ाई हो गई थी, जैसे कभी यहाँ कूड़ा फेंका ही न गया हो! बीमारी के चलते शायद सफ़ाई पर विशेष ध्यान दिया जा रहा था। गाय, सूअर और कुत्ते अब वहाँ नज़र नहीं आ रहे थे। आज तीसरा दिन था। भूख कुत्तों के साथ उन दिहाड़ी मज़दूरों को भी परेशान करने लगी थी जो लॉकडाउन के कारण घर जाते-जाते बीच में अटक गए थे।

न रहने का ठिकाना था, न जेब में इतने पैसे थे। वे भी कुत्तों की तरह परेशान

थे। उन पैदल चलने वालों में बहुत-से मज़दूर भूखे थे, मगर चल रहे थे। पिट रहे थे, मगर चल रहे थे। ऐसे समय में प्रधानमंत्री जी ने घर में रहने को कहा है, जिनको उन्होंने वोट दिया था। उनके विश्वास के चलते वे घर पर रहने जा रहे हैं। इन्हीं में एक कुत्ता भी शामिल है, जो अपने मज़दूर मालिक की तरह आधा पेट खा रहा है। कभी नहीं भी खाता है, मगर चल रहा है। दोनों में प्यार है।

ये सारी ख़बरें घर बैठे लोग देख रहे थे मगर कुत्ते नहीं देख पा रहे थे। वे टीवी के समाचार नहीं सुनते थे, न ही मोबाइल देखते थे, लेकिन तिवारी जी देख पा रहे थे। वह रोज़ सुबह अपनी खिड़की से अपनी गली के कुत्तों के लिए थोड़ा-बहुत रात का बचा खाना बाहर ज़रूर फेंक देते थे, जिससे उनके जीने का सहारा हो जाता था।

पालतू कुत्ते जो घरों में रह रहे थे, उन्हें भरपेट खाना मिल रहा था। जब कभी वे बाहर भूखे कुत्तों का रुदन सुनते तो बेचैन हो उठते थे। अपनी भाषा में भौंक-भौंक कर उन्हें तसल्ली देते। अपनी मजबूरी बताते और बेचैन हो ख़ुद का खाना नहीं खा पाते थे।

मोमो और चाट वाला यहाँ रहते तो वे इन कुत्तों का थोड़ा-बहुत ध्यान रखते मगर वे बड़े मौक़े से अपने-अपने घरों की तरफ़ निकल पड़े थे। कुत्तों को यह भी नहीं पता था कि कुछ सप्ताह पहले कुछ मीलों की दूरी पर फ़साद हुआ था। वहाँ से कुत्ते इधर-उधर भागे फिर रहे थे। कुछ मरे भी होंगे। आज अचानक चारों तरफ़ अँधेरा छा गया। फिर दीपों व बिजली की लड़ियों से सब कुछ जगमगा उठा। इस तरह के झिलमिलाते दृश्यों को देखकर एकाएक कुत्तों ने सोचा, यह कोई नया त्योहार है जो सब घर में बन्द होकर मना रहे हैं। इसके बावजूद पटाख़े कहीं फूटे, कहीं आग लगी। यह टोटका कोरोना को डराकर भगाने का था। यह अन्धविश्वास नहीं, हमारी पुरानी आस्था है एकता दर्शाने की या इस कठिनाई के समय यह बताने के लिए कि हम सब एक साथ हैं। यह अलग बात है कि बहुतों को यह बात समझ में नहीं आई कि यह एकता प्रकृति को दिखाने के लिए थी या फिर किसी अदृश्य शत्रु को जलाने की थी? मगर कुत्तों के दिल से जाकर कोई पूछे, जो यह सोच रहे हैं कि उनके साथ कोई नहीं है। वे इस तरह का कोई टोटका भी नहीं जानते थे।

लौटते हुए पेट में कोई चीज़ उनकी आँतों को तेज़ी से खरोंच रही थी। कुछ दूर चलकर वे बेहाल-से बैठ गए। चिरकुट शायद मूर्च्छित हो गया था। लेंडी उसे चाट

रहा था। मोती का दिल फिर बैठने लगा, किसी अनहोनी घटना की आशंका से। चिरकुट का बदन सहलाने लगा। चिरकुट ने धीरे से आँखें खोलीं, फिर बड़ी मुश्किल से उठकर बैठा। फिर घबराकर इधर-उधर देखने लगा।

"क्या हुआ?" लेंडी ने प्यार से उसके कन्धे पर अपने अगले पैर रखे।

"वह...वह...जलेबी की पन्नी...?" इतना कहकर चिरकुट उदास-सा लेट गया।

मोती ने हँसते हुए कहा, "जैसे ही दुकान खुलेगी, वैसे ही तेरे लिए ढेर सारी जलेबी लेकर आऊँगा।"

लेंडी ने सिर हिलाया और उसे याद आया, जब ढाबा खुला था तो ख़ुशी में ढाबे वाले ने जलेबी और समोसा आस-पास बाँटा था। तब उन दोनों को भी एक-एक पन्नी थमाई गई थी। यह पहला अवसर था जब किसी ने बड़े आदर-सत्कार के साथ उनके आगे खाने के लिए कुछ रखा था। वही दिन था, जब वे ढाबे के वफ़ादार हो गए और उसकी चौकसी में लग गए थे। कभी-कभी ढाबे वाला ख़ुद उनकी तरफ़ ताज़ा रोटी उछालकर फेंक देता था, "चल उठ, खा ले।"

तीनों जब अपने मोहल्ले की गली में दाख़िल हुए तो सुनाई पड़ा कि भगोड़े कुत्तों ने दूसरे भूखे कुत्तों के साथ मिलकर फलों व सब्ज़ी के बोरे से ढके सामान वाली रेहड़ी पर हमला बोल दिया था। कुछ खाया, कुछ बिखेरा। आलू-प्याज़ को पास के घरों में रहनेवाले बटोर ले गए थे। उनकी देखा-देखी कुछ अन्य कुत्तों ने रस की दुकान पर प्लास्टिक से ढके गन्नों को किसी तरह खींचकर सब गन्ने चूस डाले। इसी तरह फल खाए। उनकी इस लूट में बन्दर भी शामिल हो गए और कौवे और चिड़ियाएँ भी। गन्ने वाला दूसरे मोहल्ले का था। उस तक ख़बर कौन पहुँचाता, लेकिन सब्ज़ी-फल वाले यहीं के थे। इस महँगाई और मुश्किल समय में अपने सामान की बर्बादी देख छाती पीटने लगे थे। यह सब हुड़दंग देखकर पुलिस कुछ नहीं कर पाई।

भुखमरी के इस दौर में कुछ लोग यही सोच रहे थे कि लॉकडाउन करना था तो अचानक न करके हमको तैयारी कर लेने देते, मगर कुत्तों के पास तर्क नहीं थे। वे आलोचक ज़रूर थे। उनके बस में इतना भर था कि सारे कुत्ते इधर-उधर पड़े केवल सपने देखते थे—वे सपने, जिसमें उन्हें कोई न कोई दुत्कार रहा है, खाने को कुछ दे रहा है, वे किसी को छका रहे हैं। वे सारे चेहरे अचानक उनसे दूर चले गए थे। जब वे चौंककर उठते तो उन्हें सड़क व गलियाँ सूनी दिखतीं। उनके भौंकने,

उनके पुकारने पर भी कोई खिड़की खोल उन्हें घुड़की नहीं देता था। ऐसे ही मायूस दिनों में मोती ने गीत गाया :

हमें हमारे पुरखों ने छला या फिर समय ने
जब हम भेड़िया थे और जंगल हमारा वास था
तब हमारी शक्ति से इनसान डरता था
मगर अब,
हम भेड़िया से कुत्ते बने और इनसान हमें धमकाते हैं
बताते हैं बारहा
यह इनका ठिकाना है और वह
हमारा या जिसे हम छोड़ आए पीछे
ठीक अपने पूर्वजों के इतिहास की तरह
वे बन बैठे हैं जंगल के मालिक भी अब
और बना दिया हमें अजनबी हर दो जगह।

भूखे कुत्तों की परेशान हाल-सी एक टोली सड़क किनारे बैठी थी। कुछ कुत्ते उनमें से प्यासे थे, कुछ उल्टी करके बैठे थे। उन सबके चेहरे उतरे और आँखें अधमुंदी-सी हो रही थीं। मोहल्ले की तंग गलियाँ गैस चैम्बर बनी हुई थीं। वहाँ की घुटन से भागकर वे सब यहाँ जमा हुए थे, जहाँ कभी-कभार गर्म हवा का झोंका उन्हें राहत दे जाता था वरना तो ए.सी. के कंप्रेशरों ने उनके ठिकानों से उन सबको उजाड़ दिया था। सामने के सारे पेड़ पानी की कमी और लू-धूप की तपिश से अपनी पत्तियाँ गिराकर कंकाल की तरह नज़र आ रहे थे जो न कुत्तों को छाया दे पा रहे थे, न ही टहनियों से पंखा झल पा रहे थे। ऐसी तकलीफ़देह रात के अँधेरे में अचानक एक दर्द-भरी आवाज़ उभरी तो वे सब चौंककर एक-दूसरे को देखने लगे कि यह कौन गा रहा है?

हमें हमारे पुरखों ने छला या फिर समय ने
जब हम भेड़िया थे और जंगल हमारा वास था।

हवा ने रुख़ बदला तो आवाज़ ग़ायब हो गई और कुत्ते भौचक-से बैठे रह गए।

हवा गाने के बाक़ी बोलों को दूसरी तरफ़ ले गई जहाँ गन्दे नाले से निकल पानी मिट्टी को भिगो चुका था, जिसकी नमी पर कुछ अन्य कुत्ते बैठे हाँफ रहे थे। नींद से बोझिल आँखें गीत सुन खुल गईं और कान खड़े हो गए :

तब हमारी शक्ति से आदमी डरता था
मगर अब,
हम भेड़िया से कुत्ते बने और इनसान हमें धमकाते हैं
बताते हैं बारहा
यह उनका ठिकाना है और वह हमारा था।

हवा के बहाव ने फिर अपना रुख़ बदल लिया मगर कुछ दूसरी जगह बैठे कुत्तों को आवाज़ बेचैन कर गई। उन्होंने एकाएक सूखी मिट्टी को पंजों से खोद डाला और उस पर अपनी पीठ रगड़ने लगे। गाने वाला तो अपनी धुन में गा रहा था। एक-एक कर चलने वाली हवा चारों तरफ़ घूमकर हर एक को बेचैन कर रही थी।

जिसे हम छोड़ आए पीछे
ठीक अपने पूर्वजों के इतिहास की तरह
अब यह बन बैठे हैं जंगल के स्वामी भी
और हमें बना दिया अजनबी हर दो जगह।

यह बोल हवा अपने साथ उधर उड़ा ले गई जहाँ पानी से भरा गड्ढा था, जिसके चारों तरफ़ अधसूखी झाड़ियाँ फैली हुई थीं, जिसके पास चन्द कुत्ते मरण अवस्था में बेसुध पड़े हुए थे। गाने के बोल जिसमें दर्द व मिठास थी, बेबसी और छटपटाहट थी, जिसे सुनकर वे अजीब बेक़रारी से उठे और चारों तरफ़ अपनी फटी आँखों से देखने लगे।

गर्म हवा, धूल और सूखी पत्तियों से भरी हवा, जहाँ प्लास्टिक के ख़ाली रंग-बिरंगी पन्नियों को उड़ाकर एक जगह से दूसरी जगह ले जा रही थी, ठीक उसी तरह मोती के गाये गमग़ीन गीत के बोलों को भी बिखेर रही थी, जिसे टुकड़ों में सुनकर भी कुत्ते बहुत कुछ महसूस कर गए और अपने विलाप को रोक नहीं पाए।

कार्तिक और डॉ. शशिधर गए तो थे ब्रिगेडियर लाल के पास दो दिन के लिए, मगर लॉकडाउन की वजह से उन्हें रुकना पड़ा, जिसके कारण कुछ तो वहाँ के आराम से उनकी थकन उतरी, कुछ कुत्तों के लिए बड़ी बेसिक व बुनियादी बातें हुईं। जैसे ब्रिगेडियर लाल ने 'पालनहार' नाम से एक स्कीम शुरू करने की योजना बनाई थी, जिसमें उनके वॉलेंटियर शहर के हर मोहल्ले को गोद लेंगे। फिर वहाँ के देसी कुत्तों और वहाँ के रहनेवालों के बीच एक रिश्ता क़ायम करने की कोशिश करेंगे ताकि प्रत्येक घर एक कुत्ते की देखभाल की ज़िम्मेदारी ले। मानवीय स्तर पर उसको दो या एक रोटी सुबह-शाम दें। जाड़े में गर्म कपड़े और खाने की कोई गर्म चीज़ दें ताकि वे जाड़ा झेल सकें—जैसे अंडा या मीट और गर्म पुराना या नया स्वेटर। यह उनकी हैसियत व मर्ज़ी पर है। बीमार पड़ने पर उसकी ख़बर 'बुलेट हॉस्पिटल' की 'हॉट लाइन' पर दें या वॉलेंटियर को सूचित करें ताकि उनका उचित इलाज हो सके। अब जो प्रॉब्लम है इन कुत्तों की, वह हर दीवार, हर वाहन, हर लैम्प पोस्ट के पिलर पर पेशाब करने की है, जिसको छुड़ाना मुश्किल है क्योंकि वह इनका कम्यूनिकेशन सिस्टम है।

"मगर हम पॉटी ट्रेनिंग इनको दे सकते हैं। इधर मैंने देसी कुत्तों पर गहरी स्टडी की है जबकि मैटर बहुत कम मिला, मगर कुछ लोगों से बातचीत कर ढेरों बातें पता चलीं। हर मोहल्ले के कूड़ेदान के पास इनका ओपन एयर टॉयलेट होगा जहाँ ये जाकर ज़रूरत से निबटें और इनाम में कुछ दिनों तक कोई मज़ेदार बिस्कुट वग़ैरह दिया जाए, जिसके लालच में ये वहाँ पहुँचेंगे, फिर इनकी आदत पड़ जाएगी।"

ऐसी दिलचस्प और परोपकारी बातें सुनकर कौन सहयोग करने से इनकार करेगा?

उस शाम पुरानी बातों को याद करते हुए ब्रिगेडियर लाल ने कहा, "सुनो कार्तिक, उस दोपहर तुमने एक बात कही थी कि हम भारतीय स्वतंत्रता-प्रिय या कहो, आज़ाद तबीयत लोग हैं। हमारे लिए बन्दिश को सहन करना मुश्किल है। जो भी क़ानून या तब्दीली लानी है, वह उस आजादी को कम करके नहीं बल्कि उसको सँजोकर लानी है। तुम्हारी इस बात पर मैंने काफ़ी ग़ौर किया कि अगर हम इनसान की आज़ादी छीन उसे सहूलियतें देंगे तो वह ख़ुश कैसे रह सकता है? फिर जानवर तो शायद बिलकुल नहीं। इसलिए मैंने कुछ और भी कुत्तों की ख़सलत,

उनकी प्रवृत्तियों, आदतों को लेकर योजना बनाई है, मगर अभी कच्ची है।" और फिर ब्रिगेडियर लाल ने उनकी प्लेट में खाना निकाला।

"अरे सर, हम लोग ले लेंगे। आप वह, कच्ची ही सही, स्कीम तो बताएँ?" डॉ. शशिधर बोले।

"उस दिन पुलिस अफ़सर के सामने कई बातें मज़ाक़ के तौर पर हुई थीं। उनको मैंने हल्के में नहीं लिया था। आख़िर यही कुत्ते हमारे कामों में हाथ बँटाते रहे हैं तो फिर इन देसी कुत्तों को क्यों नहीं हम साध सकते हैं? बचपन में हमने भालू को सिगरेट पीते, बन्दर को कपड़े पहनकर नाचते देखा है। सरकस में हाथी, घोड़े, यहाँ तक कि शेर तक को करतब दिखाते देखा है। तो फिर इनको हमने हुनर न सिखाकर सिर्फ़ लात मारना, भूखा रखना, कूड़ा खाने तक क्यों इनकी भूमिका को सीमित कर रखा है?"

उनकी बातें सुनकर कार्तिक की आँखें छलछला उठीं और डॉ. शशिधर ने मुँह चलाना रोक दिया और सोचने लगे, 'मैं तो जिस्म का डॉक्टर हूँ मगर कुछ लोग तो समाज के डॉक्टर हैं। कैसी दुखती नब्ज़ पर हाथ रखा है ब्रिगेडियर लाल ने? शायद इसीलिए हम मुसीबत के समय फ़ौज की मदद लेते हैं।'

सबने खाना बड़े चाव से खाया और जब स्वीट डिश खाने लगे तो बड़ी अदा से ब्रिगेडियर लाल मुस्कुराकर बोले, "एक बात तो बताना ही भूल गया। मैंने 'पालनहार' स्कीम में पचास हज़ार के तीन, बीस हज़ार के पाँच और एक लाख का एक इनाम उन लोगों के लिए रखा है जो कुत्तों का साल भर तक अच्छी तरह से देखभाल करेंगे।"

"वाह, जनाब!"

"वंडरफुल, सर!"

"इन पैसों का करना क्या है? परिवार में रहा ही नहीं कोई। रिश्तेदारों में सब वेल टु डू हैं। उन्हें मेरे पैसों से क्या लेना-देना! मेरे बाद यह आर्मी के डॉग हॉस्पिटल को चला जाएगा। उसका हिस्सा बनकर बढ़िया काम अंजाम देता रहेगा।" ब्रिगेडियर लाल ने नेपकिन से मुँह पोंछते हुए कहा।

"सर, मुझे अपने पैर छूने दीजिए!" भावुक हो कार्तिक तेज़ी से उठा और ब्रिगेडियर के पैरों की जगह उनके घुटने छू माथे पर लगाया।

"जीते रहो! गॉड ब्लेस यू! तुम्हीं ने मुझे सिखाया है, कार्तिक। आई मस्ट थैंक

बोथ ऑफ़ यू।" ब्रिगेडियर लाल का गला रुँध-सा गया, मगर दूसरे ही पल वह क़हक़हा मारकर हँस पड़े।

कॉफ़ी आ गई थी। वे तीनों टेबिल से उठकर अब सोफ़े पर बैठ चुके थे। कॉफ़ी के घूँट भरने के साथ समाचार देखने लगे। मज़दूरों की पद-यात्रा चलती दिखी। उसे देखकर ब्रिगेडियर लाल धीमे-से बड़बड़ाए, "शेम ऑन अस!"

"अब हमें आए काफ़ी दिन हो गए हैं। बाई रोड लौटने का इन्तज़ाम तो हो सकता है?" कार्तिक ख़बरें देख परेशान हो उठा था। उसे सड़क पर टहलते, भूखे कुत्ते याद आने लगे थे।

"क्यों नहीं!" ब्रिगेडियर ने उत्साह से कहा।

"सुबह निकल जाते तो अच्छा रहता।" डॉ. शशिधर बोले।

"देखता हूँ।" फिर बोले, "मैंने एनिमल फंड के लिए भी कुछ रक़म सालाना रखी है।"

"ओह नो, सर! मैं डोनेशन नहीं लेता।" अचानक कार्तिक आहत हो बोला।

"यह तुम्हें नहीं, कुत्तों की देखभाल के लिए दे रहा हूँ।" कुछ सपाट लहजे में ब्रिगेडियर बोले, फिर मोबाइल उठा किसी को फ़ोन मिलाने लगे।

दोनों कुछ देर बाद 'गुडनाइट' कह सोने चले गए।

कमरे में पहुँचकर डॉ. शशिधर के दिमाग़ में कुलबुलाता हुआ सवाल उनकी ज़ुबान पर आ गया।

"इनकी कच्ची स्कीम पकने वाली नहीं है।"

"आख़िर क्यों?"

"बहुत-से फसादी मानव-अधिकार वाले उठ खड़े होंगे—यह क्रुएल्टी है, जानवरों का शोषण है और ऐसे ही छद्म लोगों के यहाँ कटे कान के कुत्ते दिखेंगे ताकि वे लुक में खूँखार लगें। दुम भी काट देंगे।"

"ये हम और आप नहीं हैं जो पीछे हट जाएँगे। यह ब्रिगेडियर लाल हैं। सबकी बैंड बजा देंगे।" कार्तिक ने हँसते हुए कहा और लैम्प का बटन दबा दिया।

"शुभरात्रि!" डॉ. शशिधर ने कहा और करवट बदलकर आँखें बन्द कर लीं, मगर कार्तिक की नींद उसके भटकते सवालों ने उड़ा दी।

कार्तिक दिल्ली लौटकर पहले 'एनिमल फ़ॉर्म' गया तो रास्ते में बहुत-से कुत्तों को गोल बदन कर साँप की कुंडली मारे देखा तो समझ गया कि ये सब अवसाद में हैं। उनके चेहरे भी उतरे हुए और बदन भी ढाँचा हो चुका था। उसने सबसे पहले तसले का पानी बदला, फिर दूसरे तसले में बिस्कुट का पैकेट उलटा। उसने महसूस किया, कुत्तों की संख्या कम नज़र आ रही है या फिर वे कहीं दुबके हुए हैं। इतना काम अंजाम दे वह अपने घर की तरफ़ चला गया। उसे शहंशाह की फ़िक्र थी कि वह उसके बिना खाना भी खा रहा है या नहीं? जाते हुए पुलिस ने उसे कई जगह रोका। सड़कें ख़ाली थीं। जानवर भी टहलते नज़र नहीं आ रहे थे।

भारत में भी कोरोना से पीड़ित लोगों की संख्या लगातार बढ़ रही थी। थाली-ताली कुछ काम न आई। महामारी के डर से लोग भयभीत हो रहे थे, जबकि दूसरी बीमारियों व कुपोषण से मरने वालों की संख्या हर वर्ष इनसे ज़्यादा रहती है, परन्तु इस बीमारी का हव्वा दिलों में इसलिए बैठ गया था कि प्रचार व प्रसार विश्व-स्तर पर चल रहा था। मरने वालों की संख्या भविष्य में लगभग करोड़ तक अनुमान की जा रही थी। ऐसी निराशा की स्थिति में अपने गुनाहों से बार-बार हाथ धोने के बावजूद कुछ लोगों का विश्वास मेडिकल साइंस से हटकर दकियानूसी विचारों में ढल चुका था। उन्हें लगता कि कुत्ते-बिल्ली भी इस बीमारी के वाहक हो सकते हैं। जिस समाज में अपने मरने वालों को कन्धा देने न जाते हों या इस बीमारी से मरने वालों को क़ब्रिस्तान में दफ़नाने के विरोध में धरने पर बैठ जाते हों, उस समाज से क्या उम्मीद की जा सकती है—ख़ास कर तब, जब देश के कई इलाक़े सील कर दिये गए हों? तब हर चीज़ से कोरोना होने का भय सोच की गहराइयों में उतर चुका था। घरों में नौकरों को वेतन देकर या न देकर छुट्टी कर दी गई थी। सारा काम सब स्वयं अंजाम दे रहे थे। हाथों से हाथ डर रहे थे। संक्रमण का ख़ुद अपने हाथों नाक से गले तक पहुँचने की शंका सभी को अधमरा किए हुए थी।

थाली व ताली बजाने व एक साथ एक समय में दीया जलाने के बाद कुछ अति उत्साहित लोगों को महसूस हुआ कि वे अपने आस-पास से हर उस जीव को मार भगाएँ जो एक जगह से दूसरी जगह आता-जाता है। पहले शामत आई चूहे और छिपकलियों की, फिर बारी आई बिल्लियों की। सबसे मुश्किल काम था कुत्तों को

रास्ते से हटाने का। जो पालतू थे, उन तक पहुँच बड़ी मुश्किल थी। जो सड़क पर अधमरे-से फिर रहे थे, उन तक पहुँचना भी आसान न था। बिना काम के घर से निकलने पर पहरा लगा था। दूसरे कुत्तों को खाना देनेवाले दोनों समय आकर उन्हें विटामिंस से भरपूर छोटे-छोटे बिस्कुट पैकेट से निकालकर बाँटते थे। ख़ुराफ़ाती व अपराधी मानसिकता के लोग अपना जुगाड़ जैसे-तैसे निकाल ही लेते हैं। गुप्त रूप से की गई मीटिंग में यह तय पाया गया कि बचे कुत्तों को एक-दो कर-करके मौत के घाट उतारना है।

कुत्ते भी 'डॉग फूड' खाते-खाते ऊब चुके थे। उन्हें तरह-तरह के व्यंजनों की याद सताती थी। इस कारण शाम को जब दूध, डबल रोटी, सब्ज़ी लेने लोग निकलते थे, उसी व्यस्त समय में किसी एक खुली दुकान के सामने ज़हर मिला मीट या कुछ और खाना डाल दिया जाता था। सूनी सड़कें, बन्द घरों के दरवाज़े, किसी एक जगह जमा हो गए पुलिस के जवान मरते, तड़पते कुत्तों की सहायता को नहीं पहुँच पाते थे। उनकी नज़रों से दूर ये कुत्ते बड़ी बेबसी से अपने साथियों को पुकारते थे। उनके साथी बेचैन होकर उनके चारों तरफ़ घूमते, भौंकते, उन्हें चाटते, फिर उनके ठंडे पड़ गए जिस्म को हिलाते-डुलाते, फिर मायूस हो थककर कुछ दूर जाकर बैठ जाते थे।

कुछ लोगों के ज़ेहन में इस तरह कुत्तों की रोज़-रोज़ की मौत से प्रश्न उठ रहा था। कुछ पैकेट वाले खाने को मौत का कारण समझ रहे थे, कुछ भयभीत होकर दुकान तक जाने में झिझक रहे थे। जब इस तरह की मौतें हर दूसरे दिन होने लगीं तो पुलिस के भी कान खड़े हुए। उधर की कई गलियों में कुल मिलाकर छह कोविड-19 के लक्षण वाले मरीज़ मिले, जिसमें सब-के-सब पॉज़िटिव निकले, जिसके कारण मोहल्ले के लोग उन लोगों से छिटके-छिटके रहने लगे।

"कार्तिक, मुझे लगता है, कोरोना को लक्ष्य करके कुत्तों को मारा जा रहा है। हमको उनका टेस्ट करना चाहिए।" डॉ. शशिधर को शक हुआ।

"ज़रूर। अब कोई कुत्ता मरा और पता चल गया तो हम फ़ौरन क़दम उठा लेंगे।"

फ़ोन पर ये बातें हुई थीं। कार्तिक इतना व्यस्त चल रहा था कि वह कुत्तों को चेक करने गली-गली नहीं जा सकता था और न हेल्पर को कर्फ़्यू के चलते इधर-उधर भेज सकता था जबकि बात भी पास के मोहल्ले की थी जिससे इस मोहल्ले की गलियाँ समानान्तर रूप से जुड़ी हुई थीं।

लॉकडाउन कुछ दिनों के लिए और बढ़ा दिया गया था।

इस बीच कुत्ते दूसरे मोहल्लों में भी कम होने लगे थे। पालतू कुत्तों के मालिकों को लग रहा था कि अब यह महामारी उनके साथ उनके कुत्तों को भी लग जाएगी। बेहतर है कि वे कुत्तों को टहलाने बाहर न ले लाएँ। कुत्तों को बाहर टहलने की आदत थी। घर में वे गन्दगी करते नहीं थे, जिसके चलते वे बीमार हो गए। डॉक्टरों तक पहुँचना भी मुश्किल था। इस मुसीबत की घड़ी में कुछ बेदर्द लोग अपने को डॉक्टरों को दिखाने के बहाने कुत्तों को बोरे में डाल आस-पास की नहर या पानी जमा गन्दे तालाबों में डाल आए। प्यार और वफ़ादारी का यह अंजाम इस समय इनसान और जानवर एक साथ भुगत रहे थे। यह ख़ुदा का क़हर था? बल्कि इनसान के असली चेहरे से नक़ाब हटने का समय था।

कुत्ते न अख़बार पढ़ते थे और न समाचार सुनते थे। इसलिए उन्हें पता नहीं चल पा रहा था कि कुत्ते ही भूख से नहीं मर रहे थे बल्कि अब किसानों की तरह पत्रकारों और कलाकारों ने भी आत्महत्याएँ करनी शुरू कर दी थीं। बेकारी, बीमारी, ज़िम्मेदारी और बेबसी ने धीरे-धीरे जवानों व अधेड़ों को घुन की तरह खाना शुरू कर दिया था। इस मुश्किल वक़्त में रिज़वान के घर में नलका टूट गया था। पानी की परेशानी हो गई। मजबूर होकर रिज़वान ने प्लम्बर को फ़ोन किया। वह मुँह पर कपड़ा बाँधे आया। उसके हाथ पर सेनेटाइज़र डाला और बहते नल का सिस्टम दिखाया।

"साहब, यह सब बदलना होगा।"

"सामान कहाँ से आएगा? दुकानें बन्द हैं।"

"चिन्ता की कोई बात नहीं है। हमारा जानने वाला है, उससे दुकान खुलवा कर सामान लाता हूँ।"

"पुलिस?"

"कुछ करता हूँ साहब।"

रिज़वान अली ने रुपये दे दिये, मगर सोच में पड़ गया यानी 'बैकडोर एंट्री' से सारा काम चालू है?

सामान आ गया। काम शुरू हो गया ढेरों नई सूचनाओं के साथ।

"साहब, वह चायवाला है न, आगे से पर्दा डाले रहता है। अन्दर-अन्दर कभी आलू के पराँठे तो कभी लेमू पानी पुलिस वालों के लिए बनाता रहता है।" प्लम्बर ने जाने कितनी दिलचस्प बातें बताईं जो अख़बार और टी.वी. देखने वाले नहीं सुन-पढ़ सकते हैं। आख़िर में जाते-जाते बोला, "पुलिस भी अन्त में इनसान ही ठहरी, साहब।"

उसके जाने के बाद रिज़वान ने अपने कई मित्रों को फ़ोन करके बताया कि 'अंडरवर्ल्ड' अर्थात् बैकडोर बाज़ार चालू है। बस, काम करनेवालों के लिए दरवाज़ा खोलने की बात है।

रिज़वान ने ज़रूरत की सारी चीज़ें घर में पहले ही भरवा ली थीं। इसके बावजूद उसे बीबीजान की बड़ी फ़िक्र थी। वह दिल की मरीज़ थीं। उम्र भी उनकी अस्सी पार हो चुकी थी। वह घर से ही ऑफ़िस चला रहा था। घर के काम भी देख रहा था, ख़ास कर सफ़ाई का। वह पहली बार महसूस कर रहा था कि कुत्ते के साथ सारे दिन रहना और उसकी गन्दगी और उसकी सफ़ाई की देखरेख करना कितना मुश्किल है। नौकरानियाँ आ नहीं रही थीं। बात तो गली-गली आने की थी, मगर पुलिस की पहरेदारी बहुत कड़ी थी। कहने को तो आज लॉकडाउन का पन्द्रहवाँ दिन था, मगर मोहल्ले का सन्नाटा और घर में इस तरह बँधकर बैठने का दो सप्ताह तक का सिलसिला मानसिक रूप से तनाव पैदा कर रहा था।

"कैरम बोर्ड खेलिएगा, बीबीजान?" रिज़वान ने चुपचाप बैठी दादी को देखकर पूछा।

"न बाबा! जीतोगे तुम्हीं। ऊपर से स्टाइकर इतनी ज़ोर से मारते हो कि गोटियाँ टूटें या न टूटें, मगर मेरा दिल दहल जाता है।"

"तो इकखट-दुकखट खेलते हैं।" शरारत से रिज़वान बोला।

"क्यों मुझे सताने पर तुला है? मैं तो यही सोच-सोच कर परेशान हूँ कि इस मुई महामारी ने ग़रीबों को छोड़ अमीरों को क्यों पकड़ा है?"

"इसको अपने अल्लाह मियाँ पर छोड़ दीजिए। वह ख़ुदमुख़्तार हैं। अपनी पसन्द के मुताबिक़ पैंतरे बदलते हैं। चलिए, कोई फ़िल्म देखते हैं।" इतना कहकर रिज़वान ने टी.वी. ऑन किया फिर कहा, "मैं चाय लेकर आता हूँ।"

रिज़वान फ़िल्म के बीच में उठ-उठकर ऑफ़िस से आई कॉल को भी ले

रहा था। नवाब को भौंकने से रोक भी रहा था जो दूसरे कुत्तों के भौंकने पर बेचैन हो भौंक उठता। पता नहीं, ये आपस में कौन-सी बातें करते और सन्देसा भेजते रहते हैं?

उधर मोहन जी का मन घर में नहीं लग रहा था। उन्हें अपने ग्राहकों की भीड़ याद आ रही थी। इस फ़िक्र में घुले जा रहे थे कि इस नुक़सान की भरपाई कैसे होगी! एक दिन पहले ही उन्होंने नया माल मँगवाया था। सारे दिन आस-पास के दुकानदार आपस में फ़ोन कर अपनी चिन्ताएँ व्यक्त करते रहे कि ये दिन कैसे कटेंगे!

आज का दिन ऐसा शुरू हुआ था कि रात को हुई इस दुर्घटना का पता किसी को नहीं चल पाया था। वैसे भी हर आदमी ने अपनी हैसियत के अनुसार खाने की चीज़ें घर में भरवा ली थीं। उसी को लगाने-सँभालने में औरतें व्यस्त थीं। मर्द या तो सो रहे थे या फिर अपने मोबाइल की तरफ़ टकटकी लगाए हुए थे। गुज़रे दिन सपने में भी बड़ी ख़ूबी से नित-नई कहानियाँ गढ़ते थे। सच है—अब न सोते चैन, न जागते चैन...।

वह झोंपड़ी का काला चीकट आदमी, जिसके असली रंग का पता किसी को न था क्योंकि बरसों से न नहाने के कारण मैल की तहें उस पर चढ़ गई थीं। कुछ दिनों से उसे दुकानदारों और ग्राहकों ने पैसा देना बन्द कर दिया था। डॉक्टर ने घर बेचा, मोहल्ला छोड़ा, मगर लड़का भटकता रहा अपने पुराने मोहल्ले में। उसका सबसे बड़ा कारण था उसके बाप की व्यथा, जो वेटेनरी डॉक्टर था। उससे बेटा क्या सँभलता, जब बेटे ने अपनी एक दिमाग़ी दुनिया बसा ली थी, जिसमें वह डूबा रहता था! डॉक्टर ने घर बेचा, मोहल्ला बदला, मगर बेटा सुधर न सका। वह इसी मोहल्ले में गलियों में भटकता रहता। अब इस लड़के का नाम और शक्ल भी पड़ोसी क्या, रिश्तेदार भी भूल चुके थे। जब वह होश में रहता तो बड़ी बढ़िया अंग्रेज़ी में कुत्तों के मालिकों को कुत्तों के बारे में बेसिक मालूमात देता और बदले में कुछ नोट उसे मिल जाते, मगर इधर तो हरदम अपने में डूबा, ख़ामोश रहने लगा था।

फ़िलहाल सामान से भरी दुकानें बन्द थीं। उन सामानों को जंगली चूहे सेंधमारी से खा रहे थे। मोहन जी ने जब दुकान खोली तो सिर पकड़कर वहीं स्टूल पर बैठ

गए। रात होते-होते उनका दिल उलटने लगा। बार-बार न जाने क्यों उस नशेड़ी की शक्ल घूम रही थी जो बहुत गिड़गिड़ाकर उनसे एक दिन कुछ खाने को माँगा था और उन्होंने उसे झिड़क दिया था। आज दुकान की यह हालत देखी तो दिल थामकर रह गए। पेशाब और चूहे की मिंगनियों की बदबू भरी हुई थी। उसी बदबू ने उस नशेड़ी की याद दिला दी थी। उन्होंने अपनी घबराहट और ग्लानि कम करने के लिए थैले में कुछ खाने का सामान जो चूहों से बचा था, लेकर उसकी झोंपड़ी की तरफ़ गए जो उनके रास्ते में थी। वहाँ पहुँच वह तो सकते में रह गए। उन्हें लगा, वह फ़िल्म देख रहे हैं।

वह आदमी मरा पड़ा था, जिसे घेरे तीन कुत्ते बैठे थे। वह वापस जब से घर आए हैं तब से उनके दिल पर बोझ-सा महसूस हो रहा है। सुबह पता चला कि श्मशान तक केवल वे कुत्ते गए थे और चिता के बुझने तक वे वहीं बैठे रहे। मगर वे उसका अस्थि-फूल नहीं चुन सकते थे, न ही पिंडदान कर सकते थे। आख़िर वे कुत्ते जो ठहरे! वे सिर्फ़ वफ़ादारी निभा सकते थे। यदि मोहन जी ख़्वाजा अहमद अब्बास की कहानी 'अबाबील' पढ़े होते तो शायद उन्हें इस दृश्य को देखकर सदमा न होता।

ये कुछ दिन भूख-प्यास, बेकारी और अवसाद में गुज़रे ज़रूर, मगर शीघ्रता के साथ इनसानी जिजीविषा ने अपने डैने फैला दिये। जाते मज़दूरों के लिए खाने की व्यवस्था निजी तौर पर बहुत पहले से शुरू हुई थी। वहीं रहमदिल लोग इस लॉकडाउन में खाना बाँटने व गल्ला घर-घर देने का ख़तरा मोल लेकर बाहर निकले, तो उसमें से कुछ ने कुत्तों को खाना खिलाने की ज़िम्मेदारी उठा ली।

'एनिमल फ़र्स्ट' भी रोज़ कुत्तों को खाना देता ही था, अब उसने पूरे शहर में बनी 'कुत्ता-भोजन' चेन को अपनाकर कुत्तों को बड़े पैमाने पर खाना देने का बन्दोबस्त और फंड जमा किया था।

कार्तिक को यह देखकर आश्चर्य होता कि इस भूख ने कुत्ते-बिल्ली की पुरानी दुश्मनी ख़त्म कर दी थी। वे थोड़ी-सी जगह में एक साथ बैठ 'डॉग-कैट' पैकेट व डिब्बा फूड खा रहे थे। फूड सप्लाई के लिए कर्फ़्यू पास उसके पास था। वह सारे दिन भटकता।

आज उसे बहुत गहरा झटका लगा और ग़ुस्सा भी आया। जब आनन्द विहार की तरफ़ डॉग फूड पहुँचाने वह कार लेकर गया तो रास्ते में कई जगह रोका गया।

कई पुलिस वाले यह सुनकर ख़ुश हुए कि वह भूखे कुत्तों को खाना खिला रहा है। उनको मरने से बचा रहा है वरना इस लॉकडाउन में उनकी ग़लती व सड़ती लाशें वायु-प्रदूषण को बढ़ा सकती हैं, मगर नाले के पास एक पुलिस वाला अड़ गया।

"वापस जाओ, जहाँ से आए हो।"

"मेरे पास कर्फ़्यू पास है। कुत्तों का फूड पैकेट पहुँचाने जा रहा हूँ।"

"यहाँ लोग भूखे मर रहे हैं और तुम कुत्तों को खाना पहुँचाने जा रहे हो? चलो, वापस जाओ, जहाँ से आए हो।" उसने डंडा कार की बोनेट पर बजाया।

"इसमें बुराई क्या है?" कार्तिक को ताव आ गया। मन तो कर रहा था कि खरी-खोटी सुना दे, 'अरे बिना स्टार वाले मुस्टंडे, थाने में फ़ाइल इधर से उधर करने, चाय-पानी पिलाने वाले, आज ज़रा-सी डयूटी मिली तो फैल रहे हो?' मगर उसने झगड़ने की जगह तरकीब निकाली और कहा, "ठीक है भाई, लौट जाता हूँ और तेरा वीडियो अपने कर्फ़्यू पास के साथ वायरल कर देता हूँ।" इतना कहकर कार्तिक ने गाड़ी घुमाई। यह देख सिपाही सटपटाया और जाने का इशारा किया।

बात सिर्फ़ इतनी-सी थी कि साथ बैठे हेल्पर का पास बना नहीं था। पहले वह ख़ुद अकेले पैकेट पहुँचाता रहा था। बीस-तीस किलो के बैग अकेले उतारना और पहुँचाना उसके लिए बहुत कठिन था। आज वह हेल्पर लेकर आया था। बाक़ी पुलिस वालों ने आराम से बात की थी, मगर ऐसे ही सिरफिरे व कुंठित पुलिस वाले पूरे महकमे को बदनाम करते हैं।

जब पुलिस से चिकचिक कर वहाँ पहुँचा जहाँ पैकेट देने थे तो वहाँ छोटी-मोटी महाभारत छिड़ी थी। मोहल्ले वालों व कुत्तों को खाना खिलाने वालों के बीच गर्मागर्म संवाद चल रहा था।

'नेकी और पाप का अजीब तालमेल है हमारे बीच में।' कार्तिक ने मन-ही-मन कहा और गाड़ी कुछ दूरी पर खड़ी करवा उनकी किचकिच सुनने लगा।

अपनी बालकनी व दरवाज़े के पीछे से चिल्लाहटें बुलन्द हो रही थीं :

"कुत्तों को खाना यहाँ क्यों देते हो? कुछ तो अक्ल से काम लो।"

"क्योंकि कुत्ते यहीं हमें भूखे बैठे दिखते हैं।"

"नहीं चलेगा यहाँ खाना देना। ये कुत्ते यहाँ गन्दगी फैलाते हैं। कहीं और दिया करो। चलो भागो यहाँ से! बीमारी फैलाने के लिए कुत्तों की दावत कर रहे हैं!"

"आपको क्या परेशानी है, सर? मैं सड़क पर दे रहा हूँ।"

"रोड तेरे बाप की है?" कोई चीख़ा।

"तो रोड आपके बाप की भी नहीं है।" इतना कहता हुआ लड़का खाना देता हुआ आगे बढ़ा तो पीछे से आवाज़ सुनाई दी :

"अभी सिक्योरिटी को फ़ोन करता हूँ...पुलिस का नम्बर मिलाओ।"

"यमराज का भी नम्बर मिलवा लीजिएगा, सर! भूलिएगा नहीं।" लड़के ने हँसते हुए चीख़कर कहा और दूसरी तरफ़ मुड़ गया।

लोग बड़बड़ाते रहे।

उसने कार्तिक को देखा और आगे बढ़कर पैकेट उतरवाने व पहुँचवाने में मदद करने लगा। उसके बाद दोनों बात करने लगे :

"तुम्हें डॉग फीडिंग में काफ़ी परेशानी होती है?" कार्तिक ने पूछा।

"वह तो है, मगर रात को नींद अच्छी आती है, यह सोचकर कि कोई कुत्ता यहाँ का भूखा नहीं सोया।" उसने हँसकर कहा, कार्तिक ने बाय-बाय में हाथ हिलाया।

कार्तिक घर में पड़ा-पड़ा सोच रहा था। उत्तर-पूर्वी दिल्ली में कुछ सप्ताह पहले भारी दंगे हुए थे। उस दंगे के चश्मदीद गवाह कुत्ते भी थे। कुछ कुत्ते तो वहीं छुपे रहे, परन्तु कुछ कुत्ते वहाँ से भाग आए थे। उन्होंने भी भुखमरी कई दिनों तक सही थी। सच या झूठ, दो कुत्ते इसलिए पागल हो गए थे कि उन्होंने अपनी आँखों के सामने अपने मालिक के परिवार को कटते-मरते, ख़त्म होते देखा था। कुछ कुत्ते जो वहाँ से भागे थे, उनमें से एक को कार्तिक ने पुलिया पर बैठा रोते देखा था। यह अद्भुत दृश्य था। वह सोच नहीं सकता था कि कुत्ते भी रो सकते हैं, लेकिन वे क्यों नहीं रो सकते? कार्तिक इस प्रश्न में कुछ देर उलझा रहा, फिर सुबकते कुत्ते को वहीं छोड़ आगे बढ़ गया। अनजान कुत्तों को हमदर्दी व स्नेह से छूना तो दूर, पुचकारने से भी कार्तिक डरता था क्योंकि वह अक्सर अजनबी को देख उसे काट लेते हैं। उनके मन में भी ज़रूर भय होता होगा, जिसको इनसान पूरी तरह समझ नहीं पाता है। कार्तिक का अनुभव था कि हर कुत्ता वफ़ादार, निष्ठावान, चुस्त-चतुर

और तेज़बुद्धि वाला नहीं होता है। इनसानों की तरह उनमें भी गुणों और अवगुणों की अलग-अलग डिग्री होती है।

तभी उस दिन मीटिंग में इंस्पेक्टर मनोज ने कहा था, "कुत्तों में फुर्ती व ऊर्जा ग़ज़ब की होती है। सूँघने व समझने की अद्‌भुत क्षमता होती है। अक्सर मैं सोचता हूँ कि सड़क किनारे बैठे कुत्तों या बेवजह इधर से उधर घूमते कुत्तों की ख़ुराफ़ाती हरकतों को कम करने के लिए उनको ट्रेनिंग देकर छोटे-छोटे कामों के लिए सधाया जा सकता है। आख़िर पहले ये गाड़ी भी खींचते थे। रखवाली तो बहरहाल अभी भी करते हैं। आपको अपने तरीक़े से सूचित भी करते हैं। हमने यह ज़िम्मेदारी विशेष ब्रीड को दे रखी है। अब हमें अपने पक्षपाती दृष्टिकोण को बदलना होगा।"

"यह काम किया जा सकता है। इससे कुत्ते व इनसान के बीच जो समय-समय पर तनाव व शत्रुता का भाव आ जाता है, वह काफ़ी हद तक हल किया जा सकता है।" ब्रिगेडियर लाल ने गम्भीरता से कहा था।

"इनसान जानवरों को काम में जोतने का हमेशा से माहिर रहा है। कबूतर को पोस्टमैन बना देता है। बैल को ट्रैक्टर बना उससे खेत जुतवा लेता है। घोड़े को ताँगे, रथ व इक्के में सवारी का साधन बना लेता है। ऊँट व गधे को अपनी मालगाड़ी बना लेता है। इस दृष्टि में देसी कुत्तों को भी बागबानी के लिए मिट्टी खोदने के काम पर लगा सकता है। आख़िर गर्मियों से बचने के लिए वह गड्ढा खोदकर उसमें बैठता ही है।" इंस्पेक्टर मनोज ने इस तरह बयान किया, जिससे सब हँस पड़े थे।

"सर, उनका मेहनताना क्या होगा?" सब-इंस्पेक्टर ने पूछ लिया।

"भरपेट खाना, रहने की साफ़-सुथरी जगह और बुढ़ापे में पेंशन ओल्ड होम। बस, और क्या?" इंस्पेक्टर मनोज ने अपनी बातों से तनाव से भरे लोगों को दबावमुक्त कर दिया था।

"आज इस मज़ाक़-मज़ाक़ में कही प्लानिंग में एक महत्त्वपूर्ण प्रश्न और जुड़ जाता है कि यदि कोरोना जैसी महामारी आती, तो क्या इन मजबूर कुत्तों को बिना किसी ज़िम्मेदारी और सुरक्षा के कम्पनी, दुकानदार, होटल व ठेकेदार उन्हें बेसहारा छोड़ अपने हाथ झाड़ लेंगे? तब इन बेज़बान कुत्तों का मुक़दमा कौन लड़ेगा? इनके पास तो कोई ख़ास शहर, ठिकाना और घर भी नहीं है कि ये पैदल ही भूखे-प्यासे हज़ारों मील अपनी मंज़िल की तरफ़ चल पड़ेंगे, तब...?" कार्तिक

अपनी कल्पना की उड़ान से चिड़चिड़ा उठा। ताव में भर उसने अपनी हथेली ज़ोर से मेज़ पर मारी।

कुत्तों के बीच बहुत दिनों से यह चर्चा चल रही थी कि कोई क़िस्सागो बूढ़े नीम के पास आया है जो ऐसी कथाएँ सुनाता है, जो मन में उत्साह और उम्मीद भर देती हैं। मोती ने भी सुना। यह बूढ़ा नीम कहाँ है? उधर जाते कुत्तों के साथ वह भी साथ चल दिया जो टोली बनाकर उधर निकल रहे थे। चलते-चलते वे काफ़ी दूर निकल आए थे। थोड़ी देर बाद मोती को ऐसा लगने लगा, जैसे यह रास्ता उसका जाना-पहचाना हो! एकाएक वह चौंक पड़ा : यह तो वही जगह है जहाँ उसे क़ैद कर रखा गया था? उसका मन उचट गया। वह लौटने का मन बनाने लगा। फिर जाने क्या सोचकर रुक गया और सबके साथ क़दम से क़दम मिलाकर चलने लगा।

एक टूटी दीवार के पास एक आधा गिरा घर जैसी जगह थी और एक बड़ा-सा नीम का दरख़्त था, जहाँ ढेरों कुत्ते उकड़ूँ बैठे थे। टूटे चबूतरे पर कोई कुत्ता धुँधलके में बैठा था। वह साथियों के साथ वहाँ जाकर बैठ गया। क़िस्सा शुरू हो चुका था :

"एक था, एक नहीं था, ख़ुदा के सिवा कोई दूसरा न था।"

मोती को उसकी आवाज़ कुछ जानी-पहचानी लगी।

कहानी उसकी सुनी हुई थी। इसलिए वह और भी हैरत में पड़ गया कि यह कौन हो सकता है जो इस पुरानी कहानी को सुना रहा है?

"बुज़ुर्ग कुत्तों से सुनी यह कहानी मैं आपको सुनाने जा रही हूँ।"

'ओह, तो यह मादा है! चेहरा भी साफ़ नजर नहीं आ रहा है!' पूछने के लिए उसने मुँह खोला था कि पास के कुत्ते ने टहोका मारा। उसके अन्दर की बेचैनी ने उसे पहलू बदलने पर मजबूर कर दिया। वह व्याकुल हो कुछ कहने ही जा रहा था कि पास के कुत्ते ने उसे आँख दिखाई। वह दिल मसोसकर रह गया।

कहानी अपनी गति से बढ़ रही थी। सामने बैठे सारे कुत्ते होशियार की मुद्रा में बैठे क़ान खड़े किए हुए थे। आँखों में जिज्ञासा का समन्दर तैर रहा था। चेहरे पर एसे भाव तैर रहे थे, जैसे पूछ रहे हों, अब आगे क्या होने वाला है?

मोती को भी आज कहानी का अन्त सुनना ही था। इसलिए वह शान्त हो अपना

पूरा ध्यान अब कहानी पर लगाने लगा। उसका दिल धड़क रहा था, जिसकी आवाज़ उसे अपने कानों में बजती महसूस हो रही थी।

मादा की बारीक़ आवाज़ उभरी :

"ख़ुदा ने मूसा की शिकायत को ध्यान से सुना और उन शरारती मुरीदों को कुत्ता बना दिया। आज उन्हीं 'इनसानी कुत्तों' की नस्ल हम 'असली कुत्तों' के बीच घुल-मिल गई है, जिनके कारण हमारे कमज़ोर दिमाग़ कुत्ते उनके बहकावे में आकर अपनी विरासत से दूर चले जाते हैं। ये कुत्ते जब इनसान थे तो मूसा जैसे नेक आदमी को अपनी शरारतों से परेशान कर रहे थे। जब ये कुत्ते बन गए तो ये कुत्तों के साथ इनसानों को भी परेशान करने लगे हैं। हमारे पुरखे बताते हैं कि इन 'इनसान कुत्तों' की आबादी समय के साथ जैसे-जैसे बढ़ती गई, वैसे-वैसे हमारे रिश्ते मानव-समाज से कटु होते जा रहे हैं जो किसी भी तरह से हमारे लिए ठीक नहीं है। इस बीच कई दुर्घटनाएँ घटीं, जिसमें कुत्ते बेमौत मारे गए। हमको ख़ुदा ने क्यों बनाया है? क्यों हमें सुरक्षा बहादुरी और वफ़ादारी के गुण दिये हैं? अपनी जान बलिदान करने का हौसला और निडरता दी है? इसलिए क्या ही अच्छा हो कि हम वह मौत मरें जो बदनामी और सज़ा की मौत न हो बल्कि हमारी सहज मृत्यु ख़ुदाई क़ानून के अनुसार हो।"

इसके बाद ख़ामोशी छा गई।

पल भर बाद भौंकने की आवाज़ उभरी जो कह रही थी, "किसी को कुछ पूछना है?"

कुछ कुत्तों ने पैरों का वज़न बदला, गला साफ़ किया। तभी गम्भीर सभा में मोती की आवाज़ ने सबको चौंका दिया :

"तुम कौन हो?"

कुछ कुत्तों ने दबी भौंक के साथ कहा, "चुप! बैठ जा।"

"मैं सवाल पूछ रहा हूँ कि तुम आख़िर कौन हो?" इस बार मोती की भौंक की बेक़रारी बढ़ गई थी।

शालीनता से बैठे कुत्ते उसकी इस बदतमीज़ी से रुष्ट हो बड़बड़ाने लगे। माहौल को बिगड़ता देख वह क़िस्सागो मादा अँधेरे में लुप्त हो गई और एक बेहद भारी भौंक उभरी :

"क़िस्सा सभा बरख़ास्त।

क़िस्सा सभा बरख़ास्त।"

मोती से चिढ़े कुत्ते उसे घूरते हुए उठकर जाने लगे। मोती उनके तेवर चढ़े चेहरे की परवाह किए बिना उन्हीं के बीच से मोटी-सी गाली देता हुआ ऊँची जगह की तरफ़ लपका, "दोपायों की..."

तभी पीछे से लेंडी की आवाज़ आई, "अब यह कहाँ जा रहा है?"

"छोड़ उसे, चल हमारे साथ!" किसी कुत्ते ने लेंडी से कहा।

"हाँ, चलते हैं...वह आ जाएगा।" चिरकुट ने अपने अगले पैर लेंडी की गरदन पर रखकर कहा।

दर्जन भर कुत्तों की टोली को एक साथ सड़क पर चलते देख सड़क किनारे शौच करता मज़दूर हँस पड़ा, "यह कुत्ता बटालियन मार्च करती कहाँ जा रही है?"

"लगता है, जैसे कोई पिक्चर देखकर लौट रहे हों!" दूसरा कह बैठा।

"तुम भी!" कुछ दूर बैठा कोई तीसरा बोल उठा।

यह हिस्सा कहने को बड़े-बड़े फ़ार्म हाउस का था, मगर ज़्यादा चलने वाला नहीं था। पास में कोई बाज़ार भी न था सिवाय एक-दो दुकानों के। कुत्ते आपस में बातें करते रास्ता पार करने लगे।

"देर हो गई है, मगर मोती पलटा नहीं?" लेंडी ने चिन्ता से कहा।

उसे क्या पता था कि मोती पर कौन-सी धुन सवार हो गई थी! उसकी नासिका ने कौन-सी जानी-पहचानी गंध नथुनों में भर ली थी! वह तो कुत्तों की भीड़ से निकल छलाँग मार जब ऊपर चढ़ा तो देखा, दो कुत्ते चुपचाप पीठ सटाए बैठे हैं। मोती को अपनी तरफ़ आता देखकर वे सावधान मुद्रा में खड़े हो गए। मोती ने आँखों ही आँखों में जाने क्या कहा, दोनों कुत्ते दुम हिलाते एक तरफ़ हो गए। नीचे सीढ़ियाँ थीं। कोई टूटी-सूखी बावली थी, जिसके नीचे तल पर वही क़िस्सागो मादा मुँह को दोनों पैरों के बीच रखे, आँखें मूँदे लेटी थी। खटके से चौंकी और तनकर खड़ी हो गई। दोनों टकटकी लगाए एक-दूसरे को पल भर ताकते रहे। फिर नीचे से महीन आवाज़ बावली में गूँजती-सी उभरी :

"तुम हो?"

कुछ पल ख़ामोशी रही। मोती को लगा, जैसे उसका दिल टूटकर बिखर जाएगा! धड़कनें हाहाकार मचा रही थीं। गला रुँध गया था। चाहने के बावजूद वह जवाब में यह न कह सका, 'हाँ, मैं हूँ।'

धीरे-धीरे वह आगे बढ़ी। मोती को होश-सा आया और पागलों की तरह वह नीचे छलाँग मार गया। गनीमत थी कि नीचे बालू था। दोनों एक-दूसरे से लिपट गए। बालू में लोट-से गए। मोती अपनी प्रेयसी भूरी के अगले पैर को प्यार कर रहा था। वह उसके सिर को चूम रही थी। दोनों ग़म और ख़ुशी की मिली-जुली आवाज़ से रो और हँस रहे थे।

वहाँ हममें से कोई होता तो देख पाता कि कुत्ते केवल अपने नुकीले दाँतों से झपटना और गुर्राना ही नहीं जानते बल्कि वे अपनी थूथन से चूमना और हँसना-मुस्कुराना भी जानते हैं। वैसे भी हाफ़िज़ कह ही गए हैं कि प्यार की कोई ज़बान नहीं होती है। बिना शब्द के भी बड़ी गहराई से समझ में आ जाती है। वे दोनों कुत्ते ऊपर से यह दृश्य देख पीछे हट गए।

झुटपुटा अँधेरे में बदला और आसमान हँस पड़ा। पूर्णिमा की रात थी। चाँदनी बालू पर बिखर गई। हज़ारों कण दमक उठे। चमकते सितारों के छत्तर के नीचे दो पुराने दिल फिर मिल गए थे।

"तुम्हें कहाँ-कहाँ नहीं ढूँढ़ा!" मोती ने लम्बी गहरी साँस ली।

"और मैं तुम्हारे इन्तज़ार में उस बन्द लोहे के दरवाज़े पर बैठी रही—रात-दिन, गर्मी-बरसात, जाड़ा, मगर जब तुम्हारी गन्ध भी मिलना बन्द हो गई तो मैं इस खँडहर में आकर उन क़िस्सों में अपनी मुहब्बत ढूँढ़ने लगी।"

"तो तुम जानती थीं कि मेरा अपहरण हुआ था?"

"हाँ। मैं उस गाड़ी के पीछे दौड़ी थी...दौड़ती रही, जब तक वह बन्द दरवाज़े के अन्दर न चली गई और मैं बेहोश न हो गई।"

"ओह!"

"कितना भूँकी, चौकीदार की गाली भी सुनी, मार भी सही, मगर वहाँ से हटी नहीं। लेकिन मेरे पुकारने के बाद भी तुम्हारा कोई जवाब न आता कि मैं यहाँ हूँ।" इतना कह भूरी हँसी जिसमें दुःख की ध्वनि निकली।

"मैं कैसे नहीं सुन सका? शायद मैं बहुत अन्दर था, मगर फिर भी?" मोती ने हैरत से कहा और उसके होंठों को चूमा।

"हमारे जवानी के सुनहरे दिन कैसे गुज़र गए...दु:ख से भीगे!" भूरी का कंठ भर आया।

"यही क्या कम है जो हम बिछड़कर मिल लिए? यह दिन सुनहरा ही नहीं, रुपहला भी हो उठा है, जिसमें हमारे आँसू के मोती झिलमिला रहे हैं, जिसमें हमारे अहसास की सरसराहट की आवाज़ बिंधी हुई है।" मोती भावुक हो उठा।

"सही कह रहे हो। मैं तो सोच रही हूँ, हमारे दोबारा मिलने का कारण यह क़िस्सा है। यह न होता तो मैं तुम्हें कैसे पा सकती थी?" भूरी ने मोती का मुँह चाटा।

मोती ने ज़बान निकाल उसके बिखरे बालों को चिकना किया, फिर बोला, "तुमको एक बात बताऊँ?"

"बोलो।"

"तुम्हारी जुदाई में मैंने ढेरों कविताएँ लिखी हैं। हर जगह जाकर प्रेम-गीत गाए हैं, तुम्हें ज़ोर-ज़ोर से पुकारा है...एक दिन तुम्हें सुनाऊँगा।"

दोनों प्यार में डूबे, गले में बाँहें डाले ऊँघ गए।

यदि वहाँ कोई सम्पादक या प्रकाशक मोती की बात सुन लेता तो वह बेचैन हो उठता और अग्रिम रॉयल्टी और मुँह-माँगे दाम देकर उन 'कुत्ता-प्रेमगीतों' को पहली बार छापने का श्रेय और टी.वी. व सोशल मीडिया पर उसके प्रचार व प्रसार में ज़रा भी देर न लगाता, मगर दु:ख तो यह है कि कुत्ते ताजमहल नहीं बनवा सकते, न ही वह अपने प्यार पर कोई फ़िल्म या सीरियल बनवा सकते हैं। न ही उनके प्यार को कोई दंत-कथा या हीर-राँझा की तरह गा सकता था। कुत्ते आख़िर कुत्ते थे। वे लैला-मजनू नहीं बन सकते थे।

सुबह वे तब उठे जब धूप की गर्मी चाँदनी की ठंडक को सोखने लगी।

"चलो, अब हम अपने ठिकाने चलते हैं।" मोती बोला।

"वहाँ अब हमारा कौन है? मैं वहाँ जाकर मायूस हो लौट आई हूँ।" भूरी ने कहा।

"तो क्या हुआ? हम उस उजाड़ को फिर से बसाएँगे। ठीक दोपायों की तरह

गृहस्थ-जीवन जिएँगे। अपनी औलादों को किसी को उठाने नहीं देंगे।" मोती न विश्वास-भरे लहज़े से कहा।

वह ख़ामोश रही।

मोती उसे चुप देखकर कुछ बोला नहीं।

शाम को 'क़िस्सा-सभा' में कोई न आया तो वह हैरत में पड़ गई। दोनों कुत्ते भी ताज्जुब कर रहे थे। पास के फ़ार्म हाउस के पीछे कूड़ेदान से निकालकर कुछ खाया फिर लौट आए।

"मैंने यह जगह बड़ी मुश्किल से बसाई है। एकाएक यहाँ से उजड़कर फिर उजड़ी जगह को बसाना मेरे लिए बहुत मुश्किल लग रहा है।"

"बात तुम्हारी सही है। एक-दो दिन मैं इन्तज़ार कर लूँगा, मेरी दिलबर!" मोती ने कह तो दिया, मगर सच पूछो तो उसका दिल यहाँ घुट रहा था—सन्नाटा, उजाड़पन, सूनी सड़कें और अपने अलावा किसी और को न देख पाना!

दूसरे और तीसरे दिन भी जब कोई क़िस्सा सुनने नहीं आया तो प्रेयसी को धक्का-सा लगा और वह सोच में पड़ गई कि क्या यह संकेत है उसके लौट जाने के लिए?

मोती को भी सत्तू के गर्म समोसे, कचौड़ी और नानख़ताई याद आने लगी थी। जिस घूरे और कूड़ेदान की तरफ़ कभी गया नहीं, फेंकी रोटी कभी उठाई नहीं, आज प्रेयसी के प्यार में वह जूठन खाने पर मजबूर था। मगर अब वह यह ज़िन्दगी गुज़ार नहीं सकता है।

रात को उसने प्रेयसी के माथे पर प्यार कर कहा, "मुझे मोहल्ला और दोस्त बहुत याद आ रहे हैं। दूसरे, अपने क़ैद के दिन भी, जो मैंने इस तरफ़ गुज़ारे थे, परेशान कर रहे हैं। अगर तुम बुरा न मानो तो मैं एक दिन के लिए ताज़ा हवा में घूम-फिर आऊँ?"

प्रेयसी ने जवाब देने की जगह उसके सीने में अपना चेहरा रखकर लम्बी साँस ली, मगर बोली कुछ नहीं। वह सोच रही थी अपने दु:ख-भरे दिनों के बारे में, जब वह हर पल तड़पती रहती थी। अब उसे पाकर दोबारा खोने का ख़तरा मोल नहीं ले सकती है।

उस रात दोनों ने सपने देखे, मगर अलग-अलग।

मोती ने देखा कि वह टूटे खँडहर में नीम के पेड़ के नीचे माँ-बाप के पास बैठा है और उनके चारों तरफ़ कुत्ते ही कुत्ते भरे हैं और समोसे और कचौड़ी के टीले, रबड़ी और मलाई सारे गड्ढों में भरी है। उत्सव का माहौल है।

उधर मोती की प्रेयसी देख रही थी, एक उजाड़ मैदान है, जिसमें वह चलती चली जा रही है। न रास्ता ख़त्म होता है और न ही कोई नज़र आता है। भूख और प्यास, थकन और भय से वह लड़खड़ाकर गिर पड़ती है।

सुबह जब दोनों सोकर उठे तो उन पर सपने का असर गहरा था।

मोती लौटने का इरादा कर चुका था।

जब वह चलने लगा तो सपने के प्रभाव से बँधी प्रेयसी भी उसके साथ हो ली। जब वे दोनों जाने लगे तो दोनों कुत्ते भी उनके पीछे हो लिये।

वीरान रास्ता जब ख़त्म हुआ और आबादी आई तो मोती ने देखा, सड़कें ख़ाली हैं। वाहन चल नहीं रहे हैं। दुकानें बन्द और चलते-फिरते लोग ग़ायब। चारों चकरा-से गए। एक-दो कुत्ते अधमरी अवस्था में पड़े मिले। सूअर के दो बच्चे मरे पड़े थे। जब वे और आगे बढ़े तो सिर्फ़ पुलिस वाले खड़े दिखे। ज़बान की समस्या थी वरना जाकर सिपाही से पूछ सकते थे कि आख़िर बात क्या है?

जब वे अपने मोहल्ले की तरफ़ मुड़े तो वहाँ भयानक सन्नाटा पसरा था। बाज़ार बन्द, घूरे साफ़, यह देख वे पहली गली में दाख़िल हुए तो घर के दरवाज़े बन्द मिले। मोती के मन में शंका उभरी :

'कहीं इन दोपायों ने अपने मानवीय समाज से हमें खदेड़कर बाहर तो नहीं कर दिया है? इन दोपायों का क्या भरोसा!'

चारों बेहाल वहीं हाँफते-से बैठकर स्थिति को समझने की कोशिश करने लगे। कुत्ते न अख़बार पढ़ते हैं, न समाचार सुनते हैं। उन्हें क्या पता कि लॉकडाउन बढ़े आज छठा दिन है? उन्हें तो यह भी नहीं पता था कि महामारी पूरी दुनिया को अपने चपेट में ले चुकी है। प्रकृति का यह क्रोध है या कोई सियासी हथकंडा? कुत्ते इतने विस्तार में नहीं जा सकते थे क्योंकि वे पढ़े-लिखे नहीं थे। उनका सरोकार केवल मोहल्ले की गलियों और बाज़ारों से था, जिसकी रौनकें रूठ गई थीं। खानों की सुगन्ध

उड़ चुकी थी। तरह-तरह के रंग-बिरंगे इनसानी चेहरे ग़ायब थे।

मोती हिम्मत कर उठा और लेंडी और चिरकुट की तलाश में निकल पड़ा। बन्द ढाबे के सामने वे दोनों अर्द्धमूर्च्छित अवस्था में पड़े थे। उन्हें देख उसका मन ममता से भर गया। अपने को कोसने लगा कि इन्हें छोड़कर वह क्यों वहाँ ठहर गया था?

उनको प्यार से थपकते हुए चाटकर बोला, "मित्रो, मैं आ गया हूँ। दिल छोटा न करो। सब ठीक हो जाएगा।"

दोनों के बदन में थोड़ी-सी हरारत दौड़ी। आँखें मिचमिचाकर उन्होंने मोती को पहचानना चाहा। फिर हल्के-से बोले, "तू आ गया?"

"नाली में अब कुछ नहीं बहता—न गर्म सूप, न पानी।" चिरकुट ने थोड़ी देर बाद बेबसी से कहा।

"घबरा मत, मैं कहीं से भी छीनकर अपना हक़ लाऊँगा।" मोती बोला और दौड़ता हुआ टी-पॉइंट की तरफ़ भागा।

रास्ते में न आदम था, न आदमजात। बस, हर चीज़ बन्द और खड़ी थी। सत्तू हलवाई की दुकान के किवाड़ के नीचे से उसे जंगली चूहा निकलते हुए दिखा। वे काले-काले लोग गहरे रंग के कपड़े पहने भी नज़र नहीं आए जो ख़रीदकर कुत्तों को कुछ अच्छा माल खिलाते थे। उसका दिल चाहा, चीख़कर रोए और कोसे, 'अरे दोपायो, इस ज़मीन को अब कितना बर्बाद करोगे? हमसे कब तक बदला लेते रहोगे?' मगर वह रोया नहीं।

अगर कोई उसकी हालत समझ पाता तो उसे अवश्य ही नवाब वाज़िद अली का वह जुमला याद आ जाता, जब उन्हें सत्ता से हटाकर शहर-निकाला मिला था। इस ख़बर पर उनका मंत्री रो पड़ा था, और फिर उसने कहा था, 'शायरी और मौसीक़ी (संगीत) ही मर्द की आँखों में आँसू ला सकते हैं।'

मगर कुत्तों की तरह बहुत-से पढ़े-लिखे भी अनपढ़ रह जाते हैं। वे शब्दों में छुपे मर्म नहीं समझ पाते हैं।

मोती ब्यूटीशियन के दरवाज़े की तरफ़ बढ़ा, जहाँ झबरा सोया पड़ा रहता था। आज वह भी उसे कहीं नज़र नहीं आया। रास्ते में एक-दो गायें और बिल्लियाँ ज़रूर मिलीं मगर वे भी बेहद पतली और कमज़ोर। उसे अचानक 'एनिमल फ़र्स्ट' का ख़याल आया तो वह तेज़ी से दौड़ता हुआ उधर भागा।

सारी दुकानों के साथ वह भी बन्द था। बस, दो प्लास्टिक के बड़े तसले रखे थे। एक में मटमैला पानी था, दूसरे में कुछ काले-भूरे बिस्कुट पड़े थे। उसने खाना चाहा तो न खाया गया, न सूँघा गया।

कुछ दूर पर उसे एक दुकान खुली मिली। वह दौड़ा और नीचे खड़ा होकर दुम हिलाने लगा। दुकानदार का चेहरा सामने आया तो मोती डर गया। उस रात इसी तरह दो लोग मुँह छुपाए उसकी तरफ़ बढ़े थे। नींद के ख़ुमार में उसे सिर्फ़ उनकी आँखें दिखी थीं। वह निराश-सा खँडहर की तरफ़ लौटा था, जहाँ वे दोनों उसका इन्तज़ार कर रहे थे।

कुछ दूर जाकर वह फिर पीछे लौटा और चिरकुट और लेंडी के पास पहुँचकर बोला, "चलो मेरे साथ, यहाँ अकेले मत रहो।"

वह दोनों को पुचकार और प्यार से समझाकर उनको उनके पुराने अड्डे से उठाकर जब चलने लगा तो चौकीदार कुत्ते नज़र आए। उनकी हालत भी अजीब हो रही थी। सब साथ-साथ टूटे भैरव मन्दिर की तरफ़ बढ़ने लगे। मोती को सुधरी स्थिति पहले से ज़्यादा गम्भीर लगी।

शाम ढल रही थी। कुत्तों के कानों में चहल-पहल की आवाज़ें गूँजीं तो वे हड़बड़ाकर खँडहर से बाहर सड़क पर निकले। लोग हाथों में कुछ सामान लिये, बिना किसी से बात किए उन्हें जाते दिखे। सबके मुँह ढके थे। मोती यह दृश्य देख दहशत में आ गया। पूछना उसकी शान के ख़िलाफ़ था, तो भी दोपायों की ओर से वह पहले से भी अधिक शंकित हो उठा। दर्जन भर कुत्ते जो इधर-उधर घूम-फिर रहे थे, वे भूखे लौट आए। खाना देनेवाला जाने कहाँ चला गया था और होटल तो फिर से बन्द थे।

"यह सब कब तक चलेगा?" काना चौकीदार कुत्ता बोला।

"जब तक ये दोपाये चाहेंगे।" खिन्न होकर मोती बोला।

"इस तरह भूखे हम कब तक रहेंगे?" दूसरे चौकीदार कुत्ते ने कहा।

"क्यों, तुमको रोटी नहीं मिलती है क्या?" मोती खीजकर बोला।

"कभी मिलती है, कभी नहीं, मगर इस सन्नाटे से डर लगता है...रात को।" तीसरा चौकीदार कुत्ता बोला तो सब चुप हो गए।

काफ़ी देर यूँ ही गुज़र गई।

"मैं समझ सकता हूँ।" मोती ने कुछ सोचते हुए धीरे से कहा।

"भूखे तो हम रहते ही हैं।" दोनों कुत्तों में से एक बोला।

"भूख हमारी चेतना का हिस्सा रही है, दोस्तो! दरअसल, हम मौत से डर रहे हैं।" इतना कह मोती ने अपनी प्रेयसी की तरफ़ देखा, जिसमें ज़िन्दगी की चमक के साथ टूटते तारे जैसे दु:ख की एक कौंध थी।

"भुखमरी की मौत बहुत पीड़ादायक होती है।" चिरकुट ने अजीब स्वर में कहा।

धीरे-धीरे कुत्ते ऊँघने लगे। माहौल की इस मुर्दनी ने उनकी सारी चौकसी को कुन्द करके रख दिया था। होशियार नींद वाले किस खटके पर चौंकें? किस अजनबी पर भौंकें? किस वाहन के पीछे दौड़ें? किसके हाथ से झोला झपटें? ज़िन्दगी का सारा मज़ा ख़त्म हो गया था। सोए तो गहरी नींद सोए।

सुबह चिड़ियों की तेज़ चहचहाहट से ये सब जाग गए। सबकी आँतें भूख के दर्द से ऐंठ रही थीं। किसी को ग़ुस्सा आ रहा था या नहीं, मगर मोती को ताव आ रहा था चिड़ियों की इस बेबाक़ आवाज़ों पर। जाने किस बात का जश्न बेकार में फुर्र-फुर्र उड़कर मना रही हैं? एक-दो बार उसने चिड़ियों पर झपट्टा मार अपनी भूख मिटानी भी चाही, मगर नाकाम रहा।

अब न ढाबे की टूटी कड़ाही जूठे खाने से भरी दिखती, न ही मोमो और चाट वाले के 'कुत्ता फंड' के दूध, डबलरोटी। न घूरे पर नमकीन गंध से भरा भाँति-भाँति का भोजन ही। अक्सर कुत्ते अपनी ऊँघती हालत में गुज़रे दिनों के सपने देखते और सोते में पेट भर खाकर जब जागते तो फूट-फूटकर रोते। अब तो मक्खियाँ भी भिनभिनाती न दिखतीं, न कीड़े-मकोड़े ही। एक-दो भूली-भटकी मक्खियाँ जब ज़्यादा सतातीं तो मुँह खोल उन्हें सटकने की कोशिश करते।

जाने क्यों, मोती आज बहुत उग्र हो रहा था। मन कर रहा था कि बन्द घरों के दरवाज़े तोड़ दे या फिर उनकी दीवारों को फलाँग आँगन में कूद पड़े और उनके सारे खाने पर धावा बोल भूखे कुत्तों की ख़ाली आँतों को भर दे। फिर ख़ुद ही हँस पड़ता यह सोचकर कि हालात जीव की सोच को कितना बदल डालते हैं!

वह दोपहर को रैनबसेरे की दीवार फाँद जंगल की तरफ़ कूद गया। गाय-बकरियों वाले घर की तरफ़ गया, मगर वहाँ भी दरवाज़ा बन्द था। खिड़की से हँसने-बोलने की आवाज़ें आ रही थीं। वह ज़ोर से भौंकने लगा।

उसके इस तरह भौंकने से हँसने-बोलने की आवाज़ें थम गईं, फिर दरवाज़ा खुला। एक लड़की ने रोटी उसकी तरफ़ फेंकने का झूठ-मूठ इशारा किया तो मोती झिझका।

लड़की के पीछे से एक बुढ़िया निकली और उसने पाँच-छह मुड़ी रोटियाँ उसकी तरफ़ बढ़ाईं तो मोती ने लपककर उसे मुँह में दबाया और तेज़ी से दीवार फाँद भैरव मन्दिर की तरफ़ दौड़ पड़ा। चन्द टुकड़े रोटी के सभी के मुँह में जाने से आँतों को भी कुछ काम मिल गया और बदन को भी आराम।

अगर 'एनिमल फ़र्स्ट' उन दिनों खुला होता तो ये देसी कुत्ते इतने लावारिस न होते। तिवारी जी भी शादी में ससुराल गए तो वहीं अटक गए वरना वह रोज़ सब्ज़ी लपेट दो-तीन रोटियाँ कुत्तों को नीचे फेंक देते थे। पहले की तरह लोग गली में कुछ भी संक्रमण फैलने के कारण नहीं फेंकते हैं वरना ये कुत्ते इतने बेहाल क्यों रहते? दूसरे, उनका नाता एक बड़े मानवीय संसार से कट गया, जिससे उनकी संवेदनाओं का खट्टा-मीठा तार जुड़ा था, जो भूख के साथ यह भी उन्हें बेचैन किए हुए था।

मोती को पता चला कि प्रेयसी पेट से है। उसको जैसे पूरी दुनिया की बादशाहत मिल गई। उसमें चिन्ता भी घुली हुई थी कि वह भूखी न रहे। मोहन जी और रिज़वान अली कुत्ता घुमाते हुए अब नज़र नहीं आते थे। पता तो यह चला था कि कोरोना कुत्ते से नहीं फैलता है, मगर कुछ लोग सावधानी बरतने के लिए कुत्ते भी बाहर लेकर नहीं निकलते थे।

इस मोहल्ले में रहनेवाले चन्द उलटी खोपड़ी वालों के दिलों में मौत का भय ऐसा समा गया था कि वे किसी भी चरिन्दे-परिन्दे व चारपायों को घर के आस-पास फटकने नहीं देते थे, यह सोचकर कि ये भी तो इंफेक्शन ला सकते हैं! वे उन्हें उड़ाते और भगाते रहते थे।

ऐसे ही एक सज्जन ने अपने घर के पेड़ पर बने दो-तीन घोंसलों को उजाड़ दिया और आस-पास के बाक़ी वृक्षों को भी घोंसलों से ख़ाली कर दिया। कुछ घोंसलों में अंडे थे। कुछ में नन्हे-नन्हे बच्चे थे, जो ज़मीन पर गिरकर चिचिया रहे थे। यह देखकर कुत्तों व बिल्लियों की बन आई। वे सब पलक झपकते उन पर झपटे और सबको खा-पीकर चट कर गए।

बात यहीं तक नहीं रुकी। गोश्त या खाने में ज़हर मिलाकर उन्होंने इधर-उधर फेंका जहाँ सूअर और दूसरे जानवर आते थे। वे भी पेट भर ख़ुश हुए और मीठी नींद में डूबने से पहले ज़हर की तेज़ी से तड़प-तड़प मर गए। तब कहीं जाकर उन्होंने चैन की साँस ली कि अब वे पशु-पक्षियों के ख़तरे से ख़ाली हैं।

जानवरों की बढ़ती मौतों को देखकर कुछ मानवीय ग्रुप मोहल्ले में खाना बाँटने निकले, जिससे कुपोषित कुत्तों, बिल्लियों और गायों को बहुत राहत मिली, मगर उस पर भी लोगों को एतराज़ रहा। मार-पीट, गाली-गलौज, पुलिस-थाना भी हुआ। ऐसा महसूस होने लगा, जैसे मौत के भय ने मानवीय संवेदनाओं को शुष्क करना शुरू कर दिया हो जबकि संकट की ऐसी घड़ी में एक-दूसरे की मदद करना पहला फ़र्ज़ होना चाहिए। मगर लोगों ने अपने घर सामानों से भर लिये और दिल को दर्द से ख़ाली कर दिया था।

तभी उन विदेशी कुत्तों को लाखों में ख़रीदने वाले भी एकाएक अपना विवेक खो बैठे और बिस्तर पर साथ लिटाने वाले कुत्ते-बिल्लियों को बोरे में भर छोड़ आए—नाले और नहरों में।

किसी ने सच ही कहा है : 'इनसान सबसे बड़ा ख़ूँखार दरिन्दा है।'

जिस दिन चिरकुट और लेंडी ने देह त्यागी थी, उस दिन मोती का दिल किसी ने निचोड़कर रख दिया था। अपनी प्रेयसी के ख़याल से वह न रोया, न उदास हुआ, मगर मित्रों की लाशें जिस तरह से घसीटकर ले जाई गई थीं, उसने उसमें अजीब-सी हार भर दी थी। हालात के सामने तनकर खड़ा होनेवाला उसका बदन अपने में

गठरी बन चीत्कार कर उठा था। वह जंगल की पहाड़ी की तरफ़ दौड़ गया और ऊपर चोटी पर बैठ ग़म का गीत गा उठा :

कब बदलेगा हम कुत्तों का हाल?
मौत और अपमान,
दोनों का दु:ख है क्या एक समान?
मौत को रोका नहीं जा सकता है,
सब जाते हैं अपने-अपने समय पर
मगर दोपायों का गुणा-भाग व्यवहार
कब बदलेगा हम चारपायों को लेकर?

जब मन हल्का हुआ तो वह नीचे उतरा। उसी ग्वाले का दरवाज़ा खुला। रोटियों का मुड़ा पुल्ला, जो उसकी तरफ़ बढ़ाया था बुढ़िया ने, उसे उसने दुखी मन से दाँतों में दबाया और थके क़दमों से लौट आया। वहाँ सभी का मन भारी था। रोटी शायद गोश्त या मसाले से चुपड़ी हुई थी।

मोती का मन खाने का नहीं था, मगर दूसरों का ख़याल कर उसने खाने का इशारा किया, लेकिन अपने हिस्से की रोटी पर मुँह मारने का मन नहीं हुआ।

यह कैसा धैर्य है जो पहले कभी उसके अन्दर नहीं पनपा था? यह कैसा बदलाव है जो उसके अन्दर अपने पैर धँसा रहा है? यह वितृष्णा है या विकृति है या फिर कुछ और या फिर एक ही दिन के अनुभव ने उसे दार्शनिक बना दिया है?

वह हँसा, फिर तेज़ी से उस रोटी के टुकड़े को निगलने लगा। खा चुका तो ख़ुद से कह उठा, "भूख से बड़ा न कोई सच है, न कोई दर्शन है!"

वह धीमे पाँव रखता प्रेयसी के पास पहुँचा, जिसकी तबीयत शाम से ढीली थी। वह सुस्त-सी पड़ी सो रही थी।

फिर मोती उन दोनों कुत्तों और चौकीदार कुत्तों के साथ बाहर सड़क की तरफ़ निकला, जहाँ कोई आदमी उनके लिए कुछ-कुछ दूरी पर खाना रखकर जाता था। वह लौटा, फिर प्रेयसी को लेकर आया। चारों ने भरपेट खाना खाया। कुछ लोग मुँह पर कैप लगाए गुज़रे तो मोती को हँसी आ गई। मन-ही-मन बोला, 'बहुत बोलते थे सब-के-सब।" तभी पुलिस वालों ने बिना मुँह पर मास्क लगाए जाते हुए

लड़के को रोका और दो-तीन झापड़ लगा दिये। यह देखकर चारों अपने ठिकाने की तरफ़ मुड़ गए।

"मैं फिर से क़िस्सा सुनाना शुरू करना चाहती हूँ। मेरा मन यहाँ लग गया है।" प्रेयसी ने कहा।

"ठीक है। चाहो तो आज से ही शुरू कर दो।"

"देखती हूँ।" इतना कहकर वह सुस्ताने बैठ गई।

गर्मी बहुत थी। चारों सामने देख रहे थे, जहाँ कुछ कुत्ते भी खाना खाकर टहल रहे थे।

"इनको भी बुला लेते हैं।" दोनों कुत्तों में से एक ने कहा और सड़क पार करने लगा।

क़िस्सागो मादा ने धीरे-धीरे चलना शुरू कर दिया था। उसने आज का क़िस्सा सोच रखा था।

कुछ देर बाद कुत्ते जमा हो गए और क़िस्सा सभा सज गई :

"एक था, एक नहीं था, ख़ुदा के सिवा कोई दूसरा न था।

"हमारे पुरखे सुनाते थे, एक सज्जन पुरुष थे अबु हुरैरा नाम के, जो अपने रसूल से सुनी कहानी कुछ इस तरह सुनाते थे कि रेगिस्तान की गर्मी में एक प्यासा आदमी कुएँ के पास पहुँचा और सीढ़ियों से उतर उसने कुएँ के ठंडे पानी से अपनी प्यास बुझाई। जब वह बाहर निकला तो उसने एक कुत्ते को मिट्टी खाते देखा। असल में वह कुत्ता अपनी सूखी ज़बान को मिट्टी से तर करना चाह रहा था। यह देख वह आदमी फिर कुएँ में उतरा और अपने जूते में पानी भर उसे दाँतों से पकड़ ऊपर लाया और पानी कुत्ते को पिलाया। इस घटना को देख रसूल ने ख़ुदा से पूछा कि उस आदमी का कुत्ते को पानी पिलाने का यह बर्ताव क्या सही था, तो ख़ुदा ने फ़रमाया, 'सही था। जानवरों से हमदर्दी व मोहब्बत से पेश आना चाहिए। सबको मैंने ही पैदा किया है।'"

यह दास्तान सुनकर कुत्तों की आँखों के सामने उन दोपायों के चेहरे घूम गए जिन्होंने उनके साथ अच्छा सुलूक किया था। वे सब ख़ुद पर गुज़री अच्छी-बुरी ख़बर एक-दूसरे को सुनाने लगे।

रात को जब मोती एकान्त में अपनी प्रेयसी के साथ मीठी-मीठी बातों में व्यस्त था, तभी अचानक वह पूछ बैठा, "इन दोनों काले कुत्तों से तुम्हारी कब मुलाक़ात हुई?"

"उन्हीं दिनों, जब फ़ार्म के बाहर खड़े गार्ड ने अपना डंडा मेरी पीठ पर बजाया था। मैं मूर्च्छित हो गई थी। जब होश में आई तो देखा, ये दोनों काले कुत्ते मुझ पर झुके मुझे सूँघ रहे थे। वही मुझे उस खँडहर में सहारा देकर लाए थे। काफ़ी दिनों तक मैं चलने-फिरने के क़ाबिल नहीं रही। एक दिन सपने में एक बूढ़ा क़िस्सागो दिखा जो कह रहा था, 'दिल छोटा न करो। उठो, क़िस्सा सुनो। ये क़िस्से तुम्हारे कानों में रस घोल देंगे और तुम्हें जीने की ताक़त देंगे।' सुबह उठी तो पहला क़िस्सा इन्हीं दोनों को बिठाकर सुनाया था।"

"क्या वह मैंने सुन रखा है?"

"तुम किस क़िस्से की बात कर रहे हो?"

"ख़ैर, छोड़ो!" मोती ने बात टाल दी।

इसी तरह की बातें करते हुए दोनों सो गए।

आधी रात के क़रीब कुत्तों के रोने की आवाज़ से उनकी नींद खुल गई। आवाज़ दूर से आ रही थी। हवा कभी उन्हें तेज़ और साफ़ कर देती, कभी टूटे वाक्य कानों में पड़ते थे। सारे कुत्ते कान लगाकर सुनने लगे। किसी और गली-मोहल्ले के कुत्ते थे जो रो-रो कर अपने भूखे होने की शिकायत कर रहे थे।

दूसरी तरफ़ से आती आवाज़ें कह रही थीं कि 'हमारे पास खाना है, मगर दें कैसे?' सारी रात कुत्ते इसी तरह बैन करते रहे और सुबह होते-होते जाकर चुप हुए।

उनके रोने को सुनकर ज़रूर बूढ़ों को लगा होगा कि यह रुदाली कुत्ते उनकी बिदाई की पूर्व सूचना दे रहे हैं। जवानों के दिल इस ख़याल से धड़क रहे थे कि इस लॉकडाउन में क़ब्रिस्तान व श्मशान-भूमि की तरफ़ जाने में सौ बखेड़े हैं।

चौकीदार कुत्ते सड़क किनारे किसी दयालु द्वारा रखा खाना खाकर उन कुत्तों को ढूँढ़ने निकले जो रात को रो रहे थे। रास्ते में जो भी कुत्ता मिला, वह खाया-पिया मिला। चलते-चलते वे मज़ार की तरफ़ निकल गए जहाँ 'पहलवान ढाबा' था। मज़ार और ढाबा, दोनों दर्जन भर कुत्तों का पेट पालते थे। इन कुत्तों का यहाँ साम्राज्य था।

कोई नया कुत्ता उधर पहुँच जाता तो वो कुत्ता-घसीटी होती कि उसका जान बचाकर निकलना मुश्किल हो जाता।

आज वहाँ सन्नाटा था। मज़ार बन्द था और ढाबा भी। इधर-उधर कुछ कुत्ते पीछे की तरफ़ जाते दिखे जिनमें इतना दम नहीं था कि वे इन पर भौंकते या दौड़ाते।

सब एक छोटे-से पोखर के पास पहुँचे जहाँ गुलाबी, ऊदे कमल खिले थे। छोटा-सा शिव मन्दिर, जिसकी दशा और दिशा बदल चुकी थी। शिवलिंग अभी भी मौजूद था। शायद वह पत्थर का हो, इसलिए बचा रह गया हो! जंगली वनस्पति और फूलदार बेलें फैली थीं। उसी के बीच एक बूढ़ी कुतिया पड़ी थी, जिसको घेरे मरगिल्ले कुत्ते बैठे थे जो कभी यहाँ डॉन होते थे। कुतिया की आँखें दर्द से भरा कटोरा लग रही थीं।

चारों चौकीदार कुत्ते उनके बीच जाकर बैठ गए। रात को रोने वाले कुत्ते यही थे। बातों-बातों में पता चला कि घूरे पर बच्चा उठाने की कोशिश में अपने दाँत गँवाने वाली वह कुतिया है। चारों पुरानी यादों में डूब गए। यह भी सोचने लगे, शायद यह खाने की तलाश में चलते-चलते उधर से इधर आ गई हो। अब यहाँ न क़व्वाली की तान व ताली थी, न कोरमे व कबाब की सुगन्ध थी।

कुतिया ने आख़िरी साँसें लीं और कुत्तों का भयभीत, मौत के ख़ौफ़ से डूबा विलाप हवा और जंगल के बीच धुएँ की बारीक-सी लकीर की तरह आसमान की तरफ़ जाकर चारों तरफ़ फैलने लगा। लगा, जैसे वे जीते-जी अपना शोक-गीत गा रहे हों!

शाम की क़िस्सागोई सभा में कुत्तों की ख़ासी भीड़ थी। उस दिन बूढ़ी कुतिया के शव को घेरे उन सारे कुत्तों को चौकीदार कुत्ते अपने साथ ले आए थे। खाने को तो कुछ नहीं मिला, मगर सुबह मिलने की उम्मीद थी। भैरव मन्दिर का छोटा-सा हाता कुत्तों से भर चुका था। वे सब ध्यान की मुद्रा में बैठे क़िस्सागो की कहानी सुन रहे थे।

"एक था, एक नहीं था, ख़ुदा के सिवा कोई दूसरा न था।

"पुरखों के मुँह से सुना था कि कभी कोई दूर देश से क़ाफ़िला आया था। अपने साथ एक कुत्ता लाया था। वह अजीब तरह की कहानियाँ सुनाता था। उनमें से एक कहानी हमुराबी की थी, जिसने दुनिया का पहला लिखित क़ानून बनाया था। उसका

बेटा अतर (आग) था, जो विशेष रूप से गर्भवती स्त्रियों पर अपनी दया रखता था, चाहे वह दोपाया मादा हो या चौपाया मादा। तब वहाँ का क़ानून था कि यदि किसी ने कुत्ते को, चाहे वह पालतू हो या शिकारी, मार डाला तो उसे मौत की सज़ा मिलेगी। घर के मालिक का फ़र्ज़ बनता है कि वह कुत्ते के बच्चों का तब तक ख़याल रखे जब तक वे छह माह के न हो जाएँ। यदि उसने ऐसा नहीं किया और वे मर गए तो उस पर हत्या करने के जुर्म में जुर्माना लगेगा जो उसे अदा करना होगा क्योंकि कुत्ते को परेशान करना यानी इनसान को परेशान करना है। लोगों के मरने पर कुत्तों को भोजन कराया जाता था क्योंकि उनका विश्वास था कि स्वर्ग में जाने का मार्ग कुत्तों द्वारा संरक्षित है। कुत्तों की मृत्यु के बाद उनका अन्तिम संस्कार भी करना है। जो ऐसा नहीं करेंगे तो अकाल आएगा। इन सभी बातों से पता चलता है कि दुनिया में सभी जगह कुत्तों को लेकर अच्छी बातें कही व लिखी गई हैं, जिन्हें आज के दोपाये भूल चुके हैं। यह भी सच है कि हमारा अतीत इन दोपायों ने अपने ग्रंथों में सहेजा है। जहाँ हमारे महत्त्व को उन्होंने जाना-समझा है, उन्हीं अच्छे दिनों को हमने जाना है।"

जब क़िस्सा समाप्त हुआ तो सब कुत्ते अपनी बातों में उलझ गए और क़िस्सागो मादा भूरी की तबीयत बिगड़ गई। वह चुपचाप उठकर दूसरी तरफ़ चली गई।

मोती का मन सड़क नापने का चाह रहा था। वह कुछ देर खड़ा-खड़ा प्रेयसी का इन्तज़ार करता रहा, फिर मज़ार से आए कुत्तों से यहीं ठहरने की बात करने लगा। कुत्ते मान गए और टहलने निकल गए।

मोती अन्दर की तरफ़ गया ताकि प्रेयसी को भी साथ ले ले। हवा बड़ी अच्छी चल रही थी। पेड़ के पीछे गया तो वह वहाँ नहीं थी। फीकी रोशनी में वह आवाज़ की ओर गया तो यह देखकर दंग रह गया कि ढेरों छोटे-छोटे पिल्ले कुलबुला रहे थे, जिन्हें वह चाटकर साफ़ कर रही थी।

न डॉक्टर, न अस्पताल, न दाई, न कोई मदद! जाने कहाँ से इबारत पुच्छल तारे की तरह कौंधी फिर अचानक विलीन हो गई।

ख़ुशी के मारे मोती ने दुम हिलाना शुरू कर दिया। उसे पता नहीं था कि इस शुभ अवसर पर लॉकडाउन हटने की घोषणा भी हो चुकी थी।

पता भी कैसे चलता? कुत्ते न अख़बार पढ़ते हैं, न ख़बरें सुनते और देखते हैं। न चुनाव लड़ते हैं, न शतरंज खेलते हैं। वे तो अपनी सीमित दुनिया में स्वावलम्बी

जीवन जीते हैं क्योंकि कुत्ते 'डिग्री होल्डर' नहीं होते हैं।

मोती को इतमीनान था कि बच्चे भूखे नहीं मरेंगे, मगर जो माँ दस बच्चों को दूध पिलाएगी, उसके पेट में तो कुछ जाना चाहिए। लेंडी और चिरकुट की तो उम्र हो चली थी। उनका मरना तो स्वाभाविक था, मगर मेरे बच्चों की माँ तो अभी जवान है। उसे एक वक़्त नहीं, दोपायों की तरह तीन-चार वक़्त खाना मिलना चाहिए। आज सुबह तो वह पेट भर खा चुकी है, मगर रात को?

यही सब सोचता, फ़िक्र में डूबा मोती बाज़ार का चक्कर लगा रहा था। कुछ दुकानें खुली थीं, कुछ बन्द, मगर खाने-पीने का वह जश्न कहीं नज़र नहीं आ रहा था। उसका हौसला डूब रहा था, ठीक डूबते सूरज की तरह। एकाएक वह झुंझला उठा :

"अरे दोपायो! अगर तुममें ख़ुदग़र्ज़ी न होती तो तुम हमें यूँ न भूल जाते। एक-दो लोगों के खाना बाँटने से क्या सारी कुत्ता जमात का पेट भर जाता है?"

उसके इस तरह भौंकने पर किसी ने उसे डाँटा तो पहली बार मोती का मन किया कि इसको काटकर बताए कि तुम्हारी थाली व ताली हम सह लेते हैं, पटाख़ों का शोर सहन कर लेते हैं, मगर तुम्हें हमारा दर्द सुनना भी गवारा नहीं?

ख़ाली-ख़ाली-सा मोती लौट आया। रात भर उसे नींद इस हौल में नहीं आई कि कल फिर ये सारे दोपाये अचानक छुप न जाएँ!

सुबह बड़ी रौनक़ वाली थी। बाज़ार खुले, घर खुले, खिले चेहरे लिये शोर-शराबे में डूबा मोहल्ला चहक उठा। मोती की भूख भी चमक उठी थी। उसका दिल समोसा-कचौड़ी खाने के लिए तड़प उठा। सारे कुत्ते घूरे की तरफ़ चले गए थे। होटल, रेस्त्राँ और हलवाई के आस-पास मँडराने वाले कुत्ते चौकस बने बड़ी मुस्तैदी से अपनी ड्यूटी पर लौट आए थे। चिरकुट और लेंडी जो सदा ढाबे के सामने बैठे टकटकी लगाए खाना पकते देखते थे, वे अब नहीं थे। वहाँ अब मोती पसरा पड़ा था, जिसकी अँतड़ियाँ भूख से ऐंठ रही थीं। मोती ने भरपूर अँगड़ाई भरी। ज़बान से चाट अपने पैर साफ़ किए, अगले दोनों पैरों से मल-मलकर चेहरा चमकाया, फिर सीना तान हीट पर आई कुतियाओं पर बिजली गिराता मेन रोड पर जा पहुँचा।

मुरादाबादी बिरयानी दुकान के सामने से जब गुज़रा, उसे बन्द पाया। अफ़सोस से उसने लम्बी साँस भरी। नानख़ताई के खोंचे के पास जाकर ठहरा और अन्दाज़ा लगाया कि कुछ नानख़ताइयाँ वह अपने अगले पैर बढ़ाकर गिरा सकता है, मगर उसे यह काम मुश्किल लगा। उस खोंचे के पास भीड़ काफ़ी थी। वह आगे बढ़ा और बाईं तरफ़ मुड़ गया।

उसका मन किसी अनहोनी घटने की आशंका से धुकुर-धुकुर कर रहा था। दरअसल उसके अनुभव ने इस विश्वास को हिलाकर रख दिया था कि यह जो है, जैसा है, क्या हर रोज़ ऐसा ही रहेगा? उसे दोपायों की नीयत पर शक होने लगा था, मगर उनके बिना पसरे सन्नाटे की अनुभूति ने उसे कुछ सोचने पर मजबूर कर दिया था। इनसान और जानवर के आपसी रिश्ते के महत्त्व को वह समझ गया था।

चलते-चलते वह सत्तू की दुकान के पास जा ठहर गया। दुकान खुली न थी। वह इन्तज़ार में चन्द मिनट खड़ा रहा। भूख तेज़ लग रही थी। सामने केले की रेहड़ी खड़ी थी। बड़ी आसानी से वह एक गुच्छा केला मुँह में दबा चम्पत हो सकता था मगर लिसलिसी चीज़ भूख कम मिटाती है, फिसलती ज़्यादा है।

तभी उसके पास से सफ़ेद बालों वाली कुतिया ठुमकती हुई गुज़री, जिसकी लीश किसी लड़की के हाथ में थी। फ़ोन बजने से वह लड़की खड़ी हो बातें करने लगी। कुतिया जवान थी। उसकी इतराहट देख मोती को चुहल सूझी। आँखों के संकेत से पूछा :

"कहाँ से आ रही हो, पिल्ली?"

"तुमसे मतलब?" पहले तो उसने मोती को घूरा फिर ठसके से चिचियाई।

"बड़ों से ऐसी बातें करते हैं?" मोती ने अगले पैर उठा थप्पड़ का इशारा कर डपटा।

"मुझे परेशान न करो।" बड़ी अदा से वह बोली।

"हो कहाँ की, यह तो बताओ?" इस बार मोती ने नर्मी से पूछा और दुम हिलाई।

"पोलैंड से हूँ...पॉमेरियन हूँ...मीशा नाम है मेरा।" उसने बड़ी लचक के साथ दुम हिलाते हुए अपने मालिक द्वारा सुना जुमला दोहरा दिया।

उसकी इतराहट पर मोती को हँसी आ गई।

"और तुम?" मीशा ने पूछा।

"मैं यहीं का हूँ। उधर गली में गन्दी नाली के पास रहता हूँ।" मोती ने अकड़कर कहा।

"मेरे साथ चलो।" उसके इस कहने पर मोती को फिर हँसी आ गई।

"क्या खाया है तुमने?" मोती ने पूछा।

"मछली-चावल। और तुमने?" मीशा बोली।

"ख़ियाली पुलाव!" गरदन अकड़ा मोती बोला।

"ओह! तुम्हारा नाम?" मीशा ने पूछा।

"कम बेबी।" लड़की ने मोबाइल पर्स में डालते हुए कहा और आगे बढ़ गई।

सत्तू अपनी दुकान खोल रहा था। यह देखकर मोती आगे बढ़ा।

मीशा जाते हुए उसे मुड़-मुड़ कर देखती रही तो मोती ने लम्बी आह भरकर कहा, "तुम्हारे पास सब कुछ है, मगर हमज़बान कोई नहीं। मेरे पास कुछ नहीं है, मगर अपनों के साथ रहता हूँ। तुम्हारी इस तन्हाई का मज़ा मैं चख चुका हूँ। बँधी रहो पट्टे और ज़ंजीर से।"

सत्तू ने समोसे बनाने की तैयारी शुरू कर दी थी। गर्म होता तेल धीमी आँच पर अपनी सुगन्ध फैला रहा था। उसने गहरी साँसें लीं फिर कुछ दूर पर खड़ी मोटरसाइकिल पर टाँग उठा मूता और ठेले के साये में जाकर लेट गया। इन्तज़ार करते-करते उसकी आँख लग गई।

जब समोसा तले जाने की सुगन्ध नाक में सरसराई तो उसकी नींद टूटी। गला प्यास के मारे सूख रहा था। उठने का मन नहीं कर रहा था। लेटे-लेटे वह आहट लेता रहा कि कब तले समोसे थाल पर गिरें और वह उन्हें अपनी तरफ़ गिराए।

नींद का ख़ुमार तोड़ने के लिए उसने बदन खींचा, फिर चाय की दुकान की तरफ़ गया। वहाँ जूठी प्याली धोकर छोकरा जैसे ही केतली की तरफ़ चाय ढालने पहुँचा, वैसे ही वह बाल्टी में मुँह डाल गला तर करने लगा।

दुकान पर समोसा ख़रीदने वालों की भीड़ थी। यही वह मौक़ा था जब मोती सेंधमारी कर सकता था। चाय की दुकान से सरक मोती मुक्खे के पास जाकर पहले गहरी-गहरी साँसें लीं, फिर घात में बैठ गया। उसके मेदे का मुँह खुल चुका था। भूख चमक उठी थी। उसने अपने अगले पैरों को आगे बढ़ा मुक्खे से तीन-चार

समोसे अपनी तरफ़ लुढ़का लिये और पंजे की मार से टूटे समोसे से निकलती भाप को निहारने लगा, परन्तु मुँह मारने का मन उसका नहीं हुआ। अलबत्ता उसके मुँह से राल का परनाला ज़रूर गिरने लगा। वह कुछ देर सोचता रहा। फिर केले के ठेले के पास जाकर एक पन्नी खींच लाया और उसे पैरों से खोल उसमें उसने अधगर्म समोसे डाल दिये। चलने को हुआ तो उसे उन दो कुत्तों, चार चौकीदारों और मज़ार वाले कुत्तों का ख़याल आया और वह रुक गया—कुछ और समोसे और कचौड़ी घसीटने के लिए।

उसने पंजा मुक्खे में डाला तो थाल ख़ाली पाया। वह टटोलने लगा, तभी उसके अगले पैर किसी ने पकड़ लिये और ज़ोर से घसीट उस पर गर्म छन्ना रख दिया, "साला कूकर समोसे सरकावत रहा, वही तो हम सोचत रहे! गिनती भुलाए जात हैं!"

अब मार भी पड़ने वाली है, यह सोच मोती ने अपना जलता अगला पैर तेज़ी से मुक्खे से निकाल उसे चाटा, फिर सरपट समोसों से भरी पन्नी दाँत में दबाए खँडहर की तरफ़ दौड़ने लगा।

रास्ता बाज़ार से होकर जाता था। उससे बचा नहीं जा सकता था। कई राहगीरों ने उसे हैरत से देखा। कुछ लड़के उसको देखकर हँसे तो वह थैला छिनने के डर से वहाँ खड़ी कारों के बीच दुबक गया। उसी आड़ से उसने उस छोटी क़द की कुतिया को दुकान के बाहर खड़ी पाया।

"अजीब कटखनी है आपकी डॉगी?"

"काटा कहाँ है, सिर्फ़ टच किया है। दरअसल यह बहुत फ्रेंडली है।" लड़की ने सफ़ाई में कहा।

"हमारा कुत्तों से फ्रेंडली होना बहुत महँगा पड़ता है, मैडम!" किसी ने आक्रोश में हाथ जोड़ कहा।

"अरे, अभी तक तीन-चार ग्राहकों को नोच चुकी है।" दुकानदार बिफर पड़ा।

"खरोंच ही तो आई है हल्की-सी।" लड़की के तेवर चढ़ गए। उसी के साथ अंग्रेज़ी भी बोलना उसने शुरू कर दिया।

बात बढ़ते देख मोती ने मौक़ा ग़नीमत जाना। सबका ध्यान उधर है, अब यहाँ से निकल भागना ठीक है। उसे वैसे भी कुत्ते-कुतियाओं की ऐसी छिछोरी आदतें

पसन्द नहीं आती हैं। उसकी धड़कन कुछ कम हुई तो वह आड़ से निकला और तेज़ी से दूसरी तरफ़ दौड़ गया।

रात को सारे कुत्ते चैन से गहरी नींद यह सोचकर सोए कि उनके पैरों के नीचे की ज़मीन खिसकी नहीं है। दोपाये अब बड़ी संख्या में सड़क पर डोलने, वाहनों पर बैठ फर्राटे भरने लगे हैं। घूरे पर भी थोड़ा-बहुत कूड़ा नज़र आने लगा था। चौकीदार कुत्ते अपने पुराने घरों की तरफ़ लौट गए, मगर मज़ार वाले कुत्ते वहाँ की वीरानी देख वापस लौट आए।

सोने से पहले कुछ कुत्ते मोती से बोले, "मित्र, हमने पुरानी दास्तानें तो सुन लीं। उसके साथ हमें कुछ नई कहानी, क़िस्से सुनाने पड़ेंगे जिससे हमारी आनेवाली पीढ़ी जान सके कि हम आज कैसे और किस दौर में जीते हैं।"

मोती ने उनकी बात ध्यान से सुनी, फिर कह उठा, "बात तुम्हारी सही है, मगर मेरी जगह तो क़िस्सागो ही जवाब दे सकती है। उससे पूछना पड़ेगा।"

सबने गर्दन हिलाई और पहुँच गए क़िस्सागो के पास। उनकी बात सुनकर वह बोली, "बहुत अच्छी बात सोची है तुम सबने। वैसे भी क़िस्सों की कल मेरी अन्तिम कड़ी थी। क़िस्सों को बार-बार दोहराने की जगह नई बातें बयान करनी चाहिए। मैं कोशिश करती हूँ नई घटनाओं को क़िस्सागोई के अन्दाज़ में बाँधने की, मगर बात कुछ मुश्किल लगती है। अगर मेरी जगह कोई नया क़िस्सा सुना सकता है, तो सुनाए।"

सब कुत्ते यह सुनकर ख़ुश हो लौट आए।

यह फ़ैसला मोती को भी ठीक लगा। आख़िर नये क़िस्सागो को तो आना ही पड़ेगा सामने, तभी तो नये अनुभव के साथ आस-पास होती घटनाओं और कुत्तों के दुःख-दर्दों को हम समझ सकते हैं।

मज़ार की तरफ़ से आए एक अधेड़ उम्र के कुत्ते ने दूसरे दिन शाम को अपना क़िस्सा कहना शुरू किया :

मैं न ख़ुदा को जानता हूँ, न किसी पीर-औलिया को।
मैं आँखों-देखी कहूँगा और कानों-सुनी बयान करूँगा।

सारे कुत्ते उकड़ूँ बैठ ध्यान की मुद्रा में उस नये क़िस्सागो को उत्सुकता से सुनने लगे :

"मैं मज़ार का वासी नहीं हूँ। बहुत दूर वहाँ हमारा ठिकाना था जहाँ हम ख़ुश थे। भरपेट खाना मिलता। मस्त होकर हम रात को भौंकते थे। उस वक़्त जब बाज़ार और किवाड़ घरों के बन्द हो जाते थे, तब हमारी बादशाहत शुरू होती थी। हमें वहाँ कोई कष्ट न था। जो क़िस्सा मैं आपको सुनाने जा रहा हूँ, वह चौपायों और दोपायों के बीच का नहीं है बल्कि ख़ुद दोपायों के बीच का है। क्रोध किस बात का था, हम कुत्ते समझ नहीं पाए। एकाएक वहाँ के दोपाये एक-दूसरे के घर तोड़ने, लूटने और जलाने में लग गए। आग की लपटों और ज़ोर के पटाख़ों जैसी आवाज़ों से हम सारे कुत्ते दहल उठे। दोपायों की मादाएँ और बच्चे भी इधर से उधर भाग रहे थे। जिस तरह के अद्धों और डंडों से ये हमें मारते व खदेड़ते हैं, ठीक उसी तरह से वे एक-दूसरे पर टूट पड़े थे। ख़ून बह रहा था। लोग भाग रहे थे। यह हमारे लिए नई बात थी। हम सारे कुत्ते भी जान बचाकर वह मोहल्ला छोड़कर बाहर निकल आए।" इतना कह उस अधेड़ कुत्ते ने अपनी तेज़ हो गई साँसों को संयत किया। कुछ पल ठहरकर फिर कहने लगा :

"मुझे याद आ रहा है, जब अपने मालिकों की बुरी हालत देख कुछ कुत्तों ने उन्हें डाँटना और समझाना चाहा तो उनकी भौंक सुनकर कुछ जवान लड़कों ने उन पर लाठी बरसा दी। किसी कुत्ते के सामने उसके मालिक का सारा परिवार मारा गया था। वह तो गहरे सदमे में चला गया। न खाता था, न पीता था। हम भी लड़ते हैं, अपनी गली में दूसरे को घुसने नहीं देते हैं, मगर दूसरों के मोहल्ले में जाकर गैंगवार नहीं करते, न ही मुर्दों की लाइनें लगा देते हैं। इस तरह की दोपायों की आपसी मुठभेड़ों के क़िस्से मेरे पिता भी सुनाते थे, मगर जब ख़ुद अपनी आँखों से देखो तो उसका असर गहरा होता है।" इतना कह वह रुका, फिर कहने लगा, "अब सवाल उठता है कि हम उन्हीं की राह अपनाएँ या फिर हम अपनी त्रुटियों में सुधार करें? अपने सम्बन्ध दोपायों के साथ कैसे रखें? ये सारे सवाल हमारी नई पीढ़ी के लिए रास्ता साफ़ करेंगे। मैं तो उस मार-काट और वीरान बस्ती से निकलकर इधर-उधर भटकता रहा। उन्हीं दिनों कुछ और उजड़े कुत्ते साथी मिल गए। चलते-चलते पहलवान ढाबे पर आकर हम रुके। वहाँ कुछ दिन अच्छे गुज़रे, अब वह बन्द है।"

ये नई तरह की बातें थीं जो कल्पना की उड़ान नहीं, पथरीले रास्ते पर चलने की बातें थीं, जिसमें आज का क़िस्सा था। सारे कुत्ते चुप रहे। कोई कुछ बोला नहीं।

तभी कुछ आहट हुई। होटल का जूठा खाना फेंकने वाले लड़के ने जो इतने ढेर-से गदबदे बच्चे देखे तो वह दो को उठाकर ले जाने लगा। तभी खटके से भूरी चौंक गई और भौंकने लगी।

कुत्ते उधर दौड़े। मोती ने उस लड़के के पाजामे का पायँचा पकड़ लिया। वह लड़का इतने ढेर-से कुत्तों को एक साथ भौंकते देख डर गया और हाथ में पकड़े दोनों पिल्लों को फेंक दिया।

मोती ने उसका पायँचा छोड़ अपने बच्चों की तरफ़ देखा और मन-ही-मन कहा, 'मैं अपने बच्चों को आवारा और लावारिस नहीं बनने दूँगा।'

दोनों एक-एक बच्चे को मुँह में दबाए अन्दर आए। कुत्ते होटल के खाने का फेंका थैला फाड़ने लगे और मिल-बाँट कर खाने में जुट गए। उन्हें इस बात का ज़रा भी अहसास नहीं था कि दोपाये इस समय किस तकलीफ़ से गुज़र रहे हैं।

दूसरे दिन कुत्ते कुछ सुस्त और उदास थे। मज़ार की तरफ़ से आया भूरा कुत्ता सड़क किनारे रखा खाना खाकर लौटा तो बाक़ी कुत्ते उससे कहने लगे :

"सच जानो, कल रात का क़िस्सा मुझे भाया नहीं। गोकि क़िस्सा सच्चा था। मेरा ख़याल है कि क़िस्सा ऐसा हो जो मन को राहत दे, टूटे दिल की उम्मीद बाँधे। हम तो रोज़ घरों से आती चीख़-पुकार सुनते हैं। आये-दिन होते लड़ाई-झगड़े देखते ही रहते हैं। ऐसी कहानियों को सुनकर हमारी पीढ़ी तो कुछ सीखने से रही, क्योंकि काटने और भौंकने के अलावा हमारे पास और है ही क्या?"

उसकी इस बात से बहस छिड़ गई।

एक साथ खड़े आधे दर्जन से ज़्यादा कुत्तों को यूँ भौंकते देख किसी ने जाते-जाते उन्हें घुड़का, फिर आगे जाकर उसने पास पड़े फटे जूते को घुमाकर उनकी तरफ़ फेंका तो वह जाकर किसी कुत्ते की आँख में लगा और वह दर्द से बिलबिला उठा। अचानक हुए इस हमले से बाक़ी कुत्ते ताव में आ गए और आदत के मुताबिक़ उसके पीछे दौड़े तो मोती ने उन्हें वापस लौटने को कहा।

मोती ने ज़ख़्मी कुत्ते की आँख चाटना शुरू कर दिया। कुत्ते की तकलीफ़ में कमी तो आई थी क्योंकि अब वह रुक-रुककर रो रहा था।

"रोका क्यों?" लौट आए कुत्ते हाँफ रहे थे।

"कल ही हमने कुछ बातें तय की थीं।" मोती ने धीमे से कहा।

"हम सिर्फ़ दौड़े ही तो थे। यूँ बात-बेबात मारना?" दूसरे कुत्ते ने झुँझलाकर पूछा।

"अगर हमारे दौड़ने और भौंकने पर रोक लगा दोगे तो हमारा जीना किस काम का?" एक कुत्ते ने हैरत और दुःख से पूछा।

"असली बात यह है कि उन्हें ख़ुद की आवाज़ अच्छी लगती है, हमारी नहीं।" इतना कह मोती पल भर रुका, फिर व्यंग्य भरी मुस्कान से कहा, "बात यह है कि दोपाये हमसे डरते हैं।"

"मोती ठीक कह रहा है। ये हमारे काटने के डर से पहले ही अपना दोपाया बल दिखाने लगते हैं।"

"बात तुम्हारी सही है, दोस्त, मगर हमें इनका मनोरंजन करना और ख़ुद को हलकान करने से परहेज़ करना चाहिए।"

मोती ने बात गहरी कही थी, मगर वह किसी को पसन्द नहीं आई। अब इन्हें कौन समझाता कि इनकी रिपोर्ट लिखने वाली कोई कुत्ता-कोतवाली वजूद में नहीं आई है, न कोई न्यायालय है। कुछ देर चुप्पी रही फिर मोती ने प्यार से कहा :

"छोड़ो, चलो, आज मैं तुम्हें अपना मोहल्ला दिखाता हूँ। पहले जैसा तो नहीं रह गया। बहुत-से कुत्ते मर गए। बहुत-से दोपाये भी मर गए। यह मोहल्ला कभी रौनक़ से भरा रहता था। ख़ैर, जो भी बचा है, ठीक ही है।"

कुत्तों की यह टोली गली में घूमती रही। बाज़ार की तरफ़ निकली तो मोती को सत्तू याद आया। मुँह से राल बहने लगी। ठंडी लम्बी साँस ले मन-ही-मन बोला, 'अब वह मस्ती भी नहीं रही। अब कोई और रास्ता अपने अधिकार लेने का निकालता हूँ।'

घूमते-घूमते सबको प्यास लग गई थी।

मोती तरकीबें सोच रहा था। तभी उसे किसी के घर के बाहर रखी पानी से भरी बाल्टी दिखी। उसने सबको इशारा किया। कुत्तों ने पानी पीकर प्यास बुझाई और गली से जैसे ही बाहर निकले, वैसे ही असलम ड्राइवर की नकनकही बीवी बाल्टी उठाने आई तो दंग रह गई। बाल्टी में आधे से भी कम पानी बचा था।

"अरे, भूत-प्रेत पी गए या जिन्नात?" वह चीख़ती-बड़बड़ाती बाहर लगे नल की तरफ़ जाने लगी।

शाम घिरने लगी थी। मोती को समोसे की याद तड़पाने लगी। जब धैर्य का दामन छूट गया तो वह अपना हिस्सा लेने सत्तू की दुकान की तरफ़ चल पड़ा। दूर से देखा, वह मुक्खा बन्द हो चुका था। सत्तू अलबत्ता समोसे कड़ाही में डाल रहा था।

कुछ पल वह वहीं खड़ा हवा में घुलती सोंधी महक को नाकों से खींच ख़यालों में समोसा खाता रहा, फिर निराश-सा वह आगे बढ़ने ही वाला था कि समोसे की थैली झुलाता एक दोपाया जाता दिखा। मोती के बदन में करंट दौड़ गया और वह दौड़ता हुआ लड़के के थैले की तरफ़ झपटा और नौ-दो-ग्यारह हो गया।

पीछे से गाली और चीख़ने की आवाज़ उसके कानों में आ रही थी, मगर वह आराम से टूटी कार के नीचे जा छुपा और काग़ज़ का थैला फाड़ समोसा निगलने लगा। उसे पता था, यह काग़ज़ का थैला मुँह में दबाकर दूर तक भाग नहीं सकता है। समोसे कई थे। वह उन सबको खा गया। प्रेयसी के लिए ले जाना भी दुश्वार था।

मगन हो वह कार के नीचे से निकला और उसका दिल चाहा कि वह कोई गीत गाए। उसी कार की छत पर बैठ वह ज़ोर-ज़ोर से गाने की अपनी इच्छा ज़्यादा देर तक दबा न पाया और ज़ोर-ज़ोर से भौंकने लगा :

काश, मैं पकाना जानता
तो खोलता एक रेस्त्राँ
जिसमें सारे कुत्ते आते
मुफ़्त खाकर चले जाते।
काश, मैं पकाना जानता!

उसने महसूस किया कि उसकी आवाज़ में न पहले जैसा लोच है, न दर्द। कविता भी मरी-मरी-सी निकली है। वह बेदिल-सा नीचे उतरा और भैरव मन्दिर की तरफ़ चल पड़ा। उसे अपने बच्चे याद आ गए। अचानक इस ख़याल से कि कहीं कोई फिर बच्चे न उठा ले, वह बेहद तेज़ी से क़दम रखता हुआ अपनी गली की तरफ़ मुड़ा।

शाम की सभा के लिए कुत्ते जमा हो रहे थे।

वह सीधे खँडहर में नीम के पेड़ के पास पहुँचा, जहाँ प्रेयसी आराम से लेटी बच्चों को दूध पिला रही थी। वह भी वहीं बैठ गया था।

कुछ देर में क़िस्सागोई की महफ़िल शुरू होनेवाली थी। आज तो सब पुरानी क़िस्सागो को ही सुनने बैठे थे।

क़िस्सागो ने अपना आसन सँभाला और भौंकना शुरू किया :

"एक था, एक नहीं था, ख़ुदा के सिवा कोई दूसरा न था। पुरखों के मुँह से सुना था कि एक थे हक़ीम लुक़मान। उनसे किसी ने पूछा, 'आप इतनी दवा-दारू जानते हैं। इनमें सबसे प्रभावशाली दवा आपको कौन-सी लगती है?' हक़ीम का जवाब था, 'मुहब्बत।'

फिर पूछा गया, 'अगर वह असर न करे तो?' हक़ीम लुक़मान ने कहा, 'उसकी मात्रा बढ़ा दो।' आगे पूछने पर बताया उन्होंने :

सख़्ती का जवाब नर्मी से,
कड़वाहट का जवाब मिठास से,
बदतमीज़ी का जवाब अदब से,
गाली का जवाब धैर्य से..."

सवाल-जवाब चलता रहा। क़िस्सागो क़िस्सा कहती रही।

क़िस्से में ऐसा क्या था जो कुत्तों की आँखों में पानी ले आया?

मुहब्बत की बढ़ती मुक़दार की दास्तां सुनकर उस रात कुत्ते पूरे इतमीनान के साथ गहरी नींद सो गए। उन्हें पता नहीं था कि आने वाला दिन उनके लिए कौन-सा फ़ैसला लेकर आने वाला है।

दोपहर के क़रीब एक बहुत बड़ी-सी गाड़ी खँडहर के पास आकर रुकी। कुछ लोग उतरे। आपस में बातें कर दो लोग आगे बढ़े और पैमाइश करने लगे। छाँव में

बैठे कुत्ते तितर-बितर हो गए। क़िस्सागो कुतिया बच्चों को लेकर टूटी ईंटों की दीवार की तरफ़ चली गई।

"इतने ढेर सारे कुत्ते?" सूट पहने व्यक्ति ने हैरत से कहा।

"जब काम शुरू होगा, सर, तो ये सब अपने-आप भाग जाएँगे। अभी खँडहर है, सुनसान जगह है, मिल बैठते हैं।" दूसरे व्यक्ति ने सहज-सा जवाब दिया।

"वह तो ठीक है, मगर...?" सूट वाले आदमी के स्वर में चिन्ता थी।

मोती कहीं से टहलकर आया था। वहाँ दोपायों की भीड़ लगी देख उसका माथा ठनका।

"ये हमारी मुहब्बत की बस्ती उजाड़कर रहेंगे!" उसके चेहरे पर बेबसी के भाव आए मगर उसने सिर झटक दिया।

शाम की क़िस्सागोई की महफ़िल उजड़ गई।

नींव खुदनी शुरू हो गई थी। उसी के साथ खँडहर का मलबा भी ट्रकों पर लदने लगा था। मज़ार से आए कुत्ते अपने पुराने मोहल्ले की तरफ़ लौट गए। चलते हुए उन्होंने बाक़ी कुत्तों से साथ चलने को कहा, मगर कोई पुराना मोहल्ला छोड़ने पर राज़ी न हुआ। वे दोनों काले कुत्ते भी जाने क्या सोचकर कहीं नहीं गए। नये शामिल हुए कुत्ते जहाँ से आए थे, उन्हीं ठिकानों पर चले गए। क़िस्सागोई की रातें नि:शब्द हो उठीं।

शाम को चूल्हा जलाकर मज़दूर रोटी सेंकते तो दो गर्मागर्म रोटी चार टुकड़े कर इनकी तरफ़ फेंकना नहीं भूलते थे। खाना खाने के बाद वे मज़दूर दु:ख-सुख एक-दूसरे से कहते तो कभी गाते भी थे। चारों कुत्ते गुलाबी बढ़ती ठंड में चूल्हे के इर्द-गिर्द बैठकर उन्हें सुनते थे। उनके साथ राग-लय मिलाने की सोचकर भी दम साधे रहते।

उनके बच्चे एक-दूसरे से चिपके सोते रहते।

मॉल धीरे-धीरे अपनी शक्ल ले रहा था। मोती के बच्चे बड़े हो रहे थे। इधर-उधर घूमकर वे वापस अपने जन्मस्थल पर पहुँच जाते। होटल का बचा खाना अब नीम

के पेड़ के नीचे डलने लगा था, जिसको कुत्ते खा रहे थे, सिर्फ़ मोती को छोड़कर। शाम से पहले वह टी-प्वॉइंट की तरफ़ अपना हिस्सा लेने निकल जाता। अब उसका पहला अड्डा शुद्ध देसी घी भोजनालय की बनी पूरी व सब्ज़ी की तरफ़ था, जहाँ वह बड़ी चालाकी से अपने हिस्से की पूरियाँ उड़ा लेता था। दूसरा अड्डा था तन्दूर।

सब कुछ फिर पहले की तरह चल रहा था, मगर श्मशान घाट से उठता धुआँ सबको विचलित किये रहता था। श्मशान घाट के पंडित और वह लड़का कोविड होने से स्वर्ग सिधार गए, यह ख़बर मोती को कौन देता? उस पट्टी के सारे कुत्ते लापता थे। एक-दो बार वह 'एनिमल फ़र्स्ट' की ओर गया तो उसे बन्द पाया। मोती को चिरकुट व लेंडी की बहुत याद आती थी। अक्सर वह पुराने साथियों की गलियों में टहल आता था। पुराने दोपायों के चेहरे देखकर उसे अच्छा लगता था।

मोती की खोज अब उन चेहरों की थी, जिन्होंने उसे प्यार दिया था, मगर उसे न तो चाट वाला, मोमो वाला, ढाबे वाला नज़र आए, न ही बाक़ी काम करनेवाले। कभी-कभी वह टूटी टंकी के पास बैठकर सोचता कि आख़िर ये सारे दोपाये चले कहाँ गए जो अपने थे?

जिस आर्थिक संकट से देश और देशवासी गुज़र रहे थे, उस संकट काल में भी चुनाव हुआ। ऑन लाइन क्लासेज़ चलीं। लाइव कार्यक्रम तो चल ही रहे थे, बाज़ार भी खुले थे। सबसे बड़ा अचम्भा बहुत-सें चुनावों के नतीजों को लेकर हो रहा था। जब समय नेकी और इबादत का होना चाहिए था, तब सियासत के खेल बड़ी मुस्तैदी से खेले जा रहे थे। नकेलें कसी जा रही थीं और बेचैनी बढ़ रही थी। लग रहा था, अचानक सोच-विचार के स्तर पर ऑक्सीजन कम हो गई है। मछली तो क्या तालाब से मुँह निकालती, जो हाल घुटते-कुढ़ते इनसानों का हो रहा था। बेशक इनसानों की इस कैफ़ियत को परिन्दे व चरिन्दे भी महसूस कर रहे थे।

"जो भी काम अच्छे के लिए करते हैं, ग़लती पर समाप्त होता है।" कोई कहता तो दूसरा कहता, "नाच न जाने आँगन टेढ़ा।"

बाप बेटे से कहता, "पहले दुनिया के मानचित्र में देश को ढूँढ़ो। फिर उस देश

को पहचानो। तब समझ पाओगे अपनी असलियत।"

कुत्ते मन की बात कह सकें इनसान से या न कह सकें, मगर इनसान अपने मन की बात एक-दूसरे से कह लेता है।

"ज़बान पर पहरे बिठाने का अंजाम बड़ा भयानक होता है। ठीक ज़मीन के नीचे खदबदाते लावे की तरह," एब्स्ट्रैक्ट चित्रकार अपनी नई पेंटिंग को समझाते हुए कह रहा था।

बहुत-से दृश्य नज़रों से फिसलते हैं। एतबार चुकता जा रहा है ठीक फ़ारसी कवि अहमद शामलू की तरह, जिन्होंने महसूस किया था अपने समय के सच को, कुछ इस तरह से :

मेरा डर, हाँ, मेरा डर
इस धरती पर मरने वालों से है
क्योंकि
यहाँ दफ़नाने वाले की मज़दूरी
आदमी की स्वतंत्रता से अधिक है!

मोहन जी सारे दिन खाने की मेज़ पर बैठे एक नये तरह के खेल में व्यस्त रहते थे। लूडो की तरह के चारख़ाने उन्होंने खींच रखे थे जिस पर कुछ न कुछ लिखा हुआ था। क़लम से अपने लिखे पर माचिस की तीलियों को गोट बनाकर उन्हें आगे ले जाते, फिर पीछे। कभी सिर हिलाते तो कभी लम्बी गहरी साँस खींचते थे। थके-थके-से अँगड़ाई लेते, फिर बालकनी में खड़े होकर कभी आसमान ताकते तो कभी ख़ाली गली को। कभी-कभी छत पर जाकर ऊपर से नीचे घरों में हो रहे नाटकों को देखते, मगर मन कहीं न लगता। मालिन के घर आई नई बहू पर तानों की बौछार से न दिल बहलता, न दर्ज़ी के घर मियाँ-बीवी की झड़पों में मज़ा आता। मर्द घर में चौबीस घंटे रहेगा तो करेगा क्या? बीवी सिर पर सवार मर्द को देखकर घुटेगी नहीं तो और क्या करेगी? जो कुंठाएँ बाहर निकलकर ख़ाली हो जाती थीं, वे तो चक्रवात की तरह दिल व दिमाग़ में घूमती हैं। औरत जो दिल के कबाड़ को पड़ोसन के साथ मिलकर ख़ाली कर लेती थी और ख़रीदी के बहाने सज-सँवर बाज़ार में टहल लेती

थी, वह अब सारे दिन नाइटी में गुज़र कर लेती है। सच तो यह है कि वह तो दो तरह की क़ैद झेलने लगी है : पहली, चौबीस घंटे घर में रहने की; दूसरी, मन के अन्दर कुछ न कह सकने की अकुलाहट की, जिसके कारण घरों में झगड़ा होना ज़रूरी था। घर पास-पास थे, जिसके कारण लड़ने-झगड़ने, मारपीट, गाली-गलौज की आवाज़ें तो कानों में घुसती थीं। छँटनी में और बन्द कम्पनियों से निकाले गए मर्द बिना आमदनी के बाहर जाते भी कहाँ? सारे दिन तेज़ चलती टी.वी. और फ़िल्में अलग शोर का तहलका दिमाग़ में मचा देतीं, ऊपर से आत्महत्याओं का तांडव, जिसमें सेवा करते डॉक्टरों की मौत भी मरीज़ों की संख्या के साथ बढ़ रही थी। बेटा छह माह पहले विदेश नई नौकरी पर गया था। अब न वह वहाँ से इधर आ सकता है और अगर आया तो फिर वहाँ जाना मुमकिन न होता। बीमारी का बढ़ता प्रकोप उसी तरफ़ ज़्यादा था। मोहन जी अन्दर-बाहर की प्रतिध्वनियों से तंग आ चुके थे। दिल पर बोझ बढ़ता तो लगता, जैसे गैस का बवंडर उन्हें मार डालेगा। कभी नीबू-पानी पीते तो कभी नीबू की चाय, तो कभी देसी नुस्ख़े आज़माते, फिर तंग आकर मेज़ पर बैठ अपना बनाया लूडो खेलने लगते थे।

लूडो खेलते समय उनके चेहरे पर अजीब भाव होते। हँसमुख मोहन जी, ग़ुस्से में उबल जानेवाले मोहन जी, ग्राहकों से मीठा बोलनेवाले मोहन जी, परिवार पर जान छिड़कनेवाले मोहन जी इस समय एक नये रूप में नज़र आते थे। पत्नी तो चिन्तित थी ही, घर का कुत्ता 'फ्रेंड' भी अब उनकी तरफ़ नहीं फटकता था। पोता भी दादा के तेवर देख उनसे दूर चला जाता था, ख़ास कर तब, जब वह हाथ झटक बड़बड़ाते, "अन्धभक्ति ने मेरी आँखों पर पट्टी बाँध रखी थी, मुझे कुछ दिखा ही नहीं।"

इस समय वह लूडो खेलने में व्यस्त थे, जिसको उन्होंने ख़ुद बनाया था। कार्डबोर्ड के चौकोर टुकड़े पर ढेरों ख़ाने रंगीन मार्कर से खींच रखे थे, जिस पर लिखा था : 'समय का खेल'। उसके नीचे पहला ख़ाना बना था, जिस पर लिखा था : 'शाहीन बाग़ धरने का आरम्भ'। उसी ख़ाने के पास एक अज़दहे का खुला मुँह था और उसके बदन पर दर्ज था : '14 दिसम्बर, 2019' और जहाँ साँप की दुम ख़त्म थी, उस ख़ाने में लिखा था : 'शाहीन बाग़ का धरना ख़त्म'। 24 मार्च, 2020 के ऊपर दूसरे खाने में लिखा था : 'प्रतिदिन आमदनी 25 से 75 हज़ार'। उसके पास के ख़ाने में लिखा था : 'दंगा' और खुले मुँह के अज़दहे के बदन पर

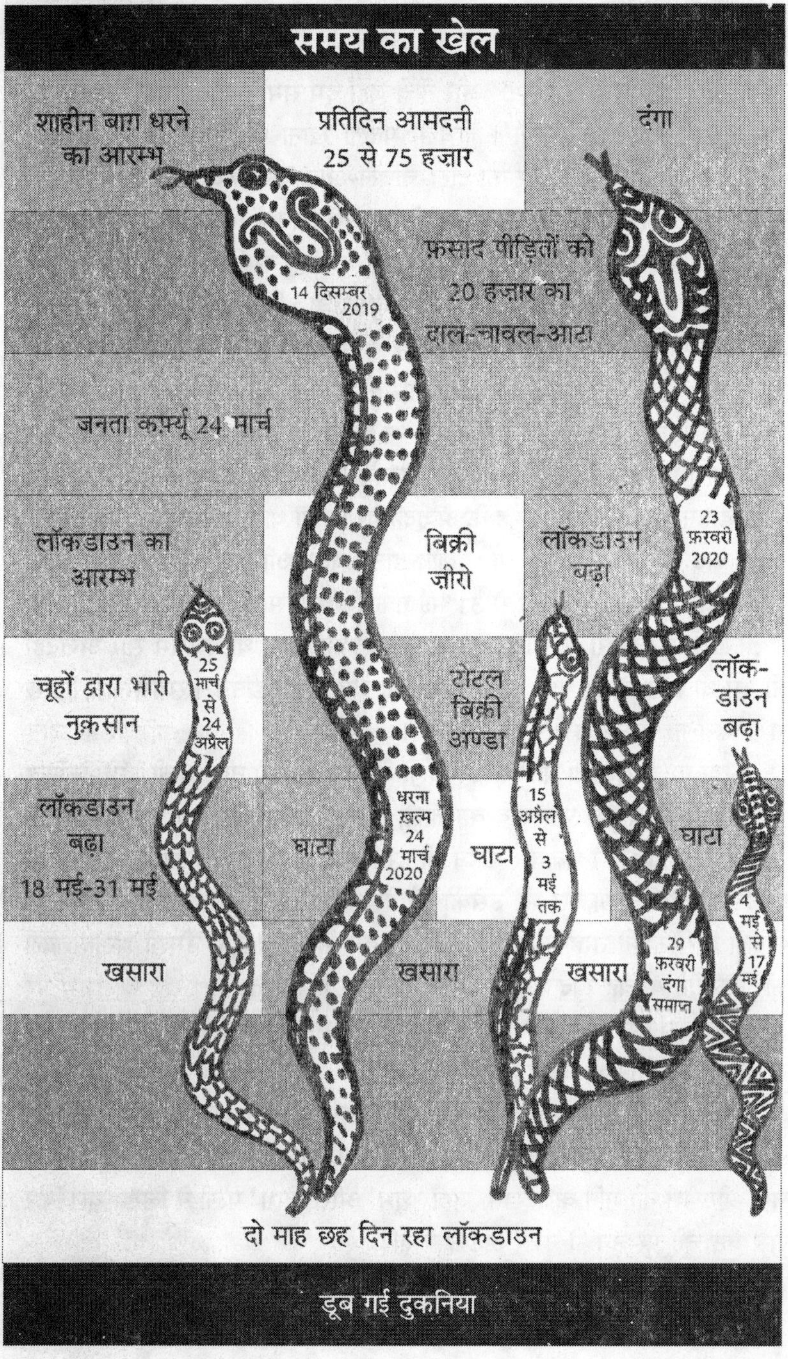

चित्र : धर्मेन्द्र सुशांत

लिखा था : '23 फ़रवरी, 2020' और नीचे जहाँ दुम समाप्त होती, वहाँ लिखा था : '29 फ़रवरी को दंगा समाप्त'। बीच में पतला ख़ाना था, जिस पर लिखा था : 'फ़साद-पीड़ितों को 20 हज़ार का दाल-चावल-आटा'। उसी के नीचे लम्बे ख़ाने में लिखा था : 'जनता कर्फ़्यू 24 मार्च'। नीचे के चौथे ख़ाने में लिखा था : 'लॉकडाउन का आरम्भ'। उसके पास खुले मुँह के अज़दहे के बदन पर लिखा था : '25 मार्च से 14 अप्रैल तक'। उसी के पास के ख़ाने में लिखा था : 'बिक्री ज़ीरो'। उसी के पास दूसरे ख़ाने में लिखा था : 'लॉकडाउन बढ़ा' और खुले मुँह के अज़दहे के बदन पर लिखा था : '15 अप्रैल से 3 मई तक'। इसके बाद के ख़ाने में लिखा था : 'बिक्री मात्र दस प्रतिशत'। तीसरे ख़ाने में लिखा था : 'चूहे द्वारा भारी नुक़सान' और फिर उसके पास लिखा था : 'टोटल बिक्री अंडा'। इसके बाद के ख़ाने में लिखा था : 'लॉकडाउन बढ़ा' और खुले मुँह के अज़दहे पर लिखा था : '4 मई से 17 मई तक'। उसके बाद के ख़ाने में लिखा था : 'लॉकडाउन बढ़ा' और खुले मुँह के अज़दहे के बदन पर लिखा था : '18 मई से 31 मई तक' और पास के अन्तिम ख़ाने में लिखा था : 'ख़सारा, ख़सारा, ख़सारा'। इसके बाद लम्बा ख़ाना था, जिसमें सारे अज़दहों की दुम थी और लिखा था : 'दो माह छह दिन रहा लॉकडाउन'। सबसे नीचे लिखा था : 'डूब गई दुकनिया 40 साल पुरानी'।

लूडो पर से गुज़रती माचिस की तीली अन्तिम ख़ाने में ठहर जाती। हाथ काँपता फिर ठहर जाता। कुछ पल बाद वह तीली फिर से ऊपर-नीचे तक घूमती-ठहरती, फिर चल पड़ती। फिर थककर मोहन जी उसी तीली से कान खुजाते। फिर पास पड़ी माचिस से तीली जला पल भर उसकी लौ देखते और फिर बुझने से पहले उँगलियों में दबा सिगरेट की तरह कश लेते, राख झाड़ने के अन्दाज़ में उँगली झटक तीली को फेंक देते या वह ख़ुद उनकी उँगली जलाकर गिर जाती।

"तुम इस तरह मत किया करो। किसी दिन अपनी मूँछ में आग लगा लोगे और तब नाक के जंगल भी जल उठेंगे।"

पत्नी की बात सुन वह सिर हिलाते, मगर कुछ बोलते नहीं थे। कभी बेचैन होकर सोचते, 'इन चूहों ने मुझे बर्बाद किया या फिर महामारी के लॉकडाउन ने?' सामने लगी श्रीगणेश की मूर्ति को देखते, जहाँ 'शुभ' और 'लाभ' पत्नी ने लिखा था। फिर पास बैठे चूहे पर उनकी नज़रें अटक जातीं।

शाम को मोहन जी घर से बाहर भी न जाते, मगर तिवारी जी और रिज़वान भाई अपने-अपने कुत्तों को लेकर निकलते ज़रूर थे, मगर पहले की तरह चाय की दुकान पर बैठना और बातें करना जैसे भूल-से गए थे, तो भी समस्याओं पर अपने विचार प्रकट करना नहीं भूलते थे।

"जून से चला आ रहा किसानों का यह आन्दोलन इस माह के अन्त में रेल की पटरियों से उठ देहली की तरफ़ बढ़ आया और हर तरह की रोक लगी, वॉटर कैनन, मार-पिटाई, मगर वे तीनों क़ानूनों को रद्द करने पर अड़े हैं।" रिज़वान ने कहा।

"पिछले दिसम्बर में भी हमारे लोग जाड़े में खुले में रहे और अब...कभी यह देश छीनते हैं तो किसी से ज़मीन। बिज़नेस और नौकरी तो गई भाड़ में," तिवारी जी ने गहरी आवाज़ में कहा।

"जमाख़ोरी कभी जुर्म था, अब उसे क़ानूनी छूट मिल रही है।" रिज़वान कह उठा।

"वह हमें-आपको नहीं बल्कि...यह बहुत बड़ी योजना है इनकी, किसानों के पैरों से ज़मीन खींचने की," तिवारी जी बोले।

"मंडी का मसला कॉन्ट्रैक्ट फ़ार्मिंग में उलझा दिया," रिज़वान ने कहा।

"कहते हैं, कहीं भी जाकर बेचो। किसान न हुआ, फेरीवाला हो गया है क्या?" तिवारी जी तेज़ आवाज़ में बोल उठे।

"किसान को तो कई बार गहरे झटके लगे हैं। पूरी दुनिया की राय हमारे किसानों की माँगों के सपोर्ट में है।" रिज़वान ने गहरी साँस भरी।

"पता नहीं, ये चाह क्या रहे हैं? जब से ये नये-नये क़ानून ला रहे हैं, जनता सुख की नींद नहीं सो पा रही है।" तिवारी जी ने उदास स्वर में कहा।

"इस बार तेवर किसानों के अलग हैं। मीटिंग में जाते हैं तो अपना खाना-पानी लेकर जाते हैं।" रिज़वान ने कहा।

"बिलकुल! यह माँग भी बुनियादी है तो फिर उन्हें टाट बाहर तो करना ही था। देखो, होता क्या है आगे!" तिवारी जी का घर आ गया था। वह उधर मुड़ गए।

दोपायों के बदले व्यवहार को मोती महसूस कर रहा था। ऐसी बातों को लेकर अपने ख़याल साझा करनेवाला कोई बचा न था।

गली के मोड़ पर अचानक मोती को अपने दोनों शागिर्द मिल गए। मज़बूत बदन के, ऊँचे क़द के पट्ठे निकले थे। उन्हें देख मोती का मन खिल उठा। हालचाल पूछकर उन्हें पुराने ठिकाने पर चलने को कहा तो वे बोले, "फिर कभी।"

मोती को धक्का-सा लगा, मगर यह सोचकर चुप रहा कि ये जवान हैं। इनकी अपनी दुनिया होगी। एक दिन मेरे अपने भी इसी तरह जवान होकर मुझसे दूर जा सकते हैं।

एकाएक उसे रैनबसेरे के पीछे जंगल की वह ग्वालिन याद आई, और उसके पैर अपने-आप उस तरफ़ मुड़ गए। वहाँ पहुँच वह कुछ देर ऊँची चट्टान को तकता रहा, फिर उस ईंटों के बने घर की तरफ़ गया। वहाँ गायें खड़ी थीं। पास में दो बकरियाँ बँधी थीं। अन्दर से हाथ में बड़ा-सा तसला लिये वही लड़की निकली तो मोती ने दुम हिलाई। वह मोती को देखकर हँस पड़ी।

"अम्मा, कुत्ता खड़ा है, रोटी दे दो।"

बूढ़ी औरत घर से दो रोटी लेकर निकली। मोती ने दुम हिलाई और आगे बढ़कर मुँह खोला।

"कहाँ चला गया था रे, जो दिखा नहीं?"

माँ की बात सुनकर लड़की हँस पड़ी, "अम्मा, यह बोलना जानता है जो पूछ रही हो?"

"कल आना, समझे?" वह बूढ़ी औरत बोली।

लड़की हँसे जा रही थी।

पहली बार मोती को लगा कि कहीं तो पूछ है उसकी। मोती का टूटा मन जुड़ गया। रोटी का पुल्ला मुँह में दबाए वह रैनबसेरे की टूटी दीवार की तरफ़ बढ़ गया।

दीवार से कूद जब वह सड़क पर आया तो कुछ दूर पर उसे कुत्ते के रोने की आवाज़ सुनाई पड़ी। चौंककर इधर-उधर ताका। फिर टूटी ट्रक की तरफ़ बढ़ा जहाँ एक कुत्ता पड़ा था।

मोती उसे घूरने लगा। पहचानने की कोशिश करने लगा, मगर पहचान न पाया। पास जाकर सूँघा फिर मुँह का दबाया रोटी का पुल्ला उसके सामने डाला।

"हुआ क्या है?"

"पैर ज़ख़्मी हैं। भूखा भी हूँ।" उस कुत्ते ने कराहते हुए कहा।

"लो, खा लो। ताक़त आएगी तो थोड़ा-बहुत चल भी पाओगे।" मोती ने प्यार से कहा।

उसका दिलासा पाकर कुत्ता उठ बैठा। उसे रोटी खाते हुए देखकर मोती को लगा, यह जाने कब से प्यासा होगा? वह ट्रक के नीचे से बाहर निकला और इधर-उधर ताकने लगा। एक लड़का पानी की बोतल हाथ में पकड़े उसे झुलाता चला जा रहा था। मोती तेज़ी से दौड़ा और मुँह खोल बोतल को झटके से मुँह में दबाया और ट्रक की तरफ़ दौड़ पड़ा।

लड़का चीख़ता रह गया, "रुक, रुक जा, साले..." कुछ दूर दौड़ने के बाद बेबस हो लड़का रुआँसा हो बड़बड़ाया, "अब मुझे घर पर मार पड़ेगी!"

उस प्यासे कुत्ते को बोतल थमाकर मोती अपने ठिकाने की तरफ़ बढ़ा, जहाँ रात-दिन काम चल रहा था। रेत, बजरी के ढेर, ईंटों की दीवारों के साथ बेशुमार मज़दूर काम में लगे थे। जब वह वहाँ पहुँचा तो देखा, पूरी ऊबड़-खाबड़ ज़मीन मसाला मशीन के शोर के साथ समतल बनाई जा रही थी। उसे वहाँ कोई न दिखा—न प्रेयसी, न बच्चे, न वे दोनों काले कुत्ते। मोती दिल थामकर बैठ गया।

"कहाँ जाएँ, किससे पूछें?...क्यों, सारे दिन मैं ग़ायब रहा?...क्यों छोड़ गए मेरे अपने अपना पुराना ठिकाना?"

मोती की टाँगें काँपीं और वह वहीं बालू के ढेर के किनारे बैठ गया जहाँ मसाला पीसती मशीन तेज़ आवाज़ करती घूम रही थी। एक सवाल घूम रहा था, "मेरे आने तक वे सब रुके क्यों नहीं? मुझे आवाज़ क्यों न दी?"

फिर वही तलाश, वही भटकाव, वही गुमशुदगी का दर्द! वह अपने को रोक नहीं पाया। दिल में दर्द का सोता फूटा और अरसे बाद कविता विलाप की शक्ल में फूट पड़ी :

सब मेरे अपने,
एक-एक करके मुझसे जुदा हुए
मुझे डर है कि कहीं मैं

इस पुरखों के मोहल्ले और
सुनसान पड़ी गलियों में
तन्हा आख़िरी साँस न लूँ
तब, मेरे लिए कोई नहीं रोएगा
कोई नहीं रोएगा।

मोती के विलाप की आवाज़ मशीन के रुकते ही फ़िज़ा में फैल गई। मज़दूरों ने एक उचटती-सी नज़र उस पर डाली और अपने काम में लग गए। मोती का गीत तो ख़त्म हुआ, मगर उसके मन की टीस रह-रहकर उसे बेचैन किये दे रही थी कि उसका सपना चकनाचूर हो गया।

शाम ढलने लगी। फिर सुरमई अँधेरा फैलने लगा, मगर मोती वैसा ही पड़ा रहा। भूख-प्यास मर-सी गई थी। बीच-बीच में जब आँख लगती तो उसे याद आता कि कैसे माँ अपने बच्चों को सिखाती है कि 'इस जगह से जाना मत, तब तक, जब तक मैं कुछ खाकर न लौटूँ।' बचपन की वह सीख हर कुत्ते के साथ ज़िन्दगी भर चलती है, फिर? शायद वे दूध-पीते बच्चे माँ का दूध पीते थे। शायद इसलिए कि जहाँ माँ जाएगी, बच्चे उसके साथ जाएँगे। वह अपने मन को बहलाता, मगर दर्द कम न होता।

देर रात जब काम बन्द हुआ तो थके मज़दूरों का झुंड दूर पड़ी झुग्गी की तरफ़ लौटने लगा। धीरे-धीरे रोते कुत्ते पर उनकी नज़र पड़ी तो उसमें से एक मज़दूर जाते-जाते रुक गया और मोती को तकने लगा। पता नहीं, उसके मन में क्या आया जो वहाँ बैठ वह मोती का सिर सहलाने लगा। फिर हँसकर बोला, "काहे मुँह लटकाए हो, बबुआ? उठ, उठ, चल हमारे साथ।" इतना कह वह उठ खड़ा हुआ।

मोती के घायल मन को इस प्यार की ज़रूरत थी। वह थके पैरों से उठा और दुम हिलाने लगा गोकि दोपायों पर विश्वास झट से करने की उसकी आदत न थी, मगर समय सबको पछाड़ देता है।

दस क़दम पर प्लास्टर की शीट डली झुग्गियों की तरफ़ चलकर वह आदमी रुका, फिर मोती से बोला, "ठहर यहाँ।"

अन्दर खटर-पटर हुई। बाहर निकल उसने आटा साना और ईंटों के चूल्हे पर रोटी सेंकने लगा। दूसरी तरफ़ भी कुछ न कुछ लाल-पीली लपटों पर पक रहा था। जब रोटी सिंक गई तो उसने एक रोटी मोती को दी और फिर ख़ुद खाने बैठा।

मोती ने रोटी मुँह से पकड़ तो ली, मगर खाने का मन न हुआ। आँखें भर आईं, यह सोचकर कि जाने (भूरी और बच्चों ने) कुछ खाया होगा या नहीं?

सड़क पर चलते वाहन रुक गए। अँधेरे और रोशनी का खेल शुरू हो गया। उसी के साथ ज़मीन पर चटाई डाल वह दोपाया लेट गया। मोती उसी से कुछ दूर जाकर बैठ गया।

अचानक मोबाइल बज उठा तो दोपाया उठकर बैठ गया।

"आएँगे...काम शुरू है...सँभालो, जो भी हो, समझीं? खेती-किसानी छोड़ मज़दूर बने, अब यह छोड़...अरे समझो तो, यहाँ अभी काम कम है। बीच में आ गए तो समझो, लौटकर आने पर क्या गारंटी कि फिर काम मिले या न मिले?"

फ़ोन बन्द कर दोपाया सोने लेटा, मगर नींद कहाँ?

'बच्चा बीमार हो तो मन कैसे लगे?' मन-ही-मन कहता वह करवट बदला। फिर उठकर बैठा तो मोती को अपने सामने खड़ा दुम हिलाता पाया।

"का है?" वह पूछ बैठा।

मोती क्या जवाब देता? कैसे बताता कि वह क्यों बेचैन है?

दोपाया लेट गया। आँखों पर हाथ रखकर वह थोड़ी देर बाद सो गया।

चारों तरफ़ सन्नाटा था। मोती ने इधर-उधर ताका, कुछ सूँघा, फिर उस सोए मज़दूर के पास थोड़ी-सी दूरी पर जाकर लेट गया। रात गहरी हो रही थी। मोती की मांसपेशियाँ थकन व दु:ख से शिथिल पड़ने लगीं। कुछ देर बाद मोती को भी झपकी लग गई।

पता नहीं, कब दोनों की पीठ एक-दूसरे से सट गईं! मज़दूर ने सोते में अपना हाथ कुत्ते पर रख दिया और मोती को लगा, जैसे प्रेयसी की पीठ से लगा वह लेटा है और कोई पिल्ला उसके पेट पर सिर रखे सो रहा है! वह गहरी नींद में डूब गया।